Uwe Pook

Eine rheinische Sinfonie

D‘ Pimocken wäde all wat

Uwe Pook

Eine rheinische Sinfonie

D‘ Pimocken wäde all wat

Rediroma-Verlag

Bibliografische Information der Deutschen Nationalbibliothek:
Die Deutsche Nationalbibliothek verzeichnet diese Publikation in der Deutschen Nationalbibliografie; detaillierte bibliografische Daten sind im Internet über http://portal.dnb.de abrufbar.

ISBN 978-3-98527-929-6

Coverentwurf: Daniel Bieter & Uwe Pook
Coverfoto: K.H. Pook

www.rediroma-verlag.de
17,95 Euro (D)

Typisch Kölsch:
Zwischen Schmunzeln und Ernsthaftigkeit

Irgendwie ist er längst „Ehren-Kölner". Uwe Pook hat die meiste Zeit seines Lebens in der Domstadt verbracht. Sein vorliegender Roman zeugt von der Liebe zu dieser Millionenstadt, die doch zuweilen eher als Dorf wahrgenommen wird. Veedel auf der rechten und auf der linken Rheinseite werden in ihrem besonderen Charme der Vergangenheit beschrieben. Und auch wenn es „nur" ein Roman ist, der sich an der einen oder anderen Stelle viel künstlerische Freiheit nimmt, sind es doch diese beschriebenen Realitäten, die uns mit auf eine Zeitreise nehmen.

Der Autor Uwe Pook hat zunächst im Post-Dienst und später als Berufssoldat die Gesellschaft der jeweiligen Zeiten erlebt und beschreibt sie uns nun eindrucksvoll. Bei der Bundeswehr war der heutige Pensionär bekannt wie der sprichwörtliche „bunte Hund". Ich habe ihn selbst als wehrpflichtiger Redakteur im damaligen Pressezentrum der Luftwaffe in Köln-Wahn und im für die Truppenzeitschriften zuständigen Führungsstab des Bundesverteidigungsministeriums auf der Hardthöhe in Bonn erleben dürfen.

Seine stets lebensfrohe Art passte (genauso wie meine) manchmal so gar nicht zu dem streng hierarchischen System des Militärs. Der passionierte Kulturmanager und Show-Moderator brachte stets einen frischen Wind in die staubigen Amtsstuben – und in die Standorte in aller Welt, die er mit seinen Programmen zur „Betreuung" von Soldatinnen und Soldaten besuchte. Viele Stars und Sternchen traten auf „seinen" Bühnen auf und bekamen so einen ganz besonderen Bezug zur Bundeswehr.

Uwe Pook fällt aber auch auf als aufrechter Demokrat, Schon in seinem Erstlingswerk „Heimat an der Zonengrenze“ hatte er sich erzählerisch mit dem Fortwirken nationalistischer Ideen und Funktionsträger in der jungen Bundesrepublik beschäftigt. In seiner Roman-Schilderung des Rheinlands setzt er diese Tradition nun fort. Er gibt Einblicke in das politische Leben, in vergangene Bedrohungen und gegenwärtige Herausforderungen. Diesen durchaus ernsten Ansatz verbindet er immer auch mit amüsanten Anekdoten. Ich kann mir gut vorstellen, wie er beim Schreiben der einen oder anderen Zeile ein verschmitztes Lächeln auf den Lippen hatte. Und ich bin davon überzeugt, dass es den meisten genauso gehen wird, wenn sie sein Werk nun lesen.

Frank Überall

Einleitung

Ich sehe aus dem Wohnzimmerfenster in unseren „verwilderten Garten". Ein Schwarm Sperlinge saust in den Sträuchern umher und macht sich an die Futterstellen, die wir an verschiedenen Stellen platziert haben. Ein Amselpaar kommt auch geflogen. Schließlich noch drei Tauben, die sich seit ein paar Jahren in unserem Garten wohlfühlen. Eine ziemlich große Krähe fliegt fast wie im Sturzflug auf den Rasen, nachdem sie erst einmal den Garten umkreist hat. Es gesellt sich ein Elsternpaar den „Verwandten" hinzu. Auch ein Drosselpaar stellt sich noch ein, nachdem die Krähen wieder weggeflogen sind. Unsere Kohlmeisen, die sonst viel zahlreicher zu sehen sind und in den Nistkästen an den Bäumen jedes Jahr brüten, werden immer weniger. Hin und wieder kommt auch ein stolzer Eichelhäher vorbei und besucht uns, wie ich mir dann einbilde, offensichtlich ganz gerne. Vor ein paar Wochen kam, auch wie fast in jedem Jahr, ein Schwarm grün gefiederter Halsbandsittiche. Nach ein wenig Aufenthalt flogen sie dann schnell fort - und kommen vielleicht erst im nächsten Jahr wieder. In Köln und Umgebung haben sich diese normalerweise nur in Afrika oder Asien beheimateten kleinen Papageien immer mehr verbreitet. Wunderbare Natur, vor unseren Augen - direkt in unserem Garten!

Wir schreiben Anfang Januar 2021. Am 1. Januar hatte ich Geburtstag. Natürlich ohne zu feiern – wie auch schon vor Corona Anfang 2020. Wir sind alle ein wenig empfindlicher, auch „melancholischer", in dieser Zeit geworden. Gerade sind die Zahlen der mit COVID 19 Infizierten und besonders der Toten wieder gestiegen. Der Impfstoff ist nicht pünktlich lieferbar und auch nicht ausreichend vorhanden. In den Zeitungen und in den Fernsehnachrichten, aber auch in unzähligen Talkshows, wird darüber berichtet und heftig diskutiert. Das alles verbreitet eine gewisse Angst. Trotz allem möchte ich vorausschauen. Daher plane ich, schreibe - und möchte wieder gestalten. Vielleicht hilft es, einige Jahre zurückzuschauen, um so manche negativen Gedanken für ein paar Momente zu überdecken. Schon seit ein paar Jahrzehnten bin ich wieder in der Kölner Gegend zu Hause - was nicht zwangsläufig so bestimmt war in meinem Leben. Ich beginne mit meiner Erzählung im Jahr 1955: Mitte Februar, Ankunft in Köln!

Wer noch nie nach den Sternen gegriffen hat, wird diese auch nie richtig gesehen haben!

In unseren Träumen fliegen wir so manches Mal hoch hinaus. Oder wir gehen auf einen Gipfel, springen in die Höhe, oder wir laufen auf einen hohen Turm bis zu einer schwindelerregenden Plattform. Meistens fühlt man sich dann irgendwie innerlich gelöst, weil wir einem Vogel gleich von oben alles überblicken können; unbewusst, dass wir dem Himmel und damit den Sternen ein klein wenig nähergekommen sind. Es bleibt eine gewisse Sehnsucht nach etwas, das man nicht beschreiben kann. Schon früh reifen bei fast allen Gedanken wie: „Wo will ich hin? Was will ich erreichen? Wie wird mein Leben einmal aussehen?“ Manchmal bemerken einige noch zeitig genug, dass es nicht immer wichtig ist, die höchsten Ziele anzustreben. Da ist der Junge, der wie sein Vater einmal ein erfolgreicher Handwerksmeister werden möchte. Das ist sein Stern! Andere haben den Traum von Ruhm und Ansehen, sei es nun im Wirtschafts- oder auch im kreativ-künstlerischen Bereich.

Wohl denen, die durch Eltern, Umgebung und Herkunft gehobener gesellschaftlicher Kreise unterstützt werden. Andere, die aus sogenannten einfachen Verhältnissen kommen, haben es viel schwerer, ihr Ziel nicht aus den Augen zu verlieren: Auch wenn es von so manchen Mitmenschen mit einer „gewissen Bildungsarroganz“ abgesprochen wird. Gut ist es, solche Erfahrungen für sein Leben zu verarbeiten – um daraus zu lernen. Auch wenn es nicht einfach werden wird, „seinem Stern“ eines Tages viel näher zu sein. Eine Erkenntnis, dass das Leben nicht endlos sein wird, wie man es noch in jungen Jahren vor Augen hatte - aber immer wieder neue Möglichkeiten, auch Brüche, in der Gestaltung des eigenen Daseins angenommen werden müssen - wird mit zunehmendem Lebensalter klarer. Zum persönlichen Glück und damit im Besitz „seines Sterns“ (vielleicht auch nur eines kleinen, aber die leuchten am meisten) gehört, dass wir immer bereit sind, etwas Neues anzufangen, egal in welchem Alter: Es sei denn, es gibt Brüche in gesundheitlichen Situationen, im schlimmsten Fall ist man dann schon nicht mehr „selbst entscheidungsfähig“. Dann geht für ein Menschenleben nicht mehr viel. Aber die Hoffnungen werden trotzdem viele nicht aufgeben wollen.

Schon in allen Jahrhunderten zog es Menschen in die Städte. Dort fühlten sie sich sicherer vor Überfällen räuberischer Banden oder auch Soldaten wie etwa im Dreißigjährigen Krieg. Schließlich hatten die meisten Städte rund um ihr Gebiet eine Stadtmauer als Befestigung, mit entsprechenden Stadtsoldaten, die die Bürger beschützen sollten.

Sie wuchsen immer mehr zu Großstädten, manche davon hatten im Altertum oder im frühen Mittelalter fast keine Rolle gespielt, doch erreichten sie durch Umstände wie Handel, Wasserstraßen oder auch zentrale Aufgaben eine gewisse Infrastruktur und viel später dann mit dem Anfang der Industrialisierung eine immer größere Bedeutung. Vor dem Zweiten Weltkrieg waren daher noch gut erhaltene „Befestigungen“ zu sehen, die längst nicht mehr die Grenze der Städte bedeuteten. Diese waren oft um das Mehrfache gewachsen, und die alten Stadtmauern bildeten nun eine Art inneren Ring.

Welche Überlegungen und Gedanken die Bewohner in ihren evakuierten Orten hatten, als sie nach dem Ende des Zweiten Weltkriegs wieder in ihre Heimatstädte zurückkehren durften, mag sehr unterschiedlich gewesen sein. Vieles verklärt sich aus der Ferne, doch die Sehnsucht nach Herkunftsland, Stadt und Ort bleibt bis in die Ewigkeit. Schon zehn Jahre nach Kriegsende waren weitgehend in Deutschland Schutt und Geröll aus den großen Städten verschwunden, und man machte sich wieder, ohne zurück zu schauen, weiter an den Aufbau. Es gab vereinzelt immer noch Trümmergrundstücke und Lücken im Gesamtbild der Städte. Doch Bauvorhaben wurden schnell genehmigt – jedenfalls, so könnte man es im Nachhinein beurteilen, schneller als zur heutigen Zeit. Allerdings wurden dabei auch gewaltige Bausünden begangen, vieles noch an der Ursprünglichkeit Gerichtetes wurde abgerissen und vielfach „modern aber hässlich“ neu wiederaufgebaut.

Erstaunlich war auch, dass im Allgemeinen die Bevölkerung gegenüber den Siegermächten keinen großen Groll empfand. Sie waren ja für die noch zum Ende des Krieges unzähligen Bombardierungen und damit auch den tödlichen Terror gegen die Menschen verantwortlich - für den Kriegsverlauf und damit für das Ende des Nazi-Regimes nicht mehr entscheidend. Berlin, Dresden, Hamburg, Würzburg, Düren und natürlich Köln, um hier nur einige Städte zu nennen, waren es, die damals noch so zerstört wurden, dass die Alliierten glaubten, es würden mehr als nur zehn Jahre vergehen, ehe diese Städte halbwegs so großartig wiederaufgebaut würden. Einige wurden von Bombardierungen fast verschont, wie zum Beispiel Wiesbaden. Auf der anderen Seite des Rheins hatte man Mainz fast dem „Boden gleich gemacht". Es wurde schnell klar, man hatte Städte und Ortschaften verschont, wo man sich später mit Alliierten-Kommandos und wie in Wiesbaden auch mit einer US-Army Heath Clinic und einem weiteren Hospital stationieren wollte.

Gesellschaftspolitisch wurde dennoch in dieser Zeit nicht viel diskutiert. Der im wahrsten Sinne „aus den Ruinen" auferstandenen Bevölkerung in Deutschland (erstaunlich auch, die erste Strophe in der vergangenen DDR-Nationalhymne) dämmerte es - bei manchen viel zu spät - besonders in den Großstädten, wem sie dieses zu verdanken hatten! Viele waren, zumindest am Anfang der Naziherrschaft, mit dem Regime einverstanden. Aber man war froh, alles hinter sich gebracht zu haben und wollte nicht zurückschauen. Auch konnte man mit einem unguten Gefühl feststellen, dass sogar „glühende Nazianhänger" des vergangenen Deutschen Reiches in der gegründeten Bundesrepublik Deutschland nun wieder in Ämtern saßen, wo sie wieder mitentscheiden konnten. Eine alte Luftaufnahme von Köln im Jahr 1945 zeigt nach Beendigung des Zweiten Weltkrieges die völlig zerstörte Stadt, nur der Dom ragt weit sichtbar ins Bergische und ins Hinterland bis zur Stadt Frechen heraus. Im Jahr 1955, ebenfalls eine Luftaufnahme: Vieles ist wieder auf- oder neugebaut. Gut ausgebaute Straßen, schon mit regem Autoverkehr. Nur noch so manche größere Baulücke, auch in der Nähe des Doms, wird noch eine Zeit lang zu sehen sein. Die Stadt hat auch dank der „zugezogenen Flüchtlinge“ zum Beispiel aus den Ostgebieten Deutschlands wieder eine größere Zahl an Einwohner als noch im Jahr 1939.

Rheinische Sinfonie“ - „D‘ Pimocken wäde all wat“
Das Leben eines „gewöhnlichen“ Menschen
ROMAN ERZÄHLUNG

Die Personen und Namen sowie Ereignisse, Orte und Geschehnisse sind frei erfunden. Ähnlichkeiten oder Zusammenhänge wären nur rein zufällig. Historische Begebenheiten, die in den hier beschrieben Jahren stattgefunden haben, sind zum Teil genannt und eingefügt.

Da stand ich nun mit meiner Mutter und Schwester an der Straßenbahnhaltestelle am Hauptbahnhof, in unmittelbarer Nachbarschaft zum Dom von „Kölle“. Es ist das Jahr 1955. Mitte Februar. Unser Vater war schon seit zwei Wochen in Köln und erwartete uns in der Wohnung von Familie Wüst. Gerade angekommen, konnte ich gar nicht meine Augen vom Dom abwenden, so groß und gewaltig kam er mir vor. Obwohl nicht beleuchtet, erschien er mir übermächtig. Die größte Stadt, die ich bisher gesehen hatte, war Braunschweig. Diese auch nur, weil wir mit der Schule aus Vienenburg am Harz dort ein Weihnachtsmärchen im Stadttheater besuchen durften. „Diese nicht“, rief Frau Wüst, die uns abgeholt hatte und bei der wir erst einmal unterkommen sollten, zu ihrer Stieftochter gewandt, als sich eine Straßenbahn mit „quietschigem Getön“ näherte. So warteten wir noch fast zwanzig Minuten auf die „richtige" Bahn, die uns näher zur Wohnung in der Innenstadt, nahe dem Stadtviertel Severin, bringen sollte.

Langsam begann es immer dunkler zu werden. Große Leuchtreklamen, wie ich sie bei der Einfahrt des Zuges von dem Kölnisch Wasser 4711 gesehen hatte, konnte ich nun auch hier und da entdecken. Die Straßenbahn fuhr über die

Kölner Ringe, noch an vielen Trümmergrundstücken, aber auch an „wie Palästen" anmutenden, neuen Versicherungsgebäuden vorbei. Bei einem dieser „Prachtbauen“ war sogar ein großer beleuchteter Springbrunnen zu sehen. Das Gebäude, so habe ich später erfahren, war von einem Düsseldorfer Architekten errichtet worden, der schon in der Nazizeit seine baulichen Eindrücke hinterlassen hatte. Aber dann wieder ein paar Lücken im Straßenbild. Auch noch mit zerstörten Häusern. Einige „Schaschlik Buden“ hatten mit eher spärlicher Beleuchtung dazwischen aufgemacht. Neben Fleisch-Schaschlik gab es auch Nieren-Schaschlik, schön in Fett mit Zwiebeln gebraten, dazu ein Brötchen oder Brot, oder auch Bratwurst. „Fritten“, wie die „Stäbchen“ aus Kartoffeln kurzerhand im Rheinland genannt werden, gab es noch nicht zu dieser Zeit. Bis diese zum selbstverständlichen Genuss der Bewohner werden sollten, waren die Lücken mit neuen Gebäuden fast geschlossen und die Buden mit dem damals Begehrten - heute würde man sagen Fast Food - waren verschwunden.

Entdeckungstour

Die ersten Tage in dieser Stadt waren für mich noch sehr interessant. Ich ging mit Gottlieb, dem ältesten Sohn von unserer Gastfamilie, zu Fuß in die Innenstadt. Ein großes Kaufhaus direkt am Rudolfplatz erregte mein Interesse. Gleich gegenüber stand auch noch die Ruine der Oper der Stadt Köln. Wir gingen in das Kaufhaus hinein. Was es in dem Kaufhaus schon alles gab! So etwas hatte ich der Kleinstadt Vienenburg, aber auch in der Kreisstadt Goslar, noch nicht gesehen. Gleichzeitig wurde mir aber auch bewusst, dass vieles von den angebotenen Waren für uns nicht so einfach zu kaufen war. Mein Vater brachte schließlich nur wenig Geld von seiner neuen Kölner Arbeitsstelle mit nach Hause.

Das zerstörte Opernhaus gegenüber dem bekannten Kaufhaus war im Stil des Historismus im Jahr 1902 fertiggestellt worden, wie mir die Großmutter von Gottlieb später einmal erklärte. Ich war fest im Glauben, man würde es wiederaufbauen: Besonders weil es nicht „so zerstört“ war wie andere Gebäude. Die Stadt hatte dort auch noch einige Verwaltungsbüros untergebracht. Doch das Bauwerk wurde 1958 komplett abgerissen. An einer ganz anderen Stelle wurde schließlich ein neues Opernhaus errichtet. Baubeginn war 1955, in einem Stil, der für mich aussah wie ein fremdländischer Tempel. Es entstand näher zur Innenstadt auf dem Offenbachplatz, auf den Trümmern des ehemaligen Stadttheaters und einer Synagoge - gelegen an der Glockengasse und somit am Gründerhaus von einem berühmten „Kölnisch Wasser“! Gefühlte 30 Jahre wird nun zur Zeit dieser Bau renoviert und umgebaut. Wann dieses Opernhaus mal fertig werden soll, steht zur heutigen Zeit in den Sternen. Hoffentlich dauert es nicht so lange wie die Fertigstellung des Kölner Domes… Für diesen brauchte man bekanntlich 632 Jahre. Vor fast 130 Jahren fertiggestellt, ist er immer wieder an gewissen Stellen eine erneute Baustelle.

„Kölscher“ Karneval

Aber bald war ja Karneval, in Köln auch „Fastelovend“ genannt. An sich beschreibt dieses Wort den Tag vor der Fastenzeit - und den erlebte ich „fröstelnd“ mit. Bei meinem ersten Rosenmontagzug (auf Kölsch: „Ruusenmoondaachszug“) war es für Köln noch ungewöhnlich kalt. In der Nacht waren die Temperaturen auf acht bis zehn Grad minus gefallen, und auch am Tag stiegen die Temperaturen nicht sonderlich an. Das machte freilich den eingefleischten „Jecken“ in Köln nichts aus. Im Radio liefen ununterbrochen Karnevalslieder, darunter auch ein kurioses Lied mit dem Text: „Ist da nicht das Brauchtum in Gefahr?“ Gesungen wurde es von einem hohen Karnevalsfunktionär, der bereits vor 1945 im Kölner Fastelovends-Leben großen Einfluss besessen und mit Spirituosen gehandelt hatte. Der Refrain wurde von einem Mädchen-Kinderchor mit ziemlich hohen Stimmen beantwortet: „Ja, da ist das Brauchtum, das Brauchtum in Gefahr!“, nachdem der Hauptsänger mit seinem „Sing-Sang“ erklärt hatte, warum er in der Karnevalszeit das Brauchtum nun „in Gefahr“ sah.

Ziemlich „blödsinnig“, dachte ich mir. Sehr früh musste ich aber auch begreifen, dass in der so gefeierten fröhlichen Metropole des Karnevals - über alle Grenzen bekannt - von den „Hochoffiziellen“ diese „fünfte Jahreszeit“ äußerst ernst genommen wurde. Aber vielleicht gab es schon damals Überlegungen, wie der Karneval als Aktionstage immer mehr für den Tourismus und damit allgemein gewinnbringend gestaltet werden könnte. Vor dem Krieg bestimmten die Nazis, wie volkstümlich der Kölner Karneval auszusehen hatte. Nun musste man sich immer wieder neu finden. Auf jeden Fall wollte ich mit zum Rosenmontagszug. So tolle närrische Verkleidungen, wie in der heutigen Zeit, sah man noch nicht häufig. Auch ich hatte mich ein wenig verkleidet und bewunderte so manche in ihren selbst genähten Kostümen. Zuweilen waren diese sehr fantasievoll, andere empfand ich eher Ekel erregend. Ein Mann hatte sich sein Gesicht so bemalt, als wenn er vom Kopf her „ausbluten“ würde, eine

Augenklappe bedeckte sein rechtes Auge, dazu trug er eine alte durchlöcherte Wehrmachtsuniform, bei der ein Ärmel abgerissen war. Plötzlich ertönten heftiger Applaus und „Heil-Grölen“ von den Zuschauern. Da sah ich einen Mann mit einem hellen, hochgeschlossenen Trenchcoat, die Haare mit der einen Seite über der Stirn und einen kurzen Schnauzbart unter der Nase. Er streckte den rechten Arm zum ehemaligen „deutschen Nazi-Gruß“ in die Höhe, der an sich verboten war - und ging, bevor der Rosenmontagszug kam, vorne weg. Vielen in der Menschmenge schien es zu gefallen. Sie lachten herzlich über diese Geschmacklosigkeit. Es ist immerhin möglich, dass einige das nur als Verhöhnung des vergangenen „Führers“ ansahen, doch zwiespältig war diese Aktion eines Einzelnen schon anzusehen. Die Bereitschaftspolizisten, die für die Einhaltung der Absperrung sorgten, zeigten keine Reaktion. Später habe ich erfahren, dass mein Bruder, der zum festen Kader der Bereitschaftspolizei in Linnich gehörte, auch an diesem Tag im Köln eingesetzt war. Allerdings an einer anderen Stelle.

Endlich kamen vier Mädels, mit tollen Kostümen und kurzen Röckchen, die Beine ohne Strümpfe schon fast blau „gefroren“, mit dem Schild: D`r Zoch Kütt! (Der Zug kommt). Zunächst erschienen die einzelnen Karnevalsvereine und Gruppen, für die damalige Zeit noch mit verhältnismäßig bescheidenen „Motto Wagen“. Immer wieder tauchten die einzelnen Garden in ihren „preußischen“ Uniformen auf. Besonders gefielen mir die Reitercorps der einzelnen Karnevalsgesellschaften und deren Tanzmariechen. Die vielen Fußgruppen hatten sich zum Teil ein aktuelles Thema ausgedacht. So hatte eine Karnevalsgesellschaft mit einem Karikatur-Wagen den zukünftigen neuen Bau des Theaters – beziehungsweise Opernhauses - auf die Schippe genommen.

„Do laachste Dich kapott, dies ist uns Thiater“ (Da lachst Du dich kaputt, das ist unser Theater). Einige gefielen mir durch ihre enorme Kostüm-Aufmachung, wie zum Beispiel die „Lappen Clowns“ mit selbst genähten Kostümen. Es gab großes „Hallo“, auch für die „Köln-Winterberger Negerköpp“. Sie wurden von den Zuschauern mit zum Teil wilden Urwald-Geräuschen begrüßt. Auch wegen der Kälte hatte die Gruppe zum Teil schwarze Rollkragenpullover und Wollstrümpfe an. Alle trugen Baströckchen. Dazu die Gesichter ganz schwarz und die Lippen übergroß rot bemalt. Nicht weit von uns stand ein Herr mit dunkler Hautfarbe und seiner Frau. Er verzog bei diesem „Durchmarsch der angemalten Schwarzen“ keine Miene. Ich denke nicht, dass man sich zu dieser Zeit über solche Darstellungen Gedanken gemacht hatte. Damals dachte man nicht im Entferntesten an etwas wie: „Diskriminierung“. Ich glaube, dieses Wort kannten damals die meisten Kölner überhaupt nicht. Aber von Rassismus sollten sie schon etwas gehört haben. War er in der vergangenen NS-Diktatur nicht Staatsräson? Gemeint sind auch die unseligen Rassengesetze, die zunächst Ausgrenzung und dann die gezielte Vernichtung von Juden, Roma und Sinti bedeuteten.

Allerdings fiel auch mir in dieser Zeit als Kind so eine Art von unwürdiger Menschenherabsetzung nicht sonderlich auf. Zwar konnte ich dieser Gruppe nichts abgewinnen und fand sie auch vom Gefühl her nicht lustig. Dass ich sie irgendwie peinlich empfand, ist mir noch in Erinnerung geblieben. Es gab noch viele Jahre später die leckeren „Negerküsse“, auch in der Werbung für Schokolade wurde das Klischee bedient: „Vielen Dank, singt man im Chor, vielen Dank, Sarotti-Mohr.“ Der kleine Schwarze in der Reklame war dazu noch niedlich in einem orientalischen Kostüm, wie aus tausend und einer Nacht, gekleidet. In manchen Schaufenstern für Süßwaren war so eine Figur mit nickendem Kopf zu sehen. Mütter mit ihren Kindern blieben oft davorstehen: „Schau, mal wie niedlich, dieser kleine Negerjunge!“ Dieses Marken-Emblem gab es schon seit einer Ewigkeit, und es wurde damals nicht als eine Beleidigung gegenüber anderen Völkern empfunden - was es aber faktisch schon immer war. Was ich viele Jahre später auch als schlimm empfand, war in einer Zeitung im Süden von Deutschland als Headline zu lesen: „Jetzt dürfen Neger auch fliegen.“ Gemeint war damals das südafrikanische Apartheit-Regime, das wohl in Ermangelung von geeigneten „weißen“ Kampfpiloten nun auch schwarze Bewerber zuließ. So etwas wurde von einem Redakteur geschrieben und durchgelassen - was für ein Chefredakteur war da wohl am Werk?

So langsam wurde mir schon ein wenig „flau“: Wahrscheinlich von der Kälte, die wir ja im Stehen „genießen“ mussten und uns dabei nur wenig bewegten. Besonders wenn ein Musikzug mit der großen „Trumm“ (Pauke) an mir vorbeizog, wurde es mir immer „elender“. Daher war ich froh, als endlich die Wagen mit dem Dreigestirn als Höhepunkt zu sehen waren: Bauer, Jungfrau und schließlich der Prinz Karneval. In dem Jahr war der Prinz kein Geringerer als der noch junge Zeitungs-Verleger Alfred Neven Dumont. Alle Zuschauer am Zugweg sahen, dass viele „jecke“ Mädchen den Prinzenwagen enterten, um den in seinem Ornat gutaussehenden Prinzen zu „bützen“ (küssen).

Wahrscheinlich war es allen auch schon zu kalt geworden, und sie wollten daher lieber - nachdem der Zug vorbei war - ins Warme. Damals konnte ich noch nicht ahnen, dass ich viele Jahre später einmal näher mit dem Karneval zu tun haben würde. Sogar einen Ehrendienstgrad einer sehr bekannten Kölner Karnevalsgesellschaft habe ich erhalten. „Erst mal ein Tässchen Kaffee, dann gehen wir noch mal auf den Ring, in ein Lokal", hieß es für mich erleichternd. Auch ich durfte überraschenderweise noch mit. Die Lokale waren zur damaligen Zeit noch überschaubar voll. Wir bekamen alle noch an einem großen Tisch Platz. Natürlich wurde das berühmte obergärige Bier „Kölsch" in den Gläserstangen bestellt. Für mich gab es eine Fanta. Auch laute Karnevalsmusik setzte ein. Es waren bekannte Lieder wie „Das kannst du nicht ahnen, du munteres Rehlein du" von Willy Ostermann. Seine Lieder waren schon vor dem Krieg im gesamten Deutschland zu hören gewesen. Oder „schmissige" Songs wie: „Heidewitzka, Herr Kapitän, mit dem Mühlheimer Böötche fahre mir so jern". Besonders dieser Karnevalsschlager wurde ordentlich laut mitgesungen, und es wurde geschunkelt. Das wurde auch fast zwangsweise nach Einsetzen der Musik von allen in dem Lokal auf dem Hohenstaufenring gemacht.

Plötzlich standen zwei Herren freundlich lächelnd und überraschend in Uniformen an unserem Tisch. Der eine war Sergeant (Feldwebel) in einer Uniform der US Air-Force und der andere ein Chief Warrant Officer (Oberstabsbootsmann) der Navy. Mein Vater hatte im scherzhaft-scharfen Ton schon nachgefragt: „Und? Welcher Dienstgrad?" Die Männer, da noch in ziviler Kleidung, standen bereits, als wir dem Umzug zugesehen hatten, in unserer Nähe. Sie hatten sich mit meiner Schwester und einer Freundin von ihr unterhalten, die auch mal in Vienenburg gewohnt hatte. Mit ihren Eltern war sie schon früher als ehemalige evakuierte Kölnerin wieder in ihre Heimat zurückgekommen. Die Männer hatten „emsig" den Rosenmontagszug fotografiert. Des Öfteren, das hatte ich beobachtet, hatten sie sich umgedreht - und auch in die Menschenmenge hinein fotografiert.

Sie fragten höflich, ob sie sich zu uns setzten dürften. Mit ziemlich gutem Deutsch erklärten sie lächelnd: „Wir haben extra noch unsere Uniformen angezogen, um auch ein wenig „bunter" auszusehen..." Einige feiernde Menschen auf den Straßen hatten sie wohl auch angesprochen mit den Worten: „Ihr habt aber tolle Uniformkostüme von den „Amis" angezogen, die sehen ja aus wie echt - wo bekommt man die denn her?" Weiterhin erklärten sie, dass sie als Presse-Soldaten für die US-Streitkräfte in Deutschland ihren Dienst verrichteten. Sie hätten das tolle, fröhliche Treiben hier beim Karneval beobachtet. Sie wollten für die US-Streitkräfte-Zeitschrift „Stars and Stripes" einen Artikel mit schönen Fotos veröffentlichen. Die Zeitschrift würde dann auf der ganzen Welt von allen Angehörigen der US-Streitkräfte gelesen. Herr Wüst „knurrte" zu meinem Vater hinter vorgehaltener Hand: „Nachdem sie uns mit ihren Bombardierungen fast alle vernichtet hätten."

Aber alle Damen am Tisch waren über die amerikanischen Soldaten in Uniform erfreut. Meine Mutter scherzte sogleich: „Dann passen Sie mal lieber auf ihre Krawatten auf, die werden nämlich von den Frauen sofort abgeschnitten, wenn es Männer noch nicht kapiert haben, in der Karnevalszeit keine Schlipse umzubinden - auch wenn sie eine echte Uniform tragen." Dann plauderte sie auch schon weiter, dass wir vor geraumer Zeit aus dem Harz nach Köln gekommen seien - und selbst auch noch einiges darüber lernen müssten, wie es in Köln zugehe. Aber da setzte die Karnevalsmusik mit dem berühmten Karnevals-Hit „Du kannst nicht treu sein, nein, nein das kannst du nicht" ein. Erstaunlicherweise kannten die zwei Uniformierten aus den fernen USA das

Lied beziehungsweise die Melodie und sangen „You can´t be true dear“ laut mit. Es war auch ein Hit in den USA geworden. Die beiden „Amis“ wurden nun von Frau Wüst und ihrer Tochter Gunhilde untergefasst und mussten auch kräftig mitschunkeln. Die beiden machten sich, während wir so dasaßen und immer fröhlich wirkten, zwischendurch immer wieder Notizen. Schließlich fragten sie, ob sie sich am Karnevalsdienstag zum Ausklang mit meiner Schwester und Gunhilde, einer Tochter von den Wüsts, treffen könnten, sie würden noch so viel erfahren wollen!

Mein Vater und auch Herr Wüst schüttelten daraufhin nur mit dem Kopf, da wussten alle, das wird wohl nichts werden. Aber der Chief Warrant Officer hatte schon des Öfteren zum Nebentisch geschaut. Dort saßen drei Frauen im „blühenden“ Alter in ihren Kostümen. Die eine war verkleidet als Waschfrau, mit zerrissenen Perlonstrümpfen. Was das bedeuten sollte, wusste wahrscheinlich nur sie selbst. Die andere war als ein Cowgirl angezogen und die dritte mit einem kurzen Röckchen und schwarzen Strümpfen, dazu Zuckerblöckchen ins Haar geflochten. Was das nun sein sollte, konnte wohl auch niemand erahnen. Die lustigen Frauen hatten schon während der ganzen Zeit rübergeschaut, den beiden „Amis“ zugelächelt und sie nicht aus den Augen gelassen. Der Sergeant hatte manchmal den Damen zugewunken. Der Karnevals-Dienstag und damit für die Beiden die weibliche Begleitung, schien damit wohl gesichert zu sein.

Die „Schäl Sick" - Scheele (falsche) Seite

In Köln wird die rechtsrheinische Seite so bezeichnet. Zu den Zeiten der Römer hörte „Colonia" an den Ufern im Linksrheinischen auf. Auf der anderen Seite wohnten die Germanen vom Stamme der Ubier, die zwar einen regen Handel mit den Römern pflegten, aber erst später auch ins linksrheinische Köln übersiedeln konnten. Sie sollen immer auf das andere Ufer geschaut haben, wenn abends die vielen Fackeln und Sichtfeuer der Stadt angezündet wurden. Die jetzigen Stadtteile im Rechtsrheinischen waren immer von weltweiter Bedeutung. Hier gab es Motorenwerke wie Klöckner-Humboldt-Deutz sowie weitere große Industriebetriebe, und mit der frühen Eingemeindung in den 1920er Jahren kam mit Mülheim ein Stadtteil mit florierenden Geschäften und Handwerksindustrie wie zum Beispiel dem traditionellen Kabelwerk Felten & Guilleaume Carlswerk AG hinzu.

Die wichtigen Brücken wie die Hohenzollernbrücke als Eisenbahn- und Fußgängerbrücke, die Deutzer Brücke, die Mülheimer Brücke, die Rodenkirchener Brücke und die Südbrücke als Eisenbahnbrücke waren nach dem Krieg wiederhergestellt worden. In Planung und Bau war gerade die Severinsbrücke. Wir hatten eine „Wohnungsbleibe" in einem weit außerhalb liegenden Stadtteil gefunden: Köln-Höhenhaus. Dort „hausten" wir in einer Siedlung, die Ende der 1930er Jahre für kinderreiche Familien gebaut wurde – aber nur für die, die auch Mitglieder in der NSDAP waren. Einige der Bewohner, die als treue Mitglieder dieser ehemaligen Nazi-Partei ausgemacht waren, lebten wohl noch immer in diesen Häusern. Die Zimmer für uns waren wieder sehr beengt, noch beengter, als wir es von Vienenburg gewohnt waren. Für mich, der zeitweise unter sehr starkem Heimweh litt, brach aber eine neue, „freiheitliche“ Zeit an. Es gab viel Wald in der Nähe. In einem dieser Wälder, in Köln-Dünnwald gelegen, fand man sogar ein außergewöhnlich großes Freibad.

Zunächst aber wurde ich endlich in der Schule angemeldet. Als ich mit meiner Mutter auf dem Weg dorthin war, begegneten uns zwei Mädchen, die wohl etwa in meinem Alter waren. „Jung wen liebst du?“, riefen sie, als wir schon ein Stück weiter gegangen waren, hinter uns her. Meine Mutter lächelte. Ich aber konnte damals noch nichts damit anfangen und hatte mich auch gar nicht umgedreht. „Das waren aber zwei nette Mädchen“, bemerkte meine Mutter noch, aber ich sagte nur: „Kann sein.“

Die ersten Stunden in der nun für mich neuen Schule vergingen sehr schnell. Wir waren im Unterrichtsstoff im Harz schon viel weiter gewesen, sodass es für mich als Wiederholung daherkam. Meine Lehrerin, die im Rheinland auch als nur „Frollein“ bezeichnet wurde, benutzte nicht, wie in Vienenburg üblich, einen Rohrstock. Doch sie verteilte ziemlich schmerzhafte „Backpfeifen“, immer wenn sie meinte, einige würden den Unterricht stören oder „Faxen machen“. Ich hatte von dieser Lehrerin nie eine solche schmerzhafte Erfahrung „einstecken“ müssen. Im Gegenteil, ich wurde für meine Arbeiten zu Beginn immer sehr gelobt. „Ungezogener“ als in Vienenburg empfand ich damals die Mitschüler aber schon. Die Klasse mit Mädchen und Jungen gemischt war ziemlich lebhaft. Nach der Pause musste man sich, um wieder in die Klassen zu gehen, stets aufstellen. Das ging nie ohne „Rempelei und Geschubse“ ab. Von den Jungs der Klasse wurde das extra veranstaltet, um damit die Mädels näher zu „berühren“. Einige Mädchen interessierten sich nun auch für den neuen Mitschüler aus dem fernen Harz. Geografisch konnten sie sich aber nichts darunter vorstellen. Und so bezeichneten sie diese Gegend Deutschlands einfach nur als „kalte Heimat“. Sie sprachen mich meistens im „breiten Kölsch“ an. Da ich zu Beginn nichts verstand, antwortete ich gar nicht, oder aber ich erzählte für die Mädchen etwas gänzlich Sinnloses. Also musste ich schnell diese Sprache lernen. Dass es kein Dialekt, sondern eine besondere rheinische Sprache sei, wurde mir schon früh von den Mitschülern „eingepaukt“.

In unserer Straße, die an sich keine Straße, sondern so etwas wie ein befestigter Weg war - nur ein Auto konnte in eine Richtung fahren - wohnten auch ein paar Jungs in meinem Alter. Schnell hatte ich mich mit ihnen angefreundet, und so verging auch mein Rest von Heimweh. Schließlich gab es in diesem neuen Wohnort noch viel zu entdecken. Meine Eltern konnten sich vom jetzt verdienten Geld ein neues Radio, ja sogar eine Musiktruhe mit Plattenspieler leisten. Meine Mutter hatte eine Arbeit beim Studentenwerk der Universität in Köln gefunden. Meine Schwester war bei einem Chemiewerk in Köln-Ehrenfeld als Bürokraft angestellt. Abends saßen wir nach dem Abendessen oft gemeinsam vor dem Radiogerät, um die Sendung „Zwischen Rhein und Weser“ zu hören. Wenn die wunderschöne Erkennungsmelodie (ausgerechnet geschrieben von Robert Schumann, einem gebürtigen Sachsen) mit der „Die Rheinische“ genannten Symphonie erklang, konnten wir an unserem neuen Wohnort Nachrichten und Geschehnisse aus ganz Nordrhein-Westfalen erfahren. Moderiert wurde die Sendung in einem ruhigen und verständlichen Ton von einer Moderatoren-Legende: Walter Erasmy.

Ich musste feststellen, dass meine Mitschüler an so etwas kein Interesse zeigten. Die meisten wussten gar nicht, von was ich sprach, wenn ich mich auf dem Schulhof über Ereignisse, die ich dort im Radio gehört hatte, unterhalten wollte. Im Unterricht gab es aber im Fach Geschichte hin und wieder eine Abweichung, und die hieß: „Zeitgeschehen". Hier war ich nun immer Bestens informiert und konnte mit meinem Wissen glänzen. Meine Mitschüler, weniger meine Mitschülerinnen, empfanden mich als Streber und lachten nur über mein Wissen. Aggressiv wurden sie dahingehend aber nicht. Das wäre wohl so in Vienenburg geschehen, da wäre ich kaum um eine „schärfere Auseinandersetzung" herumgekommen.

Eines Tages kam eine größere Briefsendung bei uns an. Im Inhalt waren zwei Ausgaben von Stars & Stripes! Die Sendung war von Herrn Wüst weitergeleitet worden. Auf einer Doppelseite und noch einer weiteren, dazu sogar als Titelblatt, hatten die beiden Soldaten tatsächlich über ihr Karnevalerlebnis am Rosenmontag in Köln berichtet.

Der Artikel in der Zeitung: „Stars and Stripes"

Unter der Überschrift „The Germany-Cologne Rose Mandya" hatten sie ihren Artikel mit vielen Bildern veröffentlicht. Meine Schwester, die in der Schule ziemlich gut Englisch gelernt hatte, übersetzte uns den Bericht. Darin hatten sie durchaus auch Kritisches niedergeschrieben – aber nicht von dem als Hitler „verkleideten" Zeitgenossen. Von ihm hatten sie zwar ein Foto „geschossen", aber bloß die Bildunterschrift „The Führer is heartily laughed at" (Der Führer wird herzlich ausgelacht) hinzugefügt. Dafür hatten sie in ihrem Artikel zum Ausdruck gebracht, dass die Kölner als Deutsche so unbefangen und fröhlich nur fast zehn Jahre nach Kriegsende feiern konnten - obwohl ja so manche von denen dem vergangenen Regime in Führungspositionen angehört und möglicherweise auch menschliche Verbrechen auf sich geladen hätten. Davon sei absolut nichts mehr zu spüren gewesen.

„Hinter welchem lachenden und fröhlichen Mann verbirgt sich ein unverbesserlicher Nazi?“ Diesen Satz hatten sie als Bildunterschrift unter dem Foto von einem „lachenden männlichen Clown“ geschrieben. Unter einem anderen Bild von dem „gruselig“ aussehenden Mann in zerrissener Wehrmachtsuniform und mit „blutendem“ Kopf stand als Unterschrift, dass dieser wohl gegen eine Wiederbewaffnung und damit eine neue Armee in Deutschlands protestieren wollte. Es wäre aber schon beschlossen, und noch im selben Jahr sollten die ersten deutschen Soldaten als Führungskräfte für eine Aufstellung einer Bundeswehr vereidigt werden, kam als Information dazu. Auch merkten die zwei US-Militär-Redakteure an, sie hätten besonders viele ausgelassene Frauen angetroffen, die ziemlich fröhlich und trinkfest waren, einige seien wohl „auch zu mehr“ bereit gewesen als nur gemütlich zu schunkeln!

Die Fotos waren in Farbe, von einer „gestochenen“ Qualität. Die immer wieder „eingefangenen“ Gesichtsausdrücke der feiernden Kölner sprachen „Bände“. Ein Foto von unserem Tisch war nicht dabei, aber eines von den drei feiernden „Grazien“ am Nebentisch, als sie sich gerade mit „Schabau“ (Schnaps) zuprosteten, dabei hatten sie gerade ihre Münder weit aufgerissen. Als ich dieses Foto betrachtete, hatte ich plötzlich ein Gefühl von Mitleid mit diesen Frauen. Wollten sie doch auch einmal etwas unbefangener und ausgelassener feiern? Wer weiß, was sie sonst außerhalb der „jecken“ Zeit, möglicherweise in einem tristen Alltag, ertragen mussten?

Somit empfand ich, ein derartiges Foto von den feiernden Kölnerinnen zu veröffentlichen, als unfair. Obwohl gerade diese Damen die zwei US-Militär-Redakteure wohl auch noch „näher kennen gelernt hatten“, wie es schien.

Trotz allem fand ich aber den Artikel als informativ und gut beschrieben. Besonders auch wegen der Fotos, die, wie ich meinte, einen umfangreichen Eindruck von diesem jährlichen Volksereignis wiedergaben. Mein Vater dagegen, obwohl kein großer Freund des Karnevals, meinte: „So und nicht anders“ hätte er sich einen Bericht von einem ehemaligen Kriegsgegner vorgestellt. Die Alliierten würden weiterhin kein gutes Haar an uns lassen, auch wenn besonders die USA mit ihrem Marshall-Plan Deutschland helfen und zum sogenannten Wirtschaftswunder beitragen würden. Auch einige „Obere“ des Kölschen Karnevals hatten von dem Bericht erfahren. Sie waren sehr aufgebracht über diesen „hämischen“ Artikel, wie sie in Leserbriefen schrieben. Von einigen ging eine hochoffizielle Beschwerde - die soll aber nur der Bürgermeister von Köln-Mülheim angeblich mitunterzeichnet haben - an die US-Botschaft nach Bonn. Es vergingen einige Monate, dann erst kam eine Antwort, die auch in einer Kölner Tageszeitung veröffentlicht wurde. Im Inhalt wies der Verfasser, ein Major Meyers beim Militärattaché der neuen amerikanischen Botschaft in Bonn-Bad Godesberg, erst einmal ausgiebig auf die Pressefreiheit von demokratischen Ländern hin. Auch die verhältnismäßig junge Bundesrepublik Deutschland gehöre ja dazu! Für eine Zeitung des Militärs müsse dies auch weitgehend gelten. Im Text habe keine Häme über das Brauchtum „Karneval in Köln“ festgestellt werden können. Im Gegenteil wären von den beiden Verfassern doch eindeutige Sympathien für diese fröhlichen Tage in Köln zum Ausdruck gekommen. Also war hier das „Brauchtum“ Karneval in Köln auch weiterhin nicht in Gefahr.

Ein nicht so tolles Erlebnis

Ich ging nun täglich zur Schule, meine Eltern fuhren mit dem Bus und dann mit der Straßenbahn in die Innenstadt zu ihrer Arbeitsstelle. Auch meine Schwester hatte ja eine gute Anstellung als Bürokraft, in einem Chemiewerk im Stadtteil Ehrenfeld - auf der anderen Rheinseite - gefunden. Am Tag war ich also allein und konnte nach den Schularbeiten, die ich immer noch nicht gerne verrichtete, immer mehr die Gegend und auch Menschen kennen lernen. Eines Tages fuhren wir mit unseren Rädern in Richtung Wald. Ich hatte mein Herrenfahrrad von meinem ältesten Bruder, der im Harz geblieben und dort seine eigene Familie hatte, geschenkt bekommen.

Wir fuhren ein bisschen in der Gegend herum. In dem Waldstück gab es einen Schießstand für die in Köln-Holweide stationierten belgischen Truppen, die sogenannte Rhein-Armee. Dort in der Nähe stand auch ein Kiosk. Meine neuen Freunde, Achim und Walter, wollten dorthin, um sich die leckeren Lakritz-Schnecken zu kaufen. Auch ich hatte etwas „Klimpergeld“ in der Tasche und wollte mir auch so etwas genehmigen. Der Besitzer mit fast total grau-weißem Haar schaute mich an und bemerkte, gar nicht zu mir gewandt: „Wo kütt der denn her?“ Ich antwortete selber, dass ich aus dem Harz erst kürzlich hierhergezogen wäre. Daraufhin verdüsterte sich sein Gesicht, und er sagte: „Aha, aus der Kalten Heimat.“ Das „Kalte“ hatte er extra langgezogen. Es schien wohl zur Methode zu gehören, nicht alteingesessene

Kölner, die aus einer anderen Gegend von Deutschland kamen, so zu bezeichnen. Dann bemerkte er noch, dass erst mal die Kölner und Rheinländer hier versorgt werden müssten, ehe hier wieder so viele „Pimocke“ - er sagte dieses Wort verächtlich (ein Schimpfwort für Fremde) - aus der „Kalten Heimat“ aufschlagen würden.

Ich wollte antworten, dass ich ja kein Flüchtling sei und wir wohl als deutsche Staatsbürger im ganzen Land wohnen könnten, wie wir es wollten oder auch durch die Arbeit bedingt müssten. Da zog mich aber Achim schon weg, und zu dem Kiosk-Besitzer gewandt sagte er nur: „Blötschkoop!“ (Dummkopf). Als „Blötsch“ bezeichnet man aber auch eine Beule zum Beispiel am Auto. Ich war ziemlich betroffen von so einer Feindseligkeit mir gegenüber. Damit hätte ich nie gerechnet. Als wir heftig in die Pedale traten, um von dort weg zu kommen, sagte Walter noch:

„Dem müssten sie mal die Bude abfackeln.“

„Nein“, meinte ich daraufhin, höchstens habe der mal eine Tracht Prügel verdient. Meinen Eltern erzählte ich lieber nichts davon, sie hatten genug Sorgen. Sie versuchten für uns eine größere Wohnung, egal in welchem Stadtteil, zu finden. Eines Tages hatte mein Vater deswegen auch einen Termin beim Wohnungsamt der Stadt in Köln-Mülheim.

Die dortige Sachbearbeiterin wählte ihre Worte zwar vorsichtig, gab aber zu verstehen, dass erst einmal alle Kölner und alle aus der Umgebung versorgt werden müssten, ehe von anderen Zugezogenen ein Anspruch entstehen könnte. Dann fragte sie noch, ob die Familie gläubig wäre und auch regelmäßig die Kirche besuchen würde. Mein Vater hatte hierauf keine Antwort mehr gegeben, sondern war wort- und grußlos aufgestanden und hatte die Amtsräume verlassen. Ein Arbeitskollege meines Vaters, dem er davon erzählte, meinte, dass man sich da an die vorgesetzte Stelle wenden und beschweren müsse. Das Verhalten der Sachbearbeiterin wäre ansonsten doch bei den toleranten und aufgeschlossenen Rheinländern niemals üblich: Zumal der Bundeskanzler Konrad Adenauer, auch ein gebürtiger Kölner, alle Bürger aus Deutschland und besonders aus den besetzten Ost-Gebieten ausdrücklich im Rheinland begrüßen würde und auch alle Unterstützungen zugesagt hätte. Doch mein Vater, der da schon des Öfteren wegen seines schweren Diabetes unter dem sogenannten „Zuckerschock“ litt, hatte es gänzlich aufgegeben. Außerdem schien das, was die Politiker und Staatsträger sich vorstellten, und die Ausführungen in den Kommunen stark auseinander zu klaffen.

Durch die Tageszeitung „Die Kölnische“ erfuhren wir, dass der Kiosk in der Nähe der Schließanlage fast abgebrannt wäre. Der Besitzer konnte gerade noch mit einem Feuerlöscher das Schlimmste verhindern - auch nur, weil er nochmal von seiner Wohnung zurückgekehrt war, um Abrechnungen zu holen, die er vergessen hatte. Während er die Flammen „bekämpfte“, wurde er hinterrücks angegriffen und heftig geschlagen. Durch sein lautes Schreien hatten die Angreifer die Flucht ergriffen. Der Platzverwalter der nahe gelegen Schießanlage war auch herbeigeeilt, und so konnte wohl Schlimmeres verhütet werden. „Oh“, dachte ich zunächst, hatten das vielleicht meine neuen Freunde, wie geäußert, getan? Aber sie waren selbst überrascht von den Geschehnissen. Wie sich dann herausstellen sollte, richteten sich die Ermittlungen auf eine erst vor kurzem gebaute Waldsiedlung. Dort wohnten auch ehemalige Zwangsarbeiter mit ihren Familien, die nach dem Krieg nicht mehr in ihre Heimatländer Russland und Polen zurückwollten. Sie waren im Krieg in den Chemiewerken Köln-Kalk und auch in der

Bauwirtschaft zwangsweise eingesetzt. Ihre Familien durften sie nun als eine Art Wiedergutmachung nachholen und in Deutschland bleiben.

Wahrscheinlich hatte „unser Kioskbesitzer“ diese Leute ebenfalls beschimpft - und die hatten sich das womöglich nicht gefallen lassen. Trotzdem, es wurde erfolgreich ermittelt, und tatsächlich wurden zwei Polen gefunden, die die Täter gewesen sein sollen. Ich dachte mir, dass es nicht in Ordnung sein kann, so gewalttätig zu werden, auch wenn es dieser „Herr“ ja irgendwie verdient hatte. Aber andererseits – und das habe ich viel später erfahren müssen - waren diese Menschen im vergangenen Regime von ihren Bewachern so mancher Willkür und Grausamkeiten ausgesetzt worden, da könnte sich etwas „angesammelt“ haben. Doch es stellte sich nach vielen Verhören heraus, dass die erst elf und acht Jahre alten Söhne der beiden Familien die Tat verübt hatten. Die Väter wollten sie nur beschützen. Was nun mit ihnen passieren würde, habe ich nicht mehr verfolgen können. Aber die Jungs sollen wohl vorübergehend in eine sogenannte „Erziehungsanstalt“, wie es noch bis in die 1970er Jahre hieß, eingewiesen worden sein. Man erzählte sich, dass den Vätern von einem „gut meinenden Beamten“ nahegelegt worden war, diese Vision zu erzählen, damit sie nicht doch noch wieder in ihre Heimatländer abgeschoben werden sollten, denn sie hatten noch keine deutsche Staatsangehörigkeit. Alle Familienväter in dieser Wald-Siedlung hatten eine Arbeitsstelle. Die meisten bei den Bayer-Werken in Leverkusen, ungefähr fünfzehn Kilometer von der Waldsiedlung entfernt.

Als wir wieder einmal in Richtung Schießanlage und Kiosk fuhren, sahen wir schon von Weitem einen neu renovierten Kiosk. Der ehemalige Besitzer war nicht mehr da. Er hatte den Kiosk an den Schießplatzverwalter verkauft. Dessen

Familie hatte drei Töchter - zwei Jahre und ein Jahr jünger als ich und noch ein kleineres Mädchen. Die Ältere stand nun in dem Kiosk und lächelte uns an. Es entstand eine tolle Freundschaft. Wir waren nun oft bei den Mädels und durften, wenn keine belgischen Soldaten, die in Köln-Dellbrück stationiert waren, zum Schießen anwesend waren, auf dem Gelände ausgelassen spielen. Man konnte sich in der Anlage, die noch von der ehemaligen Wehrmacht gebaut worden war, sehr gut verstecken. Sie war auch für so manche Überraschungen beim Spielen sehr geeignet! Wenn eine Tochter im Kiosk stehen musste, hatte die andere frei. Aber manchmal, wenn ihre Mutter den Verkauf übernahm, konnten beide größeren Töchter mit uns „rumtoben". Die Ältere, mit etwas rötlichen Haaren und dem Namen Tina, hatte schon für ihre Zukunft alles geplant. Sie sagte, was mich etwas irritierte, dass sie mit 16 Jahren „entjungfert" werden und spätestens mit 19 Jahren heiraten und dann wie ihre Mutter drei Kinder bekommen wolle.

Dann fragte sie mich eines Tages, ob ich ihr „näherer Freund" werden wolle, um sie nach einem „näheren Kennenlernen" entsprechend später zu heiraten. Da war es bei mir doch zu Ende! Leider konnte ich nun da nicht mehr hingehen. Ich war zwar geschmeichelt, dass sie mich für ihre weitere „Lebensplanung" aussuchen wollte, doch meine Zukunft sollte sicherlich anders gestaltet werden. Leider habe ich die tollen Mädchen nie wiedergesehen. Viele Jahre später habe ich durch Zufall erfahren, dass mein damaliger Freund Walter wohl Tina geheiratet hatte.

Demütigung für eine Schülerin und was für ein Theater

In der Schule wurden des Öfteren die Klassen neu gemischt. Den Grund verstand keiner so richtig. Einige Schüler mussten in die Klasse von Lehrer Poll, andere verblieben bei unserem „Fräulein Horns". Dann wurden die Klassen erneut gemischt. Ich war dann bei Lehrer Poll in der Klasse. Der gab sich für die damalige Zeit als ziemlich modern. Er kam immer mit einem hellblauen Motorrad angefahren – und hatte während des Unterrichts auch öfters ein paar witzige Sprüche auf Lager. Diese Klasse war ebenfalls mit Jungs und Mädchen gemischt. Bei einigen Mädchen zeichnete sich schon etwas früher ab, dass sie bald zur Frau werden würden. So auch bei einer Mitschülerin mit dem Vornamen Lydia. Aus mir nicht verständlichen Gründen ging unser Lehrer sie in einer Unterrichtsstunde nach Überprüfung der Schularbeiten und einem Wortwechsel an ihrer Schulbank lautstark an. Die Worte vorher waren sehr leise gesprochen worden, und keiner in der Klasse, weder in den Bänken davor noch in denen dahinter, hatte etwas verstehen können. Der Lehrer wurde dabei ganz rot im Gesicht, was ich vorher noch nie gesehen hatte. Dann befahl er der Schülerin, nach vorne zu kommen und sich über den ersten Tisch zu beugen. Er holte den Rohrstock, den er vorher noch nie benutzt hatte - auch nicht als Zeigestock - aus der Ecke an der Tafel.

Da erst erkannte ich, was er bezwecken wollte! Mir war gar nicht bewusst geworden, dass ich langsam aufgestanden war. Dann hörte ich mich selber laut sprechen: „Was Sie da tun wollen, empfinde ich besonders bei einem Mädchen als gemein. Nehmen Sie von mir aus mich, aber lassen sie das Mädchen in Ruhe!" Daraufhin wurde es laut in der Klasse. Einige Schüler waren jetzt ebenfalls aufgestanden, auch

Klaus Barde. Er war so groß wie ich und damit ein „Riese" gegenüber den anderen Schülern in unserer Klasse, die fast alle einen Kopf kleiner waren als wir. Die Meisten brüllten unverständlich herum, während andere sich in ihren Bänken und Sitzen ganz klein gemacht hatten. In dieser Situation rief ich: „Ruhe! Alles setzt sich wieder hin." Lehrer Poll hatte seit meinem „Eingreifen" nur stumm dagestanden und die Augen fast starr in Richtung Fenster gerichtet. Lydia hatte sich nicht gerührt und verharrte immer noch in dieser würdelosen Haltung. Ich gab ihr mit einer Kopfbewegung zu verstehen, dass sie sich auf ihren Platz setzen sollte. Unser Lehrer ließ mindestens noch drei Minuten vergehen, ehe er sich langsam zur Klasse wandte. Dann sagte er nicht sonderlich laut: „Alles geht jetzt in die Pause."

Ich ging schnell zu meiner Mitschülerin, nahm sie bei der Hand, und wir gingen als erste aus dem Klassenraum. Sie weinte. Die anderen Mädchen kamen auf dem Schulhof sofort zu ihr und trösten sie, so gut sie es konnten. Einige Jungs „feixten" aber albern rum, einer meinte zu Lydia: „Kannst du mal zu uns kommen, und dich auch so, wie eben in der Klasse, über meine Knie legen?" Da ging Klaus Barde zu dem Jungen, der die unflätige Bemerkung gemacht hatte, auch zwei Kopf kleiner als er. Klaus hielt ihm seine Faust unter die Nase: „Halts Maul", sagte er nur, und alle Jungs, die bisher gefeixt und mitgelacht hatten, blieben auf einem Schlag still.

Nach der Pause, die fast eine halbe Stunde dauerte, war der Lehrer nicht mehr anwesend. Der Schul-Hausmeister kam und teilte mit, dass wir noch bleiben könnten, um zum Beispiel Hausaufgaben zu machen, wir könnten aber schon nach Hause gehen. Natürlich gingen alle daraufhin nach Hause. Lehrer Poll blieb drei Wochen krank, und wir bekamen eine hübsche junge Aushilfslehrerin aus Düsseldorf zugeteilt. Über diesen Vorfall wurde nicht mehr gesprochen. Die Eltern von Lydia hatten wohl noch mehrere Aussprachen mit Lehrer Poll, im Beisein des Schuldirektors. Mehr ist uns allen nicht bekannt geworden. Was nun diesen Ausbruch, der so unverständlich war, bei diesem Lehrer hervorgerufen hatte, blieb für immer im Verborgenen. Ich hatte nur in Gesprächen mit meinen Mitschülern bemerkt, dass so ein Benehmen eines Lehrers mit nichts zu rechtfertigen sei. Damals blieb diese „Verfehlung" - aus heutiger Sicht bedauerlicherweise - ohne weitere Folgen.

Dieser Lehrer hatte mich schwer enttäuscht: Hatte ich doch geglaubt, dass man vom Prügeln hier in Köln nicht viel hielt. Die „Backpfeifen" von Fräulein Horns nahmen alle noch so hin. Auch empfand ich die Art des Umgangs mit den Schülern als allgemein toleranter und fortschrittlicher als in Vienenburg am Harz. Ich ging nicht mehr zum Singen des Schulchors, den auch der Lehrer Poll leitete. Es kamen auch keine Nachfragen, er hatte wohl damit gerechnet. Ich durfte nun wieder in die andere Klasse zu unserem „Fräulein". Die Klasse war gerade dabei, ein Theaterstück von Gotthold Ephraim Lessing einzustudieren, „Minna von Barnhelm". In einer gekürzten Fassung. Auch die Rollen waren zum Teil in der Handlung von unserer Lehrerin umgeschrieben worden, wahrscheinlich nicht so, wie es sich der Dichter vorgestellt hätte.

Das wäre an sich etwas für mich gewesen, aber die Hauptrolle des „Major von Tellheim" war schon an einen von mir nicht sonderlich geschätzten Mitschüler vergeben. Daher wollte ich nicht in diesem Stück mitmachen. Schließlich überredete mich Fräulein Horns, doch „mitzuspielen". Sie hatte die Rolle des Wachtmeisters Werner für mich vorgesehen. Die hatte sie so umgeschrieben, dass ich in jedem Akt mit dabei war. Den Text hatte ich sehr schnell gelernt. So langsam ging es in dieser Schule zu Ende, und ich wurde auf einer Handelsschule in Köln-Mülheim angemeldet. Aber zunächst war das Theaterstück, das im Naturfreundeheim gezeigt werden sollte, zur Aufführung bereit. Meine „schauspielerische" Partnerin Alvine Holster als „Frauenzimmerchen" Franziska war auch schon sehr gespannt auf diesen Abend mit allen Eltern, dem Rektor, anderen Lehrern und dem Bezirksbürgermeister.

Ich war vor kurzem noch selber als Mitglied dem Verein „Die Naturfreunde" mit Erlaubnis meiner Eltern beigetreten, obwohl dieser Verein aus der Sozialistischen Arbeiterbewegung und damit den Sozialdemokraten hervorgegangen war. In diesem Verein unternahmen wir sehr viele Wanderungen, die uns zum Teil bis nach Dabringhausen bei Wermelskirchen führten. Selbstverständlich ging es nach einer Übernachtung in einer Jugendherberge dann auch zu Fuß wieder zurück. Mein Vater wollte erst gar nicht zu dieser Schulaufführung mitgehen. Er sagte zu meiner Mutter: „Nicht, dass wir uns blamieren, wenn unser Jüngster da rumstammeln sollte." Doch die Aufführung war nicht nur für mich ein erfolgreiches Erlebnis. Ich hatte die anderen Rollen einfach mitgelernt und konnte bei einem „Hänger" meiner Mitschauspieler immer „aushelfen". Auch meine Mitschülerin Alvine spielte gut mit, sie machte es mir durch ihren Augenaufschlag leicht, mich authentisch darzustellen, wenn ich mich zum Beispiel im Stück sagen hörte: „Frauenzimmerchen, erschrecke Sie nicht, ich sehe sie ist hübsch..." Davon abgesehen, dass sie es tatsächlich war. Sie stach schon mit ihren langen dunklen Haaren hervor, im Vergleich zu den anderen Mädels in der Klasse war sie schon immer eine aparte

Erscheinung. Nach dieser Aufführung musste ich am folgenden Montag im Lehrerzimmer erscheinen. Anwesend waren unsere Klassenlehrerin und der Rektor der Schule. Fräulein Horns sagte, sie hätte mein schauspielerisches Talent nicht so hervorragend vermutet - schon bei den Proben sei ihr aufgefallen, wie schnell ich mich in eine Rolle hineinversetzen konnte. Ich solle doch später unbedingt eine Schauspielschule besuchen und mich dort anmelden. Aber sie fügte noch hinzu: „So ein Weg wird niemals einfach sein. Er verlangt sehr viel Disziplin und Bereitschaft zum Verzicht.“ Ich habe Zeit meines Lebens nie versucht, mich bei einer Schauspielschule zu bewerben: Aber nicht, weil ich nicht bereit gewesen wäre, die von mir dazu geforderten Leistungen zu erfüllen. Vielmehr traute ich es mir doch nicht zu.

Immer in korrekter Kleidung

Er hieß Sebastian Kraschek und war im Gegensatz zu uns anderen Jungs stets korrekt gekleidet. Als ich mich etwas mit ihm anfreundete, erfuhr ich, dass er für die Schule extra Schulsachen anziehen musste: Nicht so wie wir, die manchmal auch etwas „schlampig“ daherkamen. Die begehrten Jeans waren zwar schon seit kurzer Zeit auf dem Markt, wurden aber noch nicht oft getragen.

Die Familie von Sebastian hatte sich in einer Gartensiedlung ihre Laube zu einem beachtlichen, kleinen Bungalow ausgebaut – wohl mit Duldung der Behörden, denn es gab immer noch zu wenig Wohnraum. Im Sommer war so ein Wohnort das wahre Paradies. Neben den vielen Grün- und Nutzpflanzen sowie Obstbäumen konnte man sich rundum wohl fühlen. Wie ich erfuhr, stammte die Familie aus

Ostpreußen. Die Mutter war gebürtige Polin und hatte schon zu Beginn des Krieges den Vater von Sebastian kennengelernt und geheiratet. Nach dem Russlandfeldzug ist er Ende 1944 in sowjetische Gefangenschaft geraten – und an Typhus gestorben. Zusammen waren sie drei Kinder im Hause Kraschek. Sebastian hatte einen ein Jahr älteren Bruder und eine Schwester, die ein Jahr jünger war als er. Bei ihnen wohnte der Großvater, der gemeinsam mit Freunden die Laube umgebaut hatte. Es war immer viel los bei ihnen zu Hause. Meist waren noch einige Männer anwesend, die, wie ich merken konnte, viel über Politik redeten. Sebastian erklärte mir unumwunden, dass sein Großvater der Ortsgruppe KPD (Kommunistische Partei Deutschlands) in Köln angehöre. Es war mir allerdings egal, denn ich betrachtete schon damals nur den Menschen, was er für eine politische Meinung er hatte, war für mich nicht besonders erwähnenswert.

Gleichzeitig gehörten fast alle Kinder in dieser Gartensiedlung dem Kunstradverein „Bereit“ an. Ich bekam mit, dass gerade solche Vereine, entstanden aus der Arbeiterschaft, meist auch durch diese Partei gesteuert wurden. Sebastian hatte den Wunsch, Kellner zu lernen und dann im Ausland in großen Häusern zu arbeiten. In Gesprächen darüber erklärte er mir, dass man durch so einen Beruf die ganze Welt prima kennen lernen könne – und dazu natürlich auch noch gutes Geld verdienen würde. Denn besonders deutsche Köche, Kellner und überhaupt alle, die mit dem Hotelgewerbe zu hätten, wären im Ausland wieder gefragt. Das war nicht meine persönliche Option, ich fand es aber sehr interessant. Eines Tages kam er freudig strahlend auf mich zu: „Du kannst in die Ferien an die Ostsee nach Warnemünde mitkommen.“ Sein Großvater hatte mich auf die Liste für eine zweiwöchige „Jugendzusammenführung“ der FDJ (Freie

Deutsche Jugend der DDR) gesetzt. Zunächst musste ich aber meine Eltern fragen, ob das überhaupt gehen würde.

„Auf keinen Fall kannst du dort mit hin“, sagte mein Vater darauf ziemlich aufgebracht. „Das ist doch eine Unverschämtheit, dich einfach über unseren Kopf hinweg bei diesen Kommunisten anzumelden.“ Ich sagte also Sebastian, dass ich nicht mitdürfe. An diesem Tag „druckste“ er aber ein wenig herum und schien meine Antwort gar nicht mitzubekommen. Schließlich brach es aus ihm heraus: „Ich bin das Kind von meinem Großvater, dieser alte Bock und meine Mutter diese H…, hatten mich während der Abwesenheit meines Vaters gezeugt.“ Ich fragte nur, woher er das denn wissen könne. Er erklärte mir, er habe durch Zufall in einigen Unterlagen, Geburtsurkunden und anderem auch einen Nachweis gefunden, dass seine Mutter wohl einige Jahre hindurch nicht sicher war, ob Sebastians Vater auch sein Großvater war. Daraufhin habe sie einen Vaterschafstest hatte machen lassen.

Ich war mit so einer Mitteilung gänzlich überfordert, konnte und zunächst nichts darauf antworten. Aber irgendwie wollte ich ihn wohl in dieser Situation ein wenig aufmuntern und bemerkte nur: „Aber sieh doch, es gibt Dinge, da ist es auch egal. Dein Vater lebt nicht mehr und dein Großvater sorgt für euch mit deinem Bruder und auch Mutter und Großmutter!“ Aber er bemerkte nur, dass er so schnell wie möglich „abhauen“ wolle, wenn er erst einmal achtzehn Jahre alt sei. Das war damals noch nicht volljährig, aber viele Jugendliche waren sogar schon früher bei ihren Eltern ausgezogen. Sehr viele Jahre später bin ich ihm durch Zufall noch einmal begegnet. Er war tatsächlich Hoteldirektor einer namhaften Hotelkette geworden! Mit vielen Auslandsaufenthalten, unter anderem in Australien. Damals hatte er bei den besagten „Ostzonalen Jugendferien“ nicht mehr mitgemacht. Außerdem wurde gerade in dem Jahr die KPD verboten. Was aber wohl nicht viel ausmachte, denn es gründete sich direkt die Nachfolgepartei DKP, die es bis heute gibt. Da diese wohl überschaubar war und bis heute ist, wurde kein Verbot mehr per Gerichtsbeschluss ausgesprochen. Sebastian war nun der FDP zugeneigt, wie er mir noch mitteilte. Diese „kommunistischen Fantasten“ könne er nicht mehr verstehen und auch nicht begreifen, wie man überhaupt so einer Ideologie - die nur Unheil gestiftet habe - angehören könne. Zu seiner Familie hatte er, nachdem er von zu Hause weggezogen war, nur noch wenig Kontakt.

Konfirmation und Ereignisse, die sich überschlagen

Ich sollte nun konfirmiert werden. Dass es dazu noch kommen sollte, hatte ich schon gar nicht mehr gedacht. Wir mussten jede Woche einmal ins evangelische Gemeindehaus zum Konfirmandenunterricht. Die evangelische Kirche mit dem Gemeindehaus war erst vor nicht allzu langer Zeit gebaut worden. Das Gotteshaus der Katholiken, die von der Zahl her auch im Kreis meiner neuen Freunde überwogen, war dagegen größer und gewaltiger und stand direkt am Ortseingang. Des Öfteren, wenn meine Freunde in ihre „Kirch“ gehen mussten, war ich aus Sympathie mitgegangen. Dann setzten wir uns in die hinteren Bänke. Meine Freunde machten viele Faxen während der heiligen Messe. Auch erzählten sie mir, dass sie dauernd von ihren Eltern zur Beichte geschickt würden. Zu einem Beichtvater, einem älteren Priester, der ab und zu noch eingesetzt wurde, gingen sie gar nicht gerne. Er fragte stets nach „sexuellen Handlungen“, die sie an sich selber oder auch an anderen vorgenommen haben sollten. Aber nicht nur die Jungs wurden immer über solche Dinge befragt, sondern auch die Mädchen. Wenn die „Sünder“ dann ein wenig „herumdrucksten“, fragte dieser Priester detailliert nach. Er schilderte zum Beispiel auch einige sexuelle Handlungen und wollte wissen, ob die zur Beichte Gekommenen so etwas gemacht hätten. Allen war das mehr als nur unangenehm. Hinterher erzählte man sich aber gegenseitig davon und machte sich darüber lustig. Die Eltern, denen es auch von ihren Kindern berichtet wurde, unternahmen dagegen gar nichts.

Einige munterten sogar noch ihre „Sprösslinge“ auf, dann irgendetwas zu erzählen, damit der „Beichtvater“ sich zufriedengeben geben sollte, um dann die „Strafe“ für die Sünder - zum Beispiel fünf „Vater Unser“ und drei Mal Rosenkranz beten - entgegen zu nehmen. Das hätten sie als Kinder bei ähnlichen Vorkommnissen auch so gemacht... Später war dann wohl doch eine Grenze überschritten, als dieser Priester bei einer Beichte deutlicher wurde, indem er meinte, dass Selbstbefriedigung eine große Sünde sei, es sei denn, sie würde durch einen Priester vorgenommen. Er würde sich dafür zur Verfügung stellen. Der Vater von dem „Beichtsünder“ erschien daraufhin an einem Abend vor der Wohnung dieses Priesters. Er brüllte: Komm raus du S...“, und weiter: „Ich breche dir alle Knochen“.

Einige Anwohner aus dem Haus hatten das gehört und versuchten den Vater zu beruhigen. Der Priester hatte sich nicht blicken lassen. Als die Eltern des betroffenen Jungen sich daraufhin mündlich bei der Kirchenleitung beschwerten, wurden sie mit Worten beschwichtigt. Man würde diesem Priester mal „tüchtig den Marsch blasen“ und ihn zunächst drei Monate von seinen Ämtern entbinden. Das war alles, was man anbot. Danach sollte mit so einer Maßnahme dann etwas Ruhe einkehren, wie ein Kirchenbeamter noch hinzufügte. Die betroffenen Eltern hatten zu dieser Zeit wohl auch nichts mehr in dieser Angelegenheit unternommen. Der evangelische Pfarrer, von Statur eher klein und mit einem körperlichen Gebrechen - er hatte einen Klumpfuß -, lächelte so gut wie nie. Während des Unterrichts schimpfte er meist unermüdlich auf die Katholiken und meinte, was dort in deren Liturgie und Heiligenanbetung vermittelt würde, wäre weiter nichts als „Götzendienst“. Keiner durfte ihm da widersprechen. Nach dem Konfirmandenunterricht gab er stets ganze Abschnitte aus der Bibel zum Auswendiglernen auf. Nun hatte ich damals die Gabe, schnell Texte auswendig zu lernen. Und zu behalten. Doch es widerstrebte mir, für die anschließende Konfirmation nur stumpfsinnig etwas auswendig zu lernen. Eines Tages rief er mich auf, ich solle aus der Bibel Matthäus Kapitel 5 Vers 13 bis 3 aufsagen. Ich entgegnete, dass ich nicht gelernt hätte und es ablehnen würde, nur „stumpf“ etwas auswendig zu lernen, vielmehr sollten wir uns mit dem Sinn des Ganzen auseinandersetzen und damit Brauchbares für unsere Gegenwart erfahren.

Der Pfarrer wurde ganz rot in Gesicht. „Waas??“, rief er laut und nahm seinen Krückstock, den er beim Betreten des Unterrichtsraumes immer erst auf sein Pult „knallte“ - wahrscheinlich um gleich bei den Konfirmandenanwärtern ein wenig Furcht einzuflößen - und kam auf mich zu. Er erhob den Stock und wollte zuschlagen. Ich ergriff aber schnell diesen beachtlichen Krückstock und hatte ihn im Nu entwendet. Er schrie mich an: „Du bist eine Teufelsgestalt!“ und wollte nun mit der Hand zuschlagen. Da nahm ich ihn beim Kragen, immerhin war ich fast zwei Köpfe größer als er, und schubste ihn kräftig weg, sodass er hinterrücks hinfiel. Ich nahm schnell meine Unterlagen samt Bibel und verließ das Gemeindehaus.

Ich hatte kein schlechtes Gewissen wegen diesem Vorfall, als ich nach Hause ging. Im Gegenteil, als ich mich immer mehr von dem evangelischen Gemeindehaus entfernte, wurde mir irgendwie immer „wohler". Zwar war ich nun davon überzeugt, dass ich von einer Konfirmation ausgeschlossen werden würde, doch das war mir zu diesem Zeitpunkt schon völlig egal. Aber ich musste natürlich meinen Eltern davon erzählen. Meine Mutter meinte daraufhin nur: „Na, der Pfarrer wird bestimmt bald hier auftauchen." Mein Vater sagte überraschenderweise nichts weiter dazu. Er hatte selbst in seiner Jugend in dem Dorf Beuchte, nahe Vienenburg, seine Erfahrungen mit dem dortigen evangelischen Pfarrer gemacht. Der, so hatte er erzählt, riss die Jungen so bei den Ohren, dass bei manchen von unten die Ohrläppchen aufplatzten und bluteten. Derartige Methoden waren wohl zu dieser Zeit an der Tagesordnung. Meine Oma war aber, nachdem mein Vater auch wegen einer Geringfügigkeit so „gezüchtigt" wurde, am anderen Tag beim Pfarrer: Sie hatte wohl gar nicht lange mit ihm geredet, sondern gleich ihre Einkaufstasche mit Inhalt dem Pfarrer auf den Kopf geschlagen! Für derart rabiate Methoden war meine Oma (die Mutter meines Vaters) im ganzen Ort bekannt. Mein Vater konnte daher seine Erfahrungen mit den „Kirchen-Oberen" nie verwinden und war auch gleich nach der Hochzeit mit meiner Mutter aus der Kirche ausgetreten. Für ihn waren die „Pfaffen", so nannte er sie, im Allgemeinen nur Schmarotzer, die es sich von Steuergeldern gut gehen lassen wollten.

Tatsächlich war zwei Tage später der „Herr Pfarrer Lage" - so sein Name – an unserer Wohnungstür. Mein Vater ließ den Pfarrer, der umständlich seine Empörung über mein

Benehmen in der gewissen „geistlichen“ Stunde zum Ausdruck bringen wollte, erst gar nicht ausreden. „Herr Pastor“, unterbrach er ihn, wohl wissend, dass im Rheinland nur bei den Katholiken der Pfarrer so genannt wird: „Natürlich hat unser jüngster Sohn sich grundsätzlich zu benehmen. Zumal ich es ihm ja freigestellt hatte, sich taufen zu lassen und damit den evangelischen Glauben anzunehmen. Aber was ich nun nach der Schilderung des Vorfalls durch unseren Sohn erfahren musste, - und ich füge hinzu, dass ich ihm dahingehend in allen Ausführungen glaube - ist von Ihnen einfach nur traurig und verwerflich.“ Dann sagte er noch, jetzt etwas lauter geworden: „Besinnen Sie sich lieber auf ihren kirchlichen und damit auch ethischen Auftrag für die heranwachsende Jugend. Und geben sie ihr für deren Zukunft etwas Brauchbares mit an die Hand!“ Damit wandte er sich ab. Pfarrer Lage, jetzt schon kleinlaut geworden, fragte dann, zu meiner Mutter gewandt, ob ich in der nächsten Woche wieder zum Konfirmandenunterricht kommen könne. Er befürchtete wohl, wenn sich das weiter herumsprechen sollte, dass das für ihn und sein Ansehen nicht förderlich sein würde. Schließlich hatte er ja selbst provoziert. So ging ich wieder, zwar lustlos, aber doch mit erhobenem Haupte, zum besagten Konfirmandenunterricht. Ich wurde nicht mehr abgefragt. Auch bei der sogenannten Kandidatenprüfung, die immer eine Woche vor dem Konfirmanden-Sonntag in der Kirche stattfand, wurde ich „verschont“, da ich auf die Frage zum Sohn von Gott nun die richtige Antwort geben konnte.

Zwei meiner Mitkonfirmanden waren auch im Touristen-Verein „Die Naturfreunde“. Sie freuten sich noch auf eine weitere Feier: Die „Jugendweihe“. Diese fand für die „sozialistischen Freunde“ in Köln-Holweide statt. Mich hatte man auch gefragt, ob ich daran teilnehmen wollte. Aber ich hatte es strikt abgelehnt, da ich durch unsere Verwandten in Mecklenburg informiert war, dass gerade in der DDR von der über alles herrschenden Partei, der SED, diesem Ritual der Vorzug gegeben wurde. Der „Einheitspartei" ging es darum, so eine Jugendweihe für alle zu fördern und am liebsten eine Konfirmation oder Kommunion zu verhindern. Nun bekam ich einen schönen blauen Anzug. Aber nicht von meiner Großtante und Oma, wie sie mir noch in Vienenburg versprochen hatten. Meine Großtante war inzwischen verstorben, und meine Oma lebte bei ihrer Tochter, meiner Tante, in Hannover. Doch meine Eltern hatten für diesen Tag schon etwas zusammengespart, damit ich auch für dieses Ereignis entsprechend aussehen konnte. Die Feier fiel bescheiden aus. Es gab Kaffee und Kuchen, nur ein bekanntes Ehepaar meiner Eltern war eingeladen. Ich habe einen Gottesdienst danach nur noch selten besucht, höchstens bei Familienfeiern oder bei anderen besonderen Anlässen. Schuld daran war sicherlich auch dieser Pfarrer. Ich konnte die Ereignisse in Köln-Höhenhaus nie vergessen: Obwohl ich viel später auch evangelische Geistliche kennengelernt habe, die durchaus mit viel Engagement und Einfühlungsvermögen ihre Aufgabe wahrnahmen.

Viele Jahre später bin ich dann ganz aus der Kirche ausgetreten. Der Anlass war eine Organisation der evangelischen Kirche, die potentielle Wehrdienstverweigerer massiv unterstützte. Andere Pfarrer, besonders aus den Beitrittsgebieten, wollten keine Militärpfarrer für die Bundeswehr mehr zulassen. Diese Einmischung in die Politik eines Landes von kirchlicher Seite empfand ich als nicht akzeptabel. Es war im Rheinland auch noch so, dass die Landeskirche neben den Kirchensteuern auch ein sogenanntes Kirchengeld erheben konnte - sogar unter Androhung von rechtlichen Schritten bei Nichtbezahlung. Da hatte es bei mir völlig gereicht.

Bunker und Kino – und auch ein wenig Erotik

Der Bunker in Köln-Höhenhaus war gleich nach dem Krieg für alle, die keine Wohnung zum Beispiel als Flüchtlinge hatten, zunächst eine Bleibe geworden. Zu meiner Zeit wohnten immer noch ein bis drei Familien in diesem Tief- sowie Hoch-Bau. Auf dem Dach hatte man einen großen Giebel gebaut, und eine Unternehmerin hatte ein Kino darauf errichtet. Sie hatte zuvor bereits ein Kino in Köln-Mülheim. Damit gab es in der Gegend zwei Kinos. Das Bunkerkino war in der Nähe unseres Wohnviertels, und dort wurden auch oft tolle Hollywood- und Cowboyfilme gezeigt. Mir fiel damals auf, dass in dem anderen größeren Lichtspieltheater im Ort ganz andere Filme gespielt wurden. Es waren neu gedrehte Filme, die sich mit dem Zweiten Weltkrieg und mit deutschen Soldaten beschäftigten: Zum Beispiel mit dem Titel „Stern von Afrika“, in dem der Schauspieler Joachim Hansen den Jagdflieger im Afrika Korps Hans Joachim Marseille verkörperte. Dieser Jagdflieger erlangte über 100 feindliche Abschüsse. Nach einem Motorschaden seiner Maschine kam er über Ägypten ums Leben, da sein Fallschirm sich nicht öffnete. Die Britische Royal Air Force soll wegen seiner Ritterlichkeit einen Kranz an der Unglücksstelle abgeworfen haben. Oder auch ein Film über die Story von dem aufrichtigen U-Boot-Kommandanten Kapitänleutnant Günther Prien sowie die Geschichte des Jagdfliegers Franz von Werra, dargestellt von Hardy Krüger, dem es nach zwei Fluchtversuchen aus britischer Kriegsgefangenschaft gelungen war, bei der Überstellung nach Kanada zu fliehen und über „Umwege“ nach Deutschland zurückzukehren. Alle gezeigten Figuren waren sehr gute und ehrliche Soldaten, die auch im Film ihre Zweifel an den Zielen des „Dritten Reichs“ hatten. Sie wurden stets als sympathische Menschen dargestellt, die auf keinen Fall Nazis waren, sondern - wie es ihnen beigebracht wurde - ihre soldatischen Pflichten vorbildlich und charakterlich einwandfrei erfüllt hatten.

Ob solche Filme gezielt mit der Aufstellung der Bundewehr zu tun hatten, ist unklar. Aber an einen Zufall wollte ich damals schon nicht glauben. Auf jeden Fall brauchte man auch die altgedienten Wehrmachtsangehörigen, damit möglichst schnell eine schlagkräftige Truppe von fünfhundert bis tausend Mann innerhalb der NATO - die Bundesrepublik Deutschland war bereits im Jahr 1955 aufgenommen worden - zustande kam. Das war also ganz im Sinne der alliierten Streitkräfte und besonders der USA in Deutschland. Ich sollte einige Jahre später bei der Bundeswehr auch noch Vorgesetzte, die schon im Krieg waren, kennenlernen. Im Gegensatz zu manchen Aussagen kann ich nur bemerken, es waren auf keinen Fall die Schlechtesten, die man sich hätte vorstellen können.

Eines Tages wurde ich von der Kassiererin im Bunkerkino angesprochen. Sie war eine sehr attraktive Dame und trug meistens enganliegende Kleider: „Hör mal, ich glaube, du wohnst auch ganz in der Nähe, wo ich wohne.“ Das konnte ich nicht bestätigen, da es mir nicht aufgefallen war. Und weiter: „Wir suchen noch einen Jungen, der die wöchentlichen Plakate austrägt und in den Geschäften bis nach Dünnwald aufhängt. Hast du dazu Lust?“ Und ob ich dazu Lust hatte! Kino war ja für mich schon immer „ein und alles“. Es gab es für eine Woche zwei deutsche Mark, was damals nicht zu wenig war für solch eine Aufgabe. Es kam noch hinzu, dass ich alle Vorstellungen frei sehen durfte. Manchmal bekam ich für die Geschäftsleute, die die Kinoplakate in ihrem Schaufenster zeigten, auch Freikarten mit. So manche hatten keine Zeit oder wollten gewisse Vorstellungen nicht besuchen - und so hatte ich auch noch diese Tickets zur Verfügung. Ich gab sie meinen Eltern oder auch meinen Freunden. Abgerechnet wurde von der Kassiererin immer eine Stunde vor Beginn der Nachmittags-Sonntagsvorstellung. Manchmal bat sie mich auch, als Platzanweiser zu fungieren, wenn ein älterer Mann, der schon Rentner war und dieses noch als Nebeneinkunft machte, krank war oder aus anderen Gründen nicht konnte.

An einem Sonntag, es waren noch keine Besucher anwesend, ging ich wieder „fröhlich“ ins Höhenhauser Bunkerkino. Frau Baum, so der Name der Kassiererin, hatte die Kasse noch nicht geöffnet. Ich klopfte an der Tür zum Kassenraum. Dahinter befand sich auch ein Ruheraum mit einem Feldbett. Es dauert eine Weile, da wurde die Tür geöffnet. Frau Baum stand nur mit einem „durchsichtigen“ Unterrock in der Tür! Zunächst war ich ein wenig erschrocken. „Aha“, dachte ich aber, entweder hatte sie sich kurz hingelegt oder aber auch „gewissen Besuch“. Daher schaute ich höflich zur Seite. „Komm rein“, sagte sie nun in fröhlichem Ton. Dann ging sie mit mir in den Kassenraum, und sie holte den Schlüssel zur Kasse aus einer Schublade. Ich konnte bemerken, dass sich keine weitere Person im Raum aufhielt.

Die nette Kassiererin roch immer sehr gut und war auch toll geschminkt. Sie war eine absolut schöne Frau, wie sie manchmal in den Hollywoodstreifen dieser Zeit zu sehen waren. Das war an sich schon immer mein Eindruck von ihr. „Hier…“, sagte sie und umfasste mich mit einem Arm bei den Schultern: „Hier ist dein Geld, nur noch unterschreiben!" Die Quittung hatte sie wie immer schon vorbereitet. Ich kann wirklich nicht sagen, dass mir diese Situation unangenehm wurde. Aber ich hatte ja von nichts eine Ahnung. So unterschrieb nur schnell – und wandte mich wieder dem Ausgang zu. Dabei konnte ich noch mit einem Blick sehen, dass sie wohl unter dem Unterrock keine Wäsche trug. „Tschüss, bis gleich", rief sie mit einer dunkleren Stimme als sonst hinter mir her. So ein Frauenbild hatte ich Zeit meines Lebens immer vor mir. Sie war damals etwa elf Jahre älter als ich, verheiratet und wie ich gehört hatte, hatte sie eine kleine Tochter, die aber nie, wenn sie an der Kasse im Kino war, mit dabei war. Die Mädchen in dem Ort riefen zu mir statt „Jung, wen liebst du?" jetzt „Jung, mit wem gehst du?" Als wenn es nun fast Pflicht wäre, in dem Alter schon eine Freundin zu haben. Aber von allen Bewohnerinnen in dem Ort oder in der Schule, die so in meinem Alter waren, kam keine für mich in Frage.

Bei einer Familie war mal im Sommer ein schwedisches Mädchen zu Gast. Sie kam aus Elkestuna bei Stockholm. Anders als man bei Schwedinnen vermuten würde, hatte sie keine blonden, sondern dunkle, schöne, lange Haare und grüne Augen. Sie hätte mir schon gefallen können. Aber sie war nur kurz zu Besuch. Wir hatten uns auch ein paar Male unterhalten können, die Adressen ausgetauscht und - wie es so oft im Leben ist - nie wiedergesehen oder korrespondiert. Was zur heutigen Zeit sicherlich ganz anders ausgesehen hätte.

„Ab“ zur Post

An sich gefiel es mir in der Handelsschule ganz gut. Aber ich konnte bemerken, dass es meinen Eltern schwerfiel, das halbjährliche Schulgeld aufzutreiben. Da entschloss ich mich, zunächst einen Beruf zu lernen. Ich stellte mir etwas „Kreatives“ vor. Davon gab es nicht viele Branchen. Zwar waren zu dieser Zeit genug Lehrstellen vorhanden, meistens im handwerklichen Bereich. Doch daran hatte ich kein Interesse. Ein Wunsch wurde mir ausgeredet. Gerne hätte ich mich als auszubildenden Dekorateur beworben. Da gab es dann aber eine Stellenanzeige als Beamtenanwärter bei der Deutschen Bundespost in Köln-Mülheim: „Das wäre doch was“, meinte meine Mutter. Mein Großvater, also ihr Vater, war sogenannter Großherzoglicher Postmeister von Bad-Kleinen in Mecklenburg gewesen, daher würde sie es „schön“ finden, wenn einer in der Familie wieder bei der Post anfangen würde. Es gab für die ersten Lehrjahre als Beamtenanwärter eine verhältnismäßig gute Vergütung. So richtig Lust hatte ich zwar auf diesen Werdegang nicht verspürt, aber ich meldete mich zur allgemeinen Bildungsprüfung an und wurde genommen. Der Ausbildungsplan war sehr durchdacht und praxisbezogen. Wir mussten alle Bereiche einmal durchgehen und darüber immer auch Klausuren schreiben. Im Fach Zustellung wurden wir einem Zusteller im Beamtenstatus zugeteilt. Mit ihm gingen wir dann durch die eingeteilten Reviere. Sehr viel Post, wie es sie heutzutage gibt, war noch nicht zuzustellen. Mein Zusteller hieß Josef Schreiner, er war ein „urkölscher“ Typ. Seine Uniform war noch die mit einer preußisch-blauen Jacke und schwarzen Hose, auf dem Kopf eine Schirmmütze, schief aufgesetzt. Die neuen Uniformen lehnte er ab und hatte sich auch noch keine anmessen lassen. Auch wir hatten Uniformen bekommen. Es waren damals die neuen in Taubenblau, die weniger militärisch aussehen sollten.

Der Dienst begann um sechs Uhr morgens. Zunächst wurden die Briefe für die einzelnen Straßen richtig nach Reihenfolge in Fächer gelegt, dann alle mit einem „Bundschließer“ pro Straße abgebunden. Manchmal stand auf den Sendungen nur der Name, und es fehlten Straße und Hausnummer. Die Zusteller, die meistens fast ein Leben lang ihren Zustellbezirk behielten, wussten in den meisten Fällen, um welchen Empfänger es sich handeln könnte und sortierten sie richtig ein. Es wurden damals noch viele Briefe mit der Hand geschrieben und verschickt. Deswegen war es besonders auch für uns „Neue“ nicht so leicht, immer die Handschrift zu entziffern. Geschäftspost und größere Briefe („Langholz“ genannt) gab es bei weitem nicht so viele wie zur heutigen Zeit. Josef war schon in der Frühe gut aufgelegt und guter Dinge. Hin und wieder pfiff er vor sich hin oder stimmte einen Schlager an. Dann gingen wir los. Er hatte die große Zustellertasche aus Leder lässig an der Seite. Auch ich hatte eine mitgenommen, damit wir nicht bei einer Ablagestelle, die sich in den meisten Fällen in einem Geschäft befand, die zweite „Fuhre“ Briefsendungen für unseren Bezirk später abholen mussten.

„Bist du vertrauenswürdig und kannst schweigen?“, fragte mich Josef unvermittelt.

„Na klar“, antwortete ich schnell, in einem beflissenen Ton.

„Dann gehen wir jetzt erst einmal frühstücken“, meinte er, dabei ein Auge zukneifend. In einem Neubau in der Nähe des Carls-Werk schellte er beim Namen „Seeveld“. Die Tür wurde umgehend aufgedrückt. „Die Post, mit einem netten Begleiter, ist da“, rief Josef noch im Flur. Im dritten Stock erwarteten uns zwei Damen, die noch ihre Schlafröcke anhatten, ansonsten aber schon hübsch „aufgebröselt“ waren. „Darf ich vorstellen, das ist der Uwe“, sagte Josef, und weiter zu mir gewandt: „Das sind Mutter und Tochter Seeveld.“ Ich war ein wenig überrascht, hatte ich doch gedacht, dass es sich um eine jüngere und etwas ältere Schwester handeln würde. Denn ich konnte wirklich keinen großen Altersunterschied feststellen. Mutter Seeveld hatte wohl meinen fragenden Blick bemerkt und meinte zu mir, dabei lächelnd: „Ja ich habe meine Kleine schon sehr früh bekommen, knapp dass ich meine Puppe aus der Hand gelegt hatte.“ Dabei lachte sie nochmals schallend auf und strich ihrer Tochter mit den Namen Vera zärtlich über die Wangen.

Der Frühstückstisch war schon reichlich gedeckt. Frische Brötchen, die leckere Kölner Leberwurst, Holländer-Käse, gekochte Eier und auch ein paar frische Erdbeeren standen auf den Tisch. Vera hatte einen gut duftenden Kaffee eingegossen, sodass wir eilig Platz nahmen. Beim Frühstücken wurde viel erzählt, meistens über Seevelds Nachbarn. Da ich diese kaum kennen konnte und mich auch nicht für so eine Unterhaltung interessierte, hatte ich nur mit einem halben Ohr hingehört. Nach einiger Zeit verschwand Josef mit der Mutter, ich denke wohl in das Schlafzimmer! Ich fragte Vera, wo denn ihr Vater sei. Sie antwortete, er wäre viel auf Montage für das angrenzende Kabelwerk. Zum Teil sei er für mehrere Wochen im Ausland. Daher ginge es ihnen auch sehr gut, denn ihr Vater würde gut verdienen. Sie wollte nach dem Schulabschluss noch keine Lehre beginnen. Erst einmal wollte sie abwarten, was so für sie in Frage kommen würde. Nach einer Weile kamen die „Beiden“ wieder zurück, und es wurde jetzt etwas eiliger aufgebrochen, um den Bezirk weiter mit Post zu versorgen. „Du musst dir immer merken: Sei nicht vor Mittag im Postamt, sonst wirst du noch für alles Mögliche eingeteilt", sagte Josef zwischendurch. „Die Nachsorge der Zustellung geht verhältnismäßig schnell. Die neuen Briefsendungen werden schon für den nächsten Tag sortiert. Und dann ist Feierabend. Samstags geht es wegen der nicht so vielen Sendungen dann schon um zehn Uhr wieder nach Hause", erklärte er mir dann etwas ausführlicher.

„Ist deine Kehle auch ein wenig trocken?", meinte Josef plötzlich. Ich dachte mir schon, was kommen könnte, und sein Weg führte auch direkt in die Kneipe „Zum ahle Äsel". Als wir einkehrten, standen schon sechs Männer an der Theke. „Ach! Unser Müllemer Postmeister ist da!", rief der Wirt, und alle schauten in unsere Richtung. Josef „knallte" die Post für den Wirt auf die Theke. Der hatte schon zwei Kölsch gezapft. Dann kamen noch drei weitere von den anderen Gästen hinzu. Bezahlen sollten und mussten wir nicht. Mir war schon ein wenig komisch zumute, aber da stand flugs ein Kabänes (Kräuterschnaps) vor uns. „Also weg damit", meinte Josef, und wir gingen nun gemütlich weiter, um den Rest Post auszutragen. Nach der Rückkehr zum Postamt meinte Josef: „Du bist ene ordentliche Jung, kannst morje widder kumme." Aber da musste ich zum Pakethauptpostamt in der Kölner Innenstadt, um auch hier „Erkenntnisse" zu erwerben. Beim Pakethauptpostamt staunte ich nicht schlecht über die zehn neuen Elektro-Lastwagen, die für die Zustellung in der Stadt bereitstanden. Die zwei Postbeamten, denen ich zugeteilt wurde, klärten mich auf: „Hiermit können wir leise und präzise die Geschäfte, zum Beispiel in der Schildergasse, anfahren und schnell ohne Benzingestank die Sendungen ausladen." Es hatte mir viel Spaß gemacht, an diesem Tag mitzufahren. Wir „summten" fast nur mit unseren Post-Lastern durch die Innenstadt. Oft musste der Fahrer hupen, damit die Fußgänger uns überhaupt bemerken konnten. Wenn ich bedenke, wie weit man damals bereits umweltverträglich war, kann ich nur staunen, dass ein paar Jahre später doch wieder auf Benzin- und Diesel-Fahrzeuge gesetzt wurde.

Wieder beim Postamt in Köln-Mülheim, sprach mich eines Tages ein Postinspektor an: Ob ich schon in einem Berufsverband wäre? Als ich verneinte, gab er zu verstehen, dass es Beste wäre, in der Postgewerkschaft zu sein. Der Beamtenbund würde zwar auch Postbeamte vertreten, aber die Gewerkschaft sei viel aussichtsreicher bei Tarifverhandlungen. Weiterhin meinte er, dass gerade junge Leute für die Gewerkschaft gesucht würden, die sich auch einsetzen möchten. So ging ich zu einem Treffen ins Gewerkschaftshaus am Hans-Böckler-Platz in Köln. Mir gefiel die sehr informative Unterhaltung, daher unterschrieb ich auch umgehend meinen Aufnahmeantrag. Zwei Monate später hatte ich schon ein Mandat für die Jugendarbeit, und das bis in den Bereich Bonn und Bad Godesberg. Die damalige Bundespost legte viel Wert darauf, dass besonders ihre jungen Mitarbeiter fit bleiben sollten. So unterhielten sie in Köln eine eigene Post-Sportabteilung, zum Beispiel für Leichtathletik. Das Training wurde in der Sporthochschule von Sportlehrern in Köln-Müngersdorf durchgeführt. Auch hier wurde ich Mitglied. So kam es, dass ich in der Woche an einem Tag Training hatte, an einem weiteren Tag die kaufmännische Berufsschule besuchte und an wiederum einem weiteren Tag zur weiterführenden Postfachschule ging. Alle vierzehn Tage wurde ich für einen Tag für die Gewerkschaftsarbeit freigestellt.

Eine Kollegin meiner Mutter hatte ihr erzählt, dass eine Dachgeschoss-Wohnung in einem Altbau in Köln-Sülz frei werde, die aber ziemlich groß sei. Die Wohnung läge ungefähr zehn Minuten von der Arbeitsstelle meiner Mutter, der Mensa in der Universität, entfernt. Aber die Wohnung im siebten Stock musste noch aufwendig von uns renoviert werden, wenn wir sie haben wollten. So machten sich mein Vater und ich, beide nicht sonderlich handwerklich begabt, in unserer Freizeit an die Arbeit. Die Fahrzeit betrug etwa eine Stunde, daher ging alles nur langsam voran. Ich hatte eine Versetzung zum Postamt Köln-Sülz beantragt, der auch stattgegeben wurde. Aber zunächst wurde ich gebeten, doch noch – die Weihnachtszeit war angebrochen - in Köln-Mülheim auszuhelfen. Viele Kündigungen waren der Grund, darum zu bitten. Auch wurde ich gefragt, ob ich auch am Heiligabend freiwillig besonders beim Paket-Zustelldienst aushelfen würde. Ich sagte natürlich zu.

In Köln-Mülheim befand sich noch ein alter Wilhelminischer Kasernenkomplex. In einigen Gebäuden waren mehr schlecht als recht ältere Menschen untergebracht. Es war schon gegen zwanzig Uhr abends, als wir dort einige Päckchen zustellen mussten. Eine Pflegerin am Eingang des Gebäudes meinte: „Bitte stellen Sie doch bei unseren kranken Insassen die Päckchen direkt zu, sie werden sich besonders an diesem Abend darüber sehr freuen." Etwas beklommen ging ich dann mit vier kleinen Päckchen in den Krankensaal. Ungefähr zwanzig ältere Herren lagen in ihren Betten. Als ich durch den Eingang kam, schauten sie alle wohl mit voller Erwartung in meine Richtung. Ich musste mich schnell fassen, denn ich spürte ein großes Unbehagen. Knapp rief ich die Namen der Empfänger auf und übergab die Sendungen, direkt an den Betten der pflegebedürftigen Rentner. Ein Herr wollte mir ein Trinkgeld geben und versuchte umständlich in seinem Nachttisch nach seinem Portmonee zu suchen. Ich lehnte es hastig ab und machte mich schneller als sonst wieder nach draußen. Dieses Erlebnis habe ich nie vergessen können. Wie zu damaliger Zeit mit älteren und bedürftigen Menschen umgegangen wurde, hatte mich besonders an diesem Heiligen Abend sehr erschüttert.

Ein Kollege sah wohl mein blasses Gesicht, nachdem ich wieder am Paketwagen angekommen war und bot mir eine Zigarette an. Obwohl kein Raucher, nahm ich dankend an und zog ein paar Mal unter Hustenanfällen an der Zigarette. Bis alles an diesem Abend erledigt war, zeigte die Uhr 22:45. Unsere Familie konnte immer noch nicht die Wohnung in Köln-Sülz beziehen, da erst noch Handwerker neue Leitungen legen mussten, und so wohnten wir noch für zwei Wochen in Köln-Höhenhaus. Ich wurde mit Dank an diesem Abend am Postamt verabschiedet und bekam noch die letzte Straßenbahn in Richtung Köln-Flittard. Diese Bahn hielt an einer Haltestelle in der Nähe einer Siedlung. Dann konnte man weiter zu Fuß in Richtung unseres Wohngebiets Köln-Höhenhaus gehen, da ein Anschlussbus zu dieser Zeit nicht mehr fuhr.

Wiedersehen mit meinem „Schwarm"

Als ich aus der Bahn an der besagten Haltstelle ausgestiegen war, bemerkte ich einen Ausstieg vor mir eine Dame in einem „flauschigen" Mantel. Sie hatte mich offensichtlich schon gesehen, da rief sie auch schon: „Ach, der Uwe!" Es war Frau Baum, die nette Kassiererin aus dem Bunkerkino. Sie redete gleich darauf los: „Wie schön, dich hier zutreffen, da können wir zusammen nach Hause gehen. Der Weg ist ja manchmal ziemlich dunkel - und jetzt habe ich ja einen beschützenden Begleiter." Dann hakte sich bei mir unter, und wir gingen mit gemächlichen Schritten los. Es fühlte sich auch für mich gut an, ihr flauschiger Mantel gab für mich etwas Wärme ab. Nach ein paar Metern, die wir gelaufen waren, fragte ich sie, warum sie an diesem Heiligen Abend nicht bei ihrer Familie sei. Denn sie hatte ja einen Mann und eine Tochter, wie ich wusste. Sie antwortete, dass sie schon seit Jahren an solchen Abenden immer für die Heilsarmee im Kölner Hauptbahnhof soziale Dienste verrichte. Ihr Mann und ihre Tochter würden aber jetzt gespannt auf sie warten. Etwas seltsam kam es mir schon vor, doch wir unterhielten uns sehr angeregt, und sie fragte noch viel über unsere Familie, da sie angenommen hatte, ich wäre ein Einzelkind meiner Eltern.

Ich brachte sie schließlich zu ihrem Haus. Die Fenster waren hell erleuchtet. Da kam auch schon ihre kleine Tochter angelaufen. Ihr Mann, ein großer, sympathischer Herr, kam hinter seiner Tochter eilig auf uns zu. „Mami!", rief schon von weitem die Kleine und „flog" ihrer Mutter in die Arme. Ihr Mann kam auch schnell näher, begrüßte mich und gab seiner Frau einen Kuss. „Noch eine schöne Weihnacht!", sagte ich nun schnell, zufrieden mit dem, was ich gesehen hatte, und machte mich eilig auch auf den Weg, wo meine Eltern und meine Schwester noch auf mich warteten. Einige Kisten standen für den Umzug auf „die richtige Seite" von Köln schon fertig gepackt im Flur.

Umzug und andere Ereignisse

Endlich war es soweit, es wurde aber auch Zeit, aus diesem Stadtteil endlich raus zu kommen. Mein zweitältester Bruder, der mit seiner Familie und zwei Kindern in Recklinghausen lebte und dort seinen Dienst beim zuständigen Polizeirevier versah, hatte einen Kleintransporter besorgt. Zwei Tage, bevor wir damit umziehen wollten, beging unser bisheriger Vermieter Selbstmord, vermutlich mit dem Pflanzenschutzmittel E 605.

Seine jetzige Frau und er waren erst vor ein paar Jahren zusammengekommen, nachdem beide verwitwet waren. Er war kein Rheinländer, sondern stammte aus Kiel. Zu Beginn des Krieges war er mit seiner damaligen Frau umgesiedelt. Er soll im Nazi-Regime bei der Außenstelle der Gestapo (Geheime Staatpolizei) in Köln-Dünnwald mit einem einfachen Dienstgrad als Wachmann seinen Dienst verrichtet haben. Ein eingerahmtes Foto von ihm, in SS Uniform, hing in der Wohnküche. Wir hatten immer nur wenig mit dem ziemlich wortkargen Mann gesprochen. Auch die Nachbarn konnten nicht viel über ihn erzählen.

Es war nun schon in kürzester Zeit der sechste Fall in dem Ort, wie ein Kripobeamter, der das Ableben von Herrn Kreuz auch auf einen eventuellen „nicht freiwilligen Tod" untersuchte, uns mitteilte. Daher fragte er auch, ob wir etwas mitbekommen hätten, zum Beispiel, dass sich die Beiden womöglich heftig auch mit körperlichen Auseinandersetzungen gestritten hätten oder ähnliche Vorfälle. Aber uns allen war nichts Derartiges aufgefallen, außer dass sie sich wohl doch wohl häufiger laut anschrien, das war aber schon an der Tagesordnung. Dann erzählte er uns - was er wahrscheinlich so gar nicht durfte -, dass erst vor circa drei Wochen eine junge

Frau sich mit E 605 umgebracht hätte. Sie habe hier ganz in der Nähe gewohnt und auch eine Schwester in dieser Straße gehabt, zu der sie in ihrer Not noch gelaufen wäre - um dann dort tot zusammenzubrechen. Auch davon hatten wir nichts mitbekommen, obwohl sich ja so etwas schnell rumgesprochen hätte. Aber da es an einem Werktag war, waren die Meisten bei der Arbeit oder im Garten beschäftigt.

Wir haben danach nichts mehr davon gehört. Die nun wiederum zum dritten Mal gewordene Witwe hatte keine weiteren Mieter mehr ins Haus genommen und lebte noch drei Jahre bis zu ihrem eigenen Tod sehr zurückgezogen, wie ich erfahren konnte. Jetzt war ich richtig froh, von dort weg zu kommen. Zu viele schlimme Ereignisse hatten sich angehäuft. Wie wir von dem Kripobeamten noch erfuhren, wurde ein Nachbarsjunge, obwohl sein Vater Polizeibeamter war, wegen Diebstahls von Motorrädern gesucht.

Die wenigen Möbel und Kisten in den sechsten Stock eines Altbaus raufzutragen, war sicherlich nicht gerade ohne Anstrengung. Doch ich war froh, wieder woanders zu sein: Zumal die Innenstadt zu Fuß erreicht werden konnte. Und auch die kaufmännische Berufsschule, in die ich noch ging, war nur fünf Minuten entfernt. Mein Bruder meinte ironisch, nachdem er die von meinem Vater und mir renovierten Wände begutachtete: „Da merkt man, da waren zwei Fachleute am Werk.“ Aber das war zunächst egal. Unsere neue Wohnung lag in einem Altbau in Köln-Sülz, an der Grenze zum Stadtteil Lindenthal. Unten auf der Straße war das pure Leben. Neben uns im Haus gab es ein traditionelles Eiscafé in dritter Generation. Am Wochenende versammelten sich dort junge Frauen und Männer mit ihren Vespa-Motorrollern. Durchgestylt der damaligen Mode entsprechend, hatten die Mädels tolle Röcke mit Petticoats an. Die jungen Männer trugen Anzüge mit Röhrenhosen und Elvis-Frisuren. Die Boogie- und Rock'n'Roll-Zeit war im vollen Gange. Zunächst fing alles mit dem Film „Rock around the Clock“ mit Bill Haley an. Als dieser Film in den Lichtspieltheatern lief, versammelten sich viele Jugendliche auf dem Neumarkt, um ein wenig Randale zu machen. Nach heutiger Betrachtung wäre so etwas als harmlos eingestuft worden, und man hätte gewartet, bis alle wieder auseinander gegangen wären. Zu der damaligen Zeit aber zogen unverständlicherweise Polizeikräfte mit Wasserwerfern auf, um alle zu vertreiben. Selbst die Tageszeitungen fanden das damals ziemlich übertrieben. Andere meinten, dass man den „Halbstarken“ schon frühzeitig beibringen müsse, wo es lang gehen solle.

Beim Postamt Köln-Sülz wurde ich gleich „weitergereicht“ zu einer Außenstelle im Gottesweg. Dieses Postamt war auch die Rentenstelle. Von hier wurden die Renten gezahlt oder bei verstorbenen Rentnern noch den Angehörigen eine Monatsrente ausgezahlt. „Prima, dass du zu uns gekommen bist“, begrüßte mich die Stellenvorsteherin, als ich mich vorstellte. „In drei Tagen ist Rentenauszahlung, da können wir dich sicher schon gut gebrauchen.“ Also bestand meine Arbeit im Raussuchen der jeweiligen Karteikarten der einzelnen Rentner. Dann wurden sie verglichen mit dem Rentenausweis. Beides wurde dann an eine Dame – die „Auszuzahlende Kraft“ von der Bundes-Rentenstelle - übergeben, die den Betrag schließlich auszahlte. Die Rentner mussten also die zum Teil sehr karge Rente noch selber abholen. Es bildeten sich meist lange Schlangen vor unserem Schalter, und es kam auch dazu, dass so manche betagte Menschen das Warten nicht durchhalten konnten und einige fast zusammenbrachen. Bewacht wurde alles von zwei „grimmig“ aussehenden Sicherheitsleuten in Uniform. Der eine hatte sich eine

Ordensschnalle noch aus dem Zweiten Weltkrieg angeheftet und behauptet, er sei in der Waffen-SS gewesen und dort hätte er einen hohen Dienstgrad bekleidet. Allerdings schienen sie auch schon an diesem Tag mit Alkohol Bekanntschaft gemacht zu haben, was vom Geruch her anzumerken war. Ziemlich umständlich versuchten sie dann, den geschwächten Rentnern zu Hilfe zu kommen. Erst verhältnismäßig spät traf meist ein Rettungswagen ein.

Diese Tage der Rentenauszahlung hatten mich immer sehr mitgenommen. Sie führten mir schon früh vor Augen, was ein Mensch im Alter noch für einen Staat wert ist. Diese Menschen hatten zum größten Teil schon zwei Weltkriege mitgemacht, womöglich immer am Rand des Existenzminimums gelebt, und nun wurden sie so unwürdig behandelt. Es waren Erkenntnisse, die mich schon früh veranlassten, immer denen zu vertrauen, die hier etwas ändern wollten. Meine Gewerkschaftsarbeit war da ein guter Anfang. Erst ein paar Jahre später wurde durch eine Reform diese Art der Auszahlung durch die Post abgeschafft.

Mittlerweile war ich am Paketschalter eingesetzt und hatte gleich ein Erlebnis. Mir wurde anvertraut, nach Dienstschluss die Geldkassetten mit den Einnahmen dem Sicherheitsfahrdienst der deutschen Bundespost zu übergeben. Anschließend musste ich das Postamt abschließen. Dieser Vorgang dauerte immer eine Weile, da es verschiedene Sicherheitscodes gab. Mir war am Paketschalter schon aufgefallen, dass eine junge Bäckereiverkäuferin vom Bäckerladen gegenüber sehr häufig bei mir sogenannte Paketkarten kaufte. Diese Karten zum Versenden von Paketen kosteten damals noch je einen Pfennig. Obwohl anschließend von dem Mädchen keine Pakete aufgegeben wurden, dachte ich mir aber weiter nichts dabei. Eines Tages nach Dienstschluss und

Beendigung meiner besonderen Aufgaben, begab ich mich zu Fuß, wie immer, nach Hause. Da bemerkte ich, dass die Bäckereiverkäuferin neben mir herging. Sie sagte nichts, sondern versuchte mit mir auf gleicher Höhe zu bleiben, denn ich ging „eines ziemlich zügigen Schrittes“. Nach ein paar Metern, die wir auf der gleichen Höhe gingen, sprach ich sie schließlich lächelnd an: „Na, wie heißt du denn?“ - als wenn ich zu einem Kind sprechen würde. „Wilma“, sagte sie, nun fast schon ein wenig außer Atem.

Nun sah ich sie mir zum ersten Mal etwas genauer an. Sie hatte ein rundes Gesicht mit rötlichen Wangen und braunen, nicht so großen Augen. Auch hatte sie schon einen größeren Busen, den man nicht übersehen konnte, da sie eine Bluse mit einem für die damalige Zeit unüblich tiefem Ausschnitt anhatte. Plötzlich sagte sie fast ein wenig hastig: „Du bist so ein toller Junge, so einen habe ich hier beim Postamt noch nie gesehen, sollen wir uns nicht mal treffen?“ Ich hatte nichts dagegen, und so trafen wir uns an einem Sonntag und gingen im Bismarckpark spazieren. Eine Unterhaltung, die mir gefallen hätte, kam allerdings nicht zustande. Fast aus heiterem Himmel sagte sie:

„Ich muss mal Pipi machen.“

Ich erschrak ein wenig über diese unvermittelte Ansage. „Gut“, sagte ich schnell, „gehen wir irgendwo hin, wo öffentliche Toiletten sind“.

„Nee, ich mache es gleich hier auf der Stelle, ich kann nicht mehr anhalten“, antwortete sie. Im Park waren in dem Moment keine weiteren Spaziergänger zu sehen, also hob sie ihren Rock hoch, zog ihr Höschen herunter und setzte sich in die Hocke und „alles“ lief auf den Gehweg.

Ich war ziemlich perplex und schnell ein paar Schritte weiter gegangen. Sie kam hinter mir hergelaufen und bot mir lachend an, beim nächsten Mal sollte ich ihr das Höschen runterziehen. Dazu verspürte ich nach diesem peinlichen Vorfall nun absolut keine Lust. „Mir fällt ein, ich muss ja für meine Mutter noch unbedingt etwas besorgen", bemerkte ich, und begleitete sie zur nächsten Straßenbahnhaltestelle, damit sie nach Hause fahren konnte. Danach wollte ich mit diesem Mädchen nichts mehr zu tun haben. Wenn ich sah, dass sie wieder das Postamt betrat, bat ich schnell einen Kollegen, mich zu vertreten und wartete innerhalb der Räume, bis sie wieder verschwunden war.

Unwohlsein und Erkenntnisse

Eines Tages wurde ich, was selten vorkam, zur Stellenvorsteherin gerufen. Sollte etwa das Bäckermädchen nach mir gefragt haben? Hatte sie zwar tatsächlich, aber das war nicht der Grund, denn mit so etwas gab man sich nicht ab, sondern verwies auf das Mitarbeitergeheimnis. Es war eine Bitte. Im Postamt Köln-Höhenhaus waren viele Zusteller krank geworden, sodass es Schwierigkeiten mit der Postzustellung gab. Nun bat man mich, da ich ja die Gegend gut kennen würde, dort für zwei Wochen auszuhelfen. Ich war natürlich nicht besonders froh darüber und fragte, ob dieses nun unbedingt sein müsse, denn ich wollte dort nicht wieder hin. „Es ist ja nicht für lange", antwortete die Stellenvorsteherin. „Ich freue mich schon, wenn du wieder bei uns bist, denn du bist ein guter Mitarbeiter." Natürlich fühlte ich mich geschmeichelt und machte mich am anderen Tag mit Bahn und Bus auf den Weg nach Höhenhaus.

Die ersten Tage waren ziemlich entspannt. Die Briefsendungen, die zugestellt werden mussten, waren überschaubar in dem Bezirk dicht an der „Grenze“ zum andern Vorort. So konnte ich auch schon am Nachmittag wieder nach Hause fahren. Am anderen Tag wurde mir der Bezirk zugeteilt, in dem ich gewohnt hatte. Auch Frau Baum, die „rassige“ Kassiererin im damaligen Bunkerkino, wohnte dort. „Prima“, dachte ich, vielleicht würde ich sie ja bei der Zustellung wiedersehen können, was sicher für sie auch eine Überraschung bedeuten würde. Und richtig, ich hatte einen Brief an ihren Mann Siegfried zuzustellen. Die Sendung sah nach einem amtlichen Absender aus. Als ich am Haus ankam, schellte ich gleich zweimal hintereinander. Aber nichts rührte sich in dem Haus. Da fiel mir erst auf, dass die Rollläden an allen Fenstern heruntergelassen waren. Ich „warf“ den Brief, schon ein wenig enttäuscht, in den Hausbriefkasten. Aus dem Nebenhaus kam eine Frau, für die ich auch drei Sendungen hatte. Ohne dass ich gefragt hatte, sagte sie: „Der arme Herr Baum ist seit vier Wochen nicht mehr da. Nachdem seine Frau vor etlicher Zeit verschwunden ist!“ Ich fragte, wo er denn geblieben und was mit der Frau passiert sei. Sie teilte mir mit, dass „der Sigi“ (Siegfried) nach dem „ganzen Rummel“ mit der Polizei und auch der Presse mitsamt der Tochter vorübergehend zu seiner Schwester gezogen sei. Sie würde auf das Haus aufpassen und ab und zu die Pflanzen gießen und die Post sortieren.

Ich konnte das Gehörte gar nicht begreifen und fragte, was ich in dem Moment auch schon bereute, ob sie denn mit einem anderen Mann abgehauen wäre. „Keiner weiß etwas“, antwortet sie. Auch sie wurde schon von der Presse befragt und gebeten, ob sie eventuell ein Foto von Frau Baum hätte. Zufällig hatte sie eins, das entstanden war, als vor zwei Jahren die Familie Baum bei ihr zur Gartenfeier anlässlich ihres fünfundzwanzigsten Hochzeitstages eingeladen war. Dann erzählte sie noch, dass der Ehemann bereits zwei Tage, nachdem seine Frau nicht nach Hause gekommen war, eine Vermisstenanzeige gestellt hat. Aber die Polizei hatte noch nicht viel unternommen. Erst vor kurzem wurden von der Kripo in Köln-Mülheim auch alle Nachbarn befragt. Mit nun nicht gerade viel Freude und Schwung wie sonst machte ich mich daran, die weiteren Briefsendungen zuzustellen. Somit kam ich auch in die Straße, in der unsere ehemalige Wohnung lag. Dort hatten wie an jedem Tag ein paar Hausfrauen vor den Häusern schon auf den „Briefträger" gewartet. „Das ist ja der Uwe!", rief Frau Beschel vom Haus, das gegenüber unserer ehemaligen Wohnung stand. Schnell kamen noch ein paar andere Frauen dazu. Sie fragten, wie es uns denn in der anderen Gegend von Köln nun gehen würde, was ich mit „Gut!" beantwortete.

Nun erwähnte ich, dass ich eben erst mitbekommen hätte, dass Frau Baum vermisst werde. Die Frauen schauten sich vielsagend an: „Wer weiß, was da passiert ist", meinte Frau Beschel, „sicherlich nichts Gutes." Da bemerkten wir, dass Herr Pfeifer aus seinem Haus auf uns zukam. Er war stets korrekt mit Anzug und Krawatte gekleidet. Auf dem Kopf trug er eine Baskenmütze, und in der Hand hielt er einen schönen Spazierstock. Es war bekannt, dass er kleine Gedichte und Geschichten, zum Teil auch in kölscher Sprache, schrieb. Schnell schaute ich nach, ob ich für ihn auch Briefsendungen dabeihatte, was aber nicht der Fall war.

„Sehen Sie doch, Herr Pfeifer! Der Uwe, der hat doch noch bis vor nicht allzu langer Zeit hier gewohnt!", sagte Frau Schmitz.

„D‘ Pimocken wäde all wat!", sagte Pfeifer sogleich nun in die Runde, ohne dabei mich anzuschauen. Auch wie er es sagte, ließ absolut keine Freundlichkeit erkennen.

Betretendes Schweigen war die Antwort von den anwesenden Frauen. Obwohl ich durch diese wieder mal gemachte Bemerkung betroffen war, sagte ich:

„Dann werde ich mich mal weiter auf den Weg machen, damit ich im Leben mehr erreichen kann, als nur andere zu diskriminieren!“ Wieso mir so etwas so schnell eingefallen war, konnte ich dem Moment gar nicht nachvollziehen. Diese Bemerkung muss wohl gesessen haben. Alle Frauen lachten befreit auf, und „der Herr Pfeifer“ ging schnell weiter.

Ich übergab den Rest der Sendungen an die Frauen, sie wollten alles weiter in der Straße abgeben, was an sich nicht erlaubt war. Nachdem ich meine Nacharbeiten im Postamt Höhenhaus erledigt hatte, konnte ich befreit nach Hause fahren. Denn mein Einsatz war dort erledigt, einige Kollegen hatten sich wieder gesund gemeldet. Als ich später meiner Mutter davon erzählte, war sie überrascht. „Ich hatte mich schon mal mit Herrn Pfeifer unterhalten, ich hielt ihn immer für einen sehr gebildeten und aufgeschlossenen Rheinländer.“ Womöglich hatte sie sich da täuschen lassen.

Erlebnis mit Willy Brandt – Besondere Ferien

Meine Aufgaben in der deutschen Postgewerkschaft nahmen immer mehr zu. Ich besuchte Wochenendseminare, in denen es auch um das Selbstverständnis der Kolleginnen ging: Auch dass es jedem klar sein müsse, dass er auch Frauen als Vorgesetzte haben könne. Damit hatte ich sowieso kein Problem, außerdem hatte ich es ja schon erlebt. Weiterhin mussten Statements verfasst und anschließend vorgetragen werden. In allem war das schon eine gute Übung für meine späteren Tätigkeiten.

Als ich an einem Tag wieder Unterricht in der Postfachschule hatte, meldete sich bei unserem Dozenten ein „Neuer“. Er war korrekt in Postuniform gekleidet, was wir der Klasse schon längst nicht mehr taten. Auch zum täglichen Dienst hatte ich meistens nur die Postjacke angezogen, dazu enge Jeans und ein offenes Hemd. Er stand nun da und sagte, er komme aus Berlin. Sein Vater sei ein höherer Regierungsbeamter, der zu einer Bundesdienststelle am Rudolfplatz versetzt worden wäre, weshalb er nun mit seiner Familie nach Köln-Lindenthal gezogen sei: Was er persönlich sehr bedauern würde, fügte er noch hinzu. Dabei „berlinerte“ er sehr stark, was unter den Übrigen in der Postfachklasse zu Heiterkeit führte, sie machten sich darüber lustig. Ich fand das nicht in Ordnung, denn ich konnte gut nachvollziehen, was es heißt, seine gewohnte Umgebung und seine Freunde verlassen zu müssen. Es entstand mit Jürgen eine ziemlich lange Freundschaft. Zumal der neue Kollege nicht allzu weit entfernt von meiner Wohnung und Straße wohnte. Wenn wir zusammen unterwegs waren, ahmte ich einfach das „Berlinern“ nach, sodass einige glaubten, ich käme ebenfalls aus Berlin. Darüber haben wir uns dann oft amüsiert.

Wieder im Postamt, bekam ich eines Tages einen Anruf meines zuständigen Gewerkschaftssekretärs (wir hatten zu Hause noch lange keinen Telefonanschluss): „Uwe, kannst du heute Abend mal bei mir vorbeikommen, ich möchte dringend etwas mit dir besprechen?“ Natürlich konnte ich das und war sehr gespannt, was nun kommen sollte. Zwei Dinge schlug er mir vor. Zunächst sollte ich am ersten Mai mit einer Gewerkschaftsfahne auf dem Neumarkt auf der Tribüne nahe dem Rednerpult stehen. Es werde der Regierende

Bürgermeister der Stadt Berlin, Willy Brandt, sprechen. Drei Wochen später sollte ich dann mit einer Jugendgruppe als Leiter eine einwöchige Reise in das kleine Walsertal, nach Obersdorf und weiter zum Kanzelwandhaus unternehmen. Weiteres in punkto Organisation würde er noch mit mir besprechen. Ich konnte dazu nur freudig mein Einverständnis geben.

An dem besagten 1. Mai regnete es in Strömen, der just aufhörte, als Willy Brandt nach eingehenden Begrüßungen ans Rednerpult trat. Er redete in einer ruhigen und klar verständlichen Sprache. Irgendwie umgab diese Person eine gewisse Aura. Er bekam viel Applaus für seine Ausführungen zu verbesserten Arbeitsbedingungen für die arbeitende Bevölkerung. Er plädierte für soziale Verbesserungen im Allgemeinen, was die bisherigen Regierungen immer versäumt hätten. Einige der Zuhörer in der Menschenmenge waren wohl auf Krawall eingestellt. Einer rief „Volksverräter", andere grölten: „Frahm, nein danke!" Und ein weiterer: „Geh doch wieder nach Norwegen, oder wollen die dich dort auch nicht mehr?" Der Gastredner behielt an diesem besonderen Tag in Köln die Ruhe. Dann richtete er sich doch noch, fast zum Schluss seiner Rede, mit scharfen Worten an die Störer. Es waren Worte, die wie „Steinschleudern" auf diese Unverbesserlichen niedergingen. Die überwiegenden Zuhörer und Teilnehmer der Kundgebung applaudierten Willy Brandt frenetisch anmutend. Auch ich hatte versucht zu applaudieren, was mir aber ein wenig misslang, da ich ja den ziemlich schweren Mast mit der Fahne halten musste. Da ich im Unklaren über diese „unfreundlichen" Zwischenrufe an diesem Tag war, fragte ich in der Gewerkschaft nach. Ich bekam die Auskunft, dass die „Störer" wohl gezielt auf die uneheliche Geburt dieses Staatsmannes anspielen wollten, der in Lübeck geboren wurde, was als Vorwurf an sich schon eine verwerfliche Geschmacklosigkeit bedeuten würde. Aber man wollte ihn eben moralisch treffen, deswegen auch die Anspielung auf seine Emigration nach Norwegen, um den Nazis zu entgehen. Dort hatte er auch den Namen Willy Brandt angenommen, den er später behielt.

Er hatte dort zeitweise auch als Journalist, unter anderem für die norwegische Armee, gearbeitet. Was ihn auszeichne sei, dass er sich nach einer bewegten politischen Laufbahn nach dem Krieg in Deutschland ab 1949, als Berlin immer noch immer ziemlich zerstört war, dem Aufbau dieser Stadt im geteilten Deutschland widmete. Das wurde so in kurzen Worten über den späteren Bundeskanzler erzählt. Es imponierte mir immer, wenn es Personen gab, die aus ihrem Herzen keine „Mördergrube" machten, sich nie anpassten, sondern für ihre Überzeugung auch so manche Strapazen und gefährlichen Begegnungen erfahren mussten. Viel später, das konnte ich aber damals noch nicht ahnen, bin ich auch wegen der Person Willy Brandt in seine Partei eingetreten. Aber wiederum, viele Jahre später, auch wieder ausgetreten.

Ab, in die Berge!

Treffpunkt für alle „gewerkschaftlichen Urlauber" war Gleis vier im Kölner Hauptbahnhof. Jürgen war schon vorher auf mein Bitten hin in die Postgewerkschaft eingetreten, und ich hatte ihn nach Rücksprache mit auf die Liste der „Reisenden" setzen dürfen. Nach und nach erschienen die anderen Teilnehmer, manche aus Bonn und Euskirchen. Fast alle waren zwei bis drei Jahre älter als ich. Sie fragten nach dem Gruppenleiter und waren, als ich mich daraufhin vorstellte, doch erstaunt, so einen jungen „Funktionär“ vor sich zu haben. Das konnte man in ihren Gesichtern ablesen.

Die Zugfahrt kam uns allen ziemlich lang vor. Nach Ankunft in Obersdorf ging es weiter mit dem Bus in das kleine Walsertal, dann mit der Seilbahn hoch in die Berge und nach einem anschließenden Fußmarsch endlich zum „Kanzelwandhaus“. Unsere Füße und Beine waren da schon ziemlich mitgenommen. Aber es erwartete uns ein deftiges Abendessen, das wir nun auch gebraucht hatten. An der „Essensausgabe“ standen ein Mädel mit schwarzem und eines mit blondem Haar. Fast wie zu erwarten, war die junge Frau mit dunklem Haar aus Bayern und die mit dem blonden aus Hannover. „Toll!“, sagte Jürgen, „Das ist doch mal ein erfreulicher Anblick nach dieser Anreise.“ Das konnte ich nur bejahen, und unsere Stimmung an dem Abend hellte sich merkbar auf.

Für Jürgen gab es noch eine schöne Überraschung aus seiner ehemaligen Stadt. Eine Postgewerkschaft-Jugendgruppe aus Berlin kam an. Einige davon kannte er aus seinen eigenen Berliner Zeiten. Dazu hatte man einen Gruppenleiter aus Göttingen abgestellt. Das fand ich ziemlich eigenartig, denn dieser Mann konnte die Mentalität der Berliner so gar nicht begreifen. Aber er hielt sich ziemlich zurück - und machte auch alles mit. Oft wanderten wir in den Bergen umher, veranstalteten kleine Spiele und freuten uns schon immer auf den nächsten Tag und die Aktivitäten, die wir dann unternehmen sollten. Ich hatte noch gar nicht bemerkt, dass mich Marianne mit den blonden Haaren und aus Hannover stammend des Öfteren beobachtete. Erst Jürgen hatte mich darauf aufmerksam gemacht. Eines Tages machten wir wieder eine Wanderung zu einer höher gelegenen Berghütte. Wir mussten ziemlich lange beschwerlich auf schmalen Pfaden bergauf gehen. Marianne durfte auch mitgehen. „Damit sie mal aus ihrem ewigen Arbeits-Trott rauskommt“, so hatte ihr Chef, der Heimleiter, es begründet.

Auf der Wanderung ging sie an meiner Seite, und wir unterhielten uns sehr angeregt. Angekommen in der Berghütte, wollten wir nur etwas zu uns nehmen, denn wir hatten etwas Verpflegung mitbekommen. Danach sollten wir nach kurzem Ausruhen wieder den Abstieg wagen, denn es würde früh dunkel werden, was in den Bergen gefährlich werden kann. Plötzlich ertönte ein lautes „Grollen“, und als wenn der Himmel „seine Schotten flutete“, ergoss sich Regen vermischt mit Hagel und Blitzen auf die Berghütte. Mit dem Abstieg hatte es nun keinen Zweck mehr. Der Wettereinbruch dauerte etwa eine halbe Stunde. Danach rauszugehen war viel zu gefährlich, da die Wege aufgeweicht und nicht begehbar waren. Nach einer eingehenden Beratung wurde beschlossen, bis zum frühen Morgen in der Berghütte zu bleiben. Also hockten wir uns hin, und einer hatte tatsächlich eine große Flasche „Enzian“ dabei, in der Hütte gab es auch kleine Gläser, und so wurde es dann ziemlich laut. Alle erzählten irgendwelche Witze, die meisten fand ich zwar öde – aber ich lachte beflissen mit.

Plötzlich stand „Atze“ aus Berlin auf und schrie:

„Ich bin ein deutscher Junge, Heil ihr arischen Popelfresser!“ Alles lachte, denn es sollte ja wohl satirisch gemeint sein. Auch wenn ich es nicht so lustig fand, sah ich bei einem seiner Berliner Kollegen, wie er wutentbrannt aufstand.

Er stellte sich vor Atze hin und schrie: „Die verdammten Nazis haben meinen Vater noch kurz vor Ende des Krieges an die Wand gestellt und erschossen, nur weil er genug von diesem Scheißkrieg hatte, und du machst hier solche Faxen.“

Daraufhin schrie Atze: „Und deine sozialistischen Schweine haben meinen Großvater umgebracht, nur weil er diesem Dreckspack nichts abgewinnen konnte.“ Dann fielen sie übereinander her.

Jürgen, der Göttinger, und ich waren aufgesprungen, um die beiden Kontrahenten zu trennen.

Ich rief laut: „Das war doch eindeutig Satire und hat mit einer Nazi-Verherrlichung nichts zu tun, auch wenn ich es nur als geschmacklose Blödelei angesehen habe.“

„Das müsste man dann aber erst einmal erklären“, sagte ein weiterer Berliner. Aber Jürgen konnte - auch dank der Androhung, jedem Einzelnen „die Jacke voll zu hauen“, wenn sie nicht aufhören würden sich anzugehen - etwas Ruhe hineinbringen. Nun wurde es nicht mehr so gemütlich. Einige rollten sich auf dem Boden zusammen, um ein wenig zu schlafen. Marianne und ich hatten uns in eine Ecke verkrochen und unterhielten uns nur noch leise, bis wir „angekuschelt“ ein wenig eingeschlafen waren.

Am frühen Morgen sahen wir, dass die Sonne schon herrlich schien. Nun konnten wir recht vorsichtig den Abstieg wagen, denn die Wege waren zum Teil immer noch nicht gut passierbar. An diesem Abend wurde im Kanzelwandhau mit allen anderen Gästen tüchtig gefeiert. Im Haus hatte man sich schon gedacht, dass wir in dem Unwetter noch auf dem Weg sein würden. Aber um Gewissheit zu haben, musste noch bis zum anderen Morgen abgewartet werden. Wären wir bis zum Mittag nicht zurückgekehrt, wäre die Bergwacht unterrichtet worden. Während wir nun gemütlich zusammensaßen, hatte sich auch Angelika - die mit den dunklen schönen Haaren aus Bayern - zu mir gesetzt. So saß ich dort mit zwei Mädels, rechts und links neben mir. Da merkte ich, dass ein Bonner Teilnehmer, schon mit einem runden Bierbauch in seinen verhältnismäßig jungen Jahren, stets mit einem zornigen Gesicht zu mir herüberschaute. Auch in der Berghütte war er mir schon aufgefallen. Ich hatte es aber nicht weiter beachtet, ihn auch nicht angesprochen, denn er war mir nicht sonderlich sympathisch.

Marianne, die so um die vier Jahre älter war als ich, flüsterte mir ins Ohr, dass ich in der Nacht auf ihr Zimmer kommen sollte, sie würde die Tür offenlassen. Mein Einwand, den ich ihr auch ins Ohr flüsterte, dass es doch wohl nicht erlaubt sei, beantwortet sie - dann nun laut - mit einem herzlichen Lachen. Alles schaute zu uns herüber, als wenn ich ihr einen Witz und sonst etwas Heiteres zugeflüstert hätte. Angelika fand das wohl nicht so lustig, denn sie stand abrupt auf und ward an dem Abend nicht mehr gesehen. Die Miene von dem Bonner verfinsterte sich immer mehr, das bemerkte auch Jürgen, der mich darauf aufmerksam machte. Schließlich ging auch Marianne, mit einem Augenzwinkern in meine Richtung, auf ihr Zimmer. Nach einer Weile überkam mich aber doch die Müdigkeit: Nur ein wenig Schlaf, dann wollte ich Marianne aufsuchen, so nahm ich es mir vor. Als ich aus der Tür vom Aufenthaltsraum trat, stand der Bonner vor mir! „Du willst der Leiter einer Gruppe sein?“, schrie er mich sogleich an: „Du bist nichts weiter als ein dummer Hund, der glaubt, er könne alle Weiber haben.“ Und weiter: „Ich hatte mich als Gruppenleiter beworben, ich wäre tausendmal geeigneter gewesen als du.“ Ich bemerkte seine Aufgebrachtheit und wollte ihn entsprechend beruhigen. Deshalb erklärte ich, dass ich von seiner Bewerbung für diese Maßnahme nichts gewusst hatte, da ich ja direkt vom Büro der Postgewerkschaft angesprochen worden sei. Aber er redete sich immer weiter mit unflätigen Ausdrücken in Rage.

Als er schließlich die Hand erhob, um mir eine runterzuhauen, wurde er mit einem Fausthieb von Jürgen niedergestreckt. Ich hatte gar nicht bemerkt, dass er auch hinter mir aus der Tür getreten war. „Wenn du es noch mal wagen solltest, den Uwe anzugreifen und hier weiterhin Stunk machst, wirst du anschließend froh sein, dass du nicht im Krankenhaus gelandet bist, verstanden?!“, schrie Jürgen ihn an. Der dickbäuchige Bonner machte sich schnell davon und war auch bis zu unserer Abreise friedlich geblieben. Erst als wir wieder auf dem Kölner Hauptbahnhof ankamen, konnte er es sich nicht verkneifen, mich nochmals mit Schimpfworten zu überhäufen. Ich ging also auf mein Zimmer, um ein wenig Schlaf zu finden, dann wollte ich doch eventuell noch Marianne aufsuchen. Aber ich muss wohl tief und fest eingeschlafen sein. Ich bemerkte im Schlaf, dass sich ein paar Lippen auf meine drückten! Als ich aufwachte, blickte ich in die blauen Augen von Marianne. Sie legte sich zu mir ins Bett, aber auch nicht lange, denn ich schlief immer wieder ein - das war für sie sicherlich dann auch „kein großer Spaß“.

Jürgen hatte sich, wo auch immer, eine Blutvergiftung zugezogen. Ein roter Strich am Bein, der sich beharrlich ausbreitete, zeugte davon. Er bemerkte das erst am Abend des darauffolgenden Tages. Die große Seilbahn ins Tal lief da schon nicht mehr, sie sollte erst wieder am nächsten Tag um neun Uhr starten. Nach einer telefonischen Rücksprache mit dem zuständigen Arzt in Obersdorf gab er mir Anweisungen, wie das Bein bis zum anderen Morgen versorgt sein müsse: Immer wieder mit essigsaurer Tonerde kühlen und den roten Strich weiter beobachten – weiter war zunächst nichts mehr zu tun. Im Kanzelwandhaus konnte man tatsächlich essigsaure Tonerde in einem Sanitätsschrank finden. Ich versuchte das Bein in der Nacht ständig auch mit feuchten

Handtüchern zu kühlen, so gut ich es konnte. Angelika aus Bayern mit ihren „glutvollen" Augen half mir dabei. Sie war in Erster Hilfe ausgebildet und kam bis zu viermal in unser Zimmer, um Jürgen geschickt neue Umschläge um das Bein zu wickeln. Das war mir in dieser Nacht schon eine große Hilfe!

Am Morgen setzten wir ihn dann in die Versorgungs-Seilbahn, die ins Tal führte. Er passte gerade so hinein. Mit Decken gut eingebunden wurde er nun „hinabgelassen". Die Sanitäter warteten schon an der Ankunftsstelle auf ihn, um ihn ins Krankenhaus zu bringen. Jürgen hatte keine Angst gezeigt - im Gegenteil, er fand es lustig, mal auf diese Weise in einer Bahn mitzufahren. Er winkte noch ein paar Mal und meinte, wir sollten ihn nicht vergessen. Unser Gesamtaufenthalt näherte sich nach zwei Tagen dem Ende. Da hätte es sich für Jürgen nicht mehr gelohnt, zurück zum Kanzelwandhaus zu kommen. „Der Abschied fiel ihr schwer", heißt es in einem Karnevalslied, das es damals noch nicht gab, aber irgendwie gepasst hätte. Genau ein solcher Abschied „schwebte" nun über uns. Mit vielen Umarmungen - Marianne hatte sich nur mit einem „Tschüss" und Kuss auf meine Wangen verabschiedet und war abrupt gegangen - machten wir uns dann wieder auf den Weg nach Hause. Auf der Rückfahrt hatten wir Jürgen wieder gesundet im Krankenhaus abgeholt. Wir zehrten noch lange von den Gesprächen und dem Erlebten im Kanzelwandhaus. Aber ich hatte nie den Wunsch, nochmals dorthin zu fahren beziehungsweise mich mit der Seilbahn in die Berge bringen zu lassen.

Als Leiter von irgendwelchen Gewerkschaftsunternehmungen ließ ich mich nicht mehr einteilen. Mit Marianne hatte ich den Kontakt per Briefverkehr noch einige Zeit aufrechterhalten. Eines Tages schrieb sie mir, dass sie sich mit einem italienischen Restaurant-Besitzer verlobt hätte. Danach brach der Kontakt ab. Sehr viele Jahre später bekam ich einen Anruf aus Wolfenbüttel. Am Apparat war Marianne, die sich mit dem Nachnamen Aplerbeck meldete. Ich wusste natürlich zunächst nicht, mit wem ich es zu tun hatte. Marianne klärte mich schnell auf. Sie hatte sich nach sechs Jahren von ihrem italienischen „Dauerverlobten" getrennt und ein Jahr später ihren jetzigen Mann kennengelernt. Sie hatte zwei Kinder, ein Mädchen und einen Jungen, die jetzt bald ins Erwachsenenalter kommen würden. Sie hatte mich in einer Fernsehserie gesehen, in der ich einen Notarzt darstellte. Zunächst hatte sie mich nicht erkannt, doch nach einer weiteren Ausstrahlung „dämmerte es bei ihr", dass ich es sein könnte. Schließlich fand sie mich im Internet. Angeblich hätte sie oft an die schöne, aber kurze Zeit dort droben im Kanzelwandhaus und unsere Begegnung denken müssen und sich gefragt, was ich wohl so machen würde. Wir hatten noch ein längeres Gespräch am Telefon, aber danach - auch bis heute - weiterhin keinen weiteren Kontakt mehr.

Die Roonstraße und ein Attentat

Es war Heilig Abend, unser neuer Schwarz-Weiß-Fernseher lief. Gleich würden wir die Tageschau ansehen, die wir fast nie versäumten. Als der Sprecher von einem ungeheuerlichen Vergehen an der Synagoge in Köln sprach, horchten wir alle auf. Zwei Mitglieder der DRP (Deutsche Reichspartei), so die Vermutung, die sich später als richtig erwies, hätten Hakenkreuze an die Synagoge „geschmiert". Auch meine Eltern waren darüber sehr erschrocken und fanden das ungeheuerlich. Nach der Verfolgung und Vernichtung der Kölner

Juden im „Dritten Reich“ nun so etwas! Die Synagoge war im Jahr 1881 eingeweiht worden. Ich hätte das sehr interessante Gebäude schon immer gerne mal besichtigt. Dieser Wunsch kam auch durch eine Begegnung zustande.

Am Rudolfplatz stiegen zwei schöne dunkelhaarige Mädels aus der Straßenbahn, sie gingen zufällig in dieselbe Richtung, in die wir, Jürgen und ich, auch gehen wollten. Ich versuchte sie auf meine Art anzusprechen, aber sie gaben keine Antwort, sondern unterhielten sich lebhaft in einer mir nicht verständlichen Sprache.

„Was redet ihr denn für ein Zeug?“, meinte plötzlich Jürgen in seiner oft „ungehobelten“ Art.

„Du kannst gleich eine runtergehauen bekommen“, meinte sofort das eine Mädchen. Ich schlichtete und sagte mit etwas aufgeregter Stimme, so habe er es sicherlich nicht gemeint.

„Mein Freund und ich finden euch einfach nur verdammt hübsch. Entschuldigung, wir wollten euch nicht beleidigen.“

„Ja“, sagte das andere Mädchen, „schon gut“. Dann erklärten sie, dass sie auf dem Weg zur Synagoge wären und wir, wenn wir den gleichen Weg hätten, mitgehen könnten.

„Prima“, sagte ich: „Ich habe diesen Bau schon immer bewundert und würde ihn auch gerne mal von innen sehen.“ Doch darauf antworteten sie nicht. Wir unterhielten uns dann noch ein wenig über eine aktuelles Film-Angebot im Ufa-Palast.

An der Synagoge angekommen, schauten wir ihnen nach, wie sie zum Eingang gingen und winkten ihnen nochmals zu - sie winkten auch zurück! Ich hatte diese kurze Begegnung schon vergessen, wurde aber jetzt wieder daran erinnert. Nun war die ganze Welt davon unterrichtet, dass es auch in dem angeblich toleranten Köln so etwas schon wieder gab! Die Weihnachtsansprache des Bundeskanzlers Konrad

Adenauer, ein gebürtiger Kölner, fiel dann auch nach diesem Anschlag angemessen deutlich aus, und er verurteilte in scharfen Worten diesen Frevel.

Die Boogie- und Rock'n'Roll-Zeit war auf dem Höhepunkt. Wir hörten „Music aus Studio B“ vom WDR mit dem aus England stammenden Moderator Chris Howland, der sich auch spaßig „Mister Pumpernickel“ nannte. Auch da konnte ich niemals voraussehen, dass ich mal gemeinsam mit ihm eine Werbeveranstaltung durchführen würde. Der junge Elvis wurde nicht nur in den USA immer berühmter. Wir kannten alle seine Titel wie „Teddy Baer“ oder „Blue Sued Shoes“. Er war schon ein besonderer Rock-Sänger, der auch durch seine berühmten Hüftbewegungen besonders bei den Mädels Begeisterung hervorrief. Ab 1958 war er als wehrpflichtiger Soldat im Rahmen der NATO im hessischen Friedberg stationiert. Er wohnte in Bad Nauheim. Die Ankunft von ihm in Bremerhaven wurde im Fernsehen übertragen. Natürlich hatten wir das alle verfolgt und freuten uns, dass der berühmte Star aus den USA nun in Deutschland stationiert war. Einige „pilgerten“ auch nach Bad Nauheim, in der Hoffnung, ihn einmal persönlich zu sehen. Wenn es gelang, wurden sie nicht enttäuscht, geduldig soll er Autogramme geschrieben haben.

Jürgen konnte sich damals schon eine begehrte schwarze Lederjacke leisten. Dazu trug er immer ein weißes T-Shirt und Jeans. Ich war zu dieser Zeit begeistert von den Filmen „Jenseits von Eden“ und „Denn sie wissen nicht was sie tun“ mit James Dean. Dieser junge Schauspieler ist bis heute Kult. Irgendwie seiner Zeit weit voraus, verkörperte er doch so etwas wie Rebellentum mit Melancholie und einer gewissen Lässigkeit. Leider kam er, bevor seine beiden letzten Filme in den Kinos weltweit zu sehen waren, durch einen

Verkehrsunfall mit seinem Porsche ums Leben. In dem Film „Denn sie wissen nicht was sie tun“ trug er einen roten Blouson. So einen wollte ich unbedingt auch haben, aber nirgendwo - auch nicht in einschlägigen Bekleidungsgeschäften, die es zur Genüge in Köln gab - war so ein Kleidungsstück zu finden. Endlich entdeckte ich, dass eine solche Jacke in einem kleinen Fachgeschäft für US-Armeebestände am Heumarkt im Schaufenster ausgestellt war - sogar mit einem Schild versehen: „Harrington Blouson aus dem Film ‚Denn sie wissen nicht was sie tun‘ mit James Dean, Originaltitel ‚Rebel Without a Cause‘“. Der Preis von 45 Deutschen Mark erschien für mich aber unerschwinglich zu sein, und meine Eltern brauchte ich gar nicht erst fragen. Also musste ich etwas Geld dazuverdienen, damit ich mir dieses begehrte Stück kaufen konnte. Ich fragte überall nach, ob ich als Aushilfskellner und sogar Putzmann aushelfen könnte. Aber nirgendwo war etwas zu bekommen. Eines Tages erblickte ich ein Plakat an einem Tanzlokal am Rudolfplatz. Besitzer des Lokals war, wie alle wussten, der Schlagersänger Rudi Schuricke („Wenn bei Capri die rote Sonne im Meer versinkt“). Dort stand: KdU (Kabarett der Unbekannten). Es wurde aufgefordert, dass sich alle melden sollten, die etwas vortragen wollten, zum Beispiel Zaubern, Singen oder auch Akrobatik. Es winkte als erster Preis eine einwöchige Ferienreise ins Sauerland, dazu auch noch 50 Deutsche Mark. Als zweiten und dritten Preis hatten sie ein Geschenk ausgelobt, aber nicht näher beschrieben.

Das wäre doch auch eine Lösung, dachte ich mir. Zu dieser Zeit war gerade der junge deutsche Rock'n'Roll-Sänger Ted Herold unter anderem mit dem Song in deutscher Sprache „1 zu 0 für dich“ in den Charts. Aufgemacht wie Elvis sang er diesen Titel mit ähnlicher Stimme, die aber etwas heiserer war. Er hatte schon viele Fans, besonders die, die den Schlagersänger Peter Kraus unter anderem mit seinem Titel „Sugar Baby“ nicht mochten. Ich hatte des Öfteren bei gemütlichen Abenden auch im Gewerkschaftshaus Ted Herold imitiert. Dabei hatten alle immer großen Spaß. Den Text von „1 zu 0 für dich“ kannte ich auswendig. Damals war es nicht so einfach, für einen Titel Playbacks zu kaufen und wenn, waren sie wiederum für mich zu teuer. Also musste mich musikalisch irgendeine Band begleiten, um an dem Wettbewerb mitzumachen. Herrmann, der auch in meiner Klasse der Kaufmännischen Berufsschule war, spielte ganz gut Gitarre. Ich sprach ihn an und überzeugte ihn von meinem Vorhaben. „Damit könnten wir, das heißt, auch die anderen Musiker, die ich noch finden werde, gleich groß rauskommen“, meinte er. Natürlich hatte ich ihm in seinen Überlegungen nur beipflichten können.

Herrmann brachte einen Drummer mit, der aber nur eine große Trommel hatte und einen sogenannten Schlagzeug-Besen und Drummer-Stöcke. Außerdem kam ein Bassist dazu, der sich aus einer alten Kiste eine Bassgeige gebaut hatte. Nach meiner Skepsis meinten meine drei musikalischen Begleiter, ich solle mich ruhig schon mal anmelden, das würde schon „hinhauen“. Wir probten bei Mattes, dem Bassisten, in Lechenich, einem Vorort von Köln, in einem alten Schuppen seiner Eltern: Aber nur bis zu viermal. Und tatsächlich, für diesen Titel lief es gar so schlecht, wie ich fand - obwohl es schwierig war, Rhythmus und Lautstärke richtig zu hinzubekommen. „Du musst einfach etwas lauter und schneller singen, eben rockiger“, meinte Herrmann: „Dann werden wir das schon meistern.“ Ich wurde also angenommen und aufgefordert, mich zunächst nur vorzustellen und am darauffolgenden Samstag dann mit „meiner Band" aufzutreten.

Nun war der Tag des Auftritts gekommen. Zu Hause hatte ich lieber nichts davon erzählt. Jürgen hatte mir seine neue Lederjacke für den Auftritt zur Verfügung gestellt. Die Haare nach hinten gekämmt, dazu mit einer Tolle und gehörig „Brisk" im Haar - so gestylt wartete ich mit etwas weichen Knien auf meinen beziehungsweise unseren Auftritt. Zu unserer Überraschung sagte uns der „Chef", also Rudi Schuricke, höchstpersönlich an. Obwohl er, wie ich vernommen hatte, die meiste Zeit gar nicht in dem Lokal anwesend sein sollte.

Es wurde auch hervorgehoben, dass ich live mit einer Band - wenn auch nur mit drei Musikern - auftreten würde. Dann legten wir los! Ich versuchte während des gesanglichen Vortrags meine Hüften wie Elvis kreisen zu lassen, was mir aber, wie ich selber bemerkte, nicht so richtig gelingen sollte. Bei dem Text: „... sei nicht so schüchtern und spiele mit, gib mir nen Kuss, dann sind wir quitt", machte sich ein Mädel bemerkbar, das ganz vorne in der ersten Reihe saß. Sie hatte die Beine übereinandergeschlagen, ihr Petticoat war ein wenig hochgeschoben, daher waren auch ihre breiten Strapse sichtbar. Sie rief herausfordernd: „Du kannst auch mehr haben, aber nur wenn du dich mehr anstrengst." Alle lachten, beinahe wäre ich aus dem Takt gekommen, so überrascht war ich. Doch das Lied näherte sich dem Ende, und mein Vortrag mit Band war vorbei. Das Mädchen mit dem Petticoat rief nun für alle überraschend: „Zugabe!" Für so einen eventuellen Wunsch, obwohl ich nie damit gerechnet hatte, hatte ich einen weiteren Titel von Ted Herold einstudiert: „Moonlight, die Nacht ist schön." Obwohl ich gar nicht textsicher war und Herrmann mich nur mit der Gitarre begleitete, war es mir gelungen, auch diesen Titel zu Ende zu bringen. Es folgte ein ganz „ordentlicher“ Applaus. Nun mussten wir warten, bis weitere fünf Kandidaten aufgetreten waren.

Ein ziemlich „süß“ aussehendes Mädchen, so um die sechzehn Jahre, hatte das Lied „Ganz Paris träumt von der Liebe“ vorgetragen, das von Catharina Valente gesungen wurde und dauernd auch im Radio lief. Am fast „brausenden“ Applaus konnte man schon erkennen, dass sie wohl „das Rennen“ machen würde. Als Zugabe hatte sie noch „Schöner fremder Mann“ von Conny Francis draufgesetzt. Es wurde noch mal spannend gemacht, bis nun die Sieger bekannt gegeben wurden. Wir landeten immerhin auf dem dritten Platz. Das Lied „Ganz Paris…“ mit Ivonne, so ihr Name, hatte gewonnen. Darüber freuten sich besonders auch ihre Eltern, die an dem Abend mitgekommen waren. Meinen Eltern hatte ich nichts davon erzählt und auch nie mit ihnen darüber gesprochen.

Die Enttäuschung war bei mir aber doch groß, und man sah es mir auch an. Als Preis hatten wir lediglich fünf Flaschen wohl teuren Sekt und Autogramme von Rudi Schuricke bekommen. Ich überließ alles der „Band“. Nun war es wohl nichts mehr mit der roten Jacke, die ich begehrte: Zumal sie auch, nachdem ich nochmals den Laden aufgesucht hatte, nicht mehr im Schaufenster hing. Wahrscheinlich hatten schon andere diesen Blouson gekauft. Jürgen tröstete mich, indem mir anbot, immer wenn ich seine Lederjacke mal tragen wollte, mir diese auch zu überlassen. Nicht unbedingt ein großer Trost. Die Band und Herrmann nahmen es hin. „Da sind wir doch dann auch mal aufgetreten – und wir waren gar nicht so schlecht“, meinte er. Wieder viele Jahre später habe ich mir dann so einen ähnlichen Blouson leisten können. Bis heute habe ich immer einen roten Blouson in meinem Kleiderschrank!

Um nun endlich unsere Urkunden zum Beamten auf Probe ausgehändigt zu bekommen, musste noch eine Hürde genommen werden. Sie bestand darin, dass unsere Postbeamten-Anwärterklasse zu einem zweiwöchigen Seminar in den Kneipp-Kurort Bad Münstereifel fuhr. Dort wurden wir in einer Jugendherberge untergebracht. Die Fahrt mit dem dafür gecharterten Postbus dauerte nicht lange, und wir waren ziemlich „guter Laune“, was wir mit lautem Singen und „Blödsinn machen“ unterstrichen. Als wir ankamen, wurde Jürgen dafür gleich vom Herbergsvater, einem untersetzten Mann mit sichtbar krummen Beinen, „angeraunzt“: „So ein Benehmen von zukünftigen Postbeamten, Pfui Deibel! Euch allen müssten; aber besonders dir“, er zeigte auf Jürgen, „die Hammelbeine tüchtig langgezogen werden.“ So etwas wäre im vergangenen deutschen Reich nicht möglich gewesen, fügte er noch hinzu. Ich deutete Jürgen an, nichts zu erwidern, da ich erkannt hatte, dass das die Situation gleich zu Beginn unseres Aufenthaltes nur erschweren würde. Das Lehrpersonal bestand aus einem Post-Amtmann als Leiter des Seminars, einem Post-Oberinspekteur und einem Post-Obersekretär. Der Unterricht mit dem Amtmann gestaltete sich immer fast militärisch. Er verlangte, wenn er den Unterrichtsraum betrat, dass wir „zackig“ aufstanden und möglichst gleichmäßig im Chor „Guten Morgen Herr Leimgruber“ rufen mussten. Auch wich er stets vom eigentlichen Unterrichtsstoff ab und erzählte uns seine Erlebnisse in sowjetischer Kriegsgefangenschaft.

Wir alle fanden das ziemlich interessant. Auch, weil er uns die Mentalität der einheimischen Bevölkerung in diesem großen Land mit seinen vielen Völkerstämmen Russlands näherbringen konnte. Er machte das an Beispielen etwa mit der Wetterlage deutlich: „Im Sommer ist es fast unerträglich heiß, während der Winter sehr kalt ist.“ Die Wachmannschaft hatte ihn nicht immer gut behandelt. Eine breite Narbe über dem rechten Auge zeugte davon. Erst als er in der Gefangenschaft „scheinbar“ darauf eingegangen war, dem „Komitee Freiheitliches Deutschland“ beizutreten und später am Aufbau eines sozialistischen Deutschland im sowjetisch besetzten Teil und einer Volksarmee mitzuwirken, wurde er „vorsichtiger“ behandelt. Nach seiner Entlassung durfte er also nicht in seine Heimat nach Remscheid ausreisen, sondern wurde direkt nach Ostberlin gebracht. Nach verhältnismäßig kurzer Zeit gelang ihm dann aber die Flucht nach Westberlin. So einfach war es aber in der Freiheit zunächst für den ehemaligen Major auch nicht. Viele Verhöre durch den Verfassungsschutz und die Dienste der Westmächte – vor allem den CIA - musste er über sich ergehen lassen. Schließlich wurde er mit einem französischen Militärflugzeug nach Köln geflogen. Nun durfte er wieder bei der Deutschen Bundespost im Beamtenverhältnis mit seinem früheren Dienstrang anfangen, musste sich aber immer dem Verfassungsschutz für noch aufkommende eventuelle Fragen in diesem Zusammenhang bereithalten. Seine Frau hatte sich bereits Ende der 1940er Jahre mit einem anderen Mann zusammengetan, weil sie felsenfest davon überzeugt war, dass ihr bisheriger Mann in den Weiten Russlands umgekommen sein müsse, da sie Jahre nichts von ihm gehört hatte. Aber er hatte, da er sich dem Freiheitskomitee angeschlossen hatte, nicht mit seiner Frau im Westen Kontakt aufnehmen gedurft. Die Ehe wurde nach seiner Ankunft im Westen einvernehmlich geschieden. Kinder hatten sie nicht - auch ein damaliges deutsches Schicksal!

„I`m Sorry“ im Dorfkrug

Der Unterricht in der Münstereifeler Herberge war immer gegen 16:00 Uhr zu Ende. Dann wurde mit allen zusammen gegen 16.45 Uhr zu Abend gegessen. Danach konnten wir bis 21:30 Uhr in den Ort gehen. Was aber anfangen in so einem Ort, der zwar schon damals wunderschön war mit seinen alten Fachwerkhäusern, in dem aber meistens nur ältere Kurgäste waren? Letztlich entdeckten wir ein Lokal: „Zum letzten Krug“. Es hatte eine verhältnismäßig große Musikbox, darin auch zeitgemäße Musik für junge Leute. Auch die anderen Gäste waren dort fast alle in unserem Alter. Manche waren zwar „etwas älter“, doch es passte „noch“. Die einheimischen Jungs waren keinesfalls von unserem Aufenthalt in – wie sie meinten – „ihrem“ Ort erbaut. Zumal wir merkten, dass sich die wenigen Mädels auch für uns interessierten. An einem Abend sprach mich eine kleine Blonde mit krausen Haaren an. Sie fragte, woher wir kämen, was wir machten und wie lange wir blieben. Ich war gerade dabei ihr höflich eine ausreichende Antwort zu geben, als sich zwei Jungs, der eine ziemlich kräftig und der andere mit einer etwas spitzen Nase, einmischten. Sie hatten auch ein deutlich sichtbares Abzeichen an ihren Jacken, darauf stand: „Eifeler Wikinger Jugend“. „Ihr Pimoke wollt unsere Mädels abgraben, das wird nicht funktionieren, wir schlagen euch alle Knochen kaputt“, bemerkte der eine im Eifeler Dialekt. „Das ist wohl ein wenig komisch, uns Kölsche als Pimocke zu bezeichnen“, antwortete ich ein wenig hastig, denn ich fühlte mich mittlerweile auch als „Kölsche Jung“. Auch hatte er nicht mit Jürgen gerechnet. Er stand schon hinter ihm und bemerkte in einem ganz ruhigen Ton: „Aber wir kommen dann alle, das sind 26 Leute. Da müsst ihr erst einmal gegen ankämpfen. Lasst uns in Ruhe, dann lassen wir euch auch in Ruhe."

Das Mädchen mit dem krausen Haar ging auf ihren vermeintlichen Freund mit der spitzen Nase gleich los: „Du Hornochse, ich habe nichts mit dir zu schaffen - und werde es auch nie. Lass uns gefälligst in Ruhe, sonst kann ich es auch mal deinem Vater sagen." Der Vater von dem „Anmacher" war ein Lokalpolitiker. Er wollte wohl unter keinen Umständen unnötigen Ärger, besonders nicht von seinen Kindern, haben, wie Susanne - so ihr Name - mir hinterher erzählte. Als sich alles beruhigt hatte, ging sie zur Musikbox und wählte den Titel von Brenda Lee: „I am Sorry". Dann forderte sie mich zum Tanzen auf. Diesen Song von der damals erst sechzehn Jahre jungen Sängerin mit der „rauchigen" Stimme mochte ich besonders. Meine Tanzpartnerin sah gut aus - was will man mehr in so einer Situation?! Schließlich fragte sie mich, ob ich nicht, so lange ich in Münstereifel sei, mit ihr gehen möchte. An sich wollte ich mich bei diesem Seminar nicht groß ablenken lassen, um bei der abschließenden Prüfung gut dazustehen. Dabei wussten wir schon, dass alle bestehen würden. Doch bei so einem Song und einem Mädchen, das man in so einem Ort nicht vermuten würde, was macht man da?

„Ich habe nichts dagegen", antwortete ich: „Aber es wird ja nicht von großer Dauer sein, mit unserem Aufenthalt."

„Macht nichts", sagte sie nur. So gestaltete sich für mich in Münstereifel das Ganze als ein nettes Erlebnis, das ich auch noch lange in Erinnerung behalten würde.

„Wie machst du das nur immer?", fragte mich nicht nur Jürgen, sondern auch Peter Schmalstieg. Sie hatten ein paar einheimische Mädels angesprochen, aber stets eine Abfuhr bekommen. Bis auf Franz Pryces. Er konnte immer sehr anschaulich die Herkunft seiner früheren Vorfahren schildern. Sie waren als verfolgte Hugenotten aus Glaubensgründen von Frankreich zunächst nach Preußen geflohen. Preußenkönig Friedrich der Große ließ jeden „nach seiner Fasson selig werden“, wie er immer aus seiner familiären Historie erzählte. Erst nach späteren Generationen war sein Großvater dann nach Köln übergesiedelt. In dieser Stadt wurde er auch geboren. Nun versuchte er es mit seiner 1,86er Länge mit der Dame hinter dem Tresen. Dieses wohl auch mit Erfolg, wie er uns berichtete. Jürgen und Peter konnten in der Jugendherberge mit einer Mädchen-Wandergruppe „anbandeln“, sie waren gerade angekommen. Ich aber blieb während unseres Aufenthaltes der „süßen Susanne“ treu. Allerdings mehr als Händchen halten sowie einen Kuss hier und da war da nicht. Doch gerade dieses „So-ein-wenig-verliebt-Sein“ hatte ich in dem schönen Münstereifel - später dann: Bad Münstereifel - genossen.

Zum Ende dieses besonderen Aufenthaltes der jungen „Postbeamten-Aspiranten“ bekam ich von dem Postsekretär den Auftrag, so etwas Ähnliches wie eine Abschluss-Zeitung (auch Bierzeitung genannt) als Gestalter und Ideengeber zu fertigen. Ich suchte mir ein paar Mitstreiter aus: Unter anderem Horst aus Leverkusen-Schlebusch, der schon immer auch durch seine besondere Intelligenz auffiel, und noch ein paar andere, die aber erst nach einigen Überzeugungsargumenten zusagten. Ich hatte keine Ahnung, wie wir anfangen sollten. Zumal es auch keinen brauchbaren Zeichner gab. Also versuchte ich mich selber darin.

Auf Veranlassung des Inspektors hatten wir auch ein Fußballspiel mit der Fußball-Jugend aus Münstereifel absolviert, das wir 16 zu 4 verloren hatten. Ich war als Linksaußen eingeteilt, obwohl ich kein großer Fußballer war. Aber O

Schreck, in der gegnerischen Mannschaft waren die Zwei von der berüchtigten „Eifeler Wikinger Jugend"! Sie foulten uns von Anfang an und das ganz gezielt. Auch ich bekam nach der ersten Halbzeit einen Tritt gegen mein Schienbein. Ich konnte nur unter Schmerzen weiterspielen. Diese Geschichte schrieb ich in der Abschlusszeitung mit etwas satirischen Untermalungen auf: Zum Beispiel, dass die Zwei sich während des Spiels gegenseitig „anfeuerten" mit Rufen wie: „Schneller rennen!" Oder auch: „Hau ihn weg!" Ich schrieb auch, dass wir beim anschließenden gemeinsamen Duschen im Vereinsheim der Münstereifeler Kicker gesehen haben wollten, dass die „zwei Wikinger" sich Hakenkreuze auf ihre Geschlechtsteile hätten tätowieren lassen. Unser Postsekretär riet mir aber, diese Sätze besser nicht zu veröffentlichen, auch wenn sie ja nur für uns intern wären. Trotzdem könne es, wenn die „Geschmähten" davon Kenntnis erhalten sollten, Ärger hervorrufen. Somit habe ich „dieses Werk" unveröffentlicht bis heute in meinen Unterlagen. Aber als „Zeichner" - I`m sorry - wollte ich mich nicht mehr verdingen, das konnte ich getrost anderen überlassen.

Unverhofftes Wiedersehen

Wie schon so manches Mal kommt ein unverhofftes Wiedersehen zustande. Davor waren schon etliche Jahrzehnte vergangen. Ich hatte von einer jungen Sängerin, die mir in einem Talentwettbewerb aufgefallen war, gehört, dass sie gerne in dieser Branche weitermachen würde und noch mehr Auftritte zu bekommen möchte, um darin „Fuß" zu fassen. Mir fehlte für eine Maßnahme bei meiner beruflichen Aufgabe innerhalb der Betreuung deutscher Soldaten im Ausland noch eine

Sängerin. Gerne betrachtete ich dabei auch das Umfeld von Nachwuchskünstlern, um keine unliebsamen „Überraschungen“ in jeder Hinsicht einzuhandeln. Also verabredete ich mich mit den Eltern der jungen Sängerin mit dem Vornamen Susanna. Sie wohnten in der Stadt Euskirchen. Ich drückte auf die Klingel. Petersen, so der Nachname. Eine Dame, wie ich einschätzen konnte etwa in meinem Alter, wahrscheinlich aber etwas jünger, öffnete die Tür. „Ach, der Promoter von der Luftwaffe“, sagte sie lachend und „Kommen Sie gerne rein.“ Dann ergriff sie weiter das Wort, während ihre Tochter nach unserer Begrüßung nur ganz entspannt auf der Couch saß. „Ich habe ja auch ein wenig mit dem Showbusiness zu tun, ich trainiere schon seit Jahren die Frauen-Tanzgruppe des hiesigen Euskirchener Karnevals Vereins ‚Kaspar Hausener Jecken Köppe‘“. Die Tanzgruppe heiße „Rosenkriegerinnen-Langbeine“. Ein seltsamer Name, dachte ich nur. „Mein Mann kann leider bei unserem heutigen Treffen nicht dabei sein. Er ist für ein Koblenzer Finanzunternehmen tätig und hat noch einen Termin.“

„Gut“, sagte ich und wandte mich der jungen Sängerin zu: „Ich habe dich ja schon gesehen und vor allen Dingen auch gehört. Es hat mir gut gefallen. Bis auf einige Tipps, wie du mehr Bühnenpräsenz haben könntest, ist das alles schon recht ordentlich.“ Dann erzählte ich ihr noch einiges über so eine spezielle Tournee, die Erwartungen des dortigen Publikums und dass es auch ein wenig Stress mit sich bringen könnte. „Irgendwie“, sagte plötzlich die Mutter, „kommen Sie mir bekannt vor.“

„Ich wüsste nicht, aber vielleicht waren sie ja schon mal bei einer meiner Veranstaltungen - auch hier in Euskirchen - die ich moderiert habe.“

„Uwewilhelm!“ Die Mutter sprach meine beiden Vornamen plötzlich wie ein Wort aus, obwohl ich mich mit meinem Vornamen noch gar nicht vorgestellt hatte. Da fiel es mir ein. Ich hatte mich vor langer Zeit des Öfteren bei irgendwelchen Mädels immer mit meinen beiden Vornamen vorgestellt. Also konnte es doch nur… aber wer war sie?

„Warst du nicht mal - es ist schon etwas her - in Münstereifel, mit so einer komischen Postklasse?“

„Jaaa“, sagte ich nun, es hatte in dem Moment bei mir „gefunkt“. Es war „meine kleine Susanne“. Ihre Tochter hieß also ähnlich mit ihrem Vornamen. Wir standen auf und umarmten uns. Die Tochter betrachtete das Ganze mit Verwunderung, aber auch gelangweilt, wie ich wahrnehmen konnte. Aber dann sprudelte es aus Susanne nur so raus. Sie war zum zweiten Mal verheiratet. Ihr jetziger Mann komme aus Ostdeutschland, sie habe ihn bei einem Urlaub an der Ostsee kennengelernt. Der Liebe wegen sei ihr Mann dann zu ihr in die Eifel gezogen. Ihre zwei Töchter, also auch Susanne, waren aus der ersten Ehe hervorgegangen.

„Aber nicht mit dem Hornochsen“, wie sie noch auf unser damaliges Erlebnis anspielte, das sie auch nie habe vergessen können, meinte sie noch lachend.

Die Betreuungsmaßnahme für den Standort in Beja Portugal beim damaligen Luftwaffen-Trainingscenter war unter anderem mit der jungen Sängerin Susanna Petersen erfolgreich verlaufen. Auch sie hatte ganz ordentlich dazu beigetragen. Während des gesamten Aufenthaltes von fünf Tagen nutzte sie die wenige Freizeit, um mit einem Drummer der Liveband etwas „anzufangen“. Immer wenn die „Künstlergruppe“ noch gemeinsam gemütlich oft bis spät in der Nacht zusammensaß, wurden sie und der Drummer nicht mehr gesehen. Nach unserer Rückkehr meldete sich ihre Mutter bei mir und fragte, wie alles verlaufen sei und ob sich ihre Tochter auch angepasst und „benommen“ habe. Ich erwähnte kein Wort über das etwas „andere Benehmen“ der Sängerin Susanna und meinte nur, dass alles zu meiner Zufriedenheit verlaufen sei. Susanna soll danach mit dem Drummer, der verheiratet war und drei Kinder hatte, zusammengezogen sein. Weitere Auftritte oder eine weitere Karriere konnte ich bei ihr nicht mehr verfolgen. Das Verhältnis hielt, wie ich später erfahren konnte, kein halbes Jahr. Dann habe Susanna einen Marokkaner kennengelernt und sei mit ihm nach Ibiza gegangen, um dort eine kleine Bar zu eröffnen. Ihre Mutter habe ich auch nicht mehr wiedergesehen oder mal gesprochen.

Genug Abwechslung gab es für uns in Köln Ende der 1950er, Anfang der 1960er Jahre schon. Wir konnten uns an sich nicht beklagen. Es war in dieser Zeit alles ein wenig gemütlicher und gediegener. An den Sonntagen zog man sich seine „neuen Klamotten“ an: Die „Jungs“ möglichst enge Röhrenhosen, eine Krawatte, gebunden wie eine schmale Schnur, dazu ziemlich spitze Schuhe - so gingen wir zum „Schaulaufen“ über die Kölner Ringe. Es war unter anderem, auch bei uns jungen „Halbstarken“, in Mode gekommen, sich an den drei tollen Tagen zu Karneval nicht mehr zu „verkleiden“. Jedenfalls wir Jungs hatten das so beschlossen.

Horst, Jürgen und ich verabredeten uns an einem Rosenmontag, der in dem Jahr erst Anfang März stattfand, in der Nähe vom Dom. Dort wollten wir, bis der Zug kommt, immer ein wenig an dem Zugweg entlanglaufen: Dicht entlang an den dort wartenden Menschen, die schon ziemlich lustig drauf waren und den Rosenmontagszug erleben wollten. Dabei hielten wir natürlich Ausschau nach hübschen Mädels. Sie waren aber, wie wir einvernehmlich fanden, nicht so zahlreich vorhanden. Es ist gut möglich, dass unsere Wahrnehmung schon ein wenig getrübt war. Es herrschte eine angenehme Temperatur, und wir hatten nur leichte Pullis, dazu aber enge Hosen an - und waren „gut frisiert“.

Eine Familie, wie sich später herausstellen sollte aus Eupen, dem deutschsprachigen Gebiet in Belgien, war mit ihren drei Töchtern angereist. Sie jubelten uns gerade zu. Der Vater, ein gemütlicher „runder Mann“ mit Halbglatze, winkte uns zu ihnen rüber, wir sollten doch mal seinen selbstgebrannten Schnaps probieren. Tatsächlich ließen wir uns einladen, und der Vater holte aus einer Umhängetasche die Schnapsflasche mit kleinen Gläsern hervor. Ich protestierte, als er mein Glas recht vollgoss. Seine Töchter, mit kurzen Röckchen und schwarzen Strümpfen bekleidet, kicherten nur. Ich wollte nicht so viel Alkohol trinken, da ich wusste, dass es dann oft mit dem Spaß vorbei sein konnte. Also trank ich etwas, und als keiner so richtig herschaute, kippte ich den Rest auf den Boden. Der Schnaps, obwohl nur wenig getrunken, brannte mir fast die „Kehle weg“. Wir blieben bei der Familie aus dem deutschsprachigen Gebiet in Belgien und „zogen“, nachdem der Zug vorbei war, noch in ein bekanntes Brauhaus. Heutzutage wäre es fast unmöglich, da überhaupt noch reinzukommen, aber damals war eben alles noch ein wenig übersichtlicher. Es waren sehr hübsche Mädchen, die von ihren Eltern „sehr behütet“ wurden. Bezahlen durften wir nicht. „Das Leben ist einfach zu kurz, und ich als Beerdigungsunternehmer muss es ja wissen“, sagte der Eupener Vater. Da hatten wir wegen der Bezahlung nun auch kein schlechtes Gewissen mehr.

Als wir nach Hause und die Familie in ihr Hotel gehen wollten, fragten sie uns nach unseren Adressen, damit wir in Verbindung bleiben sollten. Horst und Jürgen schrieben auf einen Rechnungsblock vom Brauhaus „brav“ ihre Adressen auf. Ich aber schrieb wie gewöhnlich nur „Uwewilhelm“, Schleider Straße 27 in Köln-Worringen. Hinterher habe ich mich doch geärgert, so verfahren zu sein, denn besonders „Madeleine“, mit der ich mich viel unterhalten, getanzt und geschunkelt hatte - und auch mal mit einem verstohlenen „Bützchen“ belohnt wurde, wie man in Kölle sagt - war außergewöhnlich hübsch. „Aus Dir werde ich mal wieder nicht schlau“, sagte Jürgen, der fast ein wenig ärgerlich zu sein schien. Er meinte damit, dass „meine Kleine“ doch die Hübscheste war. „Ich weiß, ich bedaure es jetzt schon“, erklärte ich: „Aber ihr habt ja eure Adressen angegeben, vielleicht kann ich dann, wenn sich die Schwestern bei euch melden sollten, nochmals Kontakt aufnehmen.“ Dazu kam es aber leider nicht. Horst und Jürgen hörten von den Mädchen nichts mehr.

Am darauffolgenden Sonntag gingen wir mal wieder mit unseren neuen Klamotten, gekauft in einem preiswerten, großen Textilgeschäft, über die Kölner Ringe. Wir trugen enge Röhrenhosen, dazu Schuhe, die ordentlich „klackten“ beim Gehen, da wir uns darunter Stahlbleche vom Schuster hatten machen lassen. Ganz in der Nähe war die Moni-Bar. Dort wurden immer nette Schlager gespielt oder auch tolle internationale Instrumentalmusik wie zum Beispiel „Wheels“ von „Billy Vaughn and his Orchestra“ oder auch „Petite Fleur“ von Mister Acker Bilk. So wurde schon eine entsprechende Stimmung „gezaubert“. Die Mädchen hatten der Mode entsprechend weite Röcke, dazu oft auch goldene Gürtel und hautenge Shirts an. Ein „Anbändeln“ fiel uns da nie schwer. In der Luxemburger Straße gab es als Gegenstück „einen Tempel“ für alle tanzwütigen Liebhaber von Boogie und Rock’n‘Roll. Diskotheken waren gerade erst als Idee im

Entstehen, also pilgerten viele junge Leute auch schon an den Sonntagnachmittagen in diese Tanz-Bierbar. Am Rande der ziemlich großen Tanzfläche stand eine große Wurlitzer-Musikbox mit den gängigen internationalen Hits. Man konnte für fünfzig Pfennige immer drei Titel wählen. Die Mädels ließen mit ihren Petticoats beim Tanzen die Röcke hochfliegen, sodass ihre Strümpfe, oberhalb befestigt mit Strapsen, immer zu sehen waren. Auch ich „tobte“ mich dort hin und wieder tänzerisch aus.

An der langen Theke gab es viele freundliche Bedienungen, die immer hübsch anzusehen waren. Eine fiel mir und auch anderen besonders auf: Monika mit ihren „wasserstoff-blonden“ Haaren. Sie sah fast genauso aus wie Marilyn Monroe. Am Eingang stand ein größerer Hüne von einem jungen Mann, der auch schon mal einige aus dem Lokal rausschmeißen musste. Ich habe ihn später nach vielen Jahren, als er längst ein bekannter „Kölscher“ Sänger war, wiedertreffen können. Erst nach mehreren Gesprächen hatten wir uns erkannt und dann von dieser vergangenen, schönen Zeit geschwärmt. Monika durfte ich einmal umarmen, was mir guttat. Aber wir wurden sehr „barsch“ von dem Geschäftsführer zusammengestaucht, sodass wir dieses für die Zukunft unterließen. Im „Storyville“, dem Jazz-Keller, den wir meistens auch noch aufsuchten, verkehrten an sich nur die, die sich für gebildeter hielten als der Rest an jungen Leuten in der Stadt. So dachten wohl viele Besucher. Es war auch verpönt, etwa mit einer Elvis-Tolle und entsprechender Kleidung, so wie wir sie meistens trugen, zu erscheinen. Wenn wir dort einkehrten, kämmten wir uns die Haare nach vorne und nahmen unsere extra schmalen Krawatten ab. Ich mochte besonders die Dixieland Musik, die tatsächlich live von verschiedenen Jazzbands, oft auch aus England, gespielt wurde. Eine

Coverband spielte an dem Tag „Ice Cream“ und den „Wild Cat Blues“ von der gerade auch in Deutschland sehr populären Jazzband von Chris Barber, einer Musik-Legende.

Eine andere Gesellschaft in einem unbekannten Viertel!

Nach hübschen Mädels hielten wir dabei keine „Ausschau“. Hier ging es um eine besondere Stimmung, die bei „Jazzern“ so beliebt war. Dort lernten wir auch Ernst kennen. Er war der Sohn eines Hausmeisters. Wie er uns gleich erzählte, wohnte er im Hahnwald, also unter einer der feineren Adressen von Köln-Rodenkirchen. Wer dort wohnte und bis heute noch da seine Adresse hat, gehörte und gehört wohl zur „Oberschicht“ der Kölner „Gemeinde“. Er war gerade dabei, auf dem zweiten Bildungsweg sein Abitur nachzuholen, um später Medizin zu studieren. „Wenn ihr wollt“, sagte er zu uns, „könnt ihr auf eine Geburtstagsparty mitkommen.“ Corinna, die Tochter vom Arbeitgeber seines Vaters, hatte Geburtstag. Dazu hatte sie eine Party in dem großen und gepflegten Garten der Villa ihrer Eltern organisiert. „Es sind wahrscheinlich viele Mädchen anwesend, aber zu wenig Jungs eingeladen“, sagte Ernst. Das hatte Corinna ihm in einem Telefonat am Vortag mitgeteilt. Sie befürchtete, dass dadurch nicht die richtige Stimmung aufkommen könnte. Wenn Ernst es schaffen könnte, an dem Abend noch mit ein paar Jungs - aber nicht so „Doofe und Hässliche“ - vorbeizukommen, wäre das „prima“. Horst hatte absolut keine Lust dazu, er musste noch einen weiten Weg nach Leverkusen-Schlebusch antreten, was fast eine Stunde dauerte. Jürgen überlegte noch ein wenig, entschloss sich aber, doch nach Hause zu gehen. Seine Begründung: „Da sind doch sicherlich alle arroganten und hochnäsigen Ärsch… zusammen.“ Ich aber wollte ruhig mal erleben, wie es in den Villen in dem reichen Stadtteil von Köln wohl aussehen könnte. Ernst und ich gingen zu Fuß, was eine ganze Weile dauerte. In dem Stadtteil angekommen, sprang er plötzlich über einen Gartenzaun und pflückte eine große blühende Pflanze ab. „Das merkt sowieso keiner, und außerdem sind ‚die‘ auch nicht da“, meinte er auf mein sichtliches Erstaunen.

Der Abend im Frühling war noch immer ein wenig sonnig, sodass die Party im Garten schon von Weitem ziemlich ansprechend aussah.

„Darf ich vorstellen, mein Mit-Kommilitone“, sagte er zu der Hausherrin, die mit dem Geburtstagskind auf uns zukam.

„Wie schön, wollen sie denn nach dem Abi und Studium auch Arzt werden wie unser Ernst?“, fragte daraufhin die Mutter.

„Nein“, sagte ich schnell und antwortete, dass ich mich bei einer Schauspielschule, vielleicht sogar in den USA, bewerben möchte. Eigentlich kam es ja meinen geheimen Wünschen ziemlich nahe. Ich hatte es mir aber blitzschnell einfallen lassen, denn wenn ich gesagt hätte, dass ich bei der Post „werkeln“ würde, wäre ich an diesem Abend wohl abgeschrieben worden.

Corinna war begeistert: „Dann wäre es vielleicht ja auch mal möglich, dich in einem Film zu sehen“, sagte sie mit einem charmanten Lächeln.

„Lieber möchte ich zunächst zum Theater, der direkte Kontakt mit dem Publikum, und das über eine ganze Spielzeit, fasziniert mich irgendwie“, gab ich zur Antwort.

Ernst kannte fast alle der jugendlichen Gäste, und so sah ich ihn längere Zeit gar nicht mehr. Aber ich wurde dauernd von den Mädels angesprochen, und wir plauderten ziemlich ungezwungen miteinander, in der einen Hand ein Glas Bowle. Zum Teil waren einige, wie ich es empfand, ziemlich überdreht. Es war gerade Mode geworden, etwas in französischer Sprache zu sagen oder zu zitieren. Also übertrafen sich zwei Mädchen und ein Junge darin, ständig Sprüche in die Runde zu werfen. Sie fühlten sich ja ohnehin schon als etwas Besseres, so konnten sie bei dieser Party auch noch zeigen, was sie gegenüber den anderen angeblich noch „herausragender“ machen würde. Ich dachte nur: „Mein Gott, wie öde ist das hier!“, hielt mich aber immer lächelnd zurück. Der Hausherr hatte sich noch nicht sehen lassen. „Mein Vater arbeitet noch an einem dringenden Projekt, er ist immer sehr viel für die Industrie beschäftigt“, meinte Corinna: „Aber er wird bald kommen, er ist nur einen Stock tiefer im Haus in seinen Arbeitsräumen.“

Nach einer Weile spürte ich das Bedürfnis nach einem Toilettengang. „Kein Problem“, so die Mutter - und zeigte mir den Weg ins Haus und zu den drei Gästetoiletten. In der Nähe waren auch die Arbeitszimmer des Hausherrn. Als ich die Toilette wieder verließ, hörte ich aus einem der Arbeitszimmer ein lautes Gespräch: „Was für ein Zeuge soll das denn sein? Der blöde Hund war doch Sturmbannführer und gleichermaßen beteiligt.“ Ich konnte mir keinen „Reim“ auf das Gehörte machen, war aber neugierig geworden und horchte weiter mit. „Hör mal zu, ich werde mal unseren Freund, den Richter (den Namen konnte ich nicht verstehen), anrufen und zu einem Wochenende auf meine Jacht in Portugal einladen. Du kommst dann auch mit. Also beruhige dich, vor allen Dingen du hast nichts zu befürchten. Das kriegen wir schon hin.“ Dann legte er wohl auf. Ich hörte einen Stuhl über den Boden „schnarren“, und da ich, wenn ich dort stehen geblieben wäre, wohl einen Zusammenstoß mit dem Hausherrn riskiert hätte, ging ich wieder schnell in die Toilette wartete drei Sekunden, um sie dann mit einem unbeteiligten Ausdruck wieder zu verlassen. In dem Moment kam, wie ich es vorausgesehen hatte, der Hausherr aus seinem Arbeitszimmer. Er schaute mich misstrauisch an.

„Guten Abend mein Name ist…“, sagte ich zögerlich: „Ich bin von Ernst zu der Geburtstagsfeier ihrer Tochter mitgenommen worden.“

Sein Gesichtsausdruck wurde daraufhin anders. Auch er stellte sich vor und lamentierte: „Ja der Ernst, das ist ein guter Junge. Sein Vater ist bei mir der Hausmeister und manchmal auch Mädchen für alles – haha. Wir werden ihn auch immer unterstützen. Nur seine hin und wieder linken politischen Flausen muss er noch aus dem Kopf bekommen“, meinte er dann doch wieder mit ernsterer Miene.

Dann fragte er, was ich so machen würde. Ich erzählte das Gleiche wie noch vor kurzer Zeit seiner Ehefrau.

„Ach,“ sagte er, „interessant, aber es kann auch ein Hungerberuf werden. So wie ich dich einschätze, solltest du etwas mit der Wirtschaft studieren, und darauf kommt es an - auf der sicheren Seite mit den richtigen Leuten sein!“

„Na, vielleicht überlege ich es mir noch“, antwortete ich lachend, und der Hausherr packte mich bei den Schultern. Wir gingen in den Garten zu der Party seiner Tochter. Dort hatten sie uns schon erwartet.

„Papa, schön, dass du endlich da bist.“ Corinna ging zu ihrem Vater und umarmte ihn. „Mit dem Uwe, wie ich sehen kann, bist du ja schon bekannt geworden.“

„Ja, auch ein ordentlicher Junge, wie es scheint, kannst ihn noch mal mitbringen oder auch einladen oder sonst was. Aber…“, fügte er hinzu, „besser er macht was

Ordentlicheres als so ein ‚Tingeltangel‘, dann könnte ich ihm vielleicht auch mal helfen. Haha.“

Der Abend verlief nun immer heiterer. Da war es mir auch schon egal, in was für einer „nicht fassbaren Gesellschaft“ ich mich befand. Ein Mädchen mit Namen Erika stellte sich bei mir vor und sagte, sie wäre eine Nachbarin, zwei Villen weiter. Wir unterhielten uns bei weiteren alkoholischen Getränken ziemlich angeregt. „Ach, ich muss mal Pipi“, sagte sie plötzlich unvermittelt. Ich dachte, ich hätte ein Deja-Vu-Erlebnis, hatte ich so etwas von einem Mädchen doch schon einmal vernommen! Ich sollte ihr zeigen, wo die Toiletten sind, sie wolle sich auch noch ein wenig frisch machen. Obwohl ich mir nicht vorstellen konnte, dass sie nicht wusste, wo die Toiletten sein könnten, ging ich mit. Während wir in den zweiten Flur zu der Toilette einbogen, hatte sie sich plötzlich schon ganz geschickt und schnell ihr Höschen unter ihrem Rock ausgezogen. Sie hielt es mir unter die Nase. Dann zog sie mich in eines der Arbeitszimmer. Ich ließ es geschehen, zum einen hatte ich das Gefühl, dass es mir eine gewisse Genugtuung bereiten könnte, gerade in dieser Gesellschaft „etwas Verbotenes“ zu tun. Zum anderen sah Erika auch ziemlich sexy aus. Meine Hemmungen schienen wohl auch durch den Alkohol verschwunden zu sein. Es blieb aber trotzdem verhältnismäßig harmlos, doch beide hatten Spaß gehabt! Als wir wieder in den Garten gingen, war schon eine üppige Gartenbeleuchtung angegangen, wie ich sie so noch nie gesehen hatte, und ich sah auch Ernst wieder: „Na?“, sagte er mit einem Augenzwinkern, „habt ihr euch gut amüsiert?“ Darauf antwortete ich nicht, sondern nickte nur leicht verlegen mit dem Kopf.

Schließlich war es an dem Abend doch spät geworden. Ich verabschiedete mich unter anderem auch „artig“ von den

Eltern des Geburtstagskindes und machte mich auf den Weg. Der Hausherr hatte mir noch angeboten, dass sein Fahrer mich nach Hause bringen könnte, was ich aber dankend ablehnte. Er hätte erst benachrichtigt werden müssen, und ich konnte mir auch denken, dass er von so einem Auftrag seines Chefs an seinem freien Tag nicht sonderlich erbaut sein würde. Die nächste Haltestelle der Straßenbahn in Rodenkirchen war circa zehn Minuten Fußweg entfernt. Sie fuhr bis zum Heumarkt, dort musste ich umsteigen, um bis zum Rudolfplatz zu kommen. Von da stieg ich nicht mehr um, sondern ging wie immer zu Fuß über die Roonstraße nach Hause. Während ich auf dem Heimweg war, ließ ich den Abend nochmal Revue passieren. Das waren schon ziemlich überdrehte, zum Teil auch arrogante Mitmenschen, dachte ich mir. Obwohl ich mir eingestehen musste, dass ich den Hausherrn als ganz sympathisch empfunden hatte. Über das Erlebnis mit Erika - ich hatte sie bei meinem Abschied gar nicht mehr gesehen - dachte ich nicht weiter nach, sondern vielmehr über das, was ich durch Zufall bei meinem Toilettengang von dem Hausherrn unfreiwillig mitgehört hatte. Ich malte mir aus, dass es möglicherweise mit Kriegsverbrechen zu tun haben könnte. Aber erst ein paar Jahre später wurde sich in der Bundesrepublik Deutschland doch noch intensiver mit der Aufarbeitung der Verbrechen im Zweiten Weltkrieg beschäftigt. Da erinnerte ich mich auch wieder an dieses mitgehörte Gespräch, aber mit einem sehr unguten Gefühl!

Von Ernst habe ich auch viele Jahre später durch die Medien erfahren können, was er so machte. Er war tatsächlich Mediziner mit Doktortitel geworden. Weiterhin spielte er in der Kommunalpolitik wohl eine Rolle. Verheiratet war er mit einer Frau mit dem Vornamen Erika... Sein Wohnort war für die Allgemeinheit kein Geheimnis, er wohnte im Stadtteil Marienburg. Bei einem Forum einer bekannten Tageszeitung, dem ich aus Interesse beiwohnte, erkannte ich ihn wieder. In der Pause sprach ich ihn an. Er war sehr höflich. Als ich ihm von unserer Begegnung schon vor sehr langer Zeit erzählte, konnte oder wollte er sich nicht mehr daran erinnern. Ich müsse verstehen, er würde so viele Leute kennen, und es kämen immer wieder neue hinzu, da könnte es ja schon sein, dass man, besonders wenn es so viele Jahre zurück liegen würde, so manches vergisst, bekam ich zur Antwort.

Als ich, nun schon fast Mitternacht, in Höhe der Synagoge über die Roonstraße ging, bemerkte ich, dass dort ein Polizeiauto, Marke VW Käfer, parkte. Zwei sichtlich gelangweilte Polizisten saßen drinnen und beobachten die Straße vor der Synagoge. Nach drei Schritten an dem Polizeiauto vorbei, hörte ich plötzlich: „HALT! Stehen bleiben!" Ich erschrak, blieb sofort stehen und drehte mich nach Aufforderung langsam um. Ein Polizeibeamter kam auf mich zu, während der andere am Auto stehen blieb, die Hand am Pistolenhalfter. „Ihren Ausweis!" – „Ich habe keinen Personalausweis dabei", antwortete ich schnell: „Ich komme von einer Geburtstagsfeier im Hahnwald." Ich nannte den Namen und die Straße. „Und bin auf dem Heimweg, ich wohne in…" Er unterbrach und fragte nur nach meinem Namen und meiner Adresse. Der andere Beamte hatte meine Antwort mitbekommen und verschwand im Polizeiwagen, wohl um alles per Funk zu überprüfen. Um die Situation ein wenig zu entspannen, erzählte ich, dass ich des Öfteren, wenn ich aus der Stadt käme, diesen Weg nach Hause nehmen würde. Weiter erzählte ich, dass mein Freund und ich erst kürzlich zwei nette Mädchen hier bis zur Synagoge begleitet hätten, aber leider keinen weiteren Kontakt aufnehmen konnten. Inzwischen war der andere Polizist auch herangekommen. Er hatte mein „Erzähltes“ mitgehört. Er sagte zu seinem Kollegen: „Alles ist in Ordnung. Ich habe mich erkundigt, er sagt die Wahrheit.“ Der andere, jetzt freundlicher, wies darauf hin: „Die jüdischen Mädchen nehme keinen Goi.“ Ich hatte später mal im Brockhaus nachgeschlagen, was dieses Wort bedeuten sollte: Ein jüdischer Begriff für einen Nichtjuden oder auch einen, der nicht so richtig gläubig ist. Ich solle mich an deutsche Mädels halten, so der Polizist. Meine Antwort, dass diese zwei Mädchen doch wohl auch Deutsche seien, eben nur mit jüdischem Glauben, beantwortete er mit dem Einwurf, ich wisse schon, was er meinen würde. Aber ich wusste es nicht.

Als ich endlich in meinem Bett lag, dachte ich nur: „Meine Güte, was hast du heute schon so alles erlebt?! Vom Jazzlokal bis zur einer Geburtstagsparty mit ganz besonderen Erlebnissen. Dazu noch eine Personenüberprüfung durch die Polizei.“ Aber an ein Einschlafen war nicht zu denken. Deswegen stand ich auf und notierte mir etwas in meinem Notizbuch. Es war kein Tagebuch. Hier schrieb ich Begriffe oder auch Geschehnisse auf, oder ich notierte, wenn ich ein Wort nicht verstanden hatte. Später konnte ich dann hier nochmal nachschlagen. Ich hatte wieder mal erkannt, was es für gewaltige Gesellschaftsunterschiede gab: Als wenn gewisse Parallelwelten in einer Stadt existieren würden. Ich schrieb für mich auf, dass Menschen auf gewisse Äußerlichkeiten und ein gewisses Benehmen reinfallen können. Ansonsten abgeschottet, ließen sie eine Nähe zu, wenn sie glaubten, der Bildungsstand und die Herkunft könnten zu ihnen passen. Dann öffneten sie sich, wobei bis heute das Einkommen eine wichtige Rolle spielt: „Reich nimmt, bestimmt und besetzt Führungspositionen. Arm wird geduldet, kommt aber meist nicht aus der persönlichen Situation heraus. Man erwartet, dass alle aus dieser Gesellschaftsschicht sich anpassen." Als ich dieses für mich aufgeschrieben hatte, konnte ich schließlich einschlafen.

Aufgeklärtes Verbrechen

Der Dienst auf dem Postamt gefiel mir immer weniger. Ich beschloss, etwas anders zu machen. Egal, was meine Eltern dazu sagen würden. Zunächst redete ich mit meinem Gewerkschaftssekretär über meine Absichten. „Das wäre aber sehr schade, wir hatten mit dir noch viel vor, innerhalb der Gewerkschaftsarbeit. In ein paar Jahren könntest du sicherlich auch mit einem gewissen Mandat rechnen - und dann sowieso von dem täglichen Dienst befreit werden. Das wäre doch für dich ein gemachtes Ziel. Das Zeug zum Funktionär hast du alle Male!" Ich aber war fest entschlossen, etwas ganz Neues zu beginnen. Obwohl ich noch keinen Schimmer hatte, was genau es sein sollte und wie ich es anstellen müsste.

Auf dem Weg zum Postamt fiel mir eines Tags eine Schlagzeile in einer Boulevardzeitung auf: „VEMISSTE FRAU AUS HÖHENHAUS TOT AUFGEFUNDEN." Schnell kaufte ich mir dieses Blatt. Darin war zu lesen, dass eine „Frau Baum", die seit ein paar Jahren als vermisst galt, tot aufgefunden wurde. Sie sei eines Tages bei ihrer Familie nicht mehr aufgetaucht und am gestrigen Tag im Stadtwaldgürtel durch einen Spaziergänger mit Hund entdeckt worden. Dann wurde beschrieben, dass der Ehemann immer als verdächtig gegolten hatte, aber letzten Endes keine weiteren

Ermittlungen zu einem Ergebnis führen konnten. Die Tote sei nach den Ergebnissen der Obduktion erst vor kurzer Zeit ums Leben gekommen. Es wurde vermutet, dass sie stranguliert wurde. Am anderen Tag dann eine Fortsetzung zu diesem Fall: Hier wurde nun ausgeführt, dass die aufgefundene Frau zwei Leben geführt habe. Die Zeit nach ihrem plötzlichen Verschwinden habe sie mit einem Italiener sudanesischer Herkunft zusammengelebt. Er betrieb einen größeren Weinhandel. Zuvor habe sie schon ein längeres Verhältnis mit ihm gehabt, von dem der Ehemann und die Tochter nichts geahnt hätten.

Ich erinnerte mich, dass ich sie an dem besagten Heiligabend schon spät von der Straßenbahn nach Hause begleitet hatte und sie mir erzählte, dass sie von einer sozialen Arbeit bei der Bahnhofsmission gekommen wäre. Es hatte mich damals schon sehr verwundert. Sie hatte nach ihrem Verschwinden wohl auch einen anderen Namen angenommen und einen gefälschten Pass benutzt, den ihr Geliebter besorgt hatte. Sie wohnte mit ihm zusammen ganz in der Nähe des Stadtwaldgürtels und damit auch der Fundstelle. Die Gegend kannte ich gut, ich war dort als Eilbote oft hingefahren, um etwas zuzustellen. Leicht hätte ich ihr da mal begegnen können. Als Tatverdächtiger - es war eindeutig Mord - galt nun ihr Geliebter, der aber nicht aufzufinden war. Doch nach einigen Tagen kam die Meldung, dass der Mordverdächtige in Spanien gefasst worden sei. Er sollte so bald wie möglich, auch auf seinen eigenen Wunsch hin, nach Deutschland ausgeliefert werden. Das war von dem Tatverdächtigen verständlich. Im Königreich Spanien regierte noch Generalissimus Franco mit diktatorischen Maßnahmen. Auch gab es dort noch die Todesstrafe für solche Verbrechen. Ferner, so der Zeitungsbericht, sollte der Verdächtige schon ein umfassendes Geständnis abgelegt haben. Demnach soll es zwischen den beiden zu einem heftigen Streit gekommen sein. Frau Baum wollte, so der Bericht, auch wegen der angeblich undurchsichtigen Geschäfte ihres Geliebten, geäußert haben, sich zu trennen - und zu ihrem Mann und ihrer Tochter zurückzukehren.

Sie wollte ihrem Ehemann alles beichten und um Vergebung bitten. Der Geliebte soll wohl dann im wahrsten Sinne ausgerastet sein - und so kam es zu der Tat. In der Nacht nach dem Mord hatte er die Leiche an der Fundstelle niedergelegt. Ihre Hände waren gefaltet. Man vermutete, dass er das so wollte, damit man sie schnell auffinden möge. Ich war sehr betroffen, erzählte aber keinem, dass ich das Opfer kennengelernt hatte, sondern behielt alles für mich. In Gedanken war ich auch bei Siegfried, ihrem Ehemann, und bei der kleinen Tochter. Man konnte nur erahnen, was sie durchgemacht hatten. Wahrscheinlich hatten sie nie die Hoffnung aufgegeben, eines Tages die Mutter und Ehefrau wiederzusehen.

Im Fernsehen wurde in dem Jahr mehrmals der Prozess über Adolf Eichmann live aus dem Gerichtssaal im israelischen Jerusalem übertragen. Er wurde als Naziverbrecher aus Argentinien vom israelischen Geheimdienst entführt, nachdem er in diesem Land mit falschen Namen als „Ricardo Klement“ nach seiner Flucht aus amerikanischer Internierungshaft gelebt hatte. Er war verantwortlich gewesen für die Transporte der Juden in die Vernichtungslager. Obwohl seine Entführung zum Zweck einer Strafverfolgung nach dem Völkerrecht ausgeschlossen war, wurde dieser Entführungsvorgang durch sämtliche Länder der Welt akzeptiert. Die Bundesrepublik Deutschland wollte diesen ehemaligen SS-Obersturmbannführer nicht ausgeliefert bekommen, obwohl Eichmann einen entsprechenden Antrag gestellt hatte.

Dieser Mann mit seinem österreichischen Akzent war in Solingen geboren und mit seinen Eltern 1914 nach Österreich umgesiedelt. Mit kleinen, aber wachen Augen, saß er nun als Angeklagter wegen dieser Verbrechen in dem Land der Juden vor Gericht. „Was doch noch für eine Gerechtigkeit!“, hatte ich damals gedacht. Man würde so einen Menschen auch als Fahrkartenverkäufer, als Portier oder auch als damaligen Lehrer in einer Grundschule einordnen können. Doch er hatte in der SS mit viel Ehrgeiz immer perfidere Transportmethoden, unter anderem in Ungarn, organsiert, um damit noch mehr jüdische Menschen in den Tod zu treiben. Auf Fragen des Richters antwortete er, wie er es gelernt hatte, mit „schnarrendem“ Ausdruck und gestelzten Sätzen im österreichischen Akzent. Er berief sich immer wieder auf einen Befehlsnotstand. Die Maßnahmen seien ihm diktiert worden. Ich fragte mich schon damals, wie es möglich sein konnte, dass ein Mann mit so einem schlichten Gemüt, wie er es ja zur Schau stellte, solche Verbrechen begehen konnte. Er soll durch „voreiligen Gehorsam“ sogar mehr getan haben, als ihm aufgetragen wurde, und so gingen immer mehr in den Tod.

Das Gericht verhandelte monatelang und ließ auch seinen Anwälten ausreichend Gelegenheit, ihren Mandaten zu verteidigen. Ich aber begriff nur die Ekelhaftigkeit - von einem Menschen, der in seiner Banalität nur in einem solchem furchtbaren System so etwas Schreckliches vollbringen konnte. Meine Eltern schauten meist nur schweigend zu. Mein Vater, ehemaliges Mitglied in der NSDAP und sogenannter Politischer Leiter in der Arbeitsfront, schüttelte nur manchmal nachdenklich mit dem Kopf. Ich stellte keine Fragen, hätte aber gerne gewusst wie er, der in diesem System ja auch involviert war - aber nicht in solch einer furchtbaren

Position - tatsächlich gedacht hatte. Mein Vater war verantwortlich für die KDF-Kreuzfahrtschiffe und deren Unterhaltungsprogramme sowie deren Buchungen und Abrechnungen. Deswegen wurde er, auch wegen seiner damals schon gesundheitlich angespannten Situation, nach der Inhaftierung verhältnismäßig schnell wieder aus der englischen Internierungshaft entlassen. Im Juni des gleichen Jahres wurde Adolf Eichmann zum Tode verurteilt und hingerichtet.

Es bahnt sich was an

Manchmal musste ich sogenannte Wertbriefe zustellen. Zu den Empfängern gehörte auch eine Filiale eines größeren Autokonzerns in der Luxemburger Straße. Die Sendungen durften nur von Personen mit Prokura unterschrieben werden. Eines Tages musste ich wieder solche Sendungen hinbringen. Dazu „schnappte" ich mir immer den einzigen Motorroller im Postamt, Marke Bella, natürlich in gelber Farbe. Dieser stand für die Eilzustellung zur Verfügung. „Haben Sie einen Führerschein für dieses Fahrzeug?", fragte immer wieder der Stellenvorsteher. „Natürlich", war dann meine Antwort. Obwohl ich diesen nie gemacht hatte. Die ersten Fahrten mit dem Motorroller waren ziemlich „brenzlig", denn ich war vorher gerade mal ein wenig Moped gefahren. Aber nun konnte ich schon recht zügig mit Postjacke, Jeans und Mütze durch die Straßen „sausen".

„Was machen Sie denn so bei der Post?", fragte mich eines Tages der Personalchef, gleichzeitig auch Prokura-Bevollmächtigter, als er die Sendungen in Empfang nahm.

„Ich weiß auch nicht so richtig“, sagte ich mit einem Lächeln: „Aber ich bin dabei mich neu zu orientieren um etwas anderes anzufangen.“

„Kommen Sie doch zu uns, wir suchen junge aufgeschlossene Leute, die bereit sind, auch noch zum Beispiel verschiedene Sprachen zu lernen. Wir bilden Sie dann aus.“

Ich fragte, in welchem Bereich man dann eingesetzt würde.

„Im Verkauf von Autos sämtlicher Art, auch im Ausland.“ Ich solle es mir überlegen. Er gab mir seine Telefon-Durchwahlnummer. „Melden Sie sich! Nach einer Eignungsprüfung könnten Sie vielleicht schon im nächsten Jahr bei uns anfangen.“

Zu Hause sagte ich nichts davon, war aber doch ziemlich aufgewühlt, was ich nun machen sollte. Reden - gut, das konnte ich. Verkaufen - nun, das müsste ich lernen. Angst vor Menschen oder Nähe? Nein, alles war bei mir in dieser Hinsicht in Ordnung. Aber wie sah es mit der Wehrpflicht aus? Das Kreiswehrersatzamt, so hatte ich erfahren, wählte manchmal nicht ganz nachvollziehbar seine Einberufungen aus. Zu dieser Zeit hatte ich nicht vor, jemals Soldat zu werden. Im Gegenteil, ich hatte mir auch schon mit einigen Gleichgesinnten überlegt, wie ich mich am besten vor der zu erwartenden Wehrpflicht „drücken“ könnte. Andererseits sollte ich sie vielleicht schon früh hinter mich bringen, um dann eben in einem neuen Berufszweig einzusteigen. Ich erkundigte mich bei der Freiwilligen-Annahmestelle der Bundeswehr in Hannover. Sie schickten umgehend Unterlagen und einen Erfassungsbogen zu. Ich besprach meine Absichten mit meinen Eltern. Zunächst könnte ich mich ja auf zwei Jahre verpflichten, wofür es schon ein annehmbares Gehalt gab. Danach könnte ich dann eben beim großen Autokonzern anfangen. Meine Eltern konnten mich nicht finanziell unterstützen. Mein Vater wurde immer kränker und hatte aufgrund dessen eine frühzeitige Rente eingereicht. Also waren zwei Jahre bei der Bundeswehr - ich hatte mich für die Teilstreitkraft Luftwaffe beworben - doch das Beste.

Für die einzureichenden Unterlagen mussten auch aktuelle Fotos her. Diese ließ ich in einem Fotogeschäft in der Sülzburgstraße machen. Als ich später an einem Abend nach Dienstschluss dort vorbeikam, sah ich mein Foto im Großformat im Schaufenster ausgestellt. Das Geschäft war noch offen. Ich ging hinein, um zu fragen, warum ohne meine Zustimmung dieses Foto ausgestellt wurde. „Bitte nicht böse sein“, sagte nun die Dame, die mich auch fotografiert hatte: „Ich fand es so gut, dass ich spontan beschloss, es im Schaufenster auszustellen. Du brauchst auch für die die sechs Passfotos nichts bezahlen.“ An sich war ich ja geschmeichelt und stimmte zu. Dass aber zwei Tage später, wohl auf Grund dieses Fotos, zwei Mädels bei uns schellten und meine Mutter, die zu Tür gegangen war, fragten, ob ich zu einer Geburtstagsfeier - sie wohnten in derselben Straße wie wir - mitkommen könnte, daran hätte ich nie geglaubt. Ich ging also hin, und mit einer kleinen mit dunklen Haaren bin ich dann auch einige Tage „gegangen“. Im Postamt wurde ich wegen dieses Fotos hin und wieder aufgezogen: „Da kommt ja unser Star, macht nur Platz für ihn, den schönen Jung!“ Ich ließ mir nichts anmerken, lachte selber darüber, und so ging das dann auch vorbei. Die Unterlagen waren also abgeschickt, und ich wartete, was kommen würde. Jürgen konnte das nicht verstehen: „Dass gerade du dich freiwillig beim Barras bewirbst - das hätte ich nicht gedacht!“ Aber wie immer akzeptierte er meine Absichten.

Es dauerte noch einige Wochen, da kam per Post von der Freiwilligen-Annahmestelle der Bundeswehr der Bescheid, ich solle mich für einen Eignungstest mit schriftlicher und mündlicher Prüfung zum gegebenen Termin in der General-Wever-Kaserne in Hannover einfinden. Ich fuhr einen Tag vorher hin und besuchte dabei meine Tante, die Oma väterlicherseits und meine Cousine, die ich schon lange nicht mehr gesehen hatte. Auch sie war schon eine junge Dame geworden, und so zogen wir mit ihrer Freundin einen Tag vor der Prüfung ein wenig durch Hannover. An dem Abend kamen bei mir doch Zweifel auf. War es tatsächlich das Richtige für mich? Ich haderte plötzlich ganz schön mit dem, was ich da vorhatte.

Am darauffolgenden Tag meldete ich mich pünktlich und musste erst einmal zu einer Personenüberprüfung. Der zivile Beamte fragte gleich zu Beginn, ob ich noch ein paar Passbilder dabei hätte, von den insgesamt drei war nur noch eins vorhanden. Er murmelte so etwas, wie „Die Mädels in unserer Abteilung klauen immer die Passbilder, wenn die Kerle einigermaßen aussehen." Ich hörte gar nicht richtig zu und dachte nur: „Ich werde mich nicht anstrengen, hier einen guten Test abzulegen." Wahrscheinlich würde dann die Bundeswehr auf mich verzichten wollen. Wenn ich dann als nicht geeignet anzusehen sein sollte, dann war es eben Schicksal - und ich würde versuchen, so gut es ging, für die Zukunft auch keinen Wehrdienst mehr abzuleisten. Doch nach zwei Tagen Prüfung wurde ich zur Ergebnisfeststellung zu einem Oberstleutnant, der mit Sicherheit auch schon den Zweiten Weltkrieg mitgemacht hatte, hineingerufen. Er hatte nur noch einen Arm, wie ich bemerken konnte. Also ein Wehrmachtsoffizier, den man trotz seiner Behinderung wiedereingestellt hatte. „Also...", sagte er. Dann kam eine längere Pause, in der er mich nur ansah: „Wir haben Sie durchschaut. Das Ergebnis nach Punkten ist nicht so toll. Danach würden wir Ihnen vielleicht vorläufig abraten, zu uns zu kommen. Aber die Aufsätze und besonders Ihre Formulierungen und ein gutes Wissen über aktuelles Zeitgeschehen lassen nur den Schluss zu, dass Sie es sich wohl anders überlegt haben." Ich wollte schon etwas antworten, da machte er eine Handbewegung, dass ich schweigen sollte. „Jetzt sagen Sie nur, ob Sie nun für zwei Jahre zu uns, wie Sie es beantragt haben, kommen möchten oder nicht?" Darauf kam von mir fast aus der „unteren Kehle" ein heiseres: „Ja!"

Ich war auch deswegen ein wenig heiser, weil alle Bewerber eine Nacht in der Kaserne übernachten mussten und am Abend vorher alle „Prüflinge", darunter auch ein ehemaliger Unteroffizier, der wiedereingestellt werden wollte, ziemlich gefeiert und dabei auch Lieder „gegrölt" hatten. Dafür wurde nur der Unteroffizier am anderen Morgen gerügt, mit den Worten: „Sie wollen wiedereingestellt werden und lassen als Unteroffizier diese Disziplinlosigkeit zu - keine besonders gute Voraussetzung für eine erneute Karriere in der Bundeswehr!" Der ehemalige „Uffz" mit Hoffnung auf Wiedereinstellung bat um Entschuldigung und bemerkte, dass die anderen noch keine Soldaten wären, ansonsten hätte er auch anders eingegriffen. Diese Antwort hatte ihn wahrscheinlich vor der Blamage, womöglich nicht wieder in die Bundeswehr aufgenommen zu werden, gerettet. Ich wurde nach circa einer Stunde Wartezeit wieder zum Zivilbeamten gerufen, der mir ein Schreiben ausgehändigte, dass ich noch im selben Jahr zum „Flugabwehr-Raketen-Lehr- und Ausbildungsregiment der Luftwaffe" nach Putlos bei Oldenburg/Holstein einberufen würde.

Nicht schönes Erlebnis mit übereifrigen Polizeibeamten

Erleichtert fuhr ich wieder nach Hause. Irgendwie hatte ich etwas hinbekommen, aber wohl doch nicht so richtig. In den Wochen bis zu dem Antritt meines Dienstes im fernen Norddeutschland verbrachte ich die meiste Zeit in der Nähe der Sporthochschule in Köln-Müngersdorf. Am Montag hatten auch immer die Friseurinnen frei - und nach unserem Leichtathletik-Training gingen wir ins Schwimmstadion, um uns ein wenig zu entspannen. An einem Montag waren auch zwei angehende Friseurinnen aus dem Stadtteil Flittard im Schwimmstadion. Horst und ich verabreden uns mit ihnen an einem anderen Montag zu einem kleinen „Stelldichein". Die Mädels warteten schon an der Straßenbahnhaltestelle in Köln-Flittard auf uns. Sie hatten ihre Fahrräder dabei, und so wollten wir mit ihnen ein wenig ins Grüne fahren. Wir setzten uns auf den Gepäckträger, und die beiden Mädchen fuhren los. Beim Einbiegen in ein Ausfalltor kam uns ein Polizeiwagen entgegen. Er hielt an, und ein Polizist „brüllte" regelrecht aus dem Fenster, dass wir sofort anhalten sollten. Vor Schreck wäre das Mädchen, bei dem ich auf dem Gepäckträger „aufgesessen" hatte, mitsamt dem Fahrrad beinahe hingefallen. Die beiden Polizisten stiegen aus und kamen wie zwei „Wildwest-Revolverhelden" auf uns zu. Der eine schrie, sodass wir ihn fast nicht verstehen konnten, dass wir eine „gewaltige Verkehrsübertretung" begangen hätten. Wir sollten ihnen bis zur Polizeiwache folgen. Aber nicht fahren, sondern zu Fuß, „aber nicht zu lahm" hinter dem Fahrzeug der Polizei hinterhergehen.

Auf der Polizeiwache angekommen, wurden wir wie Schwerverbrecher behandelt. Einzeln wurden wir zum Verhör gerufen. Als ich dran war, „platzte mir der Kragen": „Das dieses eine geringe Verkehrsübertretung bedeutet, haben wir schon kapiert“, sagte ich: „Aber wieso behandeln Sie uns so?“ Der Polizeimeister schrie mich nur wieder an. Ich solle gefälligst meinen Mund halten. Dann wurden alle Personalien aufgenommen und ein Protokoll, das wir alle unterschreiben mussten, gefertigt. Als wir nach etwa zweieinhalb Stunden wieder „entlassen“ wurden, stand uns der Sinn nicht mehr nach irgendwelchem Vergnügen. So verabschiedeten wir uns von den Mädchen und fuhren ein wenig bedrückt nach Hause. Mein Bruder hatte schon seit ein paar Jahren seine Polizeiausbildung beendet und war im Ruhrgebiet bei einer Polizeistation angekommen und gerade dabei eine Familie zu gründen. Als wir einmal wieder bei ihm zu Besuch waren, erzählte ich ihm von diesem Vorfall. Er bekam große Augen und schüttelte mit dem Kopf. Er ließ sich nochmals alles haarklein erzählen und sagte, er würde das mal im Kölner Polizeipräsidium anbringen und anfragen, ob diese zwei Beamten nicht Besseres zu tun hätten, als solch einer harmlosen Sache in dieser geballten Form nachzugehen. Wie ich dann später von ihm gehört habe, sollen diese Polizisten ins Polizeipräsidium bestellt worden sein. Ob sie nun dafür gerügt wurden oder auch nicht, konnte mein Bruder nicht in Erfahrung bringen. Auch hörten wir von der Dienststelle in Köln-Flittard nichts mehr. Wir hatten ja noch Respekt vor Polizisten und hätten nie gewagt, gegen einen Polizisten aufzubegehren, wie es in der heutigen Zeit viel zu oft geschieht. Das muss einen schon nachdenklich stimmen.

An einem Sonntag kam ich am Nachmittag aus der Stadt. Ich hatte mir im „Aki Kino“ am Hauptbahnhof - in diesem Kino wurden ununterbrochen Kurz- und Dokumentationsfilme gezeigt - einen französischen Film mit dem Titel „Le Ballon Rouge - Der rote Ballon“ angeschaut. An sich war das ein Kinder-Kurzfilm mit wenigen Dialogen, dafür aber mit eindrucksvollen Einstellungen. Er hatte auf mich einen tiefen Eindruck hinterlassen. Der Film wurde auch mit einem Oskar ausgezeichnet. Als ich in Höhe der Zülpicher Straße weiter nach Hause ging, bemerkte ich auf der anderen Straßenseite meinen Vater. Er kam mir wie ein Mann mit gebeugter und untersetzter Statur vor. Ich ging zu ihm rüber. „Wo kommst du denn her?“, fragte mich mein Vater. In früheren Jahren hatte er es nicht gerne gesehen, wenn ich zu häufig ins Kino ging. Seit geraumer Zeit schien es ihm aber egal zu sein. Ich erzählte ihm, dass ich im Aki Kino war, um eben besagten Film anzuschauen. Ich glaube, er hatte gar nicht zugehört und meinte, er sei auf dem Weg ins Severinsviertel, um sich anzuschauen, wie weit sie schon mit dem Bau der neuen Severinsbrücke wären. Sie sollte wohl bald eingeweiht werden. Ich fragte, ob ich mitkommen sollte. Darüber schien er erfreut zu sein. Immer mehr hatte er gesundheitliche Problem wegen seines hohen Diabetes, dazu Nierenprobleme – und musste auch deswegen immer häufiger ins Krankenhaus. Ein Antrag auf Frührente aus gesundheitlichen Gründen war ja bereits eingereicht. Daher fühlte er sich in Begleitung immer sicherer.

Im Severinsviertel angekommen, schauten wir uns die schon ziemlich fortgeschrittenen Bauarbeiten an. Diese Brücke war durch ihre architektonisch neue und einzigartige Verstrebung schon sehr oft in der Presse erwähnt worden. Dann gingen wir von dort in Richtung Hauptbahnhof, um schließlich mit der Straßenbahn nach Hause zu fahren. Der dortige alte Wartesaal entstammte noch vom alten Hauptbahnhof. Den hatte man abgerissen, um einen neuen im modernen Stil zu bauen. Im Nachhinein betrachtet war das wohl ein baulicher Fehler. Im Restaurantbetrieb des Wartesaals gab es noch „mittlere“ Preise, sodass immer viele Gäste einkehrten – auch wenn sie gar nicht verreisen wollten. Mein Vater lud mich zu einem Bier ein. Als wir so ganz entspannt dasaßen, dachte ich mir, dass es nun eine gute Gelegenheit wäre, ihn auf diesem „neutralen“ Boden nach seiner Nazi-Vergangenheit und seinem Wissen über die menschlichen Verbrechen zu befragen. Ich fragte also ziemlich umständlich und hätte erwartet, dass ich eine ausweichende Antwort bekommen würde. Aber mein Vater erzählte, wie er überhaupt zur NSDAP gekommen war. Er war früher in der Gewerkschaft der Müller und Bäcker mit einem Mandat betraut worden, das er bis zur Auflösung aller Gewerkschaften durch das neue NS-Regime innehatte. Bei einer Kundgebung von Angehörigen des Müllerhandwerks sprachen ihn zwei Männer in langen Mänteln an. Sie sagten, dass die Gewerkschaften in die deutsche Arbeiterfront übergegangen waren. Sie blieben dabei sehr höflich und luden meinen Vater auch zum Essen ein. In dem zweistündigen Gespräch überzeugten sie meinen Vater, in die Partei einzutreten, um dort einen Posten zu bekleiden. Er hatte gerade seine Prüfung als Müllermeister mit Erfolg abgeschlossen und war dabei, auch noch den Beruf eines Buchhalters zu lernen. Das gefiel den Herren. Sie sagten, dass für die Aufrechterhaltung von Gesundheit und Lebensfreude der arbeitenden Bevölkerung und derer Familien Programme aufgebaut würden. So seien bereits Kreuzfahrtschiffe bei einer Reederei in Auftrag gegeben worden und fast schon fertig gestellt. So auch ein Schiff mit dem Namen „Wilhelm Gustloff“. Die Schiffe sollten später unter dem Begriff „Kraft durch Freude“ in die ganze Welt fahren.

Mein Vater willigte ein und bekam eine Anstellung in der Schweriner Zentrale der Organisation „Deutsche Arbeiterfront - Kraft durch Freude“ (KDF). Dort war er unter anderem für die Unterhaltungsprogramme mit Künstlern auf den betreffenden Schiffen sowie die Abrechnungen und Kassenprüfungen, auch in der NS-Gauleitung, verantwortlich. Gesellschaftlich und im Gehalt stieg er damit auf. Später bezog die Familie ein Haus am Schweriner See mit reetgedecktem Dach. Ich unterbrach ihn, denn zum größten Teil wusste ich ja schon, wie er zur NSDAP gekommen war. Ich wollte nur wissen, ob es möglich sein konnte, dass man in dieser Position nichts von den gewaltigen Vernichtungsverbrechen der Nazis an Menschen und besonders den Juden gewusst haben sollte. Mein Vater sagte nach einer Pause des Nachdenkens, dass er etwas geahnt habe, besonders da sein guter Arzt in Schwerin, der ihn wegen seines frühen Diabetes gut „eingestellt" hatte, plötzlich nicht mehr da war. Er habe beim SD-Staatssicherheitsdienst in Schwerin nachgefragt. Als Auskunft wurde ihm mitgeteilt, dass der Arzt als Jude das Großdeutsche Reich freiwillig verlassen hätte. Weiterhin gab man ihm auf den Weg, nicht weiter nachzufragen, besonders nicht in seiner Eigenschaft als Mitglied der Partei und auch als politischer Leiter. Das erklärten sie ihm noch mit einem „drohenden Unterton". Erst in der englischen Internierungshaft wurden Filme über die Konzentrationslager und auch die vielen Morde und Erschießungen, ausgeübt von der SS, aber auch von Teilen der Wehrmacht, gezeigt. Solche Aufnahmen waren von den NS-Vernichtungskommandos auch noch selber gedreht worden!

Da hätten er und andere Inhaftierte noch an Propaganda von Seiten der Alliierten gedacht. Er konnte sich einfach nicht vorstellen, dass diese Partei und damit das ganze Regime so etwas verbrochen haben sollte. Auch ging bei den Inhaftierten, nun bald „ehemaligen Nazis", die Meinung um: „Der Führer hatte das sicher nicht gewusst." Schon damals wurde mir klar, was so ein verbrecherisches Regime mit gezielten, dauernd falschen Informationen und Darstellungen bei den Menschen anrichten kann. Erst mit den 1950er und 1960er Jahren und ihren im Schwarz-Weiß-Fernsehen gezeigten Dokumentationsfilmen wurden wohl einige dieser Generation von Mitläufern etwas „wacher“. Allerdings wussten viele der Täter natürlich, was da vor sich gegangen war. Sie schwiegen wohl „fein still“. Denn so manche machten wieder eine wirtschaftliche oder auch politische Karriere. Die Aussagen meines Vaters hatten mich trotzdem nicht gänzlich überzeugen können, es blieb Zeit meines Lebens immer ein Zweifel, besonders, da er in Gesinnung und Einstellung der Bundesrepublik Deutschland ablehnend gegenüberstand. Eine Ausnahme war der damalige Bundespräsident Theodor Heuss. Ihm gefielen die Ruhe und die väterliche Art, die dieses Staatsoberhaupt ausstrahlte. Aber er äußerte sich nicht mehr groß zu politischen Themen und ließ mich auch meine Arbeit in der Gewerkschaft machen. Außerdem ließ ich auch keinen Zweifel an meiner Gesinnung zu. Schon früh stand ich auf der Seite der „sozialen Demokraten“ und damit meist in Opposition zur damaligen Regierungspartei.

Meine Eltern konnten sich nie mehr richtig von den Nachkriegsfolgen erholen, auch nicht in Köln. Gesundheitlich sah es für meinen Vater immer schlechter aus. Und meine Mutter hatte eine Operation wegen Unterleibskrebs hinter sich gebracht. Immer wieder gab es zu Hause gesundheitliche Probleme. Zur Weihnachtszeit kam es häufig vor, dass ein Elternteil im Krankenhaus behandelt werden musste. Was mich bei meiner Mutter immer wieder erstaunte, waren ihr ungetrübter Lebensmut und eine gewaltige Energie, sich immer wieder aufzuraffen. Ihr war es wichtig, sich über kleinere Dinge zu freuen. Zum Beispiel wenn sie später zum ersten Mal in ihrem Leben einen Urlaubsaufenthalt in Bayern erleben durfte.

Theater spielen und der „Mauerbau“ in Berlin

Die evangelische Gemeinde in Köln unterhielt eine Laienspiel-Gemeinschaftsgruppe. Sie führte in jedem Jahr beachtliche Stücke auf. Manchmal auch in der Aula der Universität zu Köln. Ich hatte mal bei einer Religionsstunde, noch in der kaufmännischen Berufsschule, gegenüber Pfarrer Mansfelder, der diese Gruppe leitete, Interesse gezeigt, dort mitzumachen. Da es schon eine Zeit lang her war und ich nichts mehr davon hörte, hatte ich mich schon damit abgefunden, in dieser Gruppe wohl nicht aufgenommen zu werden. Als ich eines Tages an der Haltestelle der Straßenbahn Richtung Köln stand, begegnete ich zufällig wieder diesem Pfarrer! Ich begrüßte ihn. „Ach, wie heißt du noch gleich?“, fragte er. Ich sagte meinen Namen. „Gut, dass ich dich hier per Zufall treffe, wir proben für ein neues Stück. ‚Die deutschen Kleinstädter‘ von August von Kotzebue. Da sind uns einige wieder abgesprungen. Hättest du nicht Lust, mal für Probelesungen vorbeizuschauen?“ So nun überraschend der Pfarrer. Eigentlich wollte ich das nicht mehr. Ich hatte gehört, dass man vorwiegend Bankangestellte und Studenten für diese „Laienspielerschar“ ausgesucht oder angesprochen hätte. Richtig zu beweisen war das aber wohl nicht. Also sagte ich doch zu.

Die Proben, geleitet von einem ehemaligen Theaterschauspieler, gestalteten sich locker. Alle anwesenden Laienschauspieler mussten erst einmal verschiedene Darstellungen aus dem Rollenbuch lesen. Es stellte sich heraus, dass ich die „untertänige Kreatur“ des Ratsdieners Klaus mit einer gewissen Gestik und Stimme ganz gut darstellen konnte, obwohl ich lieber eine andere Rolle gespielt hätte. Sabine, die Tochter des Bürgermeisters Staar in diesem Stück, sollte Irmgard aus Köln-Deutz übernehmen. Sie war recht hübsch, ein bisschen „mollig“, aber wir verstanden uns auf Anhieb. Nach den Proben gingen wir immer noch ein wenig durch Köln spazieren. Dann musste ich ihr immer etwas vorsingen, weil sie meinte, meine Stimme hätte so einen interessanten Klang. Ich konnte das bei mir selber so nicht feststellen, aber ich hatte ihr von meinem Auftritt bei der Talentsuche erzählt und dass ich den Sänger Ted Herold imitiert hatte.

An einem Probenabend tauchte für die Rolle des Bürgermeisters Fritz-Herbert Below auf. Er war groß, hatte schwarze Haare, wahrscheinlich gefärbt und - wie ich meinte - eine etwas zu dick geratende Nase. Er ließ gegenüber den übrigen Mitspielern erkennen, dass nur er eine große Begabung zum Theaterspielen hätte. Da war es mit der gewissen Harmonie vorbei. Mir gegenüber begegnete er mit einer unwahrscheinlichen Arroganz. Er hatte mitbekommen, dass ich noch bei der Bundespost beschäftigt war. Dafür hatte der Angestellte einer großen Kölner Bank nur ein verächtliches Grinsen übrig. Wie es manchmal so kommt und kommen sollte: Irmgard als Sabine war ganz hingerissen von ihm. Nun verabredete sie sich sofort mit diesem „Schönling“ (wie er sich wohl selber sah). Darüber war ich ziemlich, wie man so sagt, „angefressen“. Ich hatte nun auch keine Lust mehr, bei der Aufführung dabei zu sein. Wenn ich mir nur vorstellte, dass ich ihm dann in den Dialogen des Stücks als Bürgermeister untertänig begegnen musste, war meine Bereitschaft mitzuwirken vorbei. Ich fragte Jürgen, ob er für mich einspringen könne. Und mein treuer Freund lernte umgehend ein paar Sätze. Es war einfach lustig, wenn er in seinem Berliner Dialekt einige Stellen im Rollenbuch aussprach.

Ich informierte also auch Irmgard über mein Vorhaben. Sie war ganz entsetzt: „Das kannst du doch nicht machen, du gefährdest damit doch die Aufführung! Außerdem macht das kein Schauspieler, auch wenn du, wie in diesem Fall, eine Abneigung gegen Fritz-Herbert hast. Man muss da durch, ansonsten hat es keinen Zweck sich mit Theaterspielen zu beschäftigen", wies sie mich ziemlich erbost zurecht. Dann erklärte sie noch, dass es mit dem „Typ" auch schon wieder vorbei sei. Leider hätte sie sich zwar auf „etwas eingelassen", was sie im Nachhinein bitter bereuen würde, aber schließlich wären wir beide doch auch nur gute Freunde. „Oder nicht?" Das fragte sie noch in einem etwas anderem Ton. Darauf ging ich nicht weiter ein. Mir genügte eine Freundschaft mit Irmgard, und ich wollte sie auch behalten. Über meine Absage und die Folgen hatte ich soweit nicht nachgedacht. Und irgendwie hatte sie ja auch Recht. Wieso ich in meiner gewissen Eitelkeit darüber so gekränkt war, konnte ich nun auch nicht mehr nachvollziehen. Also probten wir weiter und „fieberten" unserem großen Auftritt mit dem Stück in der Aula der Universität zu Köln entgegen. Ich erklärte Jürgen, dass ich jetzt wohl doch mitspielen werde. Darüber war er erleichtert, denn auf einer Bühne zu stehen würde ihm nach eigenen Aussagen doch ziemlich schwerfallen. Die Aufführung sollte am Sonntag, den 13. August, stattfinden. Zum einen waren noch Semesterferien, hieß es, und zum anderen hätten die meisten an diesem Tag um siebzehn Uhr ja auch Zeit und Muße, dem Theaterstück zu folgen. Am Samstag davor probten wir das Stück noch einmal komplett, sozusagen als Generalprobe.

Ich hatte unterdessen in den Nachrichten im Radio hin und wieder von erneuten Spannungen innerhalb des Kalten Krieges an der Sektorengrenze in Berlin gehört. Auch die Printmedien vermuteten eine erneute Provokation vom sowjetisch besetzten Teil Deutschlands. Und das Jahr nach der Abriegelung der Stadt Berlin und der DDR sowie die Luftbrücke Berlin 1948/49 waren noch bei allen in frischer Erinnerung. Am Sonntagmorgen brachten es dann die Nachrichten: In der Nacht vom Samstag, den 12. August, auf Sonntag, den 13. August, wurde mit der Abriegelung Berlins und dem Mauerbau begonnen.

Obwohl das Fernsehen erst mit den Abendnachrichten um 18.00 Uhr begann, wurde schon mittags eine Sondersendung über den Bau einer Mauer in Berlin gebracht. Es waren Bilder, die um die Welt gingen. Damit wurden Familien auseinandergerissen. Man sah auch, wie fast im letzten Moment viele versuchten, noch in den westlichen Teil zu gelangen. Das berühmte Foto von dem Volksarmee-Soldaten, wie er in Uniform mit seinem Gewehr zum Sprung über den gelegten Stacheldraht ansetzte, ist bis heute in Erinnerung geblieben. Einige Kommentatoren im Fernsehen machten auf eine durchgeführte Pressekonferenz der DDR im Juni des Jahres aufmerksam. Auf die Frage eines niederländischen Journalisten, ob man die Grenze zum Westen in Berlin noch dichter abriegeln wolle, antwortete der damalige Staatsratsvorsitzende der DDR, Walter Ulbricht, sinngemäß: „Niemand hat die Absicht, eine Mauer zu bauen. Die Bauarbeiten und das Baumaterial werden für den erfolgreichen Wohnungsbau im sozialistischen Deutschland gebraucht.“ So konkret nach einem Mauerbau hatte der niederländische Journalist aber gar nicht gefragt! Da hätte an sich die Welt schon mal aufhorchen sollen und eventuell auch handeln müssen. Wie aber nach Jahren bekannt wurde, waren die Westalliierten über eine derartige Absicht von Seiten der Sowjetunion schon länger informiert worden. Sie wollten deswegen wohl keinen neuen Krieg oder bewaffnete Auseinandersetzungen riskieren.

Die „Laienspielschar“ hatte sich für 14:30 Uhr in der Aula verabredet. Wir wollten noch einmal das Stück durchgehen. Nach dem Schminken durch eine eher amtlich wirkende Kosmetikerin mussten wir auf das Anziehen der Kostüme warten, bis sich schließlich später der Vorhang öffnen sollte. Ich war ziemlich nervös. Wenn so etwas in der heutigen Zeit passiert wäre, hätte man telefonieren oder auch eine SMS senden oder eine Videokonferenz herbeiführen können. Die meisten Haushalte hatten damals aber noch kein Telefon, wir auch nicht. Also hielten wir uns an die zuletzt getroffene Verabredung. Als wir eintrafen, wunderten wir uns, dass viele vom Personal der Uni, zur Unterstützung der Aufführung, nicht anwesend waren. Die Zeit verging ziemlich schnell. Der Regisseur und Leiter der Gruppe schaute nach dem Einlass durch den Vorhang. Es waren gerade mal circa 20 Besucher gekommen. Sollten wir überhaupt mit so wenig Publikum das Stück aufführen? Eine halbe Stunde vor dem „Vorhang“ schauten wir alle einmal in den Saal. Jetzt waren es etwa 35 Personen. Mit so wenig Publikum hatte keiner gerechnet. Die Presse war auch erschienen und kam zu uns in die Backstage-Area.

Wir alle hatten beschlossen, wir würden mit der Aufführung beginnen, egal wie viele Besucher gekommen waren. Doch dazu kam es nicht. Plötzlich kam ein Angestellter der Uni ganz aufgeregt angelaufen: „Halt! Ihr könnt nicht mit der Aufführung beginnen.“ Erstaunt und schockiert blieben alle auf ihren Posten stehen. „Die Uni-Leitung hat soeben mitgeteilt, dass ihr keine Aufführung machen dürft." Jetzt war was los, alles schrie durcheinander. Der Angestellte rief: „Ruhe! Es ist eine Drohung per Telefon reingekommen. Wenn heute hier in der Uni dieses Schauspiel aufgeführt werden sollte, werde etwas Fürchterliches hier oder in der unmittelbaren Nähe der Uni geschehen." Wir schauten durch den Vorhang und sahen, dass die wenigen Zuschauer, die dort gesessen hatten, offensichtlich schon herausgeführt worden waren. Wir diskutierten noch einige Zeit hin und her. Schließlich schminkten wir uns wieder ab, zogen die Kostüme aus und gingen mit einer gewissen Spannung aus dem Unigebäude. Erleichtert war ich erst, als ich wieder in unserer Wohnung war. Das Stück, so wurde uns mitgeteilt, sollte dann Anfang Dezember aufgeführt werden. Ich wusste, das würde nicht mehr mit mir möglich sein, da mein Einberufungstermin für den Montag, den 2. Oktober, angesetzt war. Irmgard habe ich nicht wiedergesehen. Sie hatte sich an dem betreffenden Abend so sehr darauf gefreut, in ihrer Rolle auftreten zu dürfen. Deswegen wirkte sie auch ein wenig niedergeschlagen. Gerade sie hatte sich mit ihrem stetigen Engagement auf diesen Abend gefreut. Wenn es nach uns gegangen wäre, hätten wir trotzdem das Stück aufgeführt. Der „schöne" Hauptdarsteller als Bürgermeister hatte, nachdem wir über den Abbruch in Kenntnis gesetzt wurden, sofort „fluchtartig" das Universitätsgebäude verlassen. Sehr viele Jahre später glaubte ich Irmgard mit einem Künstlernamen als bekannte „kölsche" Volksschauspielerin wiedererkannt zu haben. Aber wahrscheinlich war es nur mein heimlicher Wunsch. Ich hätte es Irmgard so gegönnt, eine vollwertige Schauspielerin zu werden, weil sie sich so sehr mit dem Theater identifizieren konnte!

Besuch aus den USA

Jürgen und seine Eltern hatten Besuch von seinem älteren Bruder. Er war 1956 mit seiner Frau in die USA ausgewandert. Dort lebte er in New Jersey. Mit einem Sohn und einer Tochter besuchte er nun zum ersten Mal wieder Deutschland und damit seine Eltern. Er fuhr von Köln auch gleich nach Berlin, um sich die „Ungeheuerlichkeit“ (wie er es nannte) des Mauerbaus persönlich anzusehen. Schon beim Arbeiteraufstand in Ostberlin am 17. Juni 1953 war er aus dem Westen, wo die Familie damals wohnte, „mal rübergegangen“. Er erlebte dann mit, wie sowjetische Panzer den friedlichen Aufstand schließlich niederschlugen. Es hatte ihn damals ziemlich mitgenommen. Wahrscheinlich war das auch ein Grund, auszuwandern und Staatsbürger der USA zu werden. Er kam gerade aus Berlin zurück, da begegnete ich ihm und seiner Familie bei Jürgens Eltern in Köln-Lindenthal. „Dass Sie - oder darf ich Du sagen? – sich gerade jetzt, wo diese Kommunisten sich wieder mal anschicken, die Welt in Atem zu halten, freiwillig zur Bundeswehr melden, finde ich - und das betone ich ausdrücklich - tapfer und anständig!“ Dabei schaute er missbilligend zu seinem Bruder Jürgen rüber. Ich antwortete wahrheitsgemäß, dass ich bei meiner Bewerbung noch nichts davon gewusst haben konnte, ansonsten hätte ich es mir möglicherweise noch mal überlegt. Das ließ er aber nicht gelten. Er klopfte mir auf die Schulter und meinte: „Mir ist nicht bange um Deutschland, wenn wir solche jungen Patrioten haben.“ In den Nachrichten konnte man nun fast jeden Tag verfolgen, wie es mit der totalen Abriegelung in Berlin durch die Mauer immer weiterging. Man sah auch, dass amerikanische Panzer demonstrativ bis an die Sektorengrenze an der Friedrichsstraße vorfuhren. Aber weiterhin wurde von den westlichen Schutzmächten USA, Großbritannien und Frankreich nichts unternommen. Auch wurde fast gleichzeitig von den Machthabern in der DDR die Grenze noch undurchlässiger gemacht. Was ich als Junge in Vienenburg am Harz früher als Abenteuer erlebt hatte, nämlich die Grenze mal eben zu überqueren, war nun wohl gänzlich unmöglich.

Ich hatte noch ein paar Tage Urlaub von der Post zu bekommen und verbrachte die meiste Zeit im Schwimmbad des Müngersdorfer Stadions. Dann wurden die Tage aber auch schon ein wenig kälter, und so langsam rückte Tag meine Einberufung immer näher. Den Freifahrtschein als Bundeswehrfahrkarte hatte ich schon zugeschickt bekommen. Denn ich reiste wohl von Köln aus alleine zu dieser Einheit, sonst hätte man einen Sammeltransport von Seiten der Bundeswehr organisiert. Jürgen hatte, was mich freute, eine ziemlich attraktive Freundin aus der Südstadt kennengelernt. Meine Abreise ins „Ungewisse" stand nun bald an. Deswegen verabredeten wir uns am letzten Sonntag zu einem Abschiedstrunk in einem bekannten Lokal am Weyertal in Köln-Sülz. Wir tranken an diesem Abend ziemlich viel. So langsam kam in mir auch so etwas wie ein Gefühl von Abschiedsschmerz hoch. Als Jürgen zur Toilette ging, kam seine neue Freundin dicht zu mir „rübergerutscht" - und berührte mit ihrem Knie das meine. Dann legte sie die Hand auf meinen Oberschenkel und flüsterte mir ins Ohr: „Falls du noch mal Zeit vor deiner Abreise hast, könnten wir uns doch noch verabreden?" Ich nahm ihre Hand und legte sie beiseite. Dann „flüstere" ich zurück, dass ich sie sehr reizend fände, aber dass Jürgen mein bester Freund sei. Und unter Freunden würde sich das einfach nicht gehören. Ich könnte ihr aber mal schreiben, wenn ich bei meiner Einheit angekommen wäre. Denn sicherlich würde Briefverkehr für eine lange Zeit der einzige Kontakt mit ihr bleiben müssen. Da kam aber schon Jürgen wieder zurück, und der Abend endete so fröhlich, wie er begonnen hatte.

Der Tag meiner geplanten Ankunft in Putlos bei Oldenburg in Schleswig-Holstein sollte der 2. Oktober, ein Montag, ab 8:00 bis 11:00 Uhr sein. Um pünktlich zu erscheinen, musste ich also am Sonntag, den 1. Oktober, um 10:15 Uhr am Kölner Hauptbahnhof in den Zug steigen. Meine Mutter und mein Vater brachten mich zum Hauptbahnhof. Ich hatte nicht viel Gepäck dabei: Nur genug Unterwäsche, eine Hose, Pullover und einen leichten Mantel sowie Körperpflegemittel. Als dann der Zug in Richtung Hamburg abfuhr und ich aus dem Abteilfenster winkte, sah ich, dass meine Eltern Tränen in den Augen hatten. Sie winkten zurück, bis der Zug in eine Kurve ging - und ich sie nicht mehr sehen konnte. Sie wurden sich wohl bewusst, dass nun auch ihr „Jüngster“ von zu Hause ausgezogen war. Ich konnte damals auf keinen Fall ahnen, dass aus den geplanten zwei Jahren Bundeswehr viele Jahre werden würden. Und dass ich meine zweite Heimat nur mal im Urlaub oder zu Besuch wiedersehen würde, als endgültigen Wohnsitz erst wieder nach sechszehn Jahren.

Ereignisse, Freude, Pech, Tragödien: Wie nahe sind sie!

Auf der Fahrt ins „Ungewisse“ hatte in meinem Abteil auch ein jüngeres Paar Platz genommen. Der Ehemann war schon bei den ersten Wehrpflichtigen dabei, die in die Kasernen eingezogen wurden. Ich hatte, da ich auch ein wenig aufgeregt wirkte, was mich nun erwarten würde, sofort erzählt, wo ich nun „hinreisen“ würde. Er gab mir ein paar Tipps, wie ich mich am besten verhalten sollte. Doch wie ich in

Hamburg aus dem Zug stieg, um einen Anschlusszug Richtung Lübeck und letzten Endes Oldenburg in Holstein zu nehmen, hatte ich schon wieder alles vergessen. Ich war mir auch gar nicht bewusst, dass ich in diesem Teil von Norddeutschland nur circa achtzig Kilometer Luftlinie von meiner Geburtsstadt Schwerin in dem anderen Teil von Deutschland entfernt war. In Oldenburg angekommen, fragte ich nach der Kaserne in Putlos. „Da musste wohl hinlaufen, der nächste Bus fährt erst in zwei Stunden", bekam ich etwas mürrisch von einer älteren Frau zur Antwort. Also machte ich mich auf der Putloser Chaussee auf den Weg. Viel Gepäck hatte ich ja nicht dabei. Aber meine schwarzen, spitzen Ausgehschuhe drückten schon nach einem Kilometer. Von Weitem sah ich schließlich die Wache. Es standen Marinesoldaten am Tor, mit amerikanischen Armee-Colts ausgerüstet. Man konnte die Pistolen deutlich erkennen, da sie oberhalb des Pistolenhalfters nur mit einem Riemen befestigt waren. „Na", sprach mich der eine Marinesoldat mit zwei Streifen am Ärmel an: „Du bist sicher ein neuer Rekrut bei den Flugabwehr-Raketen-Leuten?" Als ich es bejahte, sagte er: „Schau dich ruhig noch mal um, denn du wirst so bald nicht mehr aus der Kaserne kommen." Da glaubte ich noch an einen Scherz. Ich ließ mir erklären, wo die Gebäude waren und wo ich mich zu melden hatte. Dann betrat ich meine Einheit.

Seit Generationen werden in Erzählungen von Wehrpflichtigen und Zeitsoldaten fast immer die ersten Eindrücke in den Anfangstagen der Grundausbildung geschildert. Es liegt wahrscheinlich daran, dass es meist den „ersten Bruch" im Verlaufe eines Lebens mit der gewohnten Umgebung bedeutet. Plötzlich ist alles anders. Man ist auf sich gestellt, keine Mutter mehr für die eigene Versorgung oder auch Ratschläge. Manchmal fehlt auch der Trost von zu Hause. Nun ist man auf einer Stube, so wie wir damals, mit sechs Personen zusammen. Verschiedene Charaktere, Herkunft und auch Bildung. Man ist für einige Zeit zusammengeschweißt und soll in kürzester Zeit ein Team bilden, was in der Bundeswehr nun Kameradschaft heißt. Im Soldatengesetz ist das als Verpflichtung angegeben. Von den Ausbildern, wie sie damals bei uns waren, durfte man wenig Einfühlungsvermögen erwarten. Die meisten kamen vom Grenzschutz, hatten auch noch in der alten Wehrmacht gedient wie unser Batterie-Feldwebel (Spieß) – sie alle hatten sich zur Bundeswehr gemeldet, um eventuell eine schnelle Karriere zu machen. Zunächst aber machten wir uns auf der Stube bekannt. Alle kamen aus verschiedenen Bundesländern und Städten. Aus Köln war keiner dabei. Die meisten kamen aus dem Ruhrgebiet und einer aus Berlin. Er hatte sich, obwohl er schon etwas älter war, noch freiwillig gemeldet und wollte nach einer besonderen Ausbildung bei den Raketeneinheiten Elektroniker werden. Auch hatte er gehört, dass demnächst verschiedene Lehrgänge nach der Grundausbildung in den USA stattfinden sollten. Die Raketenschule der Luftwaffe würde komplett in absehbarer Zeit von Aachen in die USA, nach El-Paso in Texas, verlegt werden.

Ich war der Einzige ohne eine technische Vorausbildung. Trotzdem waren, wie ich, alle gespannt, was nun auf uns zukommen sollte. Die Ausbildung war hart und das Gebrülle bei jedem Außendienst auch nicht ohne. Aber es machte mir nichts aus. Allerdings hatte ich mir beim ersten Kilometermarsch mit Gepäck in den neuen Kampfstiefeln ganz schön blutige Blasen geholt. Ich musste beim „Sani“ noch viele Tage versorgt werden. Eine Narbe zeugt bis heute davon. Mal eben mit Gepäck und ohne Training 25 Kilometer zu marschieren, das halten nicht viele durch, und so wurden die,

die „schlapp gemacht“ hatten, mit einem LKW „eingesammelt“ und in die Kaserne zurückgebracht. Wichtig war aber, dass wir nach drei Wochen ohne Wochenendausgang nun endlich mal rauskommen konnten. Aber das ging nur mit einer vorherigen Grußabnahme. Also prüften wir sehr oft im Waschraum, vor dem Spiegel, unseren korrekten militärischen Gruß. Am Tag der Grußabnahme stand der Kompaniechef, den wir selten zu Gesicht bekamen, persönlich an der Stelle, an der alle vorbeigehen mussten, um ihn militärisch zu grüßen. Er hatte für uns alle sichtbar eine komische Mütze auf dem Kopf. Wahrscheinlich war es auch noch eine aus der alten Wehrmacht, nur mit der Kokarde und Schwinge der neuen deutschen Luftwaffe. Ich ging los und „grüßte“, wie es hieß, durch Anlegen der rechten Hand an die Kopfbedeckung, den Mützenschirm oder die Stirn. Dabei musste - wie die Ausbilder uns eingetrichtert hatten - die Hand wie ein schmales Brett aussehen. Ich erhob also zwei Schritte vor dem Kompaniechef meine Hand zum Gruß - und war durchgefallen. Mit einer Daumenbewegung nach unten vom Chef musste der Unteroffizier vom Dienst meinen Namen notieren - und ich hatte somit für das kommende Wochenende wieder Feuerwache.

Mittlerweile waren also schon vier Wochen vergangen, und ich hatte, neben einigen Leidensgenossen, das Städtchen und die Umgebung noch nicht kennengelernt. Auf die Idee, dass das nach unserem zivilen Recht doch wohl eine Freiheitsberaubung bedeuten könnte, kam niemand von uns. Beim Raustreten zur Überprüfung am nächsten Samstag hatte ein Gefreiter und Unteroffiziersanwärter Dienst. Es war ein angenehmer, ruhiger junger Mann. Er hatte einen Nachnamen wie ein langjähriger Fußballmanager von Hannover 96. Beim Wieder-Wegtreten musste ich zu ihm kommen:

„Wie lange sind Sie noch nicht nach draußen gekommen?“, fragte er mich.

„Das sind jetzt vier Wochen“, antwortete ich.

„Dann mal umziehen in den Ausgehanzug - und raus mit Ihnen, denken Sie aber an den Zapfenstreich um 22:00 Uhr, da muss alles in den Betten sein. Auch am Wochenende.“

Auch mit einigen anderen, die noch nicht das Städtchen gesehen hatten, verfuhr er erfreulicherweise auf diese Art. Ich konnte mein „Glück“ gar nicht fassen. Was für eine Wende!

Also nichts wie auf die Stube! Wir hatten uns schon für den Ausgehanzug schönere Kragenspiegel von der Kasernenschneiderei aufnähen lassen. Und auch in der Kantine ein weißes Hemd gekauft. In Zivil rausgehen, während der Grundausbildung und dazu noch weitere drei Monate lang, war damals untersagt, sodass ich mich nun mit Ausgehuniform, weißem Hemd, blank geputzten Halbschuhen und der Schirmmütze abmelden konnte. Ich hatte von meinem ersten Gehalt meinen Eltern einen größeren Teil zukommen lassen, da ihre Rente immer noch nicht genehmigt war. Sie mussten zunächst vom Gehalt meiner Schwester leben. Aber das weitere Gehalt - im Voraus gezahlt - war schon für den darauffolgenden Monat auf meinem Konto. So mangelte es auch nicht an den nötigen Geldmitteln, sondern ich konnte in ein Taxi steigen, das direkt hinter dem Tor wartete, und zunächst nach Großenbrode ins Parkhotel fahren. Dort ging ich in das Restaurant des Hotels und bestellte mir ein Steak. Dann erst ließ ich mich wieder nach Oldenburg ins Stadt-Café fahren.

Da war schon richtig was los. Es spielte eine Drei-Mann-Kapelle, es wurde tüchtig getanzt und getrunken. Einige meiner Kameraden hatten an sich schon zu viel getrunken. Ihre Annäherungsversuche bei den nicht gerade zahlreich anwesenden Damen blieben daher meist erfolglos. Da konnte ich nur „punkten". Schließlich hatte ich mich gut gestärkt und auch nur ein Glas Wein zum Essen zu mir genommen. Wenn die Kapelle Pause hatte, erklang sehr häufig von der Music Box Nana Mouskouri mit dem Lied „Weiße Rosen aus Athen", aber auch ein Schlager mit dem Titel „Schöner fremder Mann" von Conny Francis. Bei Damenwahl wurde ich sofort von einem - sagen wir mal - ganz netten Mädel aufgefordert. In ihrem norddeutschen Akzent fragte sie mich sogleich, da sie mich jetzt erst entdeckt hätte, ob ich jetzt erst gekommen wäre. Als ich ihr erzählte, dass ich mich zunächst nach den vielen Tagen des „Eingesperrtseins" erst einmal mit einem tollen Essen im Parkhotel Großenbrode entspannt hatte, kommentierte sie das mit: „Dat is doch mal wat, für son Jung wie dich, finde ich prima." Sie schaute an dem Abend immer wieder zu mir rüber, so nahm ich schließlich an ihrem Tisch bei ihren zwei Freundinnen Platz. Ob ich sie nach Hause begleiten könnte, fragte sie dann nach einer Weile. Ich sagte ihr, dass für mich und ja auch die anderen Rekruten um 22:00 Uhr Zapfenstreich sei. Da drängte sie mich, mit ihr gleich loszugehen!

An sich hatte ich ja keine Lust, nach meinen Freizeitentbehrungen in der Kaserne diese Vergnügungsstätte schon so verhältnismäßig früh zu verlassen. Aber meine Neugierde ließ mich schließlich mitgehen. Sie wohnte in Göhl, einem Dorf circa eineinhalb Kilometer von Oldenburg (Holstein) entfernt. Der Bauernhof war ziemlich groß. Unterwegs hatte sie mir erzählt, dass ihre Eltern zu ihrem verheirateten Bruder nach Stockelsdorf in der Nähe von Lübeck gefahren wären. Dort hätte ihr älterer Bruder die einzige Erbin geheiratet. Den eigenen elterlichen Hof sollte sie später einmal bekommen, aber nur wenn sie auch einen Bauern heiraten würde.

„Doch“, so lachte Karin: „Das mache ich doch nicht. Immer ‚Kuhschiet‘ an den Fingern- nee!“ Im großen Wohnraum saß ein älterer Mann in einem großen Sessel. Er schien uns beim Betreten gar nicht bemerkt zu haben und starrte nur vor sich hin. Das Licht war schummrig, und man konnte kaum etwas erkennen.

„Einen schönen guten Abend“, wünschte ich, erhielt aber keine Antwort.

„Das ist mein Opa, der bekommt nicht mehr viel mit“, sagte sie und zog mich energisch zu der breiten Treppe, die wohl zu ihrem Zimmer führte. Im Treppenhaus hing ein großes Bild von einem Mann mit kurzem Schnauzbart in brauner Uniform.

„Das war mal mein Vater, wie er jung war - ich glaube er war ein höheres Tier in der SA“, meinte sie. Die SA war die „Sturmabteilung“ der NSDAP.

„Na ja“, antwortete ich, „diese Zeiten sind Gott sei Dank vorbei.“

„Ach, ich glaube, damals gab es noch richtige Kerle“, sagte daraufhin meine neue Bekanntschaft. Was sie nun mit mir wollte, konnte ich mir denken. Aber ich fühlte mich immer unwohler in dieser Umgebung. Daher schlug ich ihr vor, dass wir uns bei meinem nächsten Ausgang vielleicht nochmal treffen könnten, aber ich würde jetzt lieber aufbrechen, damit ich nicht zu spät kommen sollte. Ich wäre auch für die Stubenreinigung und die Abmeldung zum Zapfenstreich am heutigen Tag verantwortlich.

„Unheimliche“ Abkürzung und Übung

„Das ist aber mal schade. Na gut, wenn es nicht anders geht, dann vielleicht bis zum nächsten Wochenende“, meinte sie, und weiter: „Ich kenne da eine tolle Abkürzung zur Kaserne, ich bringe dich dorthin“.

„Ist doch nicht nötig, kümmere dich doch lieber um deinen Großvater. Ich finde schon den Weg“, kam es nun hastig von mir.

„Der wird versorgt, unsere Hofgehilfin wohnt in einem Nebengebäude und schaut ab und zu nach ihm. Auch bereitet sie ihm die Mahlzeiten zu, wenn kein Familienmitglied im Haus ist.“

Irgendwie hatte mich diese Antwort beruhigt. So machten wir uns auf den Weg. An einer Kreuzung sah ich ein Hinweisschild „Zum Friedhof“. Ich dachte mir noch nichts dabei, als wir in diese Richtung einbogen. Doch tatsächlich standen wir dann vor dem Tor des Friedhofes. Das Tor war nur angelehnt und nicht verschlossen. „So, jetzt musst du nur immer diesen Weg über den Friedhof laufen, dann siehst du hinten das andere kleine Tor. Da musste durchgehen und ein wenig über eine Brache laufen - dann kommst du unmittelbar auf der Putloser Chaussee wieder raus. Von dort sind es nur noch wenige Kilometer bis zum Kasernentor.“ Ohne eine Antwort von mir abzuwarten, hatte sie mich schon fest an sich gedrückt, und ihre Lippen berührten meine. Wir küssten uns verhältnismäßig lange. Und ich dachte schon, dass ich wohl ein wenig bereuen könnte, mich von diesem Mädel schon zu verabschieden. Aber sie hörte plötzlich abrupt auf mich zu küssen, drehte sich gleichermaßen um und ging schnellen Schrittes davon. Sie drehte sich dann doch nochmal um und rief lachend: „Na, denn man tau.“ („Na denn mal los.“)

„Tschüss“, rief ich nur noch hinterher und betrat den Friedhof. Das Abendlicht an diesem letzten Oktobertag war schon ziemlich dunkel, bei nur ein wenig Halbmond, der immer wieder hinter dicken Wolken verschwand. Ich ging schnellen Schrittes immer den beschriebenen Weg entlang, doch mir wurde immer komischer zumute. Auch vermeinte ich irgendwelche nicht definierten, unheimlichen Geräusche zu hören. Der Friedhof war wohl verhältnismäßig groß, und ich sehnte mich danach, beim schnellen Gehen endlich das beschriebene kleine Tor am Ende des Friedhofs zu entdecken. Dann, nach mir lang vorkommender Zeit, sah ich endlich das Tor. Aber - es war mit einem großen Vorhängeschloss und einer dicken Kette verschlossen! Oberhalb ragten „drohend“ die Eisenspitzen des Tores gen Himmel: Keine leichte Aufgabe, da hinüber zu klettern. Doch mir blieb ja gar nichts mehr anderes übrig. Also zog ich meine ziemlich eng sitzende Uniformjacke aus und schmiss sie mit meiner Schirmmütze über das Tor, damit ich mich beim Klettern etwas wendiger bewegen konnte. Mit vielen Mühen gelang es mir schließlich, das Tor zu überwinden, ohne mich verletzt oder etwas zerrissen zu haben.

Aber - ach du Schreck - meine Uniformjacke hatte ich genau in einen „Kuhfladen“ geworfen! Ich musste etwas Gras pflücken und konnte die Uniformjacke nur notdürftig reinigen. Am Kasernentor angekommen, sah das sofort ein Wachsoldat. Aber er griente nur und meinte: „Wo hast du dich denn rumgetrieben?“ Da die Jacke auch fürchterlich stank, hing ich sie an einem Bügel unter einer Dusche im Waschraum auf, denn meinen Kameraden konnte ich den Gestank auf der Stube für die Nacht nicht zumuten. In der

Kaserne befand sich eine Wäscherei mit Reinigung, wo wir ohnehin immer unsere Wäsche hinbrachten. So konnte ich dort meine Jacke auch zur Reinigung abgeben. „Die ist aber erst wieder in einer Woche sauber und zur Verfügung", erklärte die ziemlich unfreundliche Frau in der Annahme. „Und ob diese ‚Kuhschiete', wie man noch riechen kann, auch ganz raus geht, wer weiß?!" Das machte aber zunächst nichts, denn ich hatte ja auch vergessen, meiner neuen Bekanntschaft mitzuteilen, dass wir am nächsten Wochenende eine 36 Stunden lange Übung in der Nähe des höchsten Berges in Schleswig-Holstein hatten, dem Bungsberg mit seinen 167 Metern! Mit großem Gepäck, Kampfanzug mit Tarnjacke, feldgrauer Hose, dazu das Gewehr Rifle M1, ging es auf die bereit gestellten LKW. Die Gewehre waren von den US-Streitkräften der Bundeswehr überlassen worden. In so manchen der Gewehrkolben waren Kerben eingeschnitzt, die darauf schließen lassen konnten, dass damit im Koreakrieg „erfolgreiche Abschüsse" gemacht wurden.

So eine Übung ist schon anstrengend, besonders in der kalten Witterung. Schlafsäcke hatte die Bundeswehr damals noch nicht. So konnten wir uns in Ruhezeiten, die recht selten bei dieser Übung waren, in den Zwei-Mann-Zelten nur in sogenannte Schlafdecken „einhüllen" und froren mächtig durch. Im Zweistundentakt mussten wir zu einer Objektschutzübung. Zu schützen war eine angenommene Radarstellung, oben auf dem Berg. Wir hatten jeweils unsere vorbereitenden Stellungen bezogen. Als wir wieder mal gegen 04:30 Uhr abgelöst hatten, ging es los: Lautes Knallen, und der Himmel wurde durch Leuchtmunition hell beleuchtet. Ich lud mein MG durch, denn ich war am Maschinengewehr eingeteilt und schoss immer auf Dauerfeuer in Blickrichtung, ohne etwas richtig zu erkennen. Eine Übungs-Handgranate,

Bezeichnung D3, wurde in unsere Stellung geworfen. Obwohl nur eine Übungshandgranate, war sie doch sehr gefährlich, indem sie erhebliche Verletzungen auf der Haut und, wie geschehen, auch an der Hand verursachen konnte. In einem Fall wurden bei einem Soldaten, der die „ÜB-Granate" nicht rechtzeitig geworfen hatte, nach einer Operation funktionelle Schwierigkeiten festgestellt.

Mein Nachbar in der Stellung hatte eine Granate aber schon „blitzschnell" ergriffen und wieder rausgeworfen. Keine Sekunde zu früh. „Schwirrend" noch in der Luft, explodierte sie mit einem lauten Knall. Wie wir später feststellen konnten, hatten wir kleine Verletzungen im Gesicht. Dann ertönte lautes Gebrüll in englischer Sprache, wie wir noch überrascht registrieren konnten. Wir waren von einer britischen Kampfeinheit, die ansonsten zur Sicherung der Sektorengrenze in Putlos stationiert war und hier als Feinddarstellung fungierte, förmlich überrannt worden. In der Nebenstellung war sehr lautes Geschrei von einem Kameraden zu hören. Er war aufgestanden und hatte versucht, einen der englischen Soldaten und Angreifer auch mit seinem Körper aufzuhalten. Dabei wurde er heftig weggestoßen und brach sich einen Arm. „Feuer einstellen!", hieß es nun mehrfach. „Raus aus den Stellungen und sammeln!" Ein Ausbildungsoffizier im Range eines Leutnants machte die Abschlussbesprechung. Ihn habe ich viele Jahre später in El Paso Texas als Kommandeur und Oberst der deutschen Raketenschule wiedergetroffen. Den Batteriechef haben wir außer bei der sogenannten Grußabnahme nicht mehr zu Gesicht bekommen - auch nicht bei dieser Übung. Die 36-Stunden-Übung war also beendet. Der britische Soldat aus der „Feinddarstellung" entschuldigte sich noch bei dem mächtig lädierten Kameraden, der mit einem SANKA (Sanitätskraftwagen) abtransportiert wurde. Unseren Auftrag hatten wir somit nicht erfüllt. Wie auch, nach einer so verhältnismäßig kurzen Ausbildung und mit diesen gut ausgebildeten britischen Soldaten, die uns völlig überlegen waren? Gottseidank brauchten wir aber nicht unnötigerweise auch noch groß marschieren. Das ging nach der Übung in der Kaserne früh genug wieder los.

In der sogenannten Sportstunde ging es dann einmal bis zur Ostsee, mit unseren Kampfstiefeln vorne kurz hinein, anschließend im Laufschritt mit durchnässten Stiefeln und damit Füßen wieder zur Kaserne zurück. Dort nur kurz säubern, dann zum „Essenfassen" wieder raustreten. So etwas hielt uns nicht nur auf Trab, sondern wir waren auch am Abend schnell „hundemüde", nachdem wir in der Mannschaftskantine noch schnell etwas gegessen hatten - meistens ein kräftiges Bauernfrühstück. Denn die Verpflegung aus der Truppenküche war damals bei allen Mahlzeiten grottenschlecht. Zum Beispiel gab es zum Frühstück ein „Sternchen" Butter oder Margarine, ein wenig Schmalz und dazu eine Scheibe Käse sowie zwei Scheiben Wurst. Der Kaffee schmeckte, wie wir uns amüsierten, nach „Hängolien-Plöre": Es hielt sich das Gerücht, dass ein Mittel im Kaffee sei, um nicht besonders an Geschlechtsverkehr zu denken.

In der Formalausbildung mit Marsch und Gesang kam sehr oft der Befehl: „Volle Deckung!" Das hieß, man muss sich sofort „hinschmeißen". Als Marschlieder sangen wir meistens „Ein Heller und ein Batzen" oder das Panzerlied. Diese und andere Lieder gab es auch schon in der vergangenen Wehrmacht. Wenn wir sie auf Anhieb nicht richtig hinbekamen, wurden wir mehrmals um den Formalausbildungsplatz „gejagt". Ein Liederbuch der Bundeswehr gab es noch lange nicht, deswegen wurden so manche Lieder des Nazi-Regimes gesungen, die erst später verboten wurden. Hinzu kam, dass wir an manchen Abenden zur vorgezogenen technischen Raketen-Ausbildung ins Truppenkino mussten. Dort wurden uns US-Raketen-Ausbildungsfilme in englischer Sprache gezeigt. Für mich blieb es immer ein Brief mit sieben Siegeln. Ich hatte absolut gar nichts mitbekommen. Aber auch die vorgebildeten Elektrotechniker unter uns Rekruten befanden so etwas als nicht gerade brauchbar für ihre Weiterbildung. Wahrscheinich hatten sie auch nicht viel davon verstanden. In diesem Truppenkino durften wir aber eines Abends auch den Spielfilm „Café Europa“ mit Elvis Presley sehen. In diesem Film gab es eine Szene, wo er auch ein paar Sätze auf Deutsch sang: „Muss i denn zum Städele hinaus…“ Der Film sollte auch von seiner Zeit bei einer US-Panzer-Einheit in Deutschland handeln. Er ging mit dem Dienstgrad Sergeant und als ausgebildeter Panzerkommandant wieder zurück in die USA.

Als ich meine Uniformjacke wieder abholen konnte, waren die Flecken immer noch zu sehen. Die konnte ich als Ausgehuniform nicht mehr gebrauchen. Der schon erwähnte Gefreite und Unteroffiziersanwärter aus Hannover half mir. Er ging mit mir zur Kleiderkammer und schilderte der dort gerade anwesenden, angestellten Dame, die er wohl „ganz gut kannte“, meine Misere und wie es dazu gekommen war. Sie musste herzlich lachen und meinte nur: „Dann aber mal fix, ehe der Bekleidungs-Oberfeldwebel wiederkommt.“ So bekam ich eine neue, noch bessere Uniformjacke im Tausch ausgehändigt.

So langsam näherte sich - es war jetzt schon der Monat Dezember geworden - das Ende dieser Grundausbildung. Wir warteten gespannt auf die Einplaner, die kommen würden, um uns mitzuteilen, in welchen Standort der gesamten Luftwaffe wir „abgeschleust“ würden. Aber zunächst bekamen wir zu unserer Freude von Samstagmittag bis Sonntagabend einen Urlaubsschein. Das hieß, diejenigen, die etwa nach Hause fahren konnten - das waren in unserer Batterie nur drei Rekruten - durften bis Montag zum Dienstbeginn wegbleiben. Die anderen, die es zu weit nach Hause hatten, mussten bis 22:00 Uhr am Sonntag wieder in der Kaserne sein. Mit ein paar Kameraden beschlossen wir, nach Lübeck zu fahren, um uns dort zu amüsieren. Wenn wir die ganze Nacht unterwegs sein sollten, wäre das ja in Ordnung. In Lübeck mussten wir aber von Kneipe zur Kneipe ziehen, um zu entdecken, dass es sich nicht lohnen würde, die Nacht „auf den Kopf" zu hauen. Schließlich stellten wir fest, dass an diesem Samstag schon um 20:00 Uhr nichts mehr los war. Also fuhren wir mit dem letzten Zug nach Oldenburg zurück - um doch noch pünktlich zum Schlafen in die Kaserne zu kommen. Es gab für mich danach nur noch ein Wochenende in dieser Ausbildungseinheit. Als ich wieder in das Tanz-Café in Oldenburg ging, konnte ich Karin nicht mehr entdecken.

Die „Anschlussverwendungsmitteilung" ging ziemlich schnell vonstatten. Die meisten auf unserer Stube wurden in Flugabwehr-Raketeneinheiten, manche davon in die ziemliche Einöde wie zum Beispiel in den Westerwald, versetzt. Ich musste nach Wentorf im Bezirk Hamburg zu einer Ausbildungs- und Raketenbatterie der Luftwaffe - wieder eine Grundausbildungseinheit. Dort sollte ich im Geschäftszimmer meine restlichen Dienstmonate versehen.

Manchmal kommt es anders als man denkt!

Uns wurde mitgeteilt, dass wir ab dem 18. Dezember 1961, einem Montag, in den Weihnachts-Heimaturlaub fahren dürften, um uns dann am 4. Januar bei unserer neuen Einheit zu melden. Wir mussten unsere Ausrüstung zusammenpacken. Seesack, Rucksack und Sturmgepäck wurden mit der Anschrift von unserer neuen Einheit versehen und mittels Bahnversand schon in den jeweiligen Standort transportiert. Das Gewehr mussten wir in der Waffenkammer wieder abgeben. So eine Organisation funktionierte noch. Davor lag aber noch ein Wochenende - und so konnten wir am Samstagmittag endlich nach fast drei Monaten das erste Mal wieder nach Hause. Mit mir reiste Friedhelm Sauerbrei aus Dortmund. Er musste nach dem Heimaturlaub an seinem neuen Dienstort Stegskopf-Daden im Westerwald antreten. Bis Dortmund konnten wir also zusammen reisen. In Hamburg hatten wir zwei Stunden Aufenthalt, um unseren Anschlusszug bis Köln mit Station unter anderem in Dortmund zu bekommen. Also bummelten wir ein wenig, unter anderem auch durch die Mönckebergstraße. Mir fiel auf, dass die Menschen uns nicht besonders freundlich begegneten. Manche fragten, ob wir Wehrpflichtige wären. Wir sagten, dass wir es wären, obwohl ich und auch Friedhelm Zeitsoldaten waren. Dann ging es mit der Freundlichkeit etwas besser. Ein Herr sagte nur: „Dann noch viel Spaß bei den ‚Kriegern'". Andere Passanten „knurrten" etwas Unverständliches. Ein älterer Mann brüllte schon von Weitem laut herum. Wir drehten uns um, da wir nicht annehmen konnten, dass er uns gemeint haben sollte. Als er näherkam, spuckte er vor uns aus und schrie: „Ihr dreckigen Soldaten, haut ab aus Hamburg, wir haben die Schnauze voll und wollen nicht schon wieder einen Krieg!“ Friedhelm wollte schon etwas darauf antworten, aber ich deutete an, schnell wegzugehen und diesen offensichtlich unter Alkohol stehenden Mann nicht weiter zu beachten.

Trotz dieser nicht gerade schönen Erlebnisse freute ich mich auf Wentorf bei Hamburg. Ich hatte schon viel von der Stadt Hamburg durch meine Mutter gehört, die auch eine Cousine mütterlicherseits in dem Stadtteil Sternschanze hatte. Meine Großmutter war eine gebürtige Hamburgerin, mit dem Nachnamen Schröder. Deswegen war ich auch gespannt, was ich in meiner Freizeit dort alles entdecken und erleben würde. Im Hauptbahnhof kauften wir uns noch ein wenig zu trinken, und endlich fuhr nun unser Zug in Richtung Westen und damit wieder in unsere Heimat. In unserem Abteil waren noch zwei Mädchen zugestiegen. Sie stellten sich mit Namen vor und sagten, dass sie bei Schwarzkopf in Hamburg in der Ausbildung seien. So hatten wir noch eine „prima“ Unterhaltung. Friedhelm hatte mir zugeflüstert: „Die sehen eher aus, als wenn sie gerade von der Herbertstraße kommen würden - die berühmte Straße auf der Reeperbahn.“ Doch es war uns auch völlig egal. Die Mädchen holten immer mal wieder etwas zu trinken, für uns einmal sogar eine Flasche Sekt, aus dem Speisewagen und so sorgten sie dafür, dass uns die Heimfahrt nicht so lange vorkam.

Friedhelm fiel plötzlich ein, mich nach der Brieffreundin Dolores Striekowski aus Recklinghausen zu fragen. Er hatte mich gleich zu Anfang der Grundausbildung gebeten, mit seiner ehemaligen Bekannten eine Brieffreundschaft zu beginnen. Sie hätte ihn wiederum gebeten, doch einen „netten Kumpel“ für so eine Brieffreundschaft zu vermitteln. Ich hatte schon gar nicht mehr daran gedacht, aber ich hatte ihr tatsächlich zwei Briefe geschrieben - und auch einen mit einem Foto von ihr zurückbekommen. Sie unterschrieb nur mit „Dolly"! Mein Foto – ein Portrait in Uniform, das fast alle bei einem Fotografen in Oldenburg hatten machen lassen - hatte ich ihr, auf ihren Wunsch hin, auch schon zugesendet. Einige, aber längst nicht alle, schrieben in unserer wenigen freien Zeit in der Kaserne damals noch viele Briefe. Ich schrieb außer an meinen Eltern noch an Jürgen, seine Freundin und eine Bekannte in Bergisch-Gladbach. Insofern hatte es mir keine große Mühe bereitet, Dolores auch über das tägliche Leben in der Grundausbildung zu schreiben. „Ja", antwortete ich, „wenn sie mag, kann ich sie ja vielleicht in diesen Tagen im Urlaub einmal besuchen. Denn ich, meine Eltern und meine Schwester sind an Weihnachten zu meinem Bruder und seiner Familie in Recklinghausen eingeladen, mal sehen, ob das klappt." Friedhelm stieg mit den Mädels, die auch bis nach Dortmund mussten, mit großem „Tam-Tam" und Verabschiedung aus.

Nun dauerte es nicht mehr lange, und ich erreichte fast pünktlich den Hauptbahnhof in Köln. Da war ich wieder. Als ich den Dom sah, fühlte ich mich wieder zu Hause. Ich hatte meine Eltern gebeten, mich nicht abzuholen, da ihre gesundheitliche Situation schon da nicht die Beste war. Ich beschloss, durch die bekannte Hohe Straße und die Schildergasse, die berühmten Einkaufsstraßen in Köln, zu Fuß bis zum Neumarkt zu gehen, um das bunte Treiben von Menschen und Geschäften zu genießen. Ich hatte ja nur eine leichte Tasche dabei. Von dort konnte ich mit der Straßenbahn, die in Köln-Sülz ganz in der Nähe unserer Wohnung hielt, nach Hause gehen. Mir kamen die Passanten, denen ich begegnete, viel freundlicher als zuvor in Hamburg. Die meisten lächelten mich an. Ein Herr kam auf mich zu und fragte höflich, was das für ein Uniformmantel sei, den ich anhatte -

der sehe aber schick aus. Wir bekamen damals zu unserem schweren Wintermantel, auch „Pferdedecke“ genannt, einen Uniform-Trenchcoat aus Gabardine-Stoff. Er trug sich gut und sah immer modisch aus. Leider wurde gerade dieses Bekleidungsstück später abgeschafft.

Den ersten Heimaturlaub vom Militär - darüber haben auch schon alle Generationen erzählt. Unsere Väter und Großväter hatten es besonders in Erinnerung, weil sie im Krieg danach oft wieder an die Front mussten. Für so manche blieb es auch der einzige Urlaub - und ihre Angehörigen sahen sie nicht wieder, da sie gefallen waren. Wir hatten das „Glück“, als Bundeswehr-Soldaten einer reinen Verteidigungsstreitkraft zu dieser Zeit in keinen Krieg zu müssen. Aber gewisse Spannungen waren zwischen den Staaten von Ost und West immer gegenwärtig. Diese Jahre bildeten die Höhepunkte im sogenannten Kalten Krieg. Es war ja noch nicht lange her, dass die „Mauer“ durch die DDR errichtet wurde. Wir sollten schon bald erfahren, wie nahe wir auch wieder an einen „heißen“ Krieg herangekommen waren. Aber zunächst folgte für mich die allerherzlichste Begrüßung durch meine Eltern. Ihr Jüngster stand nun wohlbehalten wieder vor ihnen: Zwar ungewohnt, aber doch ganz „schick“ in Ausgehuniform anzusehen. Ich musste viel erzählen. Mein Vater ging mit mir dann am darauffolgenden Tag spazieren und fotografierte mich dabei mehrmals, denn wir mussten ja auch noch drei Monate selbst in unserer Freizeit Uniform tragen. Aber das machte mir nichts aus, da wir ja auch in den vergangenen Monaten gar keine Zivilkleidung getragen, geschweige denn gekauft hatten. Wir waren also dann zu Weihnachten mit meinen Eltern und meiner Schwester bei meinem Bruder und seiner Frau in Recklinghausen eingeladen. Er war dorthin als Polizeibeamter versetzt worden. Die Familie war bereits

„angewachsen“ mit zwei Mädchen und zwei Buben. Das war dann immer eine schöne Weihnacht, besonders durch die kleinen Kinder und ihr lebhaftes Temperament. Mein anderer, ältester Bruder war in Vienenburg am Harz verblieben, und zu seiner Familie zählten zwei Jungs. In Recklinghausen nahm ich Kontakt zu meiner mir „angeratenen“ Brieffreundin Dolores, genannt Dolly, per Telefon auf. Mein Bruder hatte zu Hause ein Telefon. Als Polizeibeamter war das für ihn bevorzugt eingerichtet worden. Meine Eltern hatten immer noch kein Telefon. Meine Mutter sollte erst ein paar Jahre später ein Telefon zugewiesen bekommen.

Wir verabredeten uns in einem „Tanzschuppen“ in Herten. Da wir uns gegenseitig Fotos voneinander zugesandt hatten, sollte es wohl auch keine Mühe bedeuten, dass wir uns erkennen sollten. Ich erblickte sie als erster. Sie stand noch ziemlich unschlüssig im Eingang. Ich hatte sie mir etwas größer vorgestellt, doch in dem Moment sah sie mich auch - und schaute mich fragend mit ihren großen braunen Augen an. An sich ging mir durch den Kopf: „So gar nicht mein Typ.“ Aber wir begrüßten uns freudig, mit einem Küsschen, wie alte Bekannte, und waren fast zwei Stunden in dem Lokal. Nach einer geraumen Zeit - wir hatten getanzt und uns belanglos unterhalten - meinte sie: „Ich glaube, ich muss nun schon nach Hause. Mein Vater, von Beruf Steiger im Bergbau, ist ziemlich streng.“ Ich könne sie ja begleiten. Also gingen wir durch die Straßen, die damals im Ruhrgebiet fast immer mit einem grauen Nebel verhangen waren. Auch die Luft, das konnte ich bemerken, war nicht so wie in Köln: Immer mit einem gewissen säuerlichen und unvermeidlichen Kohlengeruch! Sie hatte mir, während wir nicht besonders eilig die Straßen entlangschlenderten, zugeflüstert, dass ich auch die Nacht bei ihr verbringen könne. Als ich erstaunt nachfragte, erklärte sie:

„Ja, du kannst sogar bei mir im Bett schlafen, meine Eltern haben nichts dagegen, denke ich."

„Vielleicht verschieben wir das erst einmal", meinte ich darauf und konnte auch bemerken, wie bei mir so langsam „Fluchtgedanken" hochkamen.

„Komm doch noch mit rein, ich möchte dich meinen Eltern vorstellen", so Dolly, als wir bei ihr im Zechenreihenhaus - der Rauputz hatte schon eine dunkelgraue Farbe angenommen - angekommen waren.

„Ich möchte aber nicht lange bleiben, denn ich bin ja zu Gast bei meinem Bruder und der Familie, die sollen sich keine Sorgen machen, wo ich nun abgeblieben bin", antwortete ich.

Als wir eintraten, kam sofort auch Vater Striekowski die Treppe herunter, hinter ihm seine Frau, die er als Helene vorstellte.

„Ja da isser ja", sagte er in einer ungewöhnlich hohen Stimmlage. Ich bemerkte, dass mein Foto von mir in Ausgehuniform, welches ich Dolores geschickt hatte, vergrößert in einem Rahmen auf dem Fernseher stand!

„Mudda, machste mal wat zu essen? Die Soldaten haben doch immer Kohldampf!", rief er sogleich. Ich konnte bemerken, dass im Wohnzimmer auch Kinderspielzeug herumlag. Da verspürte ich schon ein paar Schweißperlen auf meiner Stirn. Dolly und ihre Mutter waren sofort in die Küche gegangen.

Dann fuhr er fort: „Also die Dolores hat schon ein ‚Blag' (Ruhrgebiets-Slang: Kind). Dat Mädchen is schon eineinhalb Jahre und schläft schon. Dat Kind is wahrscheinlich von deinem Kameraden, dem Friedhelm aus Dortmund. Aber ich sage dir dat gleich, mit den beiden ging es nich, er hatte nämlich gleichzeitig damals noch eine andere am Laufen, die auch schwanger von ihm war." Und weiter: „Du scheinst ja ein guter Jung zu sein - meine Tochter hat sich sofort in dein Foto, watte uns geschickt hast, verguckt. Aber sie soll nicht wieder reinfallen, mit so nem Strolch. Aber zahlen für dat Kind musser. Ich habe schon bei die „Wehrmacht" angefragt. Dat musste nun erst einmal wissen."

„Meine Güte", dachte ich nur, in was für eine Situation, bist du da nun wieder herein geraten? Gleichzeitig hätte ich, wenn er anwesend gewesen wäre, Friedhelm einfach nur „gewürgt": Hatte er mich doch, so wurde es nun mir klar, wissentlich in so eine Situation gebracht. Er wollte wohl so von seiner eigenen, wie ich nun erfahren konnte, nicht gerade schönen Lage einfach ablenken. Die Mutter kam nun mit Dolly aus der Küche zurück und brachte Stullen und je eine Falsche „Schlegel Pils" für mich und auch für den „Vatta" mit. Dolly schaute mich mit gespanntem Gesichtsausdruck an. Ich versuchte aber ihren Blicken auszuweichen. Ich sagte weiter nichts dazu, sondern erzählte jetzt unter anderem von meinen Erlebnissen in der Grundausbildung und von meinem Bruder, der vorher bei der Autobahnpolizei gewesen war und dort viel erlebt hatte, aber nun froh war, in Recklinghausen seinen Dienst tun zu können und mit seiner Familie jetzt auch hier heimisch wäre. Dabei überlegte ich, wie ich mich nun in „galanter" Weise verabschieden und „aus dem Staub" machen konnte. „So", sagte ich nach fast einer Stunde unvermittelt: „Ich hatte es ja schon zu Dolores gesagt, ich müsste jetzt auch aufbrechen." Mit dem Versprechen, mich nach meinem Dienstantritt in Wentorf sofort wieder zu melden, machte ich mich mit schnellen Schritten auf den Weg.

Alle in der Wohnung meines Bruders und der Familie waren noch wach. Sie saßen im Wohnzimmer, als ich ankam. Meinem Bruder erzählte ich dann von meinem Erlebnis. Er lachte und konnte sich fast nicht beruhigen. Ich sagte ihm, ich würde mich am liebsten gar nicht mehr melden. Wenn ich den Friedhelm mal treffen würde, könne er aber etwas erleben! „Das musst du wissen, aber sei demnächst vorsichtig mit Brieffreundinnen hier im Ruhrgebiet“, meinte er nur. Ich habe später Dolly einen netten Brief geschrieben und ihr mitgeteilt, dass ich noch nicht bereit wäre, mich so jung wie ich noch sei fest zu binden – und wünschte ihr und ihrer Tochter noch alles Gute.

Wentorf, der Ort bei Hamburg - und neue Schicksale

Wie schnell doch solche Tage um Weihnachten und Neujahr immer vergehen! Silvester in Köln erlebten meine Eltern und meine Schwester als Wechsel in das neue Jahr 1962 voller Hoffnung auf bessere Zeiten - auch gleichzeitig wieder als meinen Geburtstag. Viel wurde draußen in der damaligen Zeit noch nicht gefeiert. Auch „Knallerei“ und Feuerwerk wie in der heutigen Zeit gab es noch lange nicht. Auf den Straßen wurden nur ein paar „Knallerbsen“ gezündet, das war es dann. Viele feierten ins andere Jahr zu Hause hinein - zwar gesellig, aber nicht als „überfärbte“ Party.

Ich bekam pünktlich meinen Zug und war nun in Hamburg. Dort stieg ich in die S-Bahn bis Hamburg-Bergedorf, dann ging es weiter mit dem Bus bis Wentorf, Bezirk Hamburg. Warum es Bezirk Hamburg hieß, habe ich nie verstanden. Die Kreisstadt Schwarzenbek in Schleswig-Holstein war für alle behördlichen Angelegenheiten zuständig. In Wentorf gab es die Bismarck-Kaserne und die Bose-Bergmann-Kaserne. Ich muss gestehen, dass ich von einem Namen Bose Bergmann noch nie etwas vernommen hatte. Ganz im Gegensatz zu Reichskanzler Otto von Bismarck, der ja auch ganz in der Nähe von Wentorf, nämlich in Aumühle-Friedrichsruh, mal seine Residenz hatte. Der andere, so konnte ich dann erfahren, war ein preußischer General, Julius Friedrich Wilhelm Graf von Bose-Bergmann, der auch an den Frankreichfeldzügen 1870/71 beteiligt war. Die Namensgebung erfolgte in den 1930er Jahren, das passte dann wohl. Statt den soldatischen Neuanfang mit einer Bundeswehr in einem freiheitlichen Rechtsstaat zu nutzen und entsprechend andere Kasernennamen zu wählen, behielt man lieber die alten. Wenn sie nicht gerade „Hermann Göring Kaserne" hießen. Aber zum Beispiel Lettow-Vorbeck-Kasernen, benannt nach dem ehemaligen Kommandeur der sogenannten Schutztruppe in Deutsch-Ostafrika während des ersten Weltkriegs und wegen nachgewiesener Grausamkeiten durch die Deutschen sehr umstritten, gab es noch einige Jahre als Kasernennamen in Norddeutschland.

Doch jetzt musste ich erst einmal fragen, wo meine Einheit wäre - sie war nicht weit von der Hauptwache entfernt – und musste mich beim „Spieß" melden. Das Geschäftszimmer war ziemlich groß. Ein unfreundlicher Stabsunteroffizier, der am Schreibtisch saß, schaute gar nicht auf, als ich mich korrekt meldete, sondern meinte nur, ich solle erst mal warten. Ich versuchte, freundlich zu sein und bemerkte, dass wir nun wohl zusammenarbeiten würden, denn ich solle bei ihm im Geschäftszimmer fungieren. Er antwortete: „Da bilden Sie sich mal nicht ein, mit mir zusammenzuarbeiten. Sie bekommen von mir Weisungen, sonst nichts, verstanden?!" Dann ging er zu einer Klappe an der Wand und klopfte. Die

Klappe wurde hochgeschoben und der Spieß, Hauptfeldwebel Bunte, steckte seinen Kopf raus. Mürrisch betrachtete er mich, nachdem ich mich „zackig" gemeldet hatte:

„Sie gehen auf die Stube 54, dort sind noch zwei andere Kameraden mit Ihnen angekommen. Los, Sachen wegbringen, und hier bei Ihrem Stabsunteroffizier den Dienst antreten!"

„Jawohl Herr Hauptfeldwebel!", kam es von mir, wie ich es gelernt hatte.

Ich ging auf die Stube und begrüßte meine neuen Stubengenossen. Sie kamen beide hoch vom Norden her: Der eine aus Flensburg, er war wehrpflichtig und bei der Bundesbahn beschäftigt. Der andere kam ganz aus der Nähe der dänischen Grenze und konnte auch dänisch sprechen. Er war auch nur wehrpflichtig. Also war ich der einzige Zeitsoldat. Beide waren als sogenannte Hilfsausbilder eingeteilt und sollten nochmal vierzehn Tage eine besondere Ausbildung erhalten, wie mir der Bundesbahnbeamte missmutig mitteilte.

„Wir können ja tauschen", hörte ich mich selber überraschend sagen. Wahrscheinlich war mir die Lust auf einen verhältnismäßig ruhigen Job durch das unfreundliche Benehmen im Geschäftszimmer bei meiner Ankunft vergangen.

„Wenn das gehen würde, wäre ich dir sehr dankbar", sagte er. Wir gingen erneut zum Spieß, trafen ihn auf dem Flur, weil er gerade im Begriff war, zu Tisch zu gehen. Er sagte nur:

„Mit mir mitgehen, damit ich keine unnötige Zeit in meiner Mittagspause verliere! Was wollen Sie denn?" Ich trug unser Anliegen zum Tausch der Tätigkeiten vor. Er murmelte etwas in sich hinein, sagte aber dann zu uns nur: „In Ordnung, melden Sie den Tausch und meine Genehmigung im Geschäftszimmer!"

Zwei Tage später begann in einem anderen Gebäude für alle sogenannten Hilfsausbilder dann eine „Spezialausbildung“, wieder mit vielen Geländeübungen und Nachtalarmen. Es wurde auch beigebracht, wie wir mit Vorschriften in den Unterrichten umzugehen hatten. Danach waren wir nun ziemlich gut physisch auf der Höhe und hatten mehr „Rüstzeug“ für die Aufgabe eines Ausbilders bekommen. In meiner Einheit wurde ich zu einer Gruppe unter der Führung vom Gefreiten und Unteroffizieranwärter Oester zugeteilt. Er kam aus Baden-Württemberg und „brüllte“ manchmal ziemlich unverständlich herum. Wenn die neuen Rekruten raustreten mussten und nicht schnell genug liefen, rief er: „Komme se, komme se, die Kamerate watte schon auf ihnen!“ Die anderen Gruppenführer, Unteroffiziere und Zugführer lachten sich dann schier weg. Wir Neuen grienten nur, denn laut lachen über so etwas, das trauten wir uns noch nicht.

Damals hätte ich nicht gedacht, dass ich fast eine Ewigkeit Ausbilder bleiben würde. Aber wer weiß schon, was das Schicksal bereithält?! Zunächst konnten wir aber unser neues Wissen „an den Mann“ bringen. Es wurde verhältnismäßig hart ausgebildet. Es gab damals im Lese- und Aufenthaltsraum nur ein Radio und ein riesiges Aquarium - wohl ein besonderes Hobby vom Spieß. Was draußen in der Welt passierte, konnten wir nur aus den Zeitungen, die im Aufenthaltsraum auslagen, oder hin und wieder in den Nachrichten aus dem Radio hören. Ein Radio hatte auch mein Stubengenosse Momme Lahn aus Niebüll an der dänischen Grenze. Daher bekamen wir mit, dass es wohl Spannungen zwischen den USA und der Sowjetunion gebe, wegen Raketen, die von den Sowjets auf Kuba stationiert werden sollten.

Der Ausbildungsoffizier, Leutnant vom Schlöffen, stach besonders durch übermäßig preußisch-militärisches Benehmen hervor. Er hätte auch gut in die vergangene Zeit gepasst. Ständig wurden alle Ausbilder von ihm angehalten, „schärfer“ auszubilden. Während der Geländeausbildung, die Kompanie war gerade angetreten um wieder in die Kaserne zu marschieren, stellte er sich vor den Männern hin. In der rechten Faust hielt er eine Feldmaus, die mit dem Kopf hervorlugte. „Mal hersehen!“, rief er: „Wenn Sie nicht parieren, kann es Ihnen so wie dieser Maus ergehen.“ Dann drückte er mit dem Daumen den Hals der armen Maus zu, bis sie tot war. Dabei „quiekte“ diese so laut, wie ich es noch nie gehört hatte. Alle, besonders auch die neuen auszubildenden Rekruten, waren darüber erschrocken und empört. Aber keiner wagte es aufzubegehren. Eine Beschwerde, möglichst direkt an den Wehrbeauftragten gerichtet, hätte auch schon zur damaligen Zeit eventuelle Konsequenzen für den Offizier bedeutet. Eine übliche Beschwerde aber, auf dem sogenannten Dienstweg, so meine Meinung, hätte wahrscheinlich nur eine lasche Rüge für ein derartiges Benehmen dieses „Herrenmenschen“ - so sah er sich sicherlich selber - hervorgerufen. Aber auch hier konnte ich sehr viele Jahre später wieder etwas von diesem „schneidigen Offizier“ erfahren. In Zeitungen und Fernsehen wurde einige Wochen nach dem Mauerfall berichtet, dass ein langjähriger Spion, der für den Staatssicherheitsdienst der DDR Industrie- und Militärgeheimnisse verraten hatte, endlich gefasst sei. Sein Name: „Engelbert vom Schlöffen“, mit dem Reservedienstgrad eines Oberstleutnants.

Der Kompaniechef, ein Bayer, war vor seiner Bundeswehrzeit Amtmann in einem Landesministerium. Er wechselte mit dem Dienstgrad Hauptmann zur Teilstreitkraft

Luftwaffe. Sein spezieller Freund Obergefreiter Gossauer war auch aus Bayern. Meistens wurde der Chef nur gegenwärtig, indem er in seinem bayerischen Tonfall rief: „Obergefreiter Gossauer, kommen Sie sofort in mein Büro!“ Mein Gruppenführer überließ mir nur die für ihn unbequemen Unterrichte. Ich stellte fest, dass mir Unterricht zu geben besonders lag. So musste ich alle Waffen- und Geländeunterrichte in der Gruppe durchführen.

Gegenüber der Kaserne befand sich eine „kleine Kneipe“ mit dem Namen „Bei Maly“. Das Lokal wurde immer gut besucht. Man hatte es ja auch nicht weit, vom Kasernentor gerade mal über die Straße zu gehen. Maly, eine noch junge und attraktive Frau hinter ihrer Theke und auch Inhaberin, hatte sich immer recht sexy zurecht gemacht. Sie war zu jedem, egal was für einen Dienstrang ein Gast trug, ausgesprochen charmant und freundlich. So meinte so mancher Soldat, nur er werde besonders bevorzugt behandelt. Das steigerte natürlich ihren Umsatz ungemein. Eines frühen Abends, nach Dienstschluss, standen wir mit vier weiteren Personen an der Theke, mit dem Rücken zur Eingangstür. Plötzlich ertönte lautes Schreien: „Schnauze halten, und du Schlampe hinter der Theke, her mit deinen Einnahmen!“ Erschrocken drehte ich mich um. Ich sah drei vermummte Gesichter mit großen Messern in der Hand. Da schrie einer schon, dicht zu mir gewandt: „Sofort umdrehen!“ Sie sprachen das Deutsche ziemlich hart aus, es klang wie eine slavische Sprache. Ich schielte nach links. Dort war ein recht großes Fenster mit Blickrichtung auf die Hauptwache. Da sah ich schon drei „hochgewachsene“ Marinesoldaten auf die Kneipe zulaufen. Die Angreifer schienen das nicht bemerkt zu haben, sie waren damit beschäftigt, das Geld, das Maly aus ihrer Kasse nicht sonderlich schnell herausholte, an sich zu raffen. Da waren die drei „Mariner“ auch schon im Lokal angekommen. Sie stürzten sich ohne zu zögern auf die Männer und drückten zwei von ihnen zu Boden. Der andere versuchte aus dem Eingang zu „entwischen“, da sprangen Momme und ich diesem „Mistkerl“ kurzerhand auf den Rücken, sodass er hinfiel. Dabei wurde Momme durch das Messer, das der Angreifer immer noch in der Hand hielt, am Arm leicht verletzt. Jetzt schrien wir die Gangster an: „Auf dem Boden bleiben!“ Maly hatte schon den Polizeiruf gewählt – und es dauerte nicht lange, da kam aus Richtung Bergedorf ein Polizeiwagen mit Blaulicht. „Gut gemacht, Jungs“, so der eine Polizeibeamte: „Aber auch ein wenig gefährlich. Diese drei ‚Vögel‘ haben in Hamburg und im Kreis Lauenburg schon länger ihr Unwesen getrieben. Wir müssen noch herausfinden, aus welchem Land sie kommen. Aber eins steht fest, bei euch waren sie wohl an einer falschen Stelle.“

Sympathisch war auch, dass die Marinesoldaten es als nichts Besonderes empfanden, sofort eingegriffen zu haben. Später machte ich mir Vorwürfe, nicht auch schon gleich etwas unternommen zu haben, als diese Drei bei Maly reingekommen waren. Aber nachdem wir auf der Polizeistation unsere Aussagen zu Protokoll gegeben hatten, wurden Momme und ich gelobt, so überlegt und ruhig gehandelt zu haben. Jedenfalls hatte Maly an dem betreffenden Abend eine Runde nach der anderen ausgegeben - und wir fielen erst spät auf unserer Stube ins Bett.

Manchmal, und das immer öfters, sieht man sich zweimal. Einmal begab sich das sehr viele Jahrzehnte später in der Provinz Zeeland in den Niederlanden. Unsere neuen Nachbarn, auch mit einem stehenden Wohnmobilheim, welches sie gerade erworben hatten, hatten meine Frau und mich zu einem guten Glas Wein eingeladen. Im Laufe der

Unterhaltung kamen wir dann auch auf unsere Bundeswehrzeit zu sprechen. Ich erzählte unter anderem, dass ich vor einigen Jahren als Berufssoldat in Köln-Wahn in den Ruhestand getreten war. Erich-Wilhelm erzählte dann von seiner Zeit als Wehrpflichtiger bei der Marine, unter anderem auch in Wentorf bei Hamburg. Ich staunte nicht schlecht, aber ahnte schon etwas. Nach einer Weile fragte ich ihn:

„Warst du nicht einer von den Jungs, die damals bei Maly die Angreifer niedergestreckt hatten?"

Jetzt staunte Erich-Wilhelm: „Ja das waren wir, zwei Jungs von der Luftwaffe halfen dann, endgültig diese drei Verbrecher zu überwältigen und der Polizei zu übergeben."

Ich gab zu erkennen, dass ich der eine Luftwaffensoldat war. Da wurde der Abend noch ziemlich gemütlich. Er bemerkte dann noch - was ich nicht wissen konnte -, dass er für Maly als gelernter Dekorateur die Preisschilder und auch verschiedene Dekorationen gefertigt hatte. Leider ist er dann nach verhältnismäßig kurzer Zeit unseres Kennenlernens verstorben.

Die STURMFLUT!

Der 16. Februar 1962, ein Freitag, war ein ziemlich stürmischer Tag. So gegen Mittag „windete" es schon heftig. Wir waren auf dem Formalausbildungsplatz mit unseren Ausbildungszügen und hatten mit den Rekruten „Marschieren und Wendungen" geübt. Das gestaltete sich schon schwierig. Es flogen die Kopfbedeckungen fort, und wenn sich ein Soldat im Stillgestanden nach Befehl umdrehen sollte, gelang das wegen des Sturms nur sehr bedingt. Nach dem Abendessen gingen dann einige Unteroffiziere und auch wir

„Hilfsausbilder“ noch rüber zu Maly. Nach ein paar Bier und ein wenig „Geflirte“ mit vier anwesenden Damen verabschiedeten wir uns, denn am nächsten Tag, einem Samstag, war noch bis Mittag Dienst. Es standen Unterrichte zum Thema „Rechte und Pflichten“ des Soldaten an. Da mussten wir mit unserer Gruppe dabei sein, wenn der Zugführer den Unterricht abhielt und uns Notizen machen. Daher wollte ich mich auch noch ein wenig vorbereiten.

Als wir aus dem Lokal gingen, bemerkten wir schon einen ziemlichen Sturm, eigentlich nicht bemerkenswert in dieser Gegend. Dass aber Dachziegeln von den Dächern der Kasernengebäude fielen, das war doch schon eher ungewöhnlich. Wir hörten noch in der gesamten Nacht, dass der Sturm gepaart mit Regen immer mehr zunahm und auch ab zu „Geklirre“ von weiteren Dachziegeln, die von den Dächern der Gebäude fielen. Am anderen Morgen begannen wir nach dem Frühstück mit den Unterrichten. Nach einer Pause ertönte gegen neun Uhr plötzlich die große Alarmsirene, und es hieß: „Alle raustreten!“ Der Spieß kam, er wohnte in Hamburg und hatte vor, ab Mittag ins Wochenende zufahren: „Männer, heute Nacht sind in Hamburg beide Deiche bei Neuenfelde-Harburg gebrochen. Wilhelmsburg, das alte Land Finkenwerder und weitere Orte sollen vollkommen überschwemmt sein. Wir sind gebeten worden, zunächst mit Freiwilligen in Hamburg-Wilhelmsburg dabei zu helfen, das Wasser mit Sandsäcken nicht weiter eindringen zu lassen.“ Natürlich meldeten sich alle freiwillig. Dann mussten wir unsere Feldanzüge anziehen, ein sogenannter „jagdmelierter Kampfanzug“ aus Stoff, der von Anfang an als völlig ungeeignet erschien, da er bei Nässe immer schwerer wurde. Aber wir hatten ja nichts anderes. Die Fahrzeuge fuhren im Wechsel zu unserem Einsatzort. Die Fahrt dorthin war schon eine

Zumutung für den Fahrer, er fuhr teilweise durch ziemlich hohe Wasserflächen. Wir hinten auf der Ladefläche dachten schon, dass wir nasse Füße bekommen würden.

In der betroffenen Gegend gab es noch viele Kleingartenkolonien mit sogenannten Behelfsheimen. Die Bewohner hatten sich, immer noch wegen des gehörigen Wohnungsmangels - zum Teil gab es auch noch Ausgebombte des Zweiten Weltkriegs -, dort ihre „Lauben" wohnlich ausgebaut. Das kannte ich ja noch aus Köln-Höhenhaus. Vor Ort hatte ein Oberstleutnant von den Heeres-Pionieren das Kommando. Unsere Einheit wurde eingeteilt, mit Sandsäcken das Wasser abzudrängen. Alles war schon vorhanden und wie mir schien auch gut durchorganisiert. Es waren auch Feuerwehr und andere Organisationen wie Malteser Hilfsdienst und Technisches Hilfswerk vor Ort. Selbst die Bauern aus der Gegend, die schon viele Verluste ihres Viehs auf den Weiden feststellen mussten, halfen mit Treckern und weiteren Geräten. Wir schufteten, was wir konnten. Da fiel mir auch ein, dass ich schon mal etwas über so eine gefährliche Flut mitbekommen hatte. Als Kind sah ich im Jahr 1953 einmal im Kino in Vienenburg vor dem Hauptfilm „Die Fox Tönende Wochenschau". Darin gab es einen Bericht über die große Flut in den Niederlanden, vor allem in Zeeland und den südlichen Provinzen, aber auch in Teilen von Belgien. Die Schäden waren von einem sehr großen Ausmaß, und es waren über 800 Tote zu beklagen.

Wie groß die Schäden hier in Hamburg und Teilen von Schleswig-Holstein und Niedersachsen-Friesland waren, sollten wir erst später richtig erfahren. Jetzt ging es darum, soweit es ging, das Wasser nicht höhersteigen und weiter ins Land eindringen zu lasen. Ein Oberleutnant hatte sich seine Offiziers-Schirmmütze zum Feldanzug aufgesetzt, damit er wohl besser als Offizier zu erkennen sein sollte. Er schrie dauernd oberhalb des gebauten provisorischen Deiches herum. Wir konnten durch den immer noch starken Wind nicht allzu viel verstehen, nur dass er immer irgendwelche Anweisungen gab. Das war einem älteren Oberfeldwebel doch schließlich zu viel geworden. Er rief durch die hohle Hand:

„Oberleutnant, wenn Sie hier was zu sagen haben wollen, dann kommen Sie hier zu uns und packen mit an, statt hier nur rumzuschreien!"

Der Offizier entgegnete: „Was erlauben Sie sich? Ich nehme Sie vorläufig fest, kommen Sie sofort hier her!"

Alle, die dort immer weiter unter körperlichem Einsatz arbeitenden, lachten nur. Da griff der Oberstleutnant vom Heer ein, der das Ganze wohl mitbekommen hatte:

„Herr Oberleutnant, Sie verschwinden jetzt von hier, vorher geben sie mir noch den Namen ihres Einsatzführers."

„Das bin ich selbst."

„Umso bedauerlicher, ich kann sagen, deprimierend! Dann geben Sie mir den Namen ihres Kommandeurs. Und dann hinfort mit Ihnen, ich will Sie hier nicht mehr sehen."

Wie sich herausstellte, war er in einer Nachbar-Ausbildungseinheit in der Bismarck-Kaserne der Batteriechef. Später sah man ihn tatsächlich nicht mehr. Er soll wohl versetzt worden sein. Es gab noch einen kurzen Applaus für den Pionier-Oberstleutnant vom Kommando, wahrscheinlich hatte er im Krieg auch schon „ganz andere Situationen" mit dieser Art von Offizieren erlebt.

Ein Fluss Pionier-Feldwebel kam und fragte, ob Soldaten mithelfen könnten, in ihren Schlauchbooten die überfluteten Kleingarten-Kolonien abzusuchen und Menschen aufzuspüren, die dort wohl noch auf den Dächern der Behelfsheime ausharrten, sie zu befreien und zu bergen. Ich meldete mich sofort, ohne mich abzumelden, denn ich sah meinen Zugführer Feldwebel Heinz Ehmann nicht gleich. Auf den Behelfsheimen sollten tatsächlich immer noch Menschen ausharren. Das Wasser war bis zur Kante der Dächer gestiegen. Wir sollten von ihnen so viele bergen wie möglich. So langsam tauchten vor uns die ersten Behelfsheime auf, und wir konnten erkennen, dass sich auf einigen der Dächer etwas bewegte. Doch als wir beim ersten Heim angekommen waren, bemerkten wir ein älteres Ehepaar, das wie regungslos auf dem Dach lag und auf unser Zurufen nicht reagierte. Wahrscheinlich waren sie durch Erschöpfung und die Kälte umgekommen. „Die werden durch ein anderes Boot, gleich hinter uns, geborgen. Wir sollen möglichst die lebenden Personen mitnehmen", so der Bootsführer, ein Unteroffizier.

Er sprach hastig in ein Funkgerät, Modell PRC 6/6 - ein US-Gerät aus Army-Beständen. Dann sagte er zu mir: „Die Kameraden legen sofort an und bergen diese Personen. Wir fahren erst mal weiter." Von einem Dach vernahmen wir plötzlich Rufen und Winken. Ich erkannte zwei junge Frauen, eingehüllt in Bettbezüge. Als wir sie fast ohne Mühe in das Boot reingezogen hatten, erkannte ich, dass es Zwillinge waren. Sie wollten am Vortag, schon ziemlich spät, zu ihren Großeltern. Diese hatten wohl nach einer Warnmeldung so eine Ahnung gehabt und waren zu den Eltern der Mädchen nach Hamburg-Wandsbek gefahren - obwohl keiner wissen oder voraussagen konnte, dass so etwas Schlimmes passieren würde. Die beiden Zwillinge wussten, wo der Schlüssel vom Behelfsheim lag. So beschlossen sie, erst einmal dort zu übernachten, um dann am anderen Morgen mit öffentlichen Verkehrsmitteln wieder nach Hause zu fahren.

Da wurden sie von dieser Jahrhundertflut überrascht. Das alles erzählten sie uns aufgeregt.

„Noch eine Person bergen, dann erst mal ans Ufer und wieder rausfahren!“, entschied nun der Unteroffizier. Wir kamen dicht an einem anderen Behelfsheim vorbei. Dort lag ein Mann zusammen gekauert. Ein Hund bellte ununterbrochen.

„Lasst uns dort ranfahren“, bat ich.

Ein anderer sagte: „Ein Hund? Und der Mann ist wahrscheinlich nicht mehr am Leben. Das ist nicht mein Auftrag!“

Ich bettelte förmlich doch ranzufahren. Wir erkannten, dass der Mann älter sein musste. Auf Zurufen reagierte er nicht. Ich hatte mich schon auf das Dach „gehievt“, dabei wäre ich beinahe ausgerutscht und ins Wasser gefallen. Der Hund, wahrscheinlich eine Labradormischung, hörte auf zu bellen. „Na gut, wir nehmen den Mann mit“, erklärte jetzt der Unteroffizier. Das war nicht so einfach. In einer solchen Situation hatte ich mich noch nie befunden und natürlich auch keinerlei Erfahrung.

Aber es gelang uns, den fast steifen Körper des Mannes in das Boot zu ziehen. Es stellte sich heraus, dass der Mann doch noch leben musste, ich hatte ihm am Hals den Puls gefühlt. Er war nur schwer wahrzunehmen und ganz schwach. Die Hündin bellte jetzt nicht mehr, sondern ließ uns, nachdem sie anfangs leise geknurrt hatte, an ihr Herrchen ran. Ich nahm nun auch den Hund, indem ich ihm ruhig zuredete, auf den Arm und mit aufs Boot. Wir fuhren schnell in Richtung Ufer, um dort den bereitstehenden Rettern die Mädels, den älteren Herrn und auch den Hund zu übergeben. Die beiden Geschwister hatten sich die ganze Zeit eng aneinander gekuschelt und mit weit aufgerissen Augen nichts mehr gesagt. Jetzt waren sie froh, in behutsame Hände der Helfer zu kommen und versorgt zu werden. Der ältere Herr wurde mit einem Rettungswagen, der von einer niederländischen Einheit bereitstand, in eine Klinik gebracht, die noch angefahren werden konnte. Sofort ging es wieder raus. Man musste sich beeilen, denn es konnten ja immer noch einige ältere Menschen auf den Dächern sein. Zwar waren Handscheinwerfer auf dem Boot, doch damit konnte man nicht weit genug und deutlich sehen. Ich machte mich weiter nützlich. Irgendwelche Gefühlsempfindungen hatte ich dabei ausgeschaltet und konzentrierte mich nur auf unsere Arbeit. Schließlich gingen meine körperlichen Kräfte dem Ende entgegen. Es war auch noch eine amerikanische Einheit angekommen, sie hatte ganz neue und moderne Schlauchboote dabei. Sie übernahmen dann die weitere Bergung von den Dächern.

Das Rote Kreuz hatte eine Art Versorgungszelt aufgebaut. Dort versorgten sie, soweit es ging, alle Helfer aber auch die Flutgeschädigten, zunächst mit warmem Tee und Sandwichs. Einige Flutgeschädigte wurden erst einmal in Schulen oder größeren Gebäuden, wie auch Bäckereien, untergebracht, damit sie sich ihrer nassen Kleidung entledigen und andere Sachen anziehen konnten. Da wussten wir noch nicht, dass das bereits der Innersenator von Hamburg veranlasst hatte. Ich zog meinen Parker aus, legte ihn auf den Boden und streckte mich erst einmal darauf nieder. Ich hatte erfahren, dass meine Einheit bereits wieder nach Wentorf abgerückt war, aber eine weitere Ablösung noch kommen würde. Eine „mütterlich“ aussehende Rotkreuz-Helferin drückte mir ein Sandwich und einen Becher Tee in die Hand: „Hier ming Jung, hab auch einen Schuss Rum rinn gemacht - nun erst mal wech damit, sonst fällst noch ganz aus!“ Nachdem ich alles zu mir genommen hatte, muss ich wohl eingenickt sein. „Ach, da sind Sie also“, hörte ich plötzlich sehr laut eine

Stimme sagen: „Wir haben Sie schon gesucht.“ Es war mein Zugführer, Feldwebel Heinz Ehmann! Hätte mir zu dieser Zeit jemand gesagt, dass ich ihn fast elf Jahre später einmal als Kompaniefeldwebel in Budel (Niederlande) ablösen würde, ich hätte es nicht für möglich gehalten. Denn nach wie vor wollte ich nur die zwei Jahre „abreißen“, um dann wie vorgesehen bei einem großen Autokonzern anzufangen. Ich meldete ihm also, was ich da draußen nun gemacht hatte. „Na, ich habe mir schon so etwas gedacht, mir haben einige Kameraden ja mitgeteilt, dass Sie auch bei den Pionieren mitgeholfen haben. Aber abmelden, das müssen Sie wohl noch lernen. Aber jetzt ruhen Sie sich mal weiter aus und fahren dann gegen Abend mit uns zurück. Die Nächsten kommen erst wieder am anderen Tag.“ So half ich weiter mit, den Deich zu festigen und zu erhöhen, obwohl meine Kräfte immer mehr nachließen.

Als wir mit unserer Crew wieder in die Kaserne zurückfuhren, - es war da nicht mehr um Freiwilligkeit gegangen, sondern die eingeteilten Soldaten als Helfer standen nun befohlen fast rund um die Uhr bereit - kamen wir auf der Berliner Straße Richtung Wentorf an dem Tanzlokal „Wald Schlösschen“ vorbei. Draußen standen ein paar jugendliche Personen. Als wir auf deren Höhe vorbeifuhren, beschimpften sie uns als „Bundeswehr-Arschlöcher“ und mit noch schlimmeren Schimpfworten. Der Fahrer des NATO-Fords, ein Hauptgefreiter, bei dem ich vorne mit im Führerhaus sitzen durfte, wollte schon anhalten. Aber ich sagte: „Lass mal, alle wollen ins Bett, mit denen werden wir uns noch mal später auseinandersetzen.“ Ich muss gestehen, dass ich sehr wütend war. Wir waren für ihre Mitbürger im nicht ungefährlichen Einsatz, um nach dieser schlimmen Flut den Schaden und damit auch das Leid etwas zu lindern, und diese Leute hatten nichts anderes zu tun, als ihren Vergnügungen nachzugehen und uns auch noch zu beschimpfen. Das sollte doch mal, wenn dieser Einsatz von der Bundeswehr beendet sein sollte, deutlich angebracht werden. Ich hatte ich vor, das mit einigen Kameraden „mal vor Ort zu klären“.

Der Macher und Spitzenorganisation

So nach und nach erfuhren wir genau, wer diese Rettungsmaßnahmen während der Flutkatastrophe in Hamburg geleitet hatte. Es war der damalige Innensenator Helmut Schmidt. Es gab damals noch keine Notstandsgesetze, und das Militär durfte laut Verfassung nur zur Landesverteidigung herangezogen werden. Trotzdem hatte er sofort den Kontakt hergestellt. Dieser Innensenator wischte - Gott sei Dank - alle Bedenken beiseite. Als er am Morgen gegen sechs Uhr informiert wurde, standen zwanzig Prozent der Stadt unter Wasser. Er koordinierte, flog mit einem Hubschrauber zu den größten Brennpunkten, und alle Maßnahmen blieben in seiner Hand. Bedenkenträgern, die immer wieder auf Weisungen und Gesetze hinweisen wollten, soll er nicht zugehört haben oder schickte sie nach Hause. Alles, was zur Verfügung stand, wie Militär, Rotes Kreuz, Technisches Hilfswerk und andere, stellten sich unter „sein Kommando“. Diesen großartigen Staatsmann durfte ich später noch als Verteidigungsminister und späteren Bundeskanzler erleben. Der damalige Regierende Bürgermeister Paul Nevermann hielt sich in einer Kur auf und war noch auf dem Rückweg nach Hamburg, somit konnte Helmut Schmidt handeln. Dabei kamen ihm auch seine guten Beziehungen zur Bundeswehr und zur NATO zugute. Es gab mehr als 15.000 Obdachlose, 320

Tote, auch 4000 Nutztiere fielen der Flut allein in Hamburg zum Opfer, wie einige Wochen später veröffentlicht wurde. In unserer Kaserne wurden zwei Gebäude, in die erst noch eine weitere Marineeinheit einziehen sollte, vorläufig den Flutgeschädigten zur Verfügung gestellt, die nun keine Bleibe oder Wohnmöglichkeiten mehr hatten. In den einzelnen Stuben waren bis zu sechs Betten vorhanden. Alles, was weiterhin gebraucht wurde, von der Bettwäsche bis zu den nötigen Körperpflegemitteln, wurde bereitgestellt. Auch für Verpflegung und ärztliche Betreuung wurde ausreichend gesorgt. Für je eines dieser Gebäude wurde ein länger dienender Zeitsoldat abgestellt, der die Wünsche und Anliegen in Empfang nahm. Von unserer Einheit war es der bayerische Obergefreite Gossauer.

An einem Abend machte ich mich nach Dienstschluss noch auf den Weg zur Mannschaftskantine, um ein „Holsten Pils" zu genießen. Da kamen mir zwei junge Frauen mit einem Hund an der Leine entgegen. Sollten es die beiden Geschwister und Zwillinge sein, die wir von einem Behelfsheim befreit hatten? Als ich näherkam, erkannten wir uns. Die Hündin hatten sie, da sie den Namen nicht kannten, „Mary" genannt. „Das ist aber eine Überraschung - und wie schön, dass ihr den Hund mitgenommen habt. Ich hatte mir schon Sorgen um das Tier gemacht", sagte ich. Dann erzählten sie, dass ihre Großeltern ja nun erst einmal bei ihren Eltern in der kleinen Drei-Zimmer-Wohnung bleiben würden und sie gerne das Angebot angenommen hätten, zunächst hier in der Bose Bergmann Kaserne unterzukommen. Den Hund wollten sie so lange betreuen, bis es dem älteren Herrn wieder besser gehen sollte und er aus dem Krankenhaus entlassen werden konnte. Wir umarmten uns, und die beiden drückten mich so sehr, dass ich fast keine Luft mehr bekam. Aber auch die

Hündin sprang an mir hoch, und ich musste sie erst einmal ausgiebig streicheln. Ich versprach den beiden Schwestern, sie bald einmal in den nächsten Tagen in ihrer „ersatzweisen Behausung“ zu besuchen.

Ein erst vor Kurzem versetzter Fähnrich ging gerade auf der anderen Straßenseite und hatte wohl meine Begrüßung und das Wiedersehen mit den Beiden mitbekommen. Er war erst seit einem Tag in unserer Einheit. Seltsamerweise sollte er an sich schon vor der Flutkatastrohe zu uns versetzt werden, angeblich war er aber krank geworden. Ich traf ihn auf dem Flur unserer Batterie, als ich gerade zu meinem Zugführer wollte, um den Dienstplan für den anderen Tag abzusprechen, da ich jetzt auch als verantwortlicher Gruppenführer eingeteilt war. Er hielt mich an:

„Sie haben sich ja schweinisch benommen!“

„Wie oder was?“, fragte ich.

Er meinte, dass ich einfach zwei Mädels, die bei uns in der Kaserne Schutz bekommen hätten, umarmen würde, das wäre von mir ein unvergleichliches Vergehen. Ich war so perplex, dass ich zunächst nicht antworten konnte. Doch „Heinzi“, mein Zugführer, gerade zum Oberfeldwebel befördert, kam auch auf dem Flur entlang. Bei ihm war noch Stabsunteroffizier Molenbreaker, ein echter gebürtiger Kölner. Er war Amateurboxer und trainierte die meiste Zeit bei einem bekannten Boxclub in Hamburg. Sportfördergruppen der Bundeswehr gab es noch nicht, so wurden die Einheitsführer angehalten, Sportler in ihren Einheiten zu unterstützen, was aber immer nach „Gutdünken“ geschah. Beide hatten wohl mitbekommen, wie mich dieser nun auch „Bald-Leutnant“ angegangen war.

Sie zogen den untersetzten Fähnrich von mir weg, und mein Zugführer schrie ihn sogleich an, was sonst nicht so seine Art war: „Was bilden Sie sich eigentlich ein, einen Soldaten, der sich vorbildlich mit den anderen eingesetzt hat, um bei der Flutkatastrophe zu helfen, hier so zu behandeln?! Wie ich mitkommen habe, sind diese beiden Mädels von den Kameraden und eben meinem Gruppenführer, den Sie hier soeben beleidigt haben, in Sicherheit gebracht worden! Wenn Sie sich nicht auf der Stelle entschuldigen, melde ich Sie dem Bataillons-Kommandeur. Dann werden wir schon sehen!" Er fügte noch hinzu: „Verdammt, kommt hier zu uns angeschlichen und zieht hier so eine gemeine Nummer ab!" Der Fähnrich entschuldigte sich schließlich bei mir und bot mir später auch das Du an. Allerdings mit der Beförderung zum Leutnant, die dann nach einem Monat geschah, nahm er das wieder zurück: „Sie müssen verstehen, dass ich mich als Offizier nicht mit einem Mannschaftsdienstgrad duzen kann oder mich duzen lasse." Mir war es ganz recht - ich beachtete diesen Menschen einfach nicht mehr.

Das gibt es alles – auf der Reeperbahn bei Nacht

Nun konnten wir auch mal das Tanzlokal Waldschlösschen aufsuchen, dessen Gäste uns auf der Rückfahrt unseres Fluteinsatzes so übel beschimpft hatten. Von einer gewissen Feindseligkeit gegenüber den Bundeswehrsoldaten war nun nichts mehr zu spüren. Im Gegenteil, die meisten Gäste hatten wohl mitbekommen, dass auch die Angehörigen aus den zwei Kasernenkomplexen in Wentorf an der Hilfsaktion gegen die Fluten maßgeblich beteiligt waren. Danach wurden wir auch gefragt. Und „Oh Wunder", so mancher lud uns zu einem Getränk ein. Dort begegnete ich auch meiner ersten Frau. Aber da fand ich noch nichts Besonderes an ihr. Das sollte erst später der Fall sein. Ein Einheimischer riet uns noch, doch in Ausgehuniform einmal in Hamburg-Eppendorf „Elfriedes Witwenball“ (so auch der Name des Lokals) aufzusuchen. Da hätten wir die größte Auswahl an Frauen und - wie er sich ausdrückte - auch den „Himmel auf Erden“. Hamburg mit St. Pauli und der Reeperbahn kennenzulernen, dafür war für mich bisher tatsächlich noch zu wenig Zeit gewesen. Irgendwie hatte es nie richtig gepasst. Aber an einem Wochenende ging es mit Herbert Montreal - er stammte aus Koblenz - los! Wir wollten zunächst zum „Top Ten Club“. Dort traten bekannte internationale Gruppen auf. Manche wurden später sehr berühmt, wie zum Beispiel die „Beatles“. Sie waren gerade ein Jahr davor viele Male dort aufgetreten und sollten noch in diesem Jahr von Liverpool zurückkommen und im April wieder dort spielen. Aber sie spielten dann im auch sehr bekannten neuen „Star Club“.

Ich hatte mir mal, ich weiß gar nicht mehr wann das war, in einem Schallplattenladen in Hamburg-Bergedorf eine Single von „Tony Sheridan and the Beatles“ mit dem Song „My Bonnie“ gekauft, die ich noch heute besitze. An sich nur deswegen, weil meine Schwester in ihrer damaligen Mittelschule in Vienenburg am Harz dieses Lied im Englisch-Unterricht gelernt hatte und häufiger sang, während ich versuchte, es als „kleiner Steppke“ nachzusingen. Dieser Song schien, wie man bei uns sagen würde, ein bekanntes Volkslied in England zu sein. Auf dieser Single klang es erfreulicherweise richtig „poppig-rockig“. Ein Jahr später, im Herbst 1963, waren die Beatles bereits eine Superband. Nach ihrer ersten offiziellen Single „Love me do“ und weiteren Welthits erschien dann der Titel „Want to hold your Hand“ - das einzige Musikstück, das die Beatles auch auf Deutsch aufgenommen hatten: „Komm gib mir deine Hand.“

Ansonsten war dieser „Top Ten Club“ auch dafür bekannt, dass dort für verhältnismäßig wenig Eintritt immer sehr bekannte Gruppen auftraten. Eine englische Coverband spielte gerade. Ich hatte deren Titel noch nie gehört. Aber man spürte förmlich die tolle Atmosphäre von internationaler Popmusik und war froh, mittendrin zu sein. An diesem Abend trat unerwartet auch noch ein Gast am Klavier auf. Ich kannte diesen Interpreten aus den USA nicht. Angeblich sollte es „Ray Charles“ gewesen sein, der gerade in Deutschland unter anderem in Berlin Konzerte gegeben hatte. Es war einfach der Wahnsinn. Wir kauften uns eine Flasche Cola und setzten uns auf der Tanzfläche, wie viel andere Jugendliche auch, einfach auf den Boden.

Aber wir wollten ja die Reeperbahn so richtig erkunden. Also suchten wir auf der „Großen Freiheit“ noch einige Lokale auf. In einem kamen mir „die Damen“ ziemlich groß vor: „Ach Ihr Süßen, kommt ruhig zu uns, in die gute Stube“, hörten wir eine mit ziemlich dunkler Stimme sagen. Doch wir tranken dort nur schnell ein Bier, was teuer genug war - und machten uns wieder auf in ein nächstes Lokal, denn die Damen waren Herren! Dort gab es etwas zu sehen, das ich so noch nie gesehen hatte. Zwei ansehnliche Frauen gesellten sich zu uns an den Tisch. Es kam wie es kommen musste. Als die Rechnung kam, reichte unser Geld nicht mehr, und wir mussten unsere Uhren hinterlegen. Damit hatten wir wahrscheinlich auch noch Glück gehabt, wie mir die eine der Damen zuflüsterte. Sie und ihre Partnerin hatten aber dafür gesorgt, dass wir ganz schön „ausgenommen“ wurden. Was passiert wäre, wenn wir keine Wertgegenstände mehr gehabt hätten, konnte man sich nur ausmalen.

Wir hatten für die S-Bahn schon die Rückfahrkarte nach Hamburg-Bergedorf gekauft. Bis zur ersten Bahn, die am frühen Morgen zurückfuhr, war es noch länger hin. So mussten wir uns noch auf der Reeperbahn aufhalten oder im Hauptbahnhofs-Gebäude warten. Herbert machte den Vorschlag, doch mal in der berühmten „Herbertstraße“ vorbeizuschauen, dort wären ja die berühmten leichten Mädels. Dabei alberten wir herum, als er das vorschlug, weil er eben mit Vornamen auch Herbert hieß. Also gingen wir dort langsam entlang. Viele der Frauen waren nicht mehr in „ihren Fenstern“ zu sehen. Es hatten keine großen Schiffe von ausländischen Marineeinheiten, die oft Hamburg besuchten, im Hafen festgemacht. Und es fanden an diesem Wochenende auch keine großen Veranstaltungen statt, sodass wahrscheinlich auch nicht so viel Kundschaft für die Damen zu erwarten war. Fast am Ende der Straße machte plötzlich eine „Dame“ im mittleren Alter und mit großem Busen ihr Fenster auf:

„Na, ihr beiden Gestrandeten - ihr seht aus, als wenn bei euch wohl nichts mehr zu holen wäre.“

„Ja“, sagte ich und erzählte kurz von unserem ersten Reeperbahn-Erlebnis.

Sie lachte und schüttelte dabei mit dem Kopf: „Ihr seid noch richtige Küken, und das hier in einem Haifischbecken“, und weiter: „Wisster was - ich mach gleich Schluss. Kommt rein, ich mache uns einen Tee!“

Ungläubig kamen wir der Aufforderung nach und betraten das „Etablissement“. „Nehmt Platz, der Tee ist gleich fertig“, sagte sie und verschwand wohl in eine kleine Küche. Als sie mit dem Tee und ein paar Keksen wieder zu uns kam, hatte sie sich schon etwas mehr angezogen und ihre dunklen Haare nach hinten zu einem „Pferdeschwanz“ gekämmt. Sie erzählte uns, dass sie nun schon seit drei Jahren anschaffen geht und noch zwei minderjährige Kinder hätte, einen achtjährigen Sohn und eine sechsjährige Tochter. Beide würden aber bei ihrer Tante in Solingen leben. Aus dieser Stadt würde sie auch stammen. Mit ihren Eltern habe sie sich überworfen, würde aber hoffen, dass sich mal alles zum Guten wenden würde. Nur, was sie hier in Hamburg „mache“, dürften ihre Eltern nie erfahren. Sie wolle für ihre Kinder mal eine vernünftige Ausbildung finanzieren – nur eben in diesem „Beruf“, wenn es für sie möglich sei. Sie habe schon viel versucht, Geld mit anderen Arbeiten zu verdienen, sei aber immer wieder gescheitert. Schließlich habe sie dann auch noch zu früh geheiratet. Aber ihr Mann entpuppte sich als Säufer und gefährlicher Schläger, der sie auch oft genug verprügelt habe. „Gott sei Dank“, sie seufzte dabei auf, sei er nach einem Trip als Seemann nach Südamerika verschollen geblieben. Jedenfalls hätte sie nun schon seit einigen Jahren nichts von ihm gehört! Sie erzählte alles mit einer warmherzig klingenden Stimme. Wir kamen nicht umhin, sie als sehr sympathisch zu empfinden. Herbert und ich konnten nicht viel über Abgründe in unserer Lebenserfahrung berichten. Sie habe sich schon so etwas gedacht, dass wir wohl bei der Bundeswehr oder in der Polizei-Ausbildung wären, wie sie fröhlich meinte. „Ja, meine Menschenkenntnis ist hervorragend“, so unsere überraschende „Bekanntschaft“, die sich für ihre Tätigkeit „Ramona“ nannte, aber Sofia Teusch hieß.

Auch sei sie so froh, sich ganz normal mit netten Jungs unterhalten zu können, fügte sie noch hinzu. Ich dachte, wie einsam und allein muss sich diese Frau fühlen, wenn sie nach „ihrer Arbeit“ in ihre Wohnung kam? Schon in jungen Jahren auf diesen Weg gekommen, war sie in ihrer Situation ganz alleine auf sich gestellt. Man konnte ihr nur alles Gute für sich selber und für ihre Kinder wünschen. Schließlich mussten wir aufbrechen und bedankten uns bei ihr fast überschwänglich. Auch versprachen wir, sie noch einmal zu besuchen. „Lieber nicht hier“, sagte sie daraufhin. Es klang fast ein wenig traurig, als sie das sagte, dann gab sie uns tatsächlich ihre private Telefonnummer und ihren richtigen Namen: Sofia Teusch aus Hamburg-Harburg. Ich habe nie Gebrauch davon gemacht. Ob Herbert sie mal besucht hat? Wer weiß?

Einige Jahre später blätterte ich in Goslar gelangweilt in einer Zeitschrift mit großen Buchstaben auf dem Titelblatt. Da stieß ich auf einen Artikel mit der Überschrift: „Ehemann einer Hamburger Protestierten tot aufgefunden.“ Es folgten die Bilder mit entsprechenden Unterschriften – „Sofia Teusch, die Ehefrau des toten Mannes“. Sie sah müde aus, die Haare unordentlich am Kopf - so blickte sie in die Reporterkamera. Dann folgte ein Foto von einem Kellergewölbe. Dort war eine große Kiste zu sehen, daneben etwas größeres Eingeschnürtes. Man erfuhr, dass der Mann eigentlich von der Ehefrau schon als tot gemeldet worden war, da er seit mehreren Jahren angeblich von einer Überseefahrt als Seemann nicht zurückgekehrt sei. Es war aber schon komisch, dass er bei keiner Reederei angeheuert hatte. Auf Befragen erklärte Sofia, dass dieses von ihrem Mann so gewollt war, da er sich meistens im Ausland irgendwo angemeldet hätte, um Steuern zu sparen. Wo er das damals, bei seiner „letzten Fahrt“, gemacht hätte, sei ihr unbekannt.

In einem alten Fabrikgebäude in Hamburg-Harburg fand die Feuerwehr nach einem Wasserrohrbruch in den Kellerräumen dann diese Kiste. Als die hinzugerufene Polizei die Kiste öffnete, fand man eine - schon zu einem Skelett gewordene - Leiche. Es sollte sich nach einer umfangreichen Obduktion herausstellen, dass es sich um Victor Teusch handelte, den vermissten Ehemann von Sofia. Gleich beim ersten Verhör hatte sie zugegeben, nach einem wiederholten

Gewaltausbruch, wie es schon so häufig vorgekommen war, den Entschluss gefasst zu haben, ihren Mann zu vergiften. So soll sie das Gift, das sie schon vor einiger Zeit besorgt hatte, in seine Bierflache geschüttet haben. Er war an diesem Abend schon so betrunken, dass er nichts von dem Gift bemerkte. Ihre Kinder lebten da noch bei ihr. Sie hatten aber nichts davon mitbekommen. Mit einigen vertrauten Freunden, die von dem heruntergekommenen und leeren Gebäude wussten, hatte man ihn dann in der Nacht dort hingeschafft.

Wiederbeschaffung unserer Uhren- und nach „Kölle“

Meine Uhr musste ich wiederhaben, sie war ein Geschenk von meinen Eltern zur Konfirmation. Womöglich war sie nicht wertvoll, aber so ein Geschenk ist eine persönliche Erinnerung, an der man hängt. Auch Herbert hatte nichts dagegen, seine Uhr wiederzubekommen. Insgesamt sollten wir einhundertdreißig Deutsche Mark bezahlen, damit wir sie wieder zurückbekommen würden. Als die nächste Gehaltsauszahlung fällig war, hoben wir den Betrag von der Bank ab. Aber wenn sie dann plötzlich bei der Übergabe noch mehr haben wollten? Was sollten wir dann bei diesen ausgekochten Reeperbahn-Wirten machen? Zufällig begegneten wir Stabsunteroffizier Molenbreaker. Ich hatte plötzlich eine Idee und fasste mir ein Herz:

„Herr Stabsunteroffizier, darf ich Sie mal sprechen“?

„Na klar“, sagte er sofort: „Ich denke, du möchtest anfragen, ob du mit mir am Wochenende mit nach ‚Kölle‘ fahren kannst.“ Der Stabsunteroffizier hatte ein eigenes Auto. So einen eigenen PKW, den hatten noch nicht so viele Soldaten zu dieser Zeit!

Überrascht, dass er mir so ein Angebot machte, sagte ich freudig: „Ja, das wäre ganz prima, vielleicht kann ja Herbert auch mitkommen, dann hat er es von Köln nicht mehr so weit nach Koblenz."

„Jeht in Ordnung", so der kölsche Amateurboxer. Aber nun fragte ich ihn, ob er mit uns zur Reeperbahn in das Abzocker-Lokal als eine Art Beistand mitfahren würde, weil wir die Absicht hätten, unsere Uhren wieder einzutauschen. Ich erzählte ihm ausführlich, was vorgefallen war. Frans Molenbreaker sagte zu, ohne weiter nachzufragen.

Am Eingang des Lokals stand ein Türsteher, der sofort den Stabsunteroffizier begrüßte: „Heh Frans, wat machst Du denn schon hier?" - „Schnauze halten!", antwortete der, aber in einem freundlichen Ton. Drinnen sprach er dann mit dem Geschäftsführer unter vier Augen. Die beiden Damen, die ja als „Schlepperinnen" dafür mitgesorgt hatten, dass uns als völlig ahnungslosen Gästen so übel mitgespielt wurde, waren auch schon da. Aber sie hielten sich zurück. Dann kam Frans Molenbreaker wieder zu uns, in der Hand die beiden Armbanduhren. „Alles klar, wir können gehen!" Dabei gab er einer der Damen noch einen Klaps auf den Hintern. Wir waren erstaunt:

„Müssen wir nicht noch was bezahlen?"

„Nö, alles erledigt – aber weiter keine Fragen bitte, vielleicht kommt ja mal die Zeit, dann muss ich euch um einen Gefallen bitten!"

Am Freitag nach Dienstschluss durften wir schon in den Wochenendurlaub, obwohl noch am Samstag bis mittags Dienst gewesen wäre. Auf der Fahrt nach Köln erzählte Frans, dass er in einem Boxclub ganz in der Nähe der Reeperbahn trainiere. Viele Türsteher und Angehörige aus dem „Gastgewerbe" seien auch in dem Boxclub. Deswegen würde er die meisten der „maßgeblichen Leute“ kennen. Ich verstand sofort. Nun fragte ich auch etwas zu seinen Nachnamen, der gar nicht so deutsch klang, eher wie niederländisch. Frans Molenbreaker lachte: „Heste jut erkannt.“ Dann erzählte er, dass sein Vater tatsächlich niederländischer Staatsangehöriger sei. Im Zweiten Weltkrieg, ab 1941, wurde er von den deutschen Besatzern, gerade zwanzig Jahre alt, nach Köln-Mülheim zwangsverpflichtet. Er musste dort mit anderen zwangsverpflichteten und ersten Kriegsgefangenen die Trümmer wegräumen, die schon durch die Bombenangriffe der Alliierten auf Köln entstanden waren. Im Gegensatz zu den Kriegsgefangenen durfte er bei einer „urkölschen“ Familie wohnen und bekam auch eine gewisse Entlohnung bezahlt.

Er hatte Glück. Sie nahmen seinen Vater, der auch Frans hieß - eben mit s, wie es in den Niederlanden geschrieben wurde - wie ein Familienmitglied auf. Das erste, was er auf „Fast-Deutsch“ verstand, war: „Frans, tringste en Kölsch mit?“ Seine Mutter war eine Nachbarin der Familie, wo sein Vater wohnen durfte. Sie war das jüngste von insgesamt drei Kindern. Ihre zwei älteren Brüder mussten schon Soldat werden und wurden an die Front geschickt. Sie sollten nicht wieder zurückkommen. „Ja, dann hat minge Vater, der ‚Kaaskop‘, sich in meine damals achtzehnjährige Mutter verliebt. So bin ich dann geboren worden.“ Mit Einwilligung der Kölner NS-Gauleitung durften sie zusammenwohnen. Erst nach Kriegsende konnten sie schließlich heiraten. Sein Vater ging nicht wieder zurück in seine niederländische Heimat. Er hatte auch mal versucht, mit der Familie in den Niederlanden, in der Stadt Weert (Provinz Limburg), zu leben. Aber seine Mutter wurde als Deutsche viel angefeindet und öfter auch als „Duitse Mof“ beschimpft. Da entschlossen sie sich, wieder nach Köln-Mülheim zurückzukehren. Sein Vater, von Beruf Maschinenschlosser, bekam erst später bei den Klöckner-Humboldt-Deutz-Werken eine Arbeitsstelle, nachdem sie nach der Zerstörung wieder den vollen Betrieb aufgenommen hatten. Vorher konnte er den Unterhalt für seine Familie noch im Kölner Straßenbau verdienen. „Nur in den Ferien und später dann im Urlaub haben wir öfters die Heimat meines Vaters besucht", erzählte er. Er fühle sich aber, obwohl er auch alles Niederländische sehr möge, ganz als „Kölsche Jung". Das konnte ich gut verstehen, denn auch ich war immer wieder froh, wenn ich auch nur zu kurzen Aufenthalten wieder Köln besuchen konnte. Mein alter Freund Jürgen hatte mittlerweile auch einen Einberufungsbescheid vom Kreiswehrersatzamt Köln bekommen und wollte sich, wie er sagte, nicht davor drücken. Einige unserer Freunde aus der Gegend in Köln-Lindenthal und Sülz waren zu der gleichen Heeres-Einheit einberufen worden wie er selber. „Das macht es für mich schon mal leichter", so damals mein Freund Jürgen.

Manchmal kommt es anders als man „VORHATTE"

Mein Alltag, nun als sogenannter „Hilfsausbilder", gestaltete sich in so einer Grundausbildungseinheit immer gleich. Man lernt dabei auch junge Menschen „etwas näher" kennen. Manche nutzen eine etwas lockere Art der Ausbildung und des militärischen Umgangs sofort aus. Andere sind dafür dankbar. So manche wiederum, die sich auch mal privat unterhalten möchten, sind darüber froh, wenn ihnen zugehört wird. Ich aber sehnte das Ende meiner zweijährigen Verpflichtung herbei, um dann wieder in Köln zu sein und einen ganz anderen beruflichen Werdegang einzuschlagen. Doch es sollte ganz anders kommen.

Im nahegelegenen Reinbek gab es ein verhältnismäßig großes Drogeriegeschäft. Ich ging eines Tages zu Fuß dort hin, um für mich die benötigten Pflegemittel zu kaufen. Da stand eine junge Frau in dem Laden als Verkäuferin, ich hatte sie schon einmal kurz in dem bekannten Tanzlokal in der Berliner Straße in Wentorf gesehen und auch ein paar Worte mit ihr gewechselt. Sie war drei Jahre älter als ich. Ich habe später immer wieder darüber nachgedacht, wieso gerade ich, der doch bis dahin vorsichtig mit festen Verhältnissen und Beziehungen umgegangen war, nun plötzlich so ganz anders handelte? Fehlte mir damals die vertraute häusliche Umgebung? Sehnte ich mich, ohne es recht zu wissen, nach Nähe und Zuneigung? Ich hatte schon andere Mädels kennengelernt, auch ein sehr nettes aus Hamburg-Bergedorf. Sie war sehr anhänglich und bastelte für mich aus kleinen Drähten geschickt zwei kleine Pudel als Talisman. Auch wurde ich direkt im Postamt in Wentorf von einem „netten Girl" angesprochen, das gleich vorschlug, ob wir uns nicht mal treffen sollten. In dieser Zeit hatte ich auch Ellen, eine sehr schöne junge Frau aus Hamburg-Winterhude, tatsächlich im Lokal „Elfriedes Witwen Ball" in Hamburg-Eppendorf kennengelernt. Und da war auch noch eine Freundin in Bergisch-Gladbach, die, wie sie mir versicherte, auf mich warten wollte, obwohl ich nie darum gebeten hatte. An Möglichkeiten hatte es mir damals nicht gefehlt. Aber ich hatte mich immer wieder zurückgezogen.

Nun aber sollte ich mich mit dieser Frau später verloben - und es dauerte nicht lange, dass sie schwanger wurde. Diese Ehe hätte in meinem Leben nicht passieren dürfen. Viel zu früh musste ich mit Situationen und nicht schönen

Erlebnissen fertig werden. Aber ich glaubte immer, dass ich das alles schaffen könnte. Möglich, dass mich auch ihr eigenes Schicksal in ihrer Kindheit zu sehr beeindruckt hatte. Zum Ende des Krieges machte sich ihre Mutter aus Ostpreußen mit einem Flüchtlingstreck gen Westen auf, wie so viele vertriebene Deutsche. Ihr Vater war im Russlandfeldzug gleich zu Beginn gefallen. Sie hatte noch eine Stiefschwester und einen Bruder, die aber ganz woanders lebten. Bei einem Tieffliegerangriff von sowjetischen Kampfflugzeugen auf die wehrlosen Flüchtlinge kam ihre Mutter, getroffen durch Sperrfeuer, ums Leben. Sie selber war als kleines Kind auf dem Schoss ihrer Mutter gerade eingeschlafen, und die tödlichen Splitter der Geschosse hatten sie nur um Haaresbreite verfehlt. Die anderen Flüchtlinge nahmen sie dann, nachdem sie die Toten – so auch ihre Mutter - einfach an den Straßenrand gelegt hatten, auf einem der Pferdefuhrwerke weiter mit. Die verwundeten Flüchtlinge ließen sie im nächsten Ort zurück. Auch wenn sich dort womöglich keine sanitätsdienstliche Versorgung anbot. Sie landete schließlich schon halb verhungert nach ein paar Wochen bei einem Flüchtlings-Auffanglager des Roten Kreuzes im Norden von Schleswig-Holstein. Schließlich wurde sie von einer Familie mit landwirtschaftlichem Betrieb aufgenommen. Dort hatte sie, so jung sie war, wie sie berichtete, nichts Gutes zu erwarten. Lieblos wurde das Kind als kleine Arbeitskraft benutzt. Auch die Verpflegung war sehr dürftig. Erst nach einigen Jahren konnte ihre verheiratete ältere Schwester sie ausfindig machen und - da sie auch ein Auskommen vorweisen konnte - bei sich aufnehmen. Nach eigenem Bekunden hatte sie aber dort auch unter der Strenge ihrer viel älteren Stiefschwester, bei der sie aber, als ich sie kennenlernte, immer noch dort wohnte, zu leiden. Auch sei sie als junges

Mädchen von einem Bekannten der Schwester missbraucht worden, was aber nie angezeigt wurde. Das konnte sie mir aber erst später erzählen, als wir gerade von Floyd Cramer „San Antonia Rose" und „I Can just I Magine" im Radio hörten. Ein bestellter Vormund hatte sich möglicherweise an einem gewissen Betrag, der für sie aufgespart worden sei, bereichert, was aber im Nachhinein nicht zu beweisen war - eines von vielen schlimmen Schicksalen dieser Generation. So manche Kinder, die im Krieg geboren wurden, hatten oftmals einen besonderen Anfang in ihrem Leben...

Wir wohnten zusammen ein paar Monate später zunächst beengt in einer kleinen Dachwohnung einer alten, heruntergekommenen Villa in Reinbek. Es war nicht weit zur Kaserne, und ich konnte mit dem Fahrrad meine Dienststelle erreichen. In den jungen Jahren Frau und Kind zu ernähren und dann doch erst einmal eine andere Ausbildung nach meiner Entlassung von der Bundeswehr zu beginnen, das lag schwer auf „meiner Brust". Unser „Spieß", so rau er sich sonst gab, merkte wohl, was in mir vorging. Wir sprachen ausgiebig über meine Situation: „Sie können sich ohne weiteres erst einmal auf zwei weitere Jahre verpflichten, also insgesamt dann vier Jahre. Dann haben Sie eine tolle Möglichkeit, den Berufsförderungsdienst für ein Jahr in Anspruch zu nehmen. Und...", er machte eine Atempause, „ich schicke Sie zum nächsten Unteroffizierslehrgang, dann wird es doch mit einer jungen Familie, die Sie ja nun ‚am Hals' haben, ganz gut gehen." Das war aber noch nicht alles, was er mir vorschlug. Es wurden am Rande von Wentorf, nur für Bundeswehrangehörige, noch zusätzliche Wohnungen gebaut. Sie sollten im darauffolgenden Jahr fertig werden. Für die damalige Zeit waren sie schon gut ausgestattet - alle mit Terrasse oder Balkon. Nur einen Telefonanschluss gab es dort nicht, so etwas war immer noch Luxus. „Bei der Wohnungsvergabe könnte ich für Sie ein Wort einlegen - aber nur, wenn Sie sich direkt - heute noch – verpflichten." Meine Situation schien fast aussichtslos zu sein, und so kamen mir seine Vorschläge wie eine Rettung vor. Ich unterschrieb die Weiterverpflichtungserklärung, ohne mir weitere Gedanken zu machen.

Die Vereidigung, auch feierliches Gelöbnis genannt, für die Rekruten des letzten Quartals in dem Jahr sollte im Billtal-Stadion in Hamburg-Bergedorf, benannt nach dem kleinen Flüsschen Bille, stattfinden. Darauf freuten wir uns. Der Gastredner war kein anderer als der Innensenator von Hamburg: Helmut Schmidt! Wohl auch als besonderer Dank für die Hilfe während der Flutkatastrophe und als Zeichen der Wertschätzung für die Soldaten der Bundeswehr. Alle Helfer, die dabei waren, so auch ich, hatten zuvor schon die Dank-Medaille der Stadt Hamburg verliehen bekommen. Es wurde auch in den ersten zwei Wochen des letzten Ausbildungsquartals mit den neuen Rekruten mehr Formalausbildung durchgeführt, damit das Ausbildungsregiment einen ordentlichen Eindruck machen sollte. Wir marschierten mit Gesang, zum Beispiel „Oh du schöner Westerwald", obwohl das Lied kaum zu Hamburg passte, von Wentorf bis ins Bergedorfer Stadion hinein. Dort war schon alles durch den Standortkommandanten von Hamburg hervorragend organisiert. Polizei und Feldjäger arbeiteten gut zusammen, um alle Kompanien der zwei Kasernen in Wentorf ordentlich aufzustellen. Ein Luftwaffen-Musikzug war dabei und spielte, als wir ins Stadion einmarschierten, das Lied „Auf der Reeperbahn, nachts um halb eins". Naja, dachte ich nur, das hatte ich schon mal, aber nicht so „dolle", erlebt.

Dann spielten sie auch noch beschwingt „De Hamburger Veermaster“ und schließlich ein Stück von Glenn Miller („Saint Louis Blues March“), als gerade Helmut Schmidt das Rednerpodium betrat - aber wahrscheinlich auch, weil einige Abordnungen unter anderem von den US-Streitkräften eingeladen waren. Die Rede von dem damaligen Innensenator kam gut an, man merkte es an den Bravorufen und heftigem Applaus. In Deutschland hatte man wieder einen Staatsmann mit Charisma. Es zeichnete sich damals schon ab, dass dieser Politiker nicht nur Innensenator seiner Stadt bleiben würde. Wenn wir in unserer angetretenen Formation hätten applaudieren dürfen, hätten die Rekruten das sicherlich getan. Es erfolgten das Gelöbnis und der Schwur der Vereidigung mit feierlichem Zeremoniell. Zum Schluss spielte die Luftwaffen-Musikabordnung die Nationalhymne. Als alles beendet war und wir wieder zur Kaserne mit Gesang und dem Lied „In der Heide blüht ein blaues Blümlein - und das heißt: Erika“ zurückmarschierten, standen einige Personen, die nicht mehr im Stadion Platz gefunden hatten, an den Straßenrändern, die von der Polizei Hamburg gesichert waren. Einige hatten schweigend Spruchbänder dabei, wie: „Bundeswehr abschaffen“ oder auch „Keine Atom Waffen“. Ich dachte nur: „Wer will denn in Deutschland Atomwaffen? Das könnten doch nur Irre sein.“ Ansonsten blieb es friedlich. Ich lächelte sogar einer Frau, die mit einem Mann bei den Protestlern stand, freundlich zu - sie lächelte zurück.

Die Welt in Angst vor einem dritten Weltkrieg

Schon lange wurde in den Zeitungen und im Radio über die Spannungen zwischen den USA und der UdSSR berichtet.

Es gipfelte darin, dass am 14. Oktober U2-Aufklärer der US Air Forces die schon fortgeschrittenen Vorbereitungen von Stellungen sowjetischer SS4-Atomraketen auf Kuba entdeckt hatten: Und das gerade mal 150 Kilometer von den Grenzen der Vereinigten Staaten entfernt. Das war eine außerordentliche Bedrohung für die Vereinigten Staaten, wie sie es vorher noch nie erlebt hatten. Präsident Kennedy forderte die sofortige Einstellung des Baus und den Abzug aller Raketen. Er drohte mit einer Seeblockade, die dann auch am 24. Oktober in Kraft trat. Die Sowjetunion unter Ministerpräsident Chruschtschow reagierte nur mit Behauptungen und Forderungen, ansonsten tat zunächst weiter nichts. Die Welt, so die Kommentare in den Medien, hielt den Atem an. Waren wir etwa einem dritten Weltkrieg schon wieder nähergekommen? Die Lage spitzte sich immer weiter zu. Als dann auch noch eine U2 der US Air Force abgeschossen wurde, wollten die US-Militärs mit einem sofortigen Gegenschlag reagieren, wie man später erfahren konnte. Doch Präsident John F. Kennedy und sein Bruder Robert, der in seinem Kabinett Justizminister war, behielten die Nerven. Das alles begreifen und verstehen zu können, ist seitens der Bevölkerung irgendwie den Nachrichten zu verdanken. Die Printmedien berichteten ständig, ohne wohl immer genaustens informiert zu sein – das konnte erst später geschehen, nachdem die Krise beigelegt wurde.

In den Morgenstunden des 27. Oktober gegen vier Uhr war großer Alarm, nicht nur in unserer Einheit, sondern in der ganzen Bundeswehr sowie in allen ehemaligen alliierten Truppenteilen in Westdeutschland, also der NATO. Wir mussten schnellstens antreten. Der neue Einheitsführer, ein verhältnismäßig junger Oberleutnant, erklärte nur in knappen Worten die allgemeine Situation. Er sagte, dass wir als

NATO-Mitglied, wie alle weiteren westlichen Truppenteile auch, ab jetzt in „scharfer“ Alarmbereitschaft stünden. Dafür müssten wir ab sofort die Unterkünfte in der Kaserne verlassen, da wir uns in einen sogenannten Bereitstellungraum nahe Geesthacht an der Elbe im Herzogtum Lauenburg begeben sollten. Dann übernahmen die Zugführer alles Weitere. Das gesamte militärische Gepäck wurde in Seesäcke und Rucksäcke verpackt. Private Radios mussten abgegeben werden. Sie wurden vom Nachschub-Unteroffizier entgegengenommen und mit einer Registriernummer in eine Liste eingetragen. Private Textilien sollten im Spind verbleiben. Es gipfelte darin, dass empfohlen wurde, seinen Angehörigen noch etwas zu schreiben, die Post würde dann gesammelt und weitergeleitet. Einige Männer aus meiner Gruppe gerieten sichtlich in Panik. Die militärische Ausbildung hatte gerade mal begonnen, was sollten wir mit so unausgebildeten Soldaten anfangen, wenn - so sagte man uns, und das erst viele Jahre später - die Nationale Volksarmee der DDR mit den sowjetischen Streitkräften zum Angriff auf den Westen übergegangen wäre? Wohl nicht auszudenken!

Auf der „anderen Seite“ war man auf jeden Fall gut vorbreitet. Tatsächlich konnten einige Jahre danach, während der Wiedervereinigung beider deutscher Staaten, die abgestellten Bundeswehrsoldaten bei der Auflösung der Nationalen Volksarmee etwas entdecken, das einem im Nachhinein die Haare zu Berge stehen lassen konnte. Man erzählte, dass es in den ostzonalen Gefechtszentren Pläne für eine Eroberung bis Amsterdam in den Niederlanden gegeben hätte. Sogar Umbenennungen der Straßennamen waren geplant, zum Beispiel die Königsallee in Düsseldorf in eine Karl-Marx-Allee. Es wurden Kisten mit scharfer Munition für Gewehre und MG verladen. Die Zug- und Gruppenführer empfingen je eine Maschinenpistole der Marke Uzi, und auch gleich zwei Magazine aufgeladen mit scharfer Munition. Es gab auch immer noch die US-Gewehre Rifle M1. Bei dem Marsch in sogenannter geöffneter Ordnung, das heißt kein Marschschritt, sprach ich behutsam mit den Männern meiner Gruppe, die zum größten Teil älter als ich waren. Ich versicherte, obwohl ich es ja gar nicht wissen konnte, dass alles bald vorbei sein würde. Auch hatte ich keine Ahnung, wo wir denn in Geesthacht campieren oder sogar mögliche Verteidigungsstellungen beziehen sollten. Etwa beim ehemaligen „Großadmiral Karl Dönitz“?! Er war der letzte Reichskanzler zum Ende des Krieges und noch kurze Zeit nach der Kapitulation, von Hitler, vor seinem Selbstmord und dem Untergang des Nazi-Regimes, ernannt worden. Er durfte nach seiner Verurteilung als Kriegsverbrecher in den Nürnberger Prozessen und anschließender Haftentlassung wieder in seinem Heimatort Geesthacht leben.

Keiner von unseren Vorgesetzten wusste etwas. Als wir in Altenwalde, im Bezirk Hamburg, angekommen waren, wurde eine Rast befohlen. Dann gab es aus den Einsatzpaketen etwas zu Essen, verteilt durch das Personal der Truppenküche. Sie waren mit einer Feldküche vorrausgefahren, und es wurde heißer Kaffee bereitgehalten. Darüber freuten sich alle, und es wurde allgemein gelobt. Wir warteten dann fast eineinhalb Stunden. Endlich kam eine für alle erlösende Nachricht. Sie wurde von einem Kurier des Verteidigungskreiskommandos Hamburg überbracht, der mit einem Motorrad angefahren kam: „Fertig machen zum Rückmarsch nach Wentorf.“ Die Lage vor Kuba schien sich ein wenig entspannt zu haben. Wie wir dann einige Tage später erfahren konnten, hatten die sowjetischen Schiffe mit weiteren Raketen für Kuba kurz vor der US-Seeblockade wieder abgedreht. Ein eventueller dritter Weltkrieg damit wurde zunächst verhindert. Das war sicherlich einer der Höhepunkte während des sogenannten Kalten Krieges. Auch wir spürten, dass wir irgendwie bei diesem nun historischem Ereignis „durch ein Schlüsselloch geschaut“ hatten. Wie schnell hätte aus solch einer Situation nicht nur eine bewaffnete Auseinandersetzung, sondern ein „heißer“ Krieg entstehen können?! Als wir wieder in die Kasernengebäude einrückten, standen die Fahrzeuge mit den gepackten Seesäcken davor, und die Rekruten konnten sie gleich wieder mit auf ihre Stuben nehmen. Auch ihre eigenen Radiogeräte erhielten sie zurück.

Nicht geplanter „Zwischenstopp“

Meine Mutter schrieb mir, wenn ich nochmal meinen Vater sehen möchte, sollte ich in den nächsten Tagen nach Köln kommen. Er lag im Uni-Krankenhaus, das er nicht wieder verlassen sollte. Mein Vater wunderte sich bei meinem Besuch, dass ich nun so plötzlich in Köln war. Um ihn nicht unnötig aufzuregen, log ich, dass ich im Kölner Luftwaffen-Ausbildungskommando Porz-Wahn als persönlicher Kurier etwas abzugeben hätte. Im Dezember starb mein Vater nach langer schwerer Krankheit im Alter von 56 Jahren.

Das neue Jahr begann zunächst ereignislos, außer dass ich als Unteroffizieranwärter nach Stade zu einem Unteroffizier-Lehrgang abkommandiert wurde. Dort war ich nur zwei Wochen und musste als nur bedingt tauglich für einen solchen Lehrgang wieder zurück in meine Einheit. Ich war bei einer Gefechtsausbildung über eine „Hindernis-Eskaladierwand“ nicht richtig aufgekommen und hatte mir einen Fuß sehr stark verstaucht. Damit war dieser Lehrgang für mich erledigt. Auch war ich irgendwie froh, diese „unfreundliche Stätte“ wieder verlassen zu können. Unser Unteroffizier-Gruppenführer mit „fleischigem Gesicht“ hatte bei seiner Begrüßung zu uns Lehrgangsteilnehmern gesagt: „Sie müssen mal bedenken, ich muss mir immer überlegen, ob ich mich mit einem von Ihnen an einen Tisch setzen werde!“ Er sprach das „einen“ wie „aanen“ aus. Ich weiß nicht, warum ich daraufhin nicht meinen Mund halten konnte und sagte: „Wer sagt ihnen denn, dass ich mich jemals mit Ihnen an einen Tisch setzen werde? Es sei denn, es wäre befohlen.“ Wenn dieser Mensch gewusst hätte, was Satire oder ein gewisser Humor ist, hätte er sicherlich gelacht, schon um besser vor seinen Leuten dazustehen. Aber das war von diesem sehr einfach-nordischen Gemüt, wie sich herausstellen sollte, wohl nicht zu erwarten. Er sagte daraufhin nichts, nur dass sich sein Gesicht in eine „Wutfratze“ verwandelte. Von da an hatte ich bei ihm ein schweres Leben. Ständig nörgelte dieser Ausbilder mit seinem norddeutschem „Nuschelakzent“ an mir herum. Auch bei dem Unfall hatte er gewissermaßen Schuld, da er mich mehrfach über diese vereiste Wand klettern ließ, obwohl sie wegen der Witterung an dem Tag nicht benutzt werden sollte.

Auch die anderen Lehrgangausbilder, von einem Oberleutnant als Ausbildungsleiter angefangen, waren völlig anders als bei uns in Wentorf. Man hatte den Eindruck, dass sie mit einer gewissen Überheblichkeit, die sie zur Schau trugen, möglichst viele Lehrgangsteilnehmer durchfallen lassen wollten - was wohl im Gegensatz zu den Personalzielen des Bundesverteidigungsministeriums stand. Man brauchte noch viele Führungskräfte, damit eine Anzahl von circa 500.000 Soldaten, eingeschlossen die zum Wehrdienst einberufenen

Wehrpflichtigen, erreicht werden konnte. Ausgerechnet dieses Ausbildungsregiment aus Stade mit seinem gesamten Personal wurde dann ein paar Monate später komplett nach Budel in die Niederlande verlegt. Zustande gekommen war das durch ein besonderes Abkommen zwischen den Niederlanden und der Bundesrepublik. Niederländische Soldaten - eine Kampfeinheit - gingen dafür nach Seedorf bei Bremen. Es war wohl so etwas wie ein gezielter Kaufkraft-Zuwachs für die sonst nicht so reiche Gegend um das Dorf Budel in der Provinz Limburg. Denn mit den deutschen Stammsoldaten wurden auch Wohnungen für die Familienangehörigen gebaut, die nun im Wechsel bis zu vier Jahren dortblieben. Die Einzelhandelsgeschäfte und andere Einrichtungen wie Restaurants und auch eine Disco in Budel erlebten in den folgenden Jahren einen großen Aufschwung. Damals konnte ich in keiner Weise ahnen, dass ich auch einmal in Budel „aufschlagen" würde. Aber nun stand der nächste Lehrgang in Wentorf für mich an, und ich trug noch eine Zeit den Unteroffiziersanwärter-Balken, ehe ich zum Unteroffizier ernannt wurde. Da war bereits auch in Wentorf eine Umbenennung in ein Luftwaffen-Ausbildungsregiment erfolgt.

Obwohl wir schon als Familie zusammenlebten, konnte ich immer noch nicht heiraten, da meinem Antrag auf Volljährigkeit nicht stattgegeben wurde. Damals wurde man erst mit 21 Jahren volljährig. Aber zu den Streitkräften durfte man schon mit 18 Jahren - ein gewaltiger Widerspruch. Auf jeden Fall ließen sich wohl einige Beamte im zuständigen Stadtverwaltungsbezirk Schwarzenbek-Holstein mächtig Zeit. Ich war auch einmal deswegen persönlich vorstellig geworden. Die durchweg unfreundlichen Beamten und Angestellten ließen mich abblitzen. Ich sollte auf den schriftlichen Bescheid warten. Sie hätten weiß Gott etwas anderes zu tun als so einen „Kinderkram“ zu bearbeiten. Schließlich wurde dann meine Tochter im Mai unehelich geboren. Erst einen Monat später konnte ich heiraten, da ich dann volljährig war, und umständlich die Vaterschaft anerkennen.

Fahnenflucht aus Liebe

Unser Boxer und Stabsunteroffizier Molenbreaker hatte sich schon eine Zeit lang, wie er es zweimal in der Woche machen musste, nicht beim „Spieß“ gemeldet. Schließlich wurde eine Fahndung an die Polizei und die Feldjäger rausgegeben, da er sich auch bei seiner Sportstätte, dem St. Pauli Boxclub, nicht hatte blicken lassen. Große Aufregung in unserer Einheit! Alle mochten diesen stets im breiten „Kölsch“ sprechenden „Stuffz“. Nach langem Suchen wurde er schließlich entdeckt. Die Polizei in Ratzeburg (Schleswig-Holstein) hatte einen Hinweis von einem Passanten bekommen. In dem Dorf Duvensee wohnte in einem Campingwagen ein jüngerer Mann mit einer Frau. Beide verhielten sich auffällig „übervorsichtig“. Als die Feldjäger diesen Ort aufsuchten, entdeckten sie den Stabsunteroffizier Molenbreaker. Er war, wie er dann in seiner ersten Vernehmung aussagte, aus dem Rotlichtmilieu auf St. Pauli geflohen, weil er seine Geliebte und nun Verlobte beschützen wollte. Sie war, wie man so sagte, dort „anschaffen“ gegangen. Unser Frans hatte sich, obwohl er sich zunächst dagegen zu wehren versuchte, unsterblich in sie verliebt!

Nun erfuhr ich, dass es sich um eine der „Damen“ handelte, die uns in der betreffenden Bar mitgeholfen hatten, dass wir so „ausgenommen“ werden konnten. Sie hieß Selma Wildenroth. Kein Wunder, dass unser Frans ihr bei der „Rettung unserer Uhren" einen Klapps auf den Po gegeben hatte. Der Betreiber der Sex-Bar fühlte sich als Besitzer von Selma und wollte sie nicht so einfach gehen lassen. Er drohte sogar mit schlimmen Maßnahmen - es sei denn, der Stabsunteroffizier würde 10.000 Deutsche Mark sogenannte Ablösung bezahlen, dann würde er sie freigeben. Das konnten beide niemals aufbringen. So beschlossen sie, einfach zu fliehen. Molenbreaker wurde festgenommen, und die Feldjäger brachten ihn in Gewahrsam in eine Zelle der Kaserne Hamburg Ostdorf. Seine Verlobte wurde in die Obhut der Hamburger Behörden übergeben. Die zuständige Staatsanwaltschaft eröffnete sofort ein Verfahren gegen den Bar-Betreiber, und Selma wurde als Zeugin in ein gesichertes Versteck gebracht. Alle Zeitungen berichteten laufend über diese „Tragödie". Da der Sachverhalt einer unerlaubten Entfernung von der Truppe und Fahnenflucht bestand, aber zivile Gegebenheiten eine Rolle gespielt hatten, wurde das Verfahren vom Truppendienstgericht an die Staatsanwaltschaft Hamburg abgegeben. Frans kam damit zunächst wieder auf freien Fuß, dufte aber unsere Einheit nicht verlassen. Er nahm sich eine Rechtsanwältin, die wohl schon des Öfteren in ähnlichen Verfahren einen ziemlichen Erfolg verbuchen konnte.

Sie informierte auch sehr geschickt immer die Presse, sodass die Leserschaft besonders einer Boulevardzeitung auf der Seite des Paares stand. Am Tag des Prozesses waren der Kompaniechef sowie der Spieß als Zeugen geladen. Ich war mit ein paar anderen Soldaten auch als Zuschauer anwesend. Der Staatsanwalt machte einen fast gelangweilten Eindruck, als ein Vertreter der Bundeswehr, der sich Rechtsberater nannte, als Nebenkläger auftrat und umständlich formulierend eine längere Freiheitsstrafe forderte. Die Anwältin hob in ihrem Plädoyer unter anderem hervor, dass sich

Molenbraeker in einer fast aussichtslosen Situation befunden habe und er für sein Verhalten sogar gelobt werden müsse, da er die Missstände in Rotlichtviertel auf St. Pauli damit „sichtbarer" gemacht habe. Außerdem habe er doch wohl seine Verlobte vor weiteren Angriffen oder Schlimmerem beschützen wollen, was auf jeden Fall schon als strafmildernd gelten müsse. Sie beantragte, den Angeklagten frei zu sprechen.

Der Staatsanwalt machte es kurz. Er wies unter anderem darauf hin, dass der beschuldigte Soldat, wie aus den Vernehmungen bekannt, doch schon einige Privilegien als aktiver Sportler bekommen und diese nie weiter ausgenützt habe. Weiterhin hätte man von Seiten der Einheit in diesem Fall auch selber mal recherchieren können, ob da nicht etwas anderes als nur Fahnenflucht dahinterstecken könne, da der Stabsunteroffizier bisher, mit einem einwandfreien Eindruck, zuverlässig seinen Dienst abgeleistet habe.

Wegen einer nicht sachgemäßen Abwesenheit von der Truppe würde er das zur eventuellen Ahndung an das Truppendienstgericht zurückgeben. Ansonsten aber wäre hier, nach den in Erfahrung gebrachten Umständen, ein Freispruch gemäß Fahnenflucht zu beantragen. Die Vorsitzende Richterin kam dem nach! Eine Schlappe für den Ankläger als Rechtsberater des Regimentes. Ein Kamerad flüsterte mir im Gerichtssaal zu: „Diese Rechtsberater würden am liebsten immer harte Strafen sehen, oder besser noch ‚öffentliche Hinrichtungen', wenn das noch möglich wäre. Die haben doch sonst nur Langeweile und freuen sich, wenn sie einen Soldaten ‚ans Messer' liefern können." Aber bei allen Anwesenden im Gerichtssaal herrschte eine große Erleichterung über das Urteil vor. Als „Schuss vor den Bug" musste der Regimentskommandeur dann aber ein sogenanntes

„Versagen des Aufsteigens in einen höheren Dienstgrad" für ein Jahr verhängen. Das war Molenbreaker aber egal. Denn ein paar Monate später war seine Dienstzeit ohnehin zu Ende. Er ging dann mit Selma - die nun seine Ehefrau war, denn er hatte umgehend nach seinem Freispruch geheiratet - zurück ins Rheinland. In Hennef bei Siegburg bekam er zunächst einen guten Job bei einer Sportausrüstungsfirma. Später wurde er Sportlehrer für den Boxsport, in der bekannten Sportschule im selben Ort. Durch Zufall habe ich mal erfahren, dass die Ehe nach sieben Jahren geschieden wurde. Ihre Tochter im selben Alter wurde von ihrem Vater großgezogen.

Das Kompanie-Fest und ein seltsames Angebot

Das Jahr 1963 schien so „dahinzuplätschern", und ich hatte mich schon nach Laienspielgruppen erkundigt, da mir in dieser Hinsicht irgendwie etwas fehlte. Aber in Hamburg-Bergedorf war so etwas nicht anzutreffen. Daher war ich froh, dass der Spieß mich mit einem Feldwebel beauftragte, ein Kompaniefest zu organisieren. Schließlich wurden wir in Geesthacht fündig, da das dortige Lokal auch einen größeren Saal hatte. Beinahe hätten wir ja diesen Ort an dem Tag der Kubakrise per „Marschschritt" erreicht. Es kam darauf an, dass uns alles zur Verfügung gestellt wurde, ohne Saalmiete. Der Wirt würde an diesem Abend allein durch die Getränke wohl einen guten Umsatz machen, so argumentierten wir unser Anliegen. Bei den Verhandlungen war auch die Tochter von dem Wirt dabei, sie war so Mitte zwanzig Jahre alt und hatte auch meistens das Wort geführt.

Für dieses Fest konnte ich eine Liveband zusammenstellen. Dabei hatte ich zu diesem Zeitpunkt Glück. Überraschend waren in diesem Quartal viele Hobby-Musiker eingezogen worden. An dem betreffenden Veranstaltungsabend gesellte sich plötzlich die Tochter des Hauses an der Bar zu mir. Meine damalige Frau konnte nicht dabei sein, da wir unsere kleine Tochter nicht alleine lassen konnten und ein Babysitter nicht zu bekommen war. Ich nahm mir vor, mich daher auch zurückhalten und nicht etwa auf der Tanzfläche zu vergnügen. Sie stellte sich nochmals mit ihren Vornamen vor und bot mir sogleich ganz unkonventionell das Du an. Mathilde kam nach einigen Minuten sofort zur Sache. Sie hätte mich nach unserem Besuch, um das Lokal für unser Kompaniefest zu buchen, nicht mehr vergessen können. Sie wollte mir einen Vorschlag machen. Ich unterbrach sie, da ich schon gleich die Verhältnisse klarstellen wollte und sagte, dass ich kürzlich geheiratet und mit einem Baby auch erst vor kurzer Zeit eine Wohnung in Wentorf bezogen hätte. Sie schloss daraufhin einen Moment die Augen. Sie hätte sich schon gedacht, sagte sie, dass ich, obwohl ja noch so jung, nicht mehr frei sei – und dass ich, so formulierte sie es, „nicht mehr auf dem Markt" sein könnte.

Aber, und da solle ich ihr genau zuhören, sie sei die einzige Erbin von diesem Anwesen und noch einem Hotel in Laboe in der Nähe von Kiel. Noch zwei weitere kleinere Hotels auf der Insel Fehmarn würden auch dazugehören. Sie müsse an ihrer Seite einen Mann haben, der sie in der Zukunft unterstützen könnte. Viel Zeit würde nicht bleiben, denn sie hätte noch einiges vor. Ich sollte trotz allem mit ihr ein neues Leben anfangen. Auch wenn ich - das hatte ich beim ersten Besuch erwähnt - noch Zeitsoldat sei. Ich könne nach meiner Dienstzeit ganz in ihrem Betrieb anfangen. Ich musste

„schlucken“ und sah sie eine Weile ohne etwas zu sagen an. Schließlich sagte ich: „Du nimmst mich doch sicherlich, heute Abend, hier und jetzt, gewaltig auf den Arm.“ Aber Mathilde, mit ihrem enganliegenden schwarzen Kostüm, die Haare zurückgesteckt, dazu sehr geschmackvollen Schmuck und dezent geschminkt, meinte, dass ihr das sehr ernst wäre. Mit so etwas würde sie keinen Spaß machen. Außerdem sei sie dafür bekannt, immer geradeaus ihre Meinung zu sagen. Dann drückte sie mir den Flyer vom Haus in die Hand. Ihre Lippen waren darauf mit Lippenstift abgedruckt. Darunter hatte sie ihre persönliche Telefonnummer mit der Hand notiert. Ich solle es mir gründlich überlegen, ob ich ein „tristes Leben“, so früh schon mit Frau und Kind, oder ein völlig anderes, interessanteres Leben mit ihr verbringen wolle. Sie gab mir zwei Wochen Zeit, es mir zu überlegen. Anschließend gab sie mir überraschend einen „flüchtigen“ Kuss, dann verschwand sie, und ich sah sie an diesem Abend nicht wieder. Daraufhin musste ich erst einmal einen gewaltigen Cognac trinken. Und anschließend noch „etwas mehr“ mit meinen Kameraden.

Das Fest war beendet, und der Sammelbus fuhr uns alle zurück nach Wentorf. Ich „stolperte“ mehr oder weniger nach Hause in unsere Wohnung, da ich doch wahrscheinlich zu viel Alkohol zu mir genommen hatte. Am anderen Morgen war ich der Meinung, das Erlebnis mit Mathilde nur geträumt zu haben. Doch da fand ich den Flyer mit ihrer persönlichen Telefonnummer in der linken Brusttasche meiner Ausgehuniform! Ich habe nie angerufen. Den Flyer habe allerdings erst nach einem Jahr weggeworfen.

Hoher Besuch aus Übersee

Deutschland stand „regelrecht Kopf“: Der Präsident der Vereinigten Staaten von Amerika, John. F. Kennedy, bereiste Europa und auch die Bundesrepublik Deutschland. Das fand ich wunderbar. Er besuchte nach seiner Landung am Flughafen Köln-Bonn vor seinem Trip nach Bonn, Frankfurt und Wiesbaden auch Köln - natürlich mit einem Besuch im Kölner Dom. Als Katholik geradezu ein Muss für den Präsidenten! Die rheinische Bevölkerung und besonders die Frauen waren begeistert von so einem jugendlich wirkenden Präsidenten. Bei uns wirkten Staatsmänner zu der Zeit immer so ganz anders und vor allen Dingen älter. Schließlich erklang auch noch ein „Kölle Alaaf!“ aus dem Mund des mächtigsten Mannes der Welt, mehr konnte Köln nicht verlangen. Schade, dass ich nicht dort sein konnte! Danach reiste der Präsident nach Westberlin. Höhepunkt war, nach dem Besuch an der Mauer, vor dem Schöneberger Rathaus der legendäre Satz von Präsident Kennedy: „ICH BIN EIN BERLINER.“

Dass er sich bei seinem zehntägigen Europabesuch vier Tage in der Bundesrepublik aufgehalten hatte, zeugte von der Wertigkeit, die die USA ihrem NATO-Mitglied Deutschland zusprachen. Das Ganze konnten wir im Schwarz-Weiß-Fernsehen verfolgen. Die ganze Welt war von diesem Präsidenten begeistert. Wohl kaum konnte man damals auch nur ahnen, dass er wenige Monate später einem Attentat zum Opfer fallen sollte. Das, was fast als unmöglich betrachtet wurde, war nun leider doch möglich. Bei einer Wahlkampfreise ins texanische Dallas am 22. November wurde er von Gewehrschüssen tödlich getroffen. Er und seine Frau Jacqueline fuhren im offenen Wagen, um die vielen Zuschauer, die sich aufgebaut hatten, zu begrüßen. Als Attentäter wurde ziemlich schnell Lee Harvey Oswald festgenommen. Viele Verschwörungstheorien begleiten bis heute dieses an einem Präsidenten der USA vollzogene Attentat: Besonders, da der Attentäter von einem Nachtclubbesitzer und bekannten Mafioso, Jack Ruby, noch vor dem Prozess, im Keller des Polizeigebäudes, mit Schüssen aus einer Pistole ermordet wurde.

Als ich viele Jahre später sogenannter Chef vom Dienst der Truppenzeitschrift „Luftwaffe“ wurde, bot sich eine Gelegenheit an, durch einen befreundeten Journalisten, der sich akribisch damit befasste, eine Gesamtbewertung von dem Fall „Kennedy“ zu veröffentlichen. Ich war der Meinung, dass sich dieses historische Ereignis, wenn auch kein spezifisches Bundeswehrthema, für die Weiterbildung gerade junger Soldaten eignen würde. Besonders, da dieser Präsident den legendären Satz prägte: „Fragt nicht, was kann dein Land für dich tun kann, sondern fragt: Was kann ich für mein Land tun?“ Ich stellte damals schon oft die Frage, wie wohl die meisten Berufs- und Zeitsoldaten wirklich denken. Sind sie auf dem Boden eines freiheitlichen, demokratischen Staates angekommen, für den es sich lohnt, ihn zu verteidigen? Oder betrachteten sie den Soldatenberuf nur als Job, weil es sich gerade so anbot? Auch musste ich mir selber diese Frage stellen und eingestehen, dass ich auch wegen privater Angelegenheiten eine Weiterverpflichtung vorgenommen hatte. Doch auch durch meine frühe Tätigkeit in der Gewerkschaft wurden von mir die Grundsätze eines freiheitlichen Rechtsstaats verinnerlicht - auch wenn ich der Meinung war, dass noch vieles verbesserungswürdig wäre in unserem Land. Manches sogar ganz dringend.

Anfang des Jahres 1964 bekamen wir einen neuen sogenannten Spät-Einsteller als Neuzugang in unserer Kompanie.

Er kam mit dem Dienstgrad Feldwebel und wurde drei Wochen darauf gleich zum Oberfeldwebel befördert. Alle erzählten sich bewundernd, dass dieser Unteroffizierdienstgrad bereits im Zweiten Weltkrieg in der Legion Condor der Luftwaffe in Spanien gedient habe. Er sei nach dem Krieg, nach nur kurzer Kriegsgefangenschaft in England, wieder nach Spanien gegangen, da er dort bei seiner spanischen Frau eine Familie versorgen musste. Wer nur ein wenig über diese schlimme Episode im Zweiten Weltkrieg wusste, konnte wohl nicht darüber glücklich sein, dass die damalige Luftwaffe mit der „Legion Condor" dem Generalissimus Franco geholfen hatte, mit brutalen Bombenangriffen auf die spanische Bevölkerung sein faschistisches Regime aufzubauen - das ja noch lange nach dem Krieg hielt. Die Bombenangriffe auf die Stadt Guernica, die von den Deutschen völlig zerstört worden war und viele Tote hervorgebracht hatte, wurde auch durch den bekannten Maler Picasso in einem Gemälde als Warnung für die Welt festgehalten.

Ich konnte so einen Mann auf keinen Fall bewundern. Auch empfand ich seine eindeutigen antisemitischen Äußerungen, die er unumwunden bei jeder ihm passenden Gelegenheit zum „Besten" gab, als fürchterlich. Als ich mit Stabsunteroffizier Heiler, einem gebürtigen Hamburger, der auch mein Ausbilder beim Unteroffizierslehrgang gewesen war, darüber sprach, meinte der, dass sich unsere jetzigen Verbündeten nun genügend dafür gerächt hätten, indem sie unsere Städte – siehe sein Hamburg - dermaßen mit Bombenterror überflutet hätten. Ich gab ihm damals dahingehend recht. Hatte ich doch die vielen Fotos nach 1945 von der völlig zerstörten Stadt Köln gesehen. Auch hatten mich die schweren Bombenangriffe im Herbst 1944 auf Dresden, hauptsächlich von britischer Seite, nachdem ich darüber gelesen hatte, sehr nachdenklich gemacht. Historiker aus aller Welt, auch aus Großbritannien, bezweifeln bis heute, dass diese Flächenbombardements strategisch noch einen Sinn gehabt haben. Ein besonderes Beispiel dafür ist die Stadt Dresden. Andererseits wollte man wohl Deutschland keine Gelegenheit mehr geben, sich einer nähernden Kapitulation entgegenzustellen.

Aber es blieb dabei, ich konnte diesem Mann nichts abgewinnen, obwohl er von Heiler als „kerniger Soldat" bezeichnet worden war. Bei einer plötzlich angesetzten Geländeübung reichte es mir, dauernd solche abfälligen Bemerkungen über Juden, aber auch, wie er sich wörtlich ausdrückte, „Dreckszigeunerpack", anzuhören. Ich beschwerte mich mündlich nach der Übung bei unserem Kompaniechef. Der war noch nicht lange unser Chef und man vermutete, dass er auch schon mal einen höheren Dienstgrad gehabt haben müsse – sich nun aber als Hauptmann, obwohl schon kurz vor dem Pensionsalter, noch mal bewähren sollte. Er veranlasste eine Gegenüberstellung. Bevor das geschah, fragte ich noch bei den anderen Ausbildern nach, ob sie nicht auch ständig diese Äußerungen von dem Oberfeldwebel mit Namen Sebastian Koch, einem gebürtigen Bremer, vernommen hätten. Aber, es sollte mich an sich nicht verwundern, niemand hatte etwas davon mitbekommen. Die Gegenüberstellung endete demnach, wie ich es hatte kommen gesehen. Der Oberfeldwebel bestritt vehement, so etwas in dieser Form geäußert zu haben. Ich müsse mich da verhört haben, da er manchmal auch Plattdeutsch spreche. Er sagte wörtlich: „Plattdüütsch snacken" - was er so lange in Spanien ja nicht konnte.

Ich war nun froh, dass mir angeboten wurde, in Hamburg zunächst für vier Wochen eine Bundeswehrfachschule besuchen zu dürfen. Wir „Schüler" wurden mit einem Bundeswehrbus bis zur Fachschule der Bundeswehr in Hamburg gebracht und nach dem Unterricht am Nachmittag wieder abgeholt. In dieser speziellen Schule konnte man bis zu einem rechtlich anerkannten Abitur aufsteigen. Nach den vier Wochen, die mir sehr gutgetan hatten, da ich Versäumtes lernen und anderes „auffrischen" konnte, wurde das Projekt „Dienstzeitbegleitender Unterricht" für Zeitsoldaten wieder abgeschafft. Und damit konnte ich nicht weiter in eine höhere Klasse versetzt werden. „Wahrscheinlich", so äußerte ich mich ziemlich verärgert, „werden die entsendeten Soldaten für die Bundeswehr zu schlau." In der Kompanie zurück, das konnte ich nun bemerken, wurde ich von einigen „schief" angesehen, weil ich mich über den „Condor-Oberfeldwebel" beschwert hatte.

Neue Situation und ein Angebot

Unser Regimentskommandeur wurde beauftragt, das Luftwaffen-Ausbildungsregiment im Standort Goslar neu aufzubauen. Dazu konnte er Personal in begrenzter Form aus Wentorf mitnehmen. Einige der in Goslar unter anderem als Luftraumbeobachter und Luftwaffenpioniere stationierten Soldaten sollten als Ausbilder für das neue Ausbildungsregiment „umgeschult" werden. Die verbliebenen Soldaten in Wentorf gehörten dann zum Luftwaffenausbildungsregiment in Pinneberg. Den Sinn des Ganzen verstand zwar keiner, aber es wurde auch nicht weiter darüber diskutiert, da ja alle, die nicht nach Goslar wollten, es auch nicht brauchten. Der Kommandeur bestellte sich vom Offizier bis zu den Unteroffizierdienstgraden jeden, den er mit dabeihaben wollte, persönlich ein. Ich war auch dabei. Es reizte mich, wieder in die Nähe der Region meiner Kindheit in Vienenburg bei Goslar zu kommen, in der ich aufgewachsen war und bis zum elften Lebensjahr gewohnt hatte, ehe wir nach Köln „umsiedelten". Immerhin waren Goslar und Umgebung auch die Heimat meines Vaters und seiner Vorfahren. Mein ältester Bruder mit seiner Frau und nun zwei Söhnen wohnte auch in Vienenburg, acht Kilometer von Goslar entfernt. Also sagte ich zu, direkt nach Goslar kommandiert zu werden, um zunächst die Soldaten in Goslar, die nun Ausbilder werden sollten, einzuweisen.

Unserem Bataillonskommandeur Oberstleutnant Leicht gefiel das nun gar nicht. Ihm sagte man nach, er sei im Krieg bei der Waffen-SS, Leibstandarte „Adolf Hitler", gewesen. Das konnte ich nicht glauben! Ich nahm an, dass nun nicht gerade „solche Ehemaligen", mit so einer Vita, wieder in der Bundeswehr zugelassen würden. Doch ich könnte mich auch geirrt haben. Auch zu ihm musste ich. Er schrie mich sogleich an, dass er es als „Verrat" betrachten würde, hier einfach so abzuhauen, da er auf mich, wie ich ja wisse, große Stücke halte. Er hatte mich mal bei einer Übung und Gefechtsabnahme ausdrücklich für meine Vorführung mit der Gruppe gelobt, während er die anderen Übungen in der Kompanie wörtlich als „grauenhaft" empfand. In unserem Gespräch lockte er mit dem Versprechen, mich zur Sporthochschule der Bundeswehr nach Sonthofen zu entsenden, damit ich dort zum Sportlehrer ausgebildet werden könnte. Doch mein Entschluss, nach Goslar zu gehen stand fest – und schließlich war ich ja vom Regimentskommandeur ausgesucht worden. Als ich mich in Wentorf abmeldete, um meine Dienstfahrt nach Goslar anzutreten, begegnete ich dem besagten „Condor"- Oberfeldwebel Koch mit seinem

Ausbildungszug. Sie sangen: „Wir zogen hoch über den Wolken, mit Bomben wohl gegen den Feind. Hoch über der Spanischen Erde - mit den Fliegern Italiens vereint. Wir sind deutsche Legionäre, die Bombenflieger der Nation. Im Kampf für Freiheit und Ehre, Soldaten der Legion Condor." Da war ich froh Wentorf, aber leider auch damit Hamburg, verlassen zu können.

Nach Hamburg-Osdorf, der Truppenschule der Luftwaffe, sollte ich aber noch zweimal kommandiert werden. Der „Spiegel" berichtete zwei Jahre später in einem Artikel über einen jungen Leutnant aus Wesendorf (Heide), der dieses NS-Lied mit seinen Rekruten beim sogenannten Marsch und Gesang immer anstimmen ließ. Es waren sogar ein paar Fotos mit Bildunterschriften abgebildet. Nun gab es doch noch einen allgemeinen Skandal. Über die Tradition der Bundeswehr wurde wieder mal „groß diskutiert". Schließlich wurde es ausdrücklich verboten, so ein Lied und auch noch andere aus der zweifelhaften „Vergangenheit" anzustimmen. Nur die Lieder, die im Liederbuch der Bundeswehr standen, durften nun gesungen werden. Ich habe diesen Offizier nach ein paar Jahren kennengelernt. Er schien mir ein offener und einfühlsamer Vorgesetzter zu seinen Soldaten zu sein. Über seinen „Sündenfall" von damals wollte er nicht mehr sprechen. Mein neuer Standort war also Goslar am Harz, mit dem Rammelsberg zur Erzförderung, was schon im Altertum begonnen hatte. Die schöne alte Kaiserstadt mit der gut erhaltenen, um 1040 bis 1050 erbauten Kaiserpfalz, errichtet von Heinrich dem III. Sein Herz liegt begraben in der Pfalz-Kapelle, und es gibt in der Gegend noch so manche andere Sehenswürdigkeiten. Diese frühere Hansestadt hat auch eine lange Militärtradition, zum Beispiel die Goslarer Jäger. Der berühmte Feldmarschall Rommel hatte in diesem Verband gedient. Auch sollten einige pensionierte Generale aus dem Zweiten Weltkrieg nun dort wohnen. Möglich, dass gerade diese Stadt auch deswegen ausgesucht wurde, denn es fanden dort auch die jährlichen Ritterkreuzträgertreffen und auch Treffen von der „Gemeinschaft auf Gegenseitigkeit der Angehörigen der ehemaligen Waffen-SS e.V.“ (HIAG) statt! Aber auch schon zur damaligen Zeit tagten die deutschen Verkehrsrichter in Goslar.

Als Kind fuhr ich mit meiner Mutter von Vienenburg nach Goslar mit dem Bus zu den Fachärzten. Auch wurden mir in dem Goslarer Krankenhaus die Mandeln entfernt. Dem damals behandelnden Hals-Nasen-Ohrenarzt würde ich nun bald mit einer nicht so schönen Episode wieder begegnen. Zunächst meldete ich mich in der Luftraumbeobachter-Kompanie. Hier waren ein Feldwebel, zwei Unteroffiziere und ein Hauptgefreiter, die in einer der neu aufgestellten Ausbildungskompanien versetzt werden sollten. Diese sollte ich auf ihre zukünftigen Aufgaben vorbereiten. Der Kompaniechef, bei dem ich mich mit militärischem Gruß meldete, blickte gar nicht auf. Er war damit beschäftigt, seine Stiefel zu putzen. Dann sagte er, dass ihn das „Geschwafel“ von dem neuen Regimentskommandeur nicht interessieren würde. Da ich schon mal da sei, sollte ich in der 3. Luftraumbeobachtergruppe meinen Dienst versehen. Ich wollte entgegnen, dass ich wohl einen klaren Auftrag mitbekommen hatte, da brüllte er schon: „Das ist alles, treten Sie weg, der Spieß kümmert sich um eine Unterkunft für Sie!“ Ich suchte die 3. Gruppe auf. Sie wurde durch den Hauptgefreiten Böhme geführt. Er meinte schon, dass ich die Gruppe übernehmen sollte, doch ich klärte ihn auf und ging am Abend im Unteroffiziersheim mit ihm ein Bier trinken. „Also Uffz, morgen früh um fünf Uhr ist Aufbruch zu unserem morgigen Einsatzort, da kannste noch was lernen“, meinte der Hauptgefreite. Natürlich war ich doch interessiert, was die Luftraumbeobachter so machen mussten - und war schon gespannt. Zunächst fuhren wir mit einem NATO-Ford weit in die Harzberge hinein. Dann mussten wir noch eine Weile mit der gesamten Ausrüstung zum Einsatzort marschieren. Der Hauptgefreite würde sich, wie er selbst bemerkte, auskennen. Er schaute aber dauernd auf eine spezielle Karte.

Ein UN-heimlicher Ort

Schließlich rief er in seinem Ruhrpott-Slang (er stammte aus Herne): „Hier isset, alles aufbauen!“ Die eingespielte Crew wusste, was zu tun war. Sie bauten schnell auf und waren auch froh, die schwere Ausrüstung nun nicht mehr schleppen zu müssen. Die Aufgaben bestanden unter anderem darin, mit speziellen Feldstechern die Flugbewegungen der „andere Seite“ mit ihren MIGs zu beobachten und möglichst mit Kennzeichen an den Tragflächen und Uhrzeit zu registrieren. Das sollte so bis zum Eintreten der Dämmerung geschehen. Sollten auch in der Nacht Flugbewegungen stattfinden, waren immer zwei Soldaten im Wechsel eingeteilt, dieses mit Nacht-Sichtgeräten ebenfalls zu registrieren. Am anderen Morgen sollte es dann nach ein wenig Nachtruhe in den Zwei-Mann- Zelten wieder zurück gehen. Wahrscheinlich hatten die „Kameraden“ im Osten alle Urlaub - denn es gab nur sehr wenige Flugbewegungen zu beobachten. Gegen Abend machte ich den Vorschlag, dass die Soldaten, die nicht eingeteilt waren, im Wechsel doch mal die Gegend erkunden sollten, möglicherweise gab es irgendwo so etwas wie eine „Waldkneipe“. Gesagt, getan - ich ging mit drei

Soldaten als erster los, so eine Lokalität zu suchen. Ich hatte auch einen ziemlich breiten Waldweg gesehen, dort gingen wir, ohne es zu wissen, in Richtung Osten immer weiter. Und richtig! Plötzlich sahen wir ein kleines Lokal, draußen hingen auch mehrere Schilder, die auf eine sogenannte „Wolfzahnschenke“ hinwiesen. Auch fiel mir die Reklame für eine Biersporte auf: „Wernesgrüner“. So eine Biersorte kannte ich nicht. Ich dachte aber, dass es speziell dort im Oberharz getrunken würde. Als wir in das Lokal hinein gingen, schauten drei männliche Gäste, wie ich sofort bemerken konnte, erstaunt auf. Der Wirt war noch mit Gläserspülen beschäftigt und hatte nur ein „N-Abend!“ gemurmelt. Wir ließen uns an der Theke nieder. Ich bestellte drei Pils. Jetzt erst schaute der Wirt uns richtig an: „Woher kommt Ihr denn? Was seid Ihr denn für Soldaten?“ Ich antwortete, dass wir vom Fliegerhorst Goslar wären, sagte aber nicht, was wir dort in der Gegend machen würden.

„Dann macht Euch mal ganz schnell wieder von hier weg - meine Güte - Ihr seid hier in der DDR!“

„Waas?!“, entfuhr es mir, aber zugleich deutete ich den Männern an, schnellstens das Lokal zu verlassen. Wir liefen förmlich zu unserer aufgebauten Beobachtungsstelle. Ich rief schon von Weitem:

„Los schnell, alles abbauen, die Zelte stehen lassen, nichts wie weg, wir sind in der DDR!“ Der Hauptgefreite wollte nach etwas erwidern, aber ich sagte: „So, ich erkläre mich jetzt hier zum Vorgesetzten, gib mir die Karte und Kompass!“

Während hastig abgebaut wurde, nordete ich - wie es heißt - die Karte mit dem Kompass neu ein und zeichnete mit einem Stift unseren Rückweg ein. Erst nach Überquerung einer sehr breiten Schneise, die uns an sich schon beim Hinmarsch hätte auffallen müsste, gab ich nach einigen Kilometern das Zeichen zu einem Halt, als ich sicher war, wieder im Westen zu sein. Wir waren ziemlich schnell marschiert und alle „keuchten“ förmlich, als wir nun zur Ruhe kamen. Klar - der Hauptgefreite hatte uns zu einem „ziemlich falschen Beobachtungsplatz“ geführt. Aber ich war der Dienstgradhöchste und hätte es unterbinden können und mich nicht auf die Erfahrung dieses Soldaten verlassen müssen. Wir beratschlagten uns und kamen zu dem Entschluss, dort wo uns das Fahrzeug am anderen Morgen wieder abzuholen sollte, die restliche Nacht zu verbringen.

Über das Erlebte im anderen Teil von Deutschland und in der DDR-Schenke sollte keiner ein Wort verlieren. Das schworen wir uns. Wegen der zurückgelassenen Zeltplanen brauchten wir uns laut dem Hauptgefreiten weiter keine Gedanken machen. Der Nachschub-Unteroffizier hatte immer genug davon im Bestand. Und, wie er sagte, wäre er sein „Kumpel“. Wir konnten uns auch denken, was da noch an „Unannehmlichkeiten“ auf uns zugekommen würde. Womöglich würde auch der Militärische Abschirmdienst (MAD) uns ins Verhör nehmen. Gar nicht an den Skandal zu denken, wenn das die Öffentlichkeit erfahren würde! Ich glaubte aber auch, dass von Seiten der DDR nichts kommen würde. Sie wollten sich doch wohl nicht die Blöße geben, dass in ihren so gut abgeriegelten Staat einfach ein paar Bundeswehrsoldaten hinein- und wieder rausmarschieren konnten. Die Zeltplanen haben sicherlich einige der dort eingesetzten Grenz-Volksarmisten für diesen Abschnitt schnell verschwinden lassen. Tatsächlich hatte keiner von uns je etwas über diesen „seltsamen Ausflug“ berichtet. Später hätte uns das wohl auch niemand mehr geglaubt!

Ich hatte jetzt genug davon, als „Gast“ in dieser Luftraumbeobachter-Einheit zu sein. Ich rief einfach über das UvD-Diensttelefon den Regimentskommandeur Oberst Kopf an, der noch in Wentorf „verweilte“. Man wollte mich zunächst ins Vorzimmer durchstellen, doch ich sagte, dass ich eine Beobachtung schildern müsse, die von bedeutender Tragweite sei. Ich wurde durchgestellt und berichtete, dass dieser Kompaniechef sich weigerte, meinen aufgegebenen Auftrag auszuführen, ohne die noch anderen Bemerkungen, die er noch gemacht hatte, zu nennen. „Sie können ab sofort Ihre Sachen packen und melden sich beim Vorkommando-Beauftragten Hauptfeldwebel Scharrenbroich. Ich werde höchstpersönlich mit diesem Kompaniechef telefonieren“, sagte der Oberst nur kurz.

In dem Gebäude, wo ich mich nun melden musste, war schon so einiges Vorpersonal angekommen. Zu meiner großen Freude traf ich auch „Heinzi“, meinen Zugführer aus Wentorf, wieder. Er war schon zum Hauptfeldwebel befördert worden und sollte mein Spieß in der neuen Ausbildungskompanie werden, in der ich dann vier Jahre meinen Dienst versehen würde. Bis das vollständige Personal und die ersten Rekruten eintreffen sollten, hatten wir noch einige Zeit. So führten wir alle bis dahin ein tolles Leben. Wir machten Ausflüge und besuchten gute Restaurants in der Gegend, die ein zünftiges Essen servierten, aber auch preiswert waren. Als manche Wirte mitbekamen, dass der Fliegerhorst mit Personal erheblich aufgestockt werden sollte, da ein ganzes Luftwaffenausbildungsregiment dort stationiert werden würde, brauchten wir so manches Getränk und auch oft das Essen nicht bezahlen! „Das ist keine Bestechung“, meinte Hauptfeldwebel Scharrenbroich, ein echter Goslarer, „die freuen sich und wollen uns damit begrüßen, das kann und darf man nicht ablehnen." Discotheken gab es nicht so viele in der Gegend, aber hin und wieder besuchten wir eine, und hörten dann zum Beispiel von Roy Orbinson „Pretty Woman" - bis heute immer wieder gerne gehört.

Nachdem wir mit unserer Rekruten-Ausbildung begonnen hatten, freundete ich mich mit einem Leutnant, einem Fähnrich und einem Fahnenjunker an. Ich war zum Stabsunteroffizier befördert worden. Wir machten als sogenannte „Musketiere vom Fliegerhorst" mit einem alten Mercedes 170, Baujahr 1951, die Gegend unsicher, wie man es damals so sagte. Obwohl alles harmlos verlief. Das dauerte aber nur so lange, bis ich eine Wohnung bekommen hatte und meine Familie nachziehen konnte. Man schickte mich zeitig zum Feldwebel-Lehrgang Teil I nach Hamburg-Osdorf, damit ich möglichst früh auch zum Feldwebel befördert werden sollte. Diesen Lehrgang mussten damals noch alle Feldwebeldienstgrade absolvieren, egal ob sie Techniker, Flugzeugführer oder Sonstiges waren. Feldwebeldienstgrade waren zu dieser Zeit auch Starfighter-Piloten. Ich freundete mich bei diesem Lehrgang mit jemandem aus Kerpen-Nörvenich an. Er war Oberfeldwebel und musste diesen „Stoppelhopser"-Lehrgang, wie er ihn nannte, noch bestreiten, um weiter befördert zu werden.

Wir gingen am Wochenende zusammen auch auf die Reeperbahn, die ich ja schon kennengelernt hatte, wenn auch mit negativem Aspekt. Wir amüsierten uns, sozusagen als Erholung für den ziemlich zügigen, harten Dienstablauf des Lehrganges mit vielen Klausuren. Für meinen fliegenden Freund war das alles kein Thema, er schrieb die Arbeiten meistens mit den höchsten Punktzahlen. „Ich bin froh, wenn dieses Händchen wieder die Mach 2 Überschallgeschwindigkeit steuern kann", schwärmte er immer wieder von seiner fliegerischen Tätigkeit. Nach bestandenem Lehrgang und wieder bei seinem Geschwader in Nörvenich hörte ich, dass er gar nicht lange nach seiner Rückkehr und wieder eingesetzt als Pilot mit seinem Starfighter tödlich abgestürzt war. Seine Maschine soll wohl fast senkrecht in der Eifel in einen Acker gestürzt sein. Es gab zu dieser Zeit noch einige Starfighter-Unglücke. Wenig später wurden mit der Ausbildung und mit der Benennung zum Flugzeugführer alle Piloten automatisch auch Offiziere.

Meinen Ort der Kindheit in Vienenburg besuchte ich nur selten – nur wenn ich bei der Familie meines Bruders war. Ich traf hin und wieder einige aus dem Ort, die entweder gerade als Rekruten eingezogen wurden, und die ich nicht in so guter Erinnerung hatte, oder ich entdeckte auch mal Spielgefährtinnen aus meiner Straße, in der ich früher gewohnt hatte. Bei einem geselligen Abend mit meinem Ausbildungszug im Maltermeisterturm Goslar – inzwischen war ich zum Feldwebel befördert - erkannte ich Diana aus Vienenburg. Sie war eine Spielgefährtin in unserer Straße, ich war damals wohl etwa neun Jahre alt. Sie kam mit ihren Freundinnen vorbei, um mit uns zu feiern. Das Erkennen war schon fast einen „Filmdreh“ wert. Sicherlich hätte sie nie vermutet, ausgerechnet mich in einer Soldatenuniform und wie es hieß als jüngsten Feldwebel der Luftwaffe wiederzusehen. Ich hatte wohl als Junge immer den Eindruck vermittelt, etwas Künstlerisches werden zu wollen. Meine Gesangseinlagen im Turnverein und meine Vorführungen mit meinen Kasperpuppen waren noch bei allen Spielgefährten von damals in Erinnerung geblieben. Irgendwie sollte ich immer mehr Gefallen an dem Soldatenberuf finden. Das musste ich nun bei mir feststellen - anfangs als eine gewisse Alternative in der weiteren Lebensplanung, dann durch Heirat fast gezwungen, doch etwas länger zu bleiben. Nun aber hatte ich mich schon auf insgesamt zwölf Jahre verpflichtet. Es wurde einem auch leicht gemacht, denn es gab für die weitere Verpflichtung für mindestens vier Jahre eine sogenannte Verpflichtungsprämie. Auch wurde mir nach Ablauf der zwölf Jahre durch den Berufsförderungsdienst der Bundeswehr ein Studium für insgesamt vier Jahre für meine Berufswunschwahl Sozialarbeiter in Aussicht gestellt.

Tod auf dem Schießplatz

Der Schießplatz war ein paar Kilometer vom Fliegerhorst Goslar entfernt. Immer wenn unsere Kompanie zum Schießen eingeteilt war, wurden wir von dem Schießplatzverwalter Rudi Schrewinski begrüßt. Er war auf keinen Fall ein netter Mann, sondern sagte meist nur: „Da kommen ja wieder die schönen Operettenausbilder. Habt Ihr den Männern denn schon etwas beigebracht?“ Er erzählte auch oft ungefragt, dass er nach dem Krieg direkt aus der französischen Gefangenschaft zur Fremdenlegion gegangen sei. Auch sei er dort im Nahkampf ausgebildet worden, davon würden die „Luschis“ von Bundeswehrsoldaten keinerlei Ahnung haben. Im „Schlepptau“ von ihm war des Öftern Oberfeldwebel Fritz Wrede, auch ein echter Goslarer. Er war etwas älter und war noch zum Ende des Krieges im Fliegerhorst als junger Gefreiter eingezogen worden. Als die Bundeswehr aufgestellt wurde, hatte er sich direkt freiwillig gemeldet und sich später in seine Heimatstadt versetzen lassen. Eingesetzt war als Sachbearbeiter für Liegenschaften, dazu gehörte auch der Schießplatz im zuständigen Bataillon. Nun aber würde er bald in den Ruhestand gehen. Auf dem Dienstplan stand wieder Schießausbildung mit Gewehr, nun das belgische FN-Gewehr. Also marschierten wir mit der Kompanie erneut dorthin. Als wir uns schon einige Meter von der Kompanie entfernt hatten, gab es vom Kompaniefeldwebel „Heinzi", der aufgeregt angelaufen kam, plötzlich ein lautes „Halt!" Am Morgen hatten zwei zivile Bundeswehrangestellte, die dort beschäftigt waren, den Oberfeldwebel Wrede erhängt im Aufenthaltsraum des Schießplatzes gefunden!

Der Schießplatzverwalter war nicht aufzufinden gewesen, obwohl er in einer kleinen Wohnung direkt auf dem Schießplatz wohnte. Angehörige hatte der Verwalter wohl keine, jedenfalls wusste man es nicht. In dem Aufenthaltsraum war ein Brief von Wrede an die Adresse seines Disziplinarvorgesetzten, einen jungen Oberleutnant namens Baldus von Scheppenhaun, adressiert. Dieser galt als ein eingebildeter Mensch, wie fast alle Soldaten und Zivilangestellten im gesamten Fliegerhorst Goslar es fanden. Von ihm soll auch mal der Satz gefallen sein, dass bei ihm der Mensch erst mit einem Offiziersdienstgrad anfängt. Daraufhin wurde er zwar von seinem Kommandeur gerügt, aber ansonsten gab es keinerlei Auswirkungen für ihn. Die Kriminalpolizei hatte den Brief an sich genommen und noch nicht ausgewertet, wie es dem Regimentskommandeur mitgeteilt wurde. Wir mussten nun das Schießen absetzen und marschierten stattdessen zu einer Geländeübung auf dem Übungsplatz „Bollerich". Es dauerte fast zwei Wochen, so lange wurde der Leichnam von Wrede nicht freigegeben. Nach eingehender Obduktion wurde vermerkt, dass er sich wohl selber erhängt hätte. Es waren keinerlei weitere Fingerabdrücke vorzufinden, außer von dem Schießplatzverwalter, von dem es immer noch keine Spur gab, aber auch nur auf dem Stuhl, der beim Auffinden von Wrede umgekippt im Raum lag. Nun wurde auch bekannt, was in dem handgeschriebenen Brief von Wrede stand. Zunächst beklagte er sich über seinen Vorgesetzten, den Oberleutnant, über ihm gegenüber illoyales Verhalten, seit dieser seinen Dienst im Fliegerhorst angetreten habe. Dann erklärte er, dass er sich gegenüber seiner Familie und auch seinem Dienstherrn, der Bundeswehr, schuldig gemacht habe. Bei Zusammenkünften mit zwei Frauen aus Langelsheim auf dem Schießplatz, sei es mit einer Frau - er nannte sie Pauline - zum Geschlechtsverkehr gekommen. Diese Frau sei nun von ihm schwanger. Er fühle sich deswegen sehr schuldig und bedaure sein Verhalten. Als Soldat wisse er, was nun geschehen müsse. Dann schrieb er großen Buchstaben: ICH MELDE MICH AB - UND KOMME NICHT WIEDER!

Einige Goslarer, die natürlich laufend aus der Presse über den Fortgang dieses Ereignisses in Kenntnis gesetzt wurden, berichteten, dass sie den Schießplatzverwalter in Bad Grund gesehen haben wollen. Nach nur wenigen Tagen konnte Schrewinski wegen des Verdachts der Verbindung mit einem Tötungsdelikt vorläufig festgenommen werden. Nach eingehenden Verhören, in denen der sonst so forsche Schießplatzverwalter immer „kleiner“ wirkte, kam heraus, dass er vor Schreck die Flucht ergriffen hatte, nachdem er am frühen Morgen die Leiche vom aufgehängten Freund, wie er sich ausdrückte, „aufgebaumelt“ vorfand. Auch fühle er sich mitschuldig, da sie sich zusammen mit den beiden Damen - die eine lebte in Scheidung - immer auf dem Schießplatz getroffen und mit viel Alkohol „vergnügt“ hätten. Als Zeugin hatte er noch den Namen der anderen Frau genannt: Mechthild Klammer. Das aber wusste die Kriminalpolizei schon. Hauptkommissar Pohl, der gerade frisch von Köln nach Goslar - seiner alten Heimat, denn er stammte aus Bad

Harzburg-Bündheim - versetzt war, leitete die Untersuchung. Er legte das Abschiedsschreiben auch der Ehefrau von Wrede vor. Dabei beobachtete er, dass sie ein wenig verdutzt schaute, aber dann doch bestätigte, dass es die Handschrift ihres Mannes sein könne. Er hätte nicht viel, auch nicht ihr selber, handschriftlich geschrieben. Es gab kein Begräbnis mit militärischen Ehren, aber das gesamte Unteroffizierkorps und auch ein Vertreter aus dem Regimentsstab begleiteten diesen unglücklichen Oberfeldwebel zu seiner letzten Ruhe. Er hinterließ eine Frau und zwei schon fast erwachsene Töchter.

Angebrachter Zweifel

Hauptkommissar Pohl wollte diesen Fall noch nicht zum Abschluss bringen. Er legte den Abschiedsbrief einem Schriftsachverständigen vor. Der verglich auch andere, wenige Schreiben von Wrede. Als Ergebnis kam heraus, dass Oberfeldwebel Wrede diesen Brief niemals selbst geschrieben haben konnte! Aber auch nicht der Schießplatzverwalter, den man nochmals „in die Mangel" nahm und der auch ein paar Schriftproben abgeben musste. Alle Beteiligten wurden nochmals persönlich von Hauptkommissar Pohl verhört. Besonders auch die beiden Frauen. Der Schießplatzverwalter wurde nochmals fast zwei Stunden lang erneut vernommen. Er war schon von seinen Aufgaben entbunden worden, und eine fristgerechte Kündigung war ausgesprochen worden. Daraufhin wurde er aber bei Oberst Kopf, dem Regimentskommandeur, vorstellig. Der Oberst, immer am Menschen interessiert, empfing ihn nicht nur, sondern ließ sich auch Zeit, ihm zuzuhören. Schrewinski schilderte sein Leben von seiner Kindheit an. Er war direkt mit siebzehn Jahren aus dem Waisenhaus zur Wehrmacht gegangen. Zum Schluss war er in Italien eingesetzt. Dort hatte er miterlebt, wie sogenannte Sonderkommandos der SS mit einigen der Bevölkerung, die als Landesverräter galten, umgegangen waren. Ohne Halt und Familie hatte er sich nach Krieg und Gefangenschaft schließlich bei der französischen Fremdenlegion beworben. Dort wurde er bei schweren Gefechten in Afrika mehrmals verwundet. Er hätte nach seinem Abschied von der Legion auch in Frankreich bleiben können, doch er verspürte Heimweh nach Deutschland. Er schlug sich in Niedersachsen als Hilfsarbeiter durch, bis er die Stelle auf dem Schießplatz nach Ausschreibung der Standortverwaltung Goslar doch noch, für ihn überraschend, bekam.

Nach dem Gespräch erklärte der Oberst, dass er der Standortverwaltung in dieser Angelegenheit nicht hineinreden wolle. Er würde sich aber dafür einsetzen, dass er eine Stelle innerhalb des Fliegerhorstes bekommen könnte, um nicht gänzlich entlassen zu werden. Er nahm aber Schrewinski das Versprechen ab, sich in Zukunft keinerlei Verfehlungen mehr zu leisten. Er durfte nun in einer Arbeits- und Putzkolonne auf dem Fliegerhorst arbeiten. Diese Kolonne war unter anderem für die Toilettenreinigungen der Wachen, des Offiziersheims und des Unteroffiziersheims zuständig. Der Fall wurde schließlich zu den Akten gelegt.

Sechzehn Jahre später starb der Mann von Pauline Langhorst, die mit Oberfeldwebel Wrede ein Verhältnis gehabt hatte – aus dieser Verbindung stammte ein Sohn. Ihr Ehemann soll ihr angeblich verziehen und den Sohn als seinen eigenen anerkannt und, wie Nachbarn bestätigten, ihn liebevoll aufgezogen haben. Sie hatten selbst keine leiblichen Kinder. Beim Durchsehen seiner Unterlagen, zum Beispiel der nötigen Geburtsurkunde für die Beerdigung, fand man ein Schreiben. Auf dem Kuvert stand: „Nach meinem Tod bitte der Polizei übergeben.“ Es war ein Bekennerschreiben von Walter Langhorst, der sich des „Mordes“ an Oberfeldwebel Wrede bezichtigte! Darin schrieb er in drei Sätzen nur, dass er für den Tod verantwortlich sei und den Mord durchgeführt hätte - ohne noch weitere Umstände zu nennen. Seine Ehefrau wollte dieses Schreiben erst verschwinden lassen, übergab es aber dann doch an die Goslarer Kriminalpolizei. Im Rahmen der damaligen Ermittlungen hatte man den nun Verstorbenen auch mehrmals befragt. Aber seinen Aussagen zufolge, und auch nach denen von seiner Frau, hatte er angeblich nichts von dem Verhältnis gewusst – und war so nicht weiter unter den möglichen Verdächtigen geraten. Es wurde überlegt, die Ermittlungen nochmals aufzunehmen, da vieles als sehr „ungereimt“ erschien. Sicherlich würden mit den nun verbesserten Ermittlungsmöglichkeiten ganz andere Resultate erzielt werden können. Doch die damaligen Spurensicherer hatten nicht viel gesichert, da sie wohl immer davon ausgegangen waren, dass es sich hier um einen Suizid handeln würde. Auch war inzwischen der Tatort - die Aufenthaltsbaracke und auch das kleine Wohnhaus auf dem Schießplatz - abgerissen und mit einem Bürocontainer versehen worden. Der ehemalige Schießplatzverwalter Schrewinski war schon länger wegen Arbeitsunfähigkeit in Rente und lebte sehr krank in einem Pflegeheim. Zusätzlich litt er an Demenz. Einige Goslarer wollen die beiden Witwen Wrede und Langhorst in Begleitung eines etwa siebzehnjährigen jungen Mannes in Goslar fröhlich bei einem Einkaufsbummel gesehen haben. Dieses alles erfuhr ich auch nur deswegen, weil ein Bekannter, mittlerweile Polizeibeamter, in Bad Harzburg seinen Dienst versah.

Erlebnis mit den „Kyffhäusern“

Gerade wollte ich mich nach Dienstschluss auf den Heimweg machen, da traf ich unseren Spieß „Heinzi“: „Gut, dass ich dich treffe, hast du am Samstagabend schon was vor?“ Während ich noch zögerte, fuhr er fort: „Wir haben da eine Einladung von einem Kyffhäuserbund aus dem Dorf Hahnenkamm-Aue, da wäre es prima, wenn du als junger Oberfeldwebel auch dabei wärst.“ Ich war inzwischen zum zweiten Feldwebellehrgang kommandiert worden und nach Bestehen und Rückkehr zur Einheit direkt zum Oberfeldwebel befördert worden. Diese Schulung steckte mir immer noch „in den Knochen“ - ein ziemlich harter Lehrgang, wie es im Allgemeinen in der Luftwaffe hieß, denn alle Teilnehmer wurden in Hamburg-Osdorf richtig „rangenommen“ mit Gefechtsübungen, wie „Angriff aus der Bereitstellung“ sowie vielen schriftlichen Arbeiten. Trotzdem hatte es mir mal wieder sehr gut in Hamburg gefallen. Nun konnte ich mich gegenüber unserem „Spieß“ mit so einem Wunsch nicht entziehen. Also sagte ich zu, obwohl ich von solchen rechtsgerichtet-konservativen Soldatenverbänden nicht sonderlich viel hielt.

Der Abend begann schon um 17:30 Uhr. Wir waren mit insgesamt sieben Mann, alle in Ausgehuniform, erschienen. Man hatte die Tische mit Kaffeegeschirr und dem bekannten Harzer Zuckerkuchen (oder auch Butterkuchen) gedeckt. Dieser Kuchen wird traditionell auf großen Blechen mit Hefeteig gebacken. Je nach Anlass ist er auch als Beerdigungskuchen bekannt. An der Wand hing die alte Reichskriegsflagge aus dem ersten Weltkrieg. Eine Fahne von der Bundesrepublik Deutschland war nirgends zu sehen. Der Vorsitzende des Kyffhäuserbundes, ein ehemaliger Oberleutnant der Infanterie und Ritterkreuzträger, begrüßte uns mit einem dreifachen „Hurra“, ausgerufen von seinen Mitgliedern. Manche davon waren schon im „betagten Alter“. Seine Rede, in kurzen „schneidigen“ Sätzen gehalten, enthielt viele Vorwürfe an die deutsche Bundesregierung, die es versäume, ihre Soldaten aus den vergangenen zwei Weltkriegen, die so tapfer für Deutschland gekämpft hätten, genug zu würdigen. Bevor nun unser Kompaniechef auch einige Sätze sagen sollte, bat der Vorsitzende noch um eine Spende von uns Gästen, damit Kaffee und Kuchen bezahlt werden können. Offensichtlich hatte dieser Verein nur „Ebbe“ in der Kasse. Unser Kompaniechef, Hauptmann Reimser, der ein wenig so aussah wie der amerikanische Politiker und zu dieser Zeit noch Präsidentschaftskandidat Richard Nixon, erwähnte in seiner Begrüßung neben Dankesformeln das Vermissen unserer Bundesfahne. Denn wir Soldaten seien nun mal Angehörige der Bundeswehr, einer Parlamentsarmee - bereit zur Verteidigung dieser Nation, wie im Grundgesetz verankert. Für diese Aufklärung von unserem Kompaniechef gab es von den Kyffhäusern keinen Applaus!

Nach dem Kaffee konnten wir auch etwas Alkoholisches bestellen, mussten es allerdings auch selber bezahlen. Als ich an dem kurzen Tresen in dem kleinen Vereinslokal stand, kam ein älterer Herr, der sichtlich gehbehindert war, auf mich zu

„Gestatten, Herr Oberfeldwebel, dass ich Ihnen mal ein paar Fragen stelle?“ Dabei hatte er versucht die Hacken „zusammenzuknallen“ und grüßte militärisch.

„Um Gottes willen!“, entfuhr es mir: „Bitte setzen Sie sich doch und sprechen mich doch einfach mit meinem Namen an.“ Ich stellte mich mit meinem Namen vor.

„Ich weiß als alter Soldat, was sich gehört, schließlich war ich im ersten Weltkrieg schon in Verdun als Obergefreiter dabei“, antwortete der Mann. Dann sagte er, dass ich ihn an seinen Sohn erinnere, er sei auch noch zum Schluss des Krieges eingezogen worden. Der Sohn, leider nicht er selber, sei dann für Deutschland gefallen. Er wollte nun wissen, woher ich komme und wo mein Zuhause sei. Ich erklärte ihm, dass meine Familie väterlicherseits auch aus dieser Gegend stamme. Dann sprach er weiter, dass seine Familie, immer Kleinbauern im Dorf, mit dem Pferdefuhrwerk zur unteren Glücksmühle bis nach Beuchte fahren mussten, um das Korn zu Mehl mahlen zu lassen. „Es war damals immer eine Knochenarbeit, wir mussten hart arbeiten, um zu überleben“, fügte er noch hinzu. Ich wusste, dass diese Wassermühle damals meinem Großvater gehörte - und er auch nach eigenen Angaben große Gewinne mit dem Betrieb machen konnte. Ich sagte dazu weiter nichts. Denn meine Gedanken schweiften ab zu einem Erlebnis, das ich vor einigen Monaten gemacht hatte.

Ich war mit Stabsunteroffizier Meinolf Krakowiak in einem Bundeswehr-Jeep durch die Gegend gefahren, um für unser Kompaniefest, mit dem mich „Heinzi“ wieder mal beauftragt hatte, Werbung zu machen und Plakate anzubringen. Wir fuhren auch durch das Dorf Beuchte und wollten etwas trinken. Dazu kehrten wir in das einzige Wirtshaus ein. Als wir eintraten, rief ein Herr, so um die sechzig Jahre alt: „Mensch, da kommt ja der Karl!“ Er meinte damit wohl meinen Vater. An diesem Tag muss ich wohl - trotz Uniform - meinem Vater besonders ähnlichgesehen haben. Als ich ihn aufklärte und mitteilte, dass mein Vater schon seit einigen Jahren verstorben sei, meinte er: „Ja, der Karl, der wollte immer zu den Hannoverischen Jägern, aber wegen seiner Zuckerkrankheit wurde er nicht genommen.“ Danach habe er von seinem alten Schulfreund nichts mehr gehört, nachdem er nach Mecklenburg gegangen sei. Davon, dass mein Vater sich auch in jungen Jahren für eine Eliteeinheit beworben hatte, wusste ich nichts. Solche Begegnungen wie mit diesem älteren Herrn, Teilnehmer auch noch im ersten Weltkrieg, hatten mich nachdenklich gemacht. Obwohl dieses in keinem Zusammenhang stand, merkte ich doch, wie unverhofft einem die eigenen Wurzeln mit solchen nicht zu erwartenden Geschichten aus der Vergangenheit vor Augen geführt werden können.

Falsche Beschuldigungen - und ein „kleiner“ Spionagefall

Unsere Übungen im Gelände zeichneten sich ziemlich strukturiert und auch fordernd bis an die Grenze körperlicher Leistung aus. Schon der Hinmarsch über circa acht Kilometer, dann die Übungen mit geöffneter Ordnung, machten immer besonders den nicht durchtrainierten jungen Männern zu schaffen. Deswegen legten wir vor Abmarsch ins Gelände auch immer viel Wert darauf, dass alle in guter körperlicher Verfassung waren. Natürlich durften Rekruten, die krank gemeldet waren, nicht an einer solchen Übung teilnehmen. Deswegen wurde vorher durch meine Gruppenführer immer abgefragt, ob alle gesund seien. Ein Rekrut aber wollte nicht auf der Stube bleiben und verschwieg, dass er wegen einer Verstauchung am rechten Fuß von sämtlichen Außendiensten befreit war. Nach der Übung verschlechterte sich sein Zustand merklich, und er meldete sich am anderen Morgen in der Sanitätsstaffel. Dort wurden aus Ärztemangel in der

Bundeswehr auch andere Ärzte, wie hier aus Goslar, auf Honorarbasis für ein paar Tage eingesetzt.

Unerwartet bekam ich den Befehl, mich sofort mit großem Dienstanzug (Koppelstiefel, Stahlhelm, Handschuhe) beim Bataillonskommandeur zu melden. Dieser war ein Weltkriegsteilnehmer, als Hauptmann, danach in Kriegsgefangenschaft und gleich bei der Aufstellung der Bundeswehr wieder dabei. Als ich mich nun bei dem Oberstleutnant korrekt meldete, schrie er sofort los, was mir einfiele, kranke Soldaten ins Gelände zu „schleifen". Der Goslarer Arzt Dr. Graumann-Doose, der zurzeit im Sanitätsbereich behandelte, hatte sich schriftlich und mündlich bei ihm beschwert. Als ich den Namen des Arztes hörte, konnte ich es nicht glauben, denn er war es, der mir als Kind mit neun Jahren als Hals-Nasen-Ohrenarzt im Goslarer Krankenhaus die Mandeln entfernen musste.

Wir alle konnten den Kommandeur an sich ganz gut leiden. Obwohl er ziemlich abgehackt militärisch zackig sprach, galt er als ein gerechter und auch fürsorglicher Vorgesetzter. Aber alle kannten auch seine Macken! Das bedeutete für uns, wenn er einen „anblaffte", ihn nur unverwandt anzuschauen, ohne eine Miene zu verziehen. Wer wegschaute oder die Augen senkte, hatte bei ihm schon „keine guten Karten" mehr. Nach einer Weile sagte er: „Bitte, nehmen Sie doch Ihren Helm ab und setzen Sie sich." Dann konnte ich endlich zu Wort kommen und ihm schildern, dass ich nach meinen Gruppenführern auch noch einmal vor Abmarsch alle befragt hatte, ob sie auch wohlauf wären. Der Bataillonskommandeur meinte, dass das nicht genug sei, fragte dann aber, wie es mir sonst so gehe und kam auf einen meiner Gruppenführer, den Hauptgefreiten Welser aus Wuppertal, zu sprechen: Wieso er noch kein Unteroffizier sei? Ich antwortete, dass der „HG“ es stets abgelehnt hatte, einen Unteroffizierslehrgang zu absolvieren. Ich solle mich mal darum kümmern, denn Welser sei seines Erachtens ein guter Soldat, hieß es. Es folgte meine Abmeldung, und mein Weg führte zunächst direkt in den Sanitätsbereich, wo ich gerade noch den Doktor Graumann-Doose antraf. Er habe jetzt keine Zeit mehr, meinte er, als ich ihn ansprach - doch dann hörte er doch noch zu, als ich ihm erzählte, dass er mich als Kind einmal operiert hatte. Er ließ sich nicht davon abbringen, dass ich, so drückte er sich aus, seine ärztlichen Anordnungen für den Soldaten einfach ignoriert habe. „Mensch, der Kerl mit Namen Waldemar Schleppe, hat doch ganz klar gelogen. Herr Doktor, ich kann nicht verstehen, dass Sie das nicht wahrhaben wollen“, erklärte ich. Daraufhin meinte er, es werde von ihm nun nichts mehr nachfolgen und ich solle mich beruhigen. Er sagte das in einem „wegwerfenden“ Ton. Zu diesem Arzt, den ich als Kind durchaus mochte, bin ich in Goslar nie mehr gegangen.

Es vergingen ungefähr drei Monate, da erschienen in unserer Kompanie unangemeldet die Feldjäger, zusammen mit der örtlichen Polizei und Männern in Zivil vom Landeskriminalamt Niedersachsen. Sie verlangten nach dem inzwischen wegen seiner kaufmännischen Ausbildung nach der Grundausbildung bei uns in der Kompanie gebliebenen Gefreiten Waldemar Schleppe. Obwohl ich meine Bedenken wegen seiner „Lüge“ geäußert hatte, war unser Spieß von dem Soldaten überzeugt und hatte ihn im Geschäftszimmer der Kompanie eingesetzt. Nun wurde er wegen des Verdachts der Spionage und Infiltration vorläufig festgenommen. Schleppe war erst vor vier Jahren aus der DDR geflüchtet, wie er es angegeben hatte. Angeblich kam er aus der Gegend von Magdeburg. In Magdeburg aber betrieb die DDR auch den sogenannten „Freiheitssender 904“. Dieser Sender spielte immer flotte und aktuelle Musik, daher wurde er auch gerne in der ganzen Gegend gehört. Zwar war bekannt, was dieser Sender bezwecken sollte, was auch allen Soldaten im Fliegerhorst Goslar mittgeteilt wurde: Nämlich nicht, wie der Sender es immer wieder behauptete, ein Sender auf dem Boden der Bundesrepublik zu sein, sondern ein erweiterter Arm der Staatssicherheit der DDR. Auch mein Name wurde ein paar Mal dort genannt und behauptet, ich sei der größte „Schleifer“ vom Fliegerhorst Goslar.

Der Sender streute auch immer wieder Namen und angebliche Geschehnisse, zum Beispiel auch beabsichtigte Nachtalarme. Auch über Privates von Personen wurde berichtet. Ein Kompaniechef wurde mit Namen genannt und behauptet, obwohl er verheiratet sei und drei Kinder habe, unterhalte er ein Verhältnis zu seiner weiblichen Schreibkraft. Dieser Hauptmann war immer im Unterricht besonders auf diesen Staat in unmittelbarer Grenznähe eingegangen und hatte zur Wachsamkeit aufgefordert. Das schien nun die „Rache“ zu sein. Goslar war - obwohl auf Anhieb nicht so erkennbar - ein wahres Territorium für derartige infiltrierende Maßnahmen von der anderen Seite. Einige Stammsoldaten im Fliegerhorst Goslar wurden noch öfter von dem Sender mit negativen Beiträgen bedacht, wie auch meine Person. Im Regimentsstab wusste die Abteilung für Sicherheit davon - und sah es fast gelassen. Wenn ich zum Offizier vom Dienst für die gesamte Anlage eingeteilt war, bekam ich auch schon mal einen Anruf zum Beispiel von einer „Veronica“, die an der anderen Wache eine Stange Zigaretten hinterlegen wolle, wie sie versprach. Der Grund: Sie habe mich mal in Goslar in der Gaststätte „Bei Mary“ gesehen und finde mich „ganz toll“. Das war alles, wie man wusste, erfunden. Man wollte so die Angerufenen in ein Gespräch verwickeln, um etwas herausfinden.

Der Festgenommene war, wie sich herausstellte, Mitglied des Staatssicherheitsdienstes der DDR, mit klarem Auftrag, im Standort Goslar bei der Bundeswehr und auch beim Bundesgrenzschutz Informationen zu sammeln – und wie geschehen, auch mit Maßnahmen, dann durchgeführt mit Unterstützung durch den Freiheitssender 904, „Unruhe" zu schaffen. Warum er während seiner Grundausbildung über mich so eine Falschmeldung beim Arzt verbreitet hatte, konnte ich trotzdem nicht nachvollziehen. Wie ich später mitbekam, wurde er nur zu zwei Jahren Gefängnis auf Bewährung verurteilt. Er hatte gleich bei seiner Festnahme im Verhör erklärt, dass er nach einer eventuellen Strafverbüßung nicht zurück in die DDR wolle. Inzwischen habe er mitbekommen, wie das Leben in Freiheit hier im Westen sei – das habe er so nicht gedacht, da seine Vorgesetzten der Stasi ihm immer etwas anderes vorgemacht hätten. Er beantragte, in der Bundesrepublik bleiben zu dürfen. Dem wurde nach mehreren Gesprächen und Verhören durch den militärischen Abschirm- und den Bundesnachrichtendienst entsprochen. Ich denke, er hatte noch wertvolle Informationen mitgeteilt, die von „höherem" Interesse waren - deswegen vermutlich auch die verhältnismäßig niedrige Strafe. Er soll noch lange in Goslar als Rentner gewohnt haben. Vorher hatte er eine Arbeitsstelle als Buchhalter bei einer Firma in der Reisebranche.

„Falsch" verliebt sein

Hauptgefreiter Detlef Welser mit seinen 1.86 Metern Größe, schlank und blond mit „knallblauen" Augen, wäre wohl nach Auffassung der Machthaber im sogenannten Dritten Reich die Idealfigur eines deutschen Mannes gewesen. Das sagten keinesfalls seine Kameraden, sondern er selber fand es toll, es immer wieder zu erwähnen. Aber nur ich wusste um sein „Geheimnis". Vor einem Kompaniefest fragte ich ihn einmal, mit welcher „Braut" er erscheinen werde. Daraufhin winkte er nur ab. Als er sich früher wegen einer persönlichen Erledigung, wie er mitteilte, am Nachmittag vom Dienst abmeldete, musste ich zufällig auch früher gehen, um noch ein Medikament für meine Tochter zu besorgen. Da sah ich ihn. Ein Mercedes mit Goslarer Kennzeichen hielt an, und Detlef Welser gab dem Fahrer, einem Mann in unserem Alter, einen Kuss, und stieg lachend ein. Noch lange in dieser Zeit war der Paragraf 175 des Strafgesetzbuches gültig: Das Verbot sogenannter gleichgeschlechtlicher Handlungen, also Homosexualität. Ab 1969 wurde er ein wenig „entschärft", aber erst 1994 endgültig abgeschafft. Ich sah eine Gefahr für meinen Gruppenführer. Im Dienst gab er sich als einen harten Draufgänger. Bei einer Marschüberwachung, bei Minusgraden, fuhr er im offenen Jeep und ohne Parka die Strecke ab. Seine Worte „Gelobt sei, was hart macht!" gab er auch an seine auszubildenden Soldaten weiter. Ich war schon immer der Auffassung, dass jeder mit einem Menschen, gleich von welchem Geschlecht, glücklich werden sollte, wie er es mag. Das war aber keinesfalls die Auffassung des Dienstherrn Bundeswehr. Die Kameraden sprachen meist nur sehr verächtlich von Schwulen, mit entsprechenden Schimpfworten. Schwulenwitze waren bei Kameradschaftsabenden stets ein

Höhepunkt. Ich kann nicht sagen, dass es mich besonders beindruckt hätte, denn zur damaligen Zeit war alles auf sichtbare Männlichkeit getrimmt, so einem Bild wollte ich auch entsprechen.

Auf jeden Fall wurde jemand nach Bekanntwerden im Rahmen des Paragraphen 175, besonders wenn er sich dazu bekennen würde, fristlos entlassen. Ich suchte das Gespräch mit dem jetzt ehemaligen Hauptgefreiten, denn er hatte inzwischen einen Kurz-Unteroffizierslehrgang absolviert und war zum Unteroffizier befördert worden. Ich sagte nicht viel. Nur dass er sich vorsehen sollte. Wir hatten in der Kompanie einen anderen, sehr neidischen Oberfeldwebel mit Namen Helmut Gersleber, der schon mal - auch wegen privaten Dingen - die Kameraden „anschwärzte“, obwohl er gerade noch selbst an einer Entlassung nach Paragraf 10 des Soldatengesetzes „vorbeigeschrammt“ war. Mit einem Stabsunteroffizier, mit dem er und seine Ehefrau befreundet waren, hatten sie nach eingehender Überlegung einfach ihre „Angetrauten“ - für immer, wie er betonte – ausgetauscht: Nachdem sie festgestellt haben wollen, dass jeweils die andere besser zu ihnen passen würde. Detlef versprach, sich ein wenig zurückzunehmen, und wenn er seinen Freund wieder treffen sollte, dieses möglichst nicht direkt vor der Wache zu tun. Ich machte noch den Vorschlag, zum anstehenden Kompaniefest mit einer Partnerin zu erscheinen. „Das würde sichtbar den Eindruck vermitteln, dass du auf Frauen stehst - falls irgendetwas aufkommen sollte“, sagte ich zu ihm. Er willigte ein, meinte aber, dass er sich ja nun nicht gerade bei Mädels in Goslar umgesehen hätte. „Da könnte ich mich mal darum kümmern, wenn du willst“, meinte ich darauf.

In der einzigen Apotheke im Goslarer Stadtteil Jürgenohl war gerade eine junge, hübsche Apothekerhelferin, sie stammte aus Gelsenkirchen, neu angestellt worden. Als ich sie ansprach, war sie wohl der Meinung, dass ich selber sie als meine Begleitung für unser Kompaniefest einladen wollte. Als ich sie aufklärte, zögerte sie, denn sie würde ja den betreffenden Soldaten gar nicht kennen. „Das können wir ändern", versprach ich. Ich erzählte ihr auch, dass Detlef ein recht ansehnlicher Mann sei und sie besonders - da sie auch nicht gerade zu den kleineren Frauen gehöre - wunderbar zu ihm passen würde. Schließlich willigte sie ein. Ich gab Detlef an einem Nachmittag, als die Apotheke geschlossen hatte, frei, um sich mit Irmgard Niemeier, wie sie hieß, zum Kaffee zu verabreden. Sie sollten sich einmal näher kennenlernen. Detlef wollte erst nicht so recht, aber schließlich sah er ein, „diese Prozedur doch hinter sich zu bringen", wie er bemerkte.

Das Kompaniefest hatte schon mit einer Begrüßung durch den Kompaniechef und meiner Moderation zur Vorstellung der Unterhaltungsband angefangen, als sich plötzlich alle Augen zum Eingang richteten. Welser mit seiner auf tailliert abgenähten Uniformjacke, korrekt mit weißem Hemd und Wildlederhandschuhen, betrat mit „Fräulein" Niemeier untergehakt den Festsaal im Schützenhaus zu Goslar. Beide waren ein wirklicher „Hingucker". Detlef recht „schneidig" und seine Begleitung im schicken Cocktailkleid, sahen einfach „hinreißend" aus, wie eine Besucherin bemerkte. Es wurde ein schöner Abend, mit viel Tanz und Einlagen, dazu eine Tombola, die ich moderierte. Beim Tanzen konnte ich sehen, dass Detlef Welser seine Partnerin immer auf einem ziemlichen Abstand hielt, auch wenn es sich um langsame, sogenannte „softe" Tänze handelte.

Als ich eines Tages nach Hause kam, saß weinend Fräulein Niemeier in unserem Wohnzimmer. Meine Frau saß dabei und war sichtlich „genervt“. Die Apothekenhelferin bat um Unterstützung. Sie habe nach diesem Abend Detlef noch nicht wieder getroffen, obwohl er es versprochen hätte. Sie sei auch eines Nachmittags zur Hauptwache gegangen und habe gebeten, den Stabsunteroffizier Welser anzurufen, damit er einmal an das Tor kommen möge. Aber wahrscheinlich hatte er sich verleugnen lassen. Ich versprach, mit Detlef darüber zu sprechen und brachte sie nach Hause. Unterwegs schmiegte sie sich plötzlich an mich und gab mir unvermittelt einen Kuss auf die Wange. „Oh, ich denke, das ist jetzt nur aus einer gewissen Dankbarkeit geschehen, denn ich selber möchte keine Scherereien haben“, sagte ich. „Nein“, sagte sie, aber sie würde mich auch ganz „süß“ finden. Detlef war gar nicht mal überrascht, als ich ihm davon berichtete. „Bitte halte mir die nur vom Hals“, sagte er: „Sie hat sogar schon meine Eltern in Wuppertal angerufen. Woher sie die Telefonnummer hat, weiß ich auch nicht. Sie hat sich als meine zukünftige Verlobte vorgestellt. Die waren auch noch darüber erfreut, und haben mich ganz aufgeregt angerufen, sie wissen doch noch nicht, dass ich mir aus Frauen nichts mache.“- „Ach du liebe Güte, das konnte nun keiner voraussehen“, sagte ich: „Aber ich werde das schon wieder hinbiegen – und ein deutliches Gespräch mit ihr führen müssen.“ - „Danke,“ sagte Detlef daraufhin nur kurz angebunden. Er war wohl sauer darüber, dass er überhaupt meinem Vorschlag gefolgt war, mit dieser Dame zum Kompaniefest zu erscheinen.

Ich verabrede mich erneut mit „Fräulein“ Niemeier, nach Dienstschluss, um sie in ihrer Wohnung aufzusuchen und über diese „Angelegenheit“ ausführlich zu sprechen. Als sie mir die Tür öffnete, war sie nur spärlich bekleidet! Als ich zögerte einzutreten, meinte sie: „Keine Angst, ich wollte mich nur gerade umziehen. Komm rein und setz dich hin, ich komme gleich ‚angezogen'", dabei kicherte sie, „zurück". Sie kam aber lediglich mit einem leichten Morgenmantel bekleidet zurück. Ich erzählte ihr vorsichtig nach einem ersten Schluck Weinbrand mit Cola, den sie mir angeboten hatte, dass unser Detlef wohl nicht so auf Frauen stehen würde. Weiterhin sagte ich auch, dass es, wie sie ja wüsste, meine Idee gewesen sei, dass sie mit Detlef zum Kompaniefest kommen sollte. Im Radio hörten wir gerade den Song „You`re Sixteen" von Ringo Starr. Da fragte sie unvermittelt, ob denn Detlef „richtig schwul" sei und eventuell auch einen entsprechenden Freund hätte. Ich verneinte das wider besseres Wissen entschieden und meinte, dass er sich wohl auf seine Karriere nach seinem Ausscheiden aus der Bundeswehr vorbereite, denn er wolle beim Stadttheater in Wuppertal als Bühnenbildner anfangen. Sie seufzte: „Der wäre nun schon mein Fall gewesen, aber was nicht ist... Da kann man wohl nichts machen." Ich war ziemlich erleichtert, dass sie dieses so aufgenommen hatte. „Es gibt noch so viel tolle ledige Jungs im Fliegerhorst, sicherlich wirst du einen finden, der zu dir passt", meinte ich etwas hastig. Ohne „Vorwarnung" hatte sie sich - ich saß ja auf dem Sofa - plötzlich auf mich „gestürzt" und dabei ihren Morgenmantel abgestreift. Ich wehrte mich nur sanft, schließlich gelang es mir, mich aus der Umarmung zu lösen. „Bloß nicht wieder so etwas", dachte ich und sagte, dass ich es mir als verheirateter Mann nun nicht mehr leisten könne, auf so ein Abenteuer einzugehen. Obwohl ich es sehr bedauern würde, denn ich fände sie auch sehr attraktiv, was ja auch der Wahrheit entsprach. „Schade", antwortete sie: „Aber wenn du es dir mal anders überlegen solltest, lass es mich wissen." Nach einigen Wochen, kurz vor meiner Versetzung, sah ich sie mit einem

Mann, der einen Kopf kleiner erschien, als sie in Goslar Arm im Arm spazieren gingen.

Der Gewerkschaftserlass und beabsichtigte Versetzung

Es war schon einige Zeit her, dass vom Verteidigungsminister ein Erlass über eine Mitgliedschaft in Gewerkschaften - wie in der Bundeswehr dem Bundeswehrverband - ermöglicht wurde. Der Bundeswehrverband bestand schon seit 1956 - jetzt wurde genau definiert, welche Rechte dieser Verband im Rahmen eines Beamtenbundes ausüben konnte. Auch die Mitgliederschaft in einer Gewerkschaft war nun möglich, dazu hatte es Verhandlungen mit der ÖTV gegeben. Das wurde besonders von den älteren Soldaten nicht verstanden und abgelehnt. Der damalige Generalinspekteur der Bundeswehr und auch der Befehlshaber im Wehrbereich II traten daraufhin von ihren Ämtern zurück. Was ich damals nicht so richtig verstanden habe: Einfach zurücktreten als hohe Generale? Ich denke, sie haben um ihren vorzeitigen Ruhestand gebeten, bei der Pension würde das wohl auch finanziell keinen Verlust bedeuten. Aber auch verschiedene meiner Kameraden hatten darüber heftig diskutiert, etwa mit dem „Argument“: „Wie? Wenn es ins Gelände gehen soll, streiken dann Soldaten, die in der Gewerkschaft sind, weil es gerade regnet?“ Solche Dinge hörte man, bedingt durch falsche Informationen und sture Ablehnung, verschiedentlich. Aber es wurde sich verhältnismäßig schnell beruhigt. Ich fand es als „alter“ Postgewerkschaftler interessant, mich womöglich dort, wie schon in der Vergangenheit, zu betätigen. Doch nach einem Gespräch mit dem ÖTV-Vorstand in Goslar war ich enttäuscht. Offensichtlich wollten sie sich gar nicht besonders für die Soldaten am Standort engagieren. Da war noch die alte Ablehnung gegenüber einer Bundeswehr zu spüren. Also blieb ich im Bundeswehrverband, aus dem ich aber auch nach etlichen Jahren austrat.

Ich musste zum Regimentsstab kommen. Dort wurde mir eröffnet, dass für das Territorial-Kommando und die sogenannte Heimatschutzausbildung in Ahlen (Westfalen) Lehrer und Ausbilder für die Objektsicherung gesucht würden. Es wäre zwar freiwillig, aber da ich als „hochverdienter Experte“ in Sachen Bodenverteidigung galt, bleibe mir wohl gar nichts anderes übrig, als mich versetzen zu lassen! Es dauerte noch mit der Aufstellung des Ausbildungszentrums Heimatschutz in der Westfalen-Kaserne Ahlen, wo neben Heereseinheiten auch ein Panzerbataillon untergebracht war. Zunächst wurde ich daher zum Transportführer neuer Rekrutenjahrgänge von Köln nach Goslar eingeteilt. Ich freute mich, so wieder nach „Kölle“ zu kommen. Natürlich brauchte ich keine Unterkunft und konnte - da ich auch zwei Tage früher angereist war - bei meiner Mutter und Schwester übernachten. Mein Freund Jürgen hatte inzwischen schon seinen Wehrdienst bei seiner Heereseinheit im norddeutschen Neuengraben hinter sich gebracht. Da hatte er alles „mitgenommen“, was da so ging. Er war mit noch ein paar Kameraden mit einem entwendeten Schützenpanzer zur Kirmes in einem Nachbardorf gefahren! Dafür wurde allen zehn Tage Arrest aufgebrummt. Strenge Verweise und Ermahnungen waren bei ihm und noch ein paar von früher her bekannten Freunden aus der Umgebung von Köln-Sülz und Klettenberg, die in derselben Einheit dienten, an der Tagesordnung.

„Mensch, Du bist ja schon Oberfeldwebel“, entfuhr es meinem Freund Jürgen, der mich am Hauptbahnhof Köln abholte. Dann erzählte er mir von seinen eigenen „Bundeswehr-Abenteuern“. Er war nun so gar kein Soldat. Obwohl früher so einige eher umgekehrt gedacht hätten, dass ich wohl Schwierigkeiten mit dem Soldatenleben haben würde. Wir gingen, nachdem ich meine Mutter und Schwester begrüßt und ich mich in Zivil umgezogen hatte, ausgiebig in Köln in einem bekannten Kölner Brauhaus feiern. Dazu gesellte sich auch eine „gemischte“ Besuchergruppe aus Kiel, die eine Stadtbesichtigung unternommen hatte. Es wurde lustig und gemütlich. Danach sollten sehr viele Jahre vergehen, bis ich ihn – besser aber er mich - wieder traf. Ich hatte schon einmal als Unteroffizier einen Transport begleitet; damals noch nach Hamburg, denn die Rekruten waren für Wentorf bestimmt. Aber nun war ich für das Kontingent nach Goslar verantwortlich. Das Wort „Transport“ löste bei mir immer ein ungutes Gefühl aus. Ich konnte aber nicht genauer definieren, woher dieses kam. Ein Hauptfeldwebel und zwei Oberfeldwebel vom Standortkommando Köln leiteten die Besprechungen vor der Abfahrt, die mit einem langen Sonderzug über Hannover, dort unter Abkoppelung zweier Waggons für den Standort Goslar, bis zum Ziel Hamburg gehen sollten. Es sollten während der Fahrt auch Getränke und Snacks ausgegeben werden, was aber definitiv nicht geschah. Der Genuss von Alkohol wurde strengstens untersagt. Es gebe nur für alle die 2. Klasse, heiß es, was wohl dem Transportführer, einem Leutnant für den Standort Hamburg, missfiel. Er sprach dahingehend den Hauptfeldwebel in einem scharfen Ton an: Ihm als Offizier stehe immer die erste Klasse zu, dafür hätte man ja sorgen können! Als der erwiderte, dass es die erste Klasse bei Dienstfahrten schon ab Hauptfeldwebel gebe, aber bei diesem Vorhaben eben nicht, unterbrach er ihn – und sagte: „Wenn ich rede, habe Sie gefälligst Sendepause.“

Der Hauptfeldwebel blickte nun das erste Mal von seinen vorliegenden Listen richtig auf. Er schaute den Leutnant an und sagte im ruhigen Ton

„Sie wissen schon, dass Sie mir hier nichts zu sagen haben, aber ich werde jetzt sofort meine Vorgesetzten anrufen und mitteilen, dass Sie offensichtlich unseren Anweisungen nicht Folge leisten möchten.“ - „Was bilden Sie sich ein, gegenüber einem Offizier hier so eine große Lippe zu riskieren? Das werden Sie bereuen!“, daraufhin der Leutnant. Es war mucksmäuschenstill bei allen Übrigen in dem Wartesaal im Kölner Hauptbahnhof, der extra für andere Reisende vorübergehend gesperrt war. Nun stand der Hauptfeldwebel, der wohl schon kurz vor seiner Pensionierung stand, ganz gelassen auf und verließ den Wartesaal, mit der Bemerkung im rheinischen Tonfall:

„Meine Herren, ich bitte um Entschuldigung, hier muss etwas geklärt werden.“ Es vergingen etwa zwanzig Minuten, da kam der Hauptfeldwebel in Begleitung eines Majors und eines Oberstabsfeldwebels vom Verteidigungskreiskommando Köln wieder zurück. Der Oberstabsfeldwebel sprach leise mit dem Major, was nicht verstanden werden konnte, daraufhin der Major:

„Herr Leutnant, ich habe schon mit Ihrer Einheit telefoniert, Sie sind von Ihrem Auftrag entbunden und melden sich nach ihrer Rückkehr in Ihrer Einheit bei Ihrem Vorgesetzten. Sie können mit dem Zug nach normalem Fahrplan zurückfahren. Ihr Stellvertreter, Feldwebel …wo sind Sie? – Ach da…“, ein Feldwebel vom Heer war aufgestanden, „Sie sollen nun übernehmen!“

Der Leutnant war „leichenblass" geworden und wollte noch etwas sagen. Doch der Major winkte nur ab und verließ mit dem Oberstabsfeldwebel, der dem Hauptfeldwebel noch ein Zeichen gab, weiter zu machen, den Wartesaal: „So meine Herren, jetzt können wir, wenn der Herr Leutnant sich entfernt hat, hier weiter fortfahren." Ich empfing meine Liste mit den neuen Rekruten - es waren genau zweihundertneunundachtzig junge Männer für das Luftwaffenausbildungsregiment in Goslar - und begab mich zum Sonderzug. Dort meldeten sich bei mir zwei Unteroffiziere zu meiner Unterstützung. Sie waren am Tag vorher angereist und hatten in der Kaserne in Köln-Longerich übernachtet. Auch hatten sie schon dafür gesorgt, dass nach Überprüfung des Einberufungsbescheides die erwarteten neuen Rekruten in den richtigen Reisezugwagen stiegen. Ich ging, nachdem wir schon einige Kilometer von Köln entfernt waren, durch die Abteile, um mich mit den jungen Männern zu unterhalten. Die verschiedenen Charaktere konnte man gleich erkennen. Einige, die als Wehrpflichtige auch weiterhin der Bundeswehr ablehnend gegenüberstanden, waren nicht besonders gesprächig, sondern beantworteten meine Fragen nach Herkunft und Beruf nur unwillig. Andere hatten viele Fragen über den Standort und die Ausbildung, die ich natürlich umfassend beantworten konnte. Da entdeckte ich einen jungen Mann, der es sich sehr bequem gemacht hatte, indem er seine Füße gegenüber auf den Sitz legte. Ich hatte ihn sofort erkannt. Es war Gerd Könners, ein ehemaliger Kollege von der Post in Köln-Ehrenfeld. Wir hatten zusammen alle Postausbildungen bestritten. Er konnte in dieser Zeit mit seiner Mundharmonika fast alle damaligen Schlager spielen.

„Na?", sagte ich zu ihm: „Zunächst die Füße runter - und hast du auch deine Mundharmonika dabei? Wäre doch schön,

wenn du zur Aufmunterung hier etwas aufspielen würdest.“ Er hatte mich wohl nicht gleich erkannt – und schaute mich irritiert an. Doch dann kam es:
„Mensch, ich wusste ja gar nicht, wo du abgeblieben warst - und was ist das denn für ein Dienstgrad, den du da schon hast?“
„Ist doch egal, komm spiele was, wir unterhalten uns auch noch mal in Goslar, wenn du die ersten Tage überstanden hast“, lachte ich. Gerd spielte nun auf. Ein paar neue Rekruten hatten wohl ein paar „Flachmänner“ mitgenommen, die sie nun „kreisen“ ließen. Ich ließ es geschehen, obwohl ja ein striktes Alkoholverbot ausgesprochen worden war. Und so wurde es für die „Neuen“ eine ganz fröhliche Fahrt. In Hannover wurden wie geplant die Wagen abgekoppelt und an einem Personenzug nach Goslar angehängt. Meine letzte Tätigkeit für das Luftwaffenausbildungsregiment in Goslar war damit beendet.

Kurz vor dem „Weggehen“

Wie versprochen suchte ich Gerd in seiner Einheit noch auf und bat den Zugführer, meinen „ehemaligen Kumpel“ mal für eine kurze Zeit freizugeben. Ich ging mit ihm in das Unteroffiziersheim. Wir redeten über unsere Zeiten bei der Bundespost in Köln. Ich versorgte ihn noch mit einigen Tipps, wie er am besten die Grundausbildung „überstehen“ konnte und verabschiedete mich am nächsten Tag von meiner Kompanie im Fliegerhorst Goslar. Gerne ging ich nicht fort von diesem Standort, obwohl es nicht nur Erfolgserlebnisse gegeben hatte. So musste ich mal ein paar Luftwaffenpioniere festnehmen, die mich mit den Worten attackierten: „Dich, mit deiner silbernen Schnur, hauen wir auch gleich auf die Schnauze, dass du dein Gesicht nicht wiedererkennen wirst." Dabei hatten sie sich mit Ästen und leeren Flaschen, die zum Teil abgebrochen waren, bewaffnet und kamen ziemlich drohend auf mich zu. Sie hatten am Kasernenzaun Richtung Gut Grauhof – dort wurde auch Mineralwasser hergestellt - ein Saufgelage veranstaltet, weil sie über ihre Alarmbereitschaft über das Wochenende erbost waren.

Als Offizier vom Dienst, an diesem Sonntag, wurde ich durch ein Telefonat des Sicherheitsoffiziers vom Regiment verständigt. Ihn hatten wiederum Spaziergänger benachrichtigt, die er wohl kannte. Sie fühlten sich belästigt und angegriffen, da die Soldaten über den Zaun hinweg mit leeren Flaschen auf sie geworfen hatten. Ich versuchte, die Situation zunächst nicht weiter eskalieren zu lassen und sprach beruhigend auf die Soldaten ein. Doch sie wurden immer ausfallender und beschimpften mich und meine beiden begleitenden Wachsoldaten. Als sie weiterhin drohend auf uns zukamen und nur noch zwei Schritte von uns entfernt waren, zog ich die P1 (Pistole) aus dem Halfter und rief laut: „Keinen Schritt weiter, die Knüppel und Flaschen weg und hinlegen, aber sofort!" Mit meinem energischen Handeln und Nicht-Zurückweichen hatten sie wohl nicht gerechnet und kamen, obwohl voller Alkohol, wie sie wohl waren, meiner Aufforderung nach. Es folgte von mir: „Sie alle sind vorläufig festgenommen." Meine beiden Wachsoldaten hatten auf einen Wink von mir ihre Gewehre FN in Anschlag gebracht – und so führten wir 20 Pioniersoldaten im Gänsemarsch ab, um sie in den freien Zellen bis zum anderen Morgen festzusetzen. Eine andere Möglichkeit zur Abwehr des tätlichen Angriffs gab es nicht. Wir waren ja nicht mit Schlagstöcken oder Pfefferspray ausgerüstet. Im Übrigen konnte besonders zur damaligen Zeit niemand damit rechnen, dass innerhalb von Kasernenmauern so etwas passieren könnte. Es hätte daher auch anders kommen können. Eine Mehrzahl aller Angehörigen im Fliegerhorst lobte mich dafür. Andere aber, dazu gehörte auch der stellvertretende Regimentskommandeur, verlangten von mir einen ausführlichen Bericht, gleich mit der Aussage, dass es wohl nicht so richtig gewesen wäre, wie ich reagiert hätte. Wie ich sonst hätte handeln sollen, darüber ließ er nichts verlauten.

Leider war Oberst Kopf, unser Regimentskommandeur, zu dieser Zeit im Urlaub. Die beiden Kompaniechefs der Pionierkompanien fanden es aber ganz richtig, wie sie mir gegenüber bezeugten, dass ihre „undisziplinierten Leute" mal den „Fingerzeig" bekommen hätten. Dieses Vorgehen von mir war zudem auch rechtlich nach dem Gesetz des unmittelbaren Zwanges in der Bundeswehr voll abgesichert. Vier der Pioniersoldaten wurden in einem Zivilverfahren zu einer Gefängnisstrafe auf Bewährung verurteilt. Die anderen Teilnehmer bekamen entsprechend Disziplinarstrafen von ihrem Einheitschef. Ich aber haderte noch sehr lange nach diesem „Besonderem Vorkommnis", wie es in der militärischen Ausdrucksweise genannt wird. Ausgerechnet die eigenen Soldaten hatten versucht, uns anzugreifen. Was geschehen wäre, wenn sie nicht doch noch meiner Aufforderung nachgekommen wären, konnte ich mir „schlechthin" ausmalen. Entgegen den Anweisungen für so einen Dienst hatte ich die Pistole nicht durchgeladen. Auch die Wachsoldaten durften nach meiner Weisung kein Magazin mit Munition in das Gewehr einführen. Wenn die randalierenden Pioniersoldaten weiter auf uns zugegangen wären, hätten wir nicht ausreichend für unsere Sicherheit garantieren können.

Ganz anders war es, als ich auf Wunsch eines Wirtes aus Goslar - ich hatte mal wieder am Samstag Dienst als Offizier vom Dienst im Fliegerhorst - mit dem mir zur Verfügung stehenden „Kübel-Borgward“ rausfuhr, um mich dort in dem Lokal um randalierende Rekruten zu kümmern. Der Wirt hatte schon vergeblich die Polizei alarmiert, die sich aber wohl Zeit ließ, bis er schließlich aus Verzweiflung und aus Angst, dass in seinem Lokal noch mehr zerstört werden würde, im Fliegerhorst anrief und bei mir landete.

Ich hätte aber nicht die Kaserne mit vier Wachsoldaten verlassen dürfen - obwohl ich die Situation klären konnte und die sechs Rekruten (sie stammten alle vom Niederrhein) vorläufig festnahm. Diese waren wohl geschockt, als ich mit den Wachsoldaten das Lokal mit klarer Ansage betrat und verhielten sich verhältnismäßig ruhig. Ich befahl Stubenarrest bis zum anderen Morgen in ihrer Einheit und übergab sie in die „Obhut“ des Unteroffizieres vom Dienst. Der Kompaniechef wurde telefonisch von mir zu Hause benachrichtigt. Ich konnte von Glück sagen, dass unser Bataillonskommandeur sich wohl insgeheim darüber freute, dass ich da durchgegriffen hatte. Er musste mir aber als sogenannte Bestrafung „wegen unerlaubten Entfernens aus dem militärischen Bereich“ einen schriftlichen Verweis aussprechen. Immer wenn ich nach dieser Episode zum Offizier vom Dienst eingeteilt wurde, war es im Allgemeinen „auffallend ruhig“ im Fliegerhorst Goslar: Ohne besonderen Vorkommnisse, wie es dann hieß.

Westfalenland, ich komme

Während ich im Zug meiner neuen Dienststelle entgegenfuhr, dachte ich über so einiges nach. Manchmal hatte ich den Eindruck, dass wir als Soldaten doch irgendwie abseits von allen Ereignissen in dieser Welt lebten. Die Jugend in der Bundesrepublik und besonders einige Studenten schienen zu dieser Zeit, ab einem gewissen Bildungslevel, so sah ich es, zu rebellieren. Besonders in Berlin und anderen Großstädten. Als ich einmal an einem Wochenende, mit Frau und Tochter, meine Mutter in Köln besuchte, erzählte sie mir, dass sie in ihre Arbeitsstelle - einen Kiosk in der Uni - nicht reingekommen wäre, weil alle Eingangstüren von einer Gruppe Studenten mit Blei zugegossen worden waren. Es dauerte zwei ganze Tage, bis alles wieder intakt war. Auch diese Ereignisse fielen in diese Zeit: Rudi Dutschke, sozialistischer Studentenanführer in Berlin, wurde bei einer Demonstration von einem Polizisten so angeschossen, dass er sich nicht mehr davon erholte und später verstarb. In den USA fiel Robert Kennedy, der Bruder des ermordeten Präsidenten John F., ebenfalls einem Attentat zum Opfer. Das Attentat auf den Bürgerrechtler Martin Luther King („I have a dream“), seine berühmte Rede beim Marsch auf Washington 1963. Schließlich die Niederschlagung des sogenannten Prager Frühlings durch den Warschauer Pakt, wo Alexander Dubcek als Generalsekretär der tschechoslowakischen Kommunisten den „Sozialismus mit menschlichem Antlitz“ einführen wollte.

Bei einem Halt in Hannover stieg eine nette Dame zu und suchte sich mein Abteil aus, in dem ich bisher alleine gesessen hatte: „Ich komme zu Ihnen, denn Sie haben eine Uniform an, da fühlt man sich etwas sicherer als alleine im

Abteil zu reisen“, sagte sie. „Aber gerne, ob allerdings potentielle Gangster sich von meiner Uniform ablenken ließen – wer weiß?“, antwortete ich lachend. Sie stellte sich mit ihrem Namen vor, Anne von Zollerleben, und wollte bis Köln mitreisen. Ich erzählte ihr, dass ich auch aus Köln stamme, und nun von Goslar aus zu meinem neuen Dienstort in Ahlen (Westfalen) müsse und in Hamm aussteigen würde. Während ich erzählte, bemerkte ich bei mir, dass ich als meine Herkunft nun automatisch Köln angab, ohne eine weitere Erklärung. Also hatte ich es schon verinnerlicht, dass endgültig Köln meine Stadt bleiben würde. Da konnte ich noch nicht ahnen, dass ich Jahre später tatsächlich in Köln-Wahn meine Dienstzeit beenden würde. Sie kam aus Köln-Lindenthal, wie sie im Laufe des Gesprächs erzählte und war mal mit einem Arzt verheiratet. Nach der Scheidung habe sie aber wieder ihren Geburtsnamen angenommen. Während der Fahrt holte ich etwas „Alkoholisches“ aus dem Speisewagen – und so verging die Zeit mit angeregter Unterhaltung, bis ich ganz erstaunt war, als ich hörte: „Nächster Halt: Hamm!“

In einem Telefonat hatte ich darum gebeten, dass mich ein Fahrzeug vom Bahnhof in Hamm abholen solle, um mich in die Westfalen-Kaserne nach Ahlen zu bringen. Es wurde mir zugesagt. Als ich ausstieg, sah ich drei Oberfeldwebel vom Heer in Unform am Bahnsteig stehen, die mich aufmerksam musterten. Ich drehte mich noch einmal um und winkte meiner Reisebegleitung zu. Sie hatte mir, so wie ich auch ihr, Adresse und Telefonnummer aufgeschrieben. „Ja schau einer mal an, die Luftwaffe immer elegant mit Damenbegleitung unterwegs“, meinte der eine Oberfeldwebel von den Panzertruppen. Alle drei begrüßten mich und meinten gleich, dass sie mit ihren Privat-PKW gekommen wären. Einen Dienstwagen hätten sie nicht zur Verfügung. Erst wenn eine neue wehrübende Truppe ankomme und dabei die eingeteilten Fahrer die Fahrzeuge aus den Depots abgeholt hätten, würden Fahrzeuge auch für uns Ausbilder zur Verfügung stehen. Somit wusste ich schon etwas über die Gepflogenheiten innerhalb meines zukünftigen Aufgabenbereichs. Der Leiter des Ausbildungszentrums für das Heimatschutz-Zentrum, war Oberstleutnant Wächter von der Infanterie, auch noch ein Weltkriegsteilnehmer. Ich meldete mich mit der üblichen Antrittsformel. Er bat mich, Platz zu nehmen und steckte sich eine Zigarette an, obwohl er gerade, als ich hereingebeten wurde, erst eine andere im vollen Aschenbecher ausdrückte. Er nahm einen tiefen Zug und blies den Rauch fast in meine Richtung: „Ich hätte ja gerne einen Feldwebel-Dienstgrad vom Heer gehabt, denn die Luftwaffe hat doch nicht viel Ahnung von infanteristischen Aufgaben“, meinte er nun. Ich antwortete schnell, was ich hinsichtlich Bodenverteidigung für eine Ausbildung im Rahmen der motorisierten Panzergrenadiere absolvieren musste, aber er hörte sichtbar gar nicht mehr zu, da er in einigen Papieren blätterte: „Der Oberfeldwebel Hahnbracht, das ist der von den Panzeraufklärern, wird Sie einweisen.“ In dem Moment kam sein Stellvertreter herein - ein gewisser Hauptmann Reil von den Heerespionieren, der mich auch nur missbilligend musterte und, obwohl ich ihn grüßte, er es nicht erwiderte.

„Ach du liebe Güte“, dachte ich, „was für einen Schei... Job hast du nun auf dich geladen…“, als ich das Büro verließ - und bemerkte noch, dass sich der Oberstleutnant erneut eine Zigarette ansteckte. Obwohl erst angekommen, wollte ich nach dieser miesen Begrüßung so bald wie möglich von dort wieder weg, um innerhalb der Luftwaffe eingesetzt zu werden. Doch zunächst wurde ich in meine Aufgaben eingewiesen. Zu Beginn einer Ausbildung für den Heimatschutz würden die wehrübenden Einheitsführer, Offiziere und Feldwebeldienstgrade auf ihre künftigen Übungen vorbereitet. Das sind Befehlsgebungen und Einsatzvoraussetzungen für den Objektschutz. Sinn war es, Objekte in der näheren Umgebung der Heimatschutzübenden zu sichern, ohne auf genaue Standobjekte einzugehen. Diese waren geheim! Sie sollten so geschult werden, dass sie anschließend ihre ankommende Truppe führen konnten. Aber zunächst wurde mir angeboten, in der dortigen Kaserne einen Militärführerschein zu machen. Das traf sich gut, denn ich hatte bis zu dieser Zeit tatsächlich noch keinen Führerschein. Da nach einer bestanden Fahrprüfung der Militärführerschein auch in einen zivilen Führerschein umgeschrieben werden konnte, kam es mir gerade recht, denn ich wollte schon immer einen zivilen Führerschein machen, hatte es aber aus Geldmangel nicht in Erwähnung ziehen können. In der Heereskraftfahrzeugstaffel wurde ich intensiv geschult. Es begann am frühen Morgen und ging bis Dienstschluss. In dieser Zeit hatte ich auch mehrere Nacht- und Autobahnfahrten. Sogar mit einem Schützenpanzer durfte ich in einem hügeligen Übungsgelände bei Münster fahren. Nach schriftlichen und mündlichen Prüfungen und einer praktischen Fahrprüfung hatte ich endlich den begehrten Führerschein. Ich kaufte mir danach in Heesen bei Hamm einen gebrauchten VW 1500, den mir ein Fahrlehrer empfohlen hatte. Da konnte ich noch nicht ahnen, dass mir später eine private Autofahrt zum Verhängnis werden würde.

Zwischen den kommenden Wehrübungen war immer viel sogenannter „Leerlauf“. Wir alle langweilten uns sehr, aber länger frei zu haben oder auch mal früher ins Wochenende zu fahren, das wurde nicht gestattet. Mich erreichte ein Brief von meiner kürzlichen „Reisebekanntschaft“, Frau Anne von

Zollerleben. In diesem teilte sie mir mit, dass sie gerade aus der Untersuchungshaft entlassen worden sei und einem Prozess wegen gefährlicher Körperverletzung entgegensehen musste! Sie hatte versucht, sich wieder mit ihrem ehemaligen Ehemann zu versöhnen. Dabei sei es zu einem ausufernden Streit gekommen. Sie fühlte sich so bedroht, dass sie sich mit einem Küchenmesser, wie sie schrieb, wehren musste. Ihr Mann musste ins Krankenhaus und konnte mit einer Operation gerettet werden. Sie bedauere das und habe nun keine Freunde mehr. Ich solle doch, wenn ich mal wieder meine Mutter in Köln-Sülz besuchen würde, unbedingt bei ihr „vorbeischauen“. Zunächst war ich doch ziemlich perplex über diese Zeilen. Natürlich hätte ich so etwas gerade dieser Dame niemals zugetraut. Ich hatte vor, zumindest zu antworten - doch die Ereignisse sollten sich in eine andere Richtung bewegen. Der Tag des Eintreffens der gesamten Wehrübungen-Heimatschutzkompanie - sie alle waren schon mit Feldanzug ausgestattet worden – gestaltete sich am Bahnhof in Hamm als ziemlich anstrengend. Alle Ausbilder mit Unterstützung auch eines Feldjäger-Dienstkommandos, das in der Westfalen-Kaserne untergebracht war, empfingen die meist sehr unwilligen erneut Einzuberufenden.

Sie waren überhaupt nicht bereit, schon wieder eine Uniform anzuziehen, nachdem sie erst vor nicht allzu langer Zeit ihre Wehrpflicht beendet hatten. Entsprechend gab es auch eine „Häufung“ an Disziplinlosigkeiten und Überschreitungen. So warf zum Beispiel einer seinen Seesack beim Halt des Zuges in hohem Bogen aus dem Fenster und brüllte „Gepäckträger!“ Wir versuchten, Ruhe reinzubringen und forderten die Wehrübenden auf, bitte zügig den Bahnsteig zu verlassen, da vor dem Bahnhof Busse bereitstehen würden, um sie in die Kaserne zu bringen. Dieses gelang nur unter schwierigen Umständen. Einige gingen an den Feldjägern vorbei und grüßten mit erhobenem Arm und „Heil Hitler"-Rufen. Zwei Soldaten hatten drei junge Frauen am Bahnsteig „eingekeilt" und fassten sie unsittlich an. Es gab da schon zwangsläufig vorläufige Festnahmen. Aber die Feldjäger hatten es versäumt, entsprechende Fahrzeuge bereitzustellen. Schließlich kamen die ortsansässige Polizei und die Bahnpolizei zur Hilfe. Als einige „Unruhestifter" dann wohl bemerkten, dass auch durchgegriffen werden würde, „ergaben" sie sich, aber nur für kurze Zeit. Die Begrüßung mit allen Vorgesetzten durch unseren Ausbildungsleiter Oberstleutnant Wächter gestaltete sich auch fast nur als eine Tumult-Veranstaltung. Er wollte aufheiternd wirken, indem er als ersten Satz sagte: „Ich freue mich, dass Sie alle der Einladung des Kreiswehrersatzamtes Folge geleistet haben." Das ging im wahrsten Sinne des Wortes „nach hinten los". „Was redest du da, du alter grauer Sack?!", war noch die harmloseste Beleidigung. Auch hier erfolgten vorläufige Festnahmen. Einige riefen, als wir vier Soldaten in die Zellen an der Hauptwache abführen mussten: „Hier, nimm mich auch mit!"

Da die Nerven zu behalten, fiel allen schwer. Doch mit der Zeit konnte dann ein „fast normaler" Dienstbetrieb aufgenommen werden. Jetzt mussten die einberufenden Kompaniechefs sowie Zug- und Gruppenführer mit ihren Soldaten „fertig werden" - wobei wir immer beratend zur Seite standen, damit der Dienstbetrieb möglichst reibungslos durchgeführt werden konnte. Zunächst wurden die Reservesoldaten unterrichtet, anschließend gab es eine Gesamtübung mit den nötigen Auffrischungen, beispielsweise beim Schießen. Ich stellte während meiner Zeit bei diesem Heimatschutzausbildungskommando auch fest, dass es Unterschiede nach

Herkunft und Mentalität gab. So kam die beschriebene Truppe aus dem Raum Krefeld. Andere zum Beispiel, aus der Aachener Gegend, waren, obwohl auch nicht gerade „einfach“, noch die Diszipliniertteren.

Als ich einmal am Wochenende für den wehrübenden Kompaniechef in Bereitschaft war, wurde ich um 03:00 Uhr geweckt. Er habe festgestellt, sagte er, dass von Samstag auf Sonntag keiner seiner Männer in den Betten lag. Samstag war noch Dienst, und auch der Sonntag war bis Mittag als Unterricht eingeteilt. Der Zapfenstreich war am Samstag um 24:00 Uhr. Ich konnte mir schon denken, wo sie sich aufhalten würden. Gleich gegenüber der Kaserne gab es eine ziemlich bekannte und große Diskothek mit einer Nachtbar. „Ich ziehe mich schnell an – und Sie gehen bitte schon mal rüber zu der Disco und warten auf mich“, sagte ich zu dem Hauptmann der Reserve. Er war von Beruf ein ehrenwerter Gärtner. Tatsächlich war fast die ganze Kompanie in der Lokalität. Einige hatten sich im Kreis auf die Tanzfläche gesetzt und belästigten die Gäste, die tanzen wollten

„Ich habe schon die Feldjäger angerufen“, kam die Besitzerin, eine erblondete Dame, im fortgeschrittenen Alter mit einem tiefen Dekolleté, aufgeregt auf uns zu.

„Mal ganz ruhig, ich versuche das klären“, sagte ich. Ich setzte mich zu den Soldaten und fragte, ob ich auch einen Schluck aus der Pulle Bier haben könne, die mein Sitznachbar gerade ansetzte. Der lachte:

„Du bis gut, kaufe dir selbst was zu saufen.“

„Bei meinem Gehalt muss ich immer schnorren“, sagte ich nun laut und lachte dabei. Die Stimmung löste sich. Ich konnte schließlich alle überreden, nach einer halben Stunde doch in die Unterkunft zu gehen – auch mit dem Argument, dass der „arme Hauptmann“, schließlich auch Wehrübender, sonst Ärger bekomme. Als endlich die Feldjäger anrückten, konnte ich sie davon überzeugen, dass alles schon wieder geklärt sei. Sie waren, wie ich bemerken konnte, erleichtert - hatten sie doch noch die Einsätze am Bahnhof in Hamm vor Augen.

Am anderen Morgen wurde dann gemeldet, dass sich drei von den Mannschaftsdienstgraden von der Truppe entfernt hätten, mit der Bemerkung: „In diesem Scheißladen bleibe ich nicht. Zu Hause warten Frau und Kind auf mich." Viel Schriftverkehr und schließlich Abgabe an die zuständige Staatsanwaltschaft durch das Territorialkommando waren die Folge. Ich konnte auf keinen Fall dortbleiben. Es sträubte sich alles bei mir dagegen. Eines Tages bekam ich mit, dass sich Oberst Kopf, mein ehemaliger Regimentskommandeur in Wentorf und Goslar, jetzt Kommandeur im Verteidigungsbezirkskommando in Aachen, zu einer Besprechung mit dem Ausbildungsleiter Oberstleutnant Wächter angekündigt hatte. In seinem Bezirk, der sich bis in die Eifel anschloss, gab es viele Reservisten, die für Heimatschutzaufgaben vorgesehen waren. Viele Depots verteilt im ganzen Landkreis Aachen mit militärischem Material und Ausrüstung waren zu bewachen. Es gelang mir, ihn unter vier Augen zu sprechen. Er war zunächst erfreut, ein ehemaliges Mitglied aus seinem damaligen Regiment anzutreffen. Ihm war in Goslar, wie er sagte, vollkommen entgangen, dass ausgerechnet ich nun nach Aalen versetzt wurde. Schließlich versprach er mir, wenn ich dazu bereit wäre, mich zum Verteidigungsbezirkskommando nach Aachen zu „holen". Allerdings auch nur für Bürotätigkeiten. Aber da ich ja nun die Absicht hatte, nach der Beendigung als Zeitsoldat über den Berufsförderungsdienst der Bundeswehr Sozialpädagogik zu studieren, um dann Sozialarbeiter zu werden, konnte ich es mir schon gut vorstellen, in Aachen zu wohnen. Nur bloß weg aus diesem „Westfalenland“! Aber zunächst sollte ich mich noch ein wenig zeitlich gedulden, wie er mir noch mitgab.

Der Junge darf nicht sterben!

Mir war sehr bald eine schöne Wohnung in Bad Hamm zugewiesen worden. Meiner damaligen Ehefrau konnte es gar nicht schnell genug mit dem Umzug gehen, obwohl sie noch in Goslar geäußert hatte, sich von mir trennen zu wollen. Diesen Sinneswandel habe ich erst später verstehen können. Der Winter im Jahr 1969 war hart, und endlich lugte die Märzsonne an einem Samstag durch die Wolken. Ich hatte meinen Volkswagen 1500 gegen einen kleinen Simca eingetauscht, der wendiger sowie mit vier Türen und vor allen Dingen mit einer besseren Heizung ausgestattet war. An diesem Samstag lud ich die Familie ein, eine Tour nach Münster zu unternehmen. Es war kein großer Straßenverkehr auf der Landstraße, und so fuhren wir entspannt in Richtung der schönen Stadt Münster. Auf der anderen Straßenseite kam mir, wie ich bemerken konnte, ein großer schwarzer Mercedes mit hoher Geschwindigkeit entgegen. Plötzlich und unerwartet fuhr er direkt auf mich zu. Ich soll noch einen Schrei ausgestoßen haben – dann wurde es DUNKEL!

Als ich nur kurz aus dem Koma erwachte, verspürte ich solche Schmerzen, dass sie mich fast schweben ließen. Ich konnte aber noch registrieren, dass meine Frau und meine Tochter nicht mehr im Fahrzeug waren, während sich viele Rettungskräfte bemühten, mich aus der eingeklemmten Situation zu befreien. Frau und Tochter hatte man schon mit einem Notarztwagen ins Marienhospital Hamm gebracht. Man bemühte sich, mich bei Bewusstsein zu halten, ein weiteres Notarztfahrzeug stand auch schon bereit. Aber ich fiel immer wieder ins Koma, während ein Schneidbrenner zur Hilfe genommen werden musste, um mich zu befreien. Ich kam noch einmal kurz zu Bewusstsein, als man mich im Krankenhaus in einen Behandlungsraum bringen und dazu auf der Trage in Rückenlage legen wollte. Ich hatte mich instinktiv in Seitenlage begeben. Daraufhin muss ich wohl geschrien haben, weil ich meinte zu ersticken. Sie beließen es bei der Seitenlage. Es gelang mir noch zu fragen: „Frau und Tochter - wo?“ Ich wurde beruhigt, sie seien auch verletzt, aber nicht lebensgefährlich, und es gehe ihnen verhältnismäßig gut. Danach fiel ich erneut ins Koma.

Wohl nach sechs langen Stunden erlangte ich wieder kurz das Bewusstsein, indem ich merkte, dass mich ein Arzt und zwei Krankenschwestern vom OP-Tisch in ein Bett hoben. Weil mir das womöglich auch wieder erhebliche Schmerzen bereitete, soll ich „Verdammt!“ gesagt haben. Ich konnte noch erkennen, dass mich eine katholische Ordensschwester anblickte. „Entschuldigung, Schwester“, soll ich daraufhin gemurmelt haben. Danach entfiel mir wieder das Bewusstsein. Was ich erst einige Wochen nach der Behandlung und Operation im Marienhospital erfahren konnte: Es war Glück - wenn man in dieser Situation überhaupt davon sprechen kann - im Unglück, dass ich überhaupt noch lebte. Der an diesem Tag diensthabende Arzt hatte zunächst mein linkes Bein, das ganz blutig und mit Knochensplittern aus dem Unterschenkel hervorlugte, versorgt. Mein Puls wurde immer schwächer, und man hatte wohl erkannt, dass ich „wegbleiben“ könnte. Ein Oberarzt des Krankenhauses und Chirurg wollte just an diesem Tag zum Motorfliegen in die Nähe von

Münster fahren, hatte aber seinen Flugschein im Krankenhaus vergessen. Man unterrichtete ihn über den Unfall und meine Person. Er zögerte keine Sekunde. Nach Abhorchen des Thorax sagte er: „Mensch, der hat doch Darm-Töne im Brustkorb, natürlich sofort Notoperation, sonst erstickt und verblutet der Patient. Los, ab in den OP, ich muss ihn aufschneiden!"

Es erfolgte eine Thorax-Öffnung wie im Lehrbuch des berühmten Professors Dr. Sauerbruch, ein Chefarzt in der Charité Berlin während der 1930er und 1940er Jahre. Mein Magen hatte das Herz zusammengedrückt, die Gedärme lagen im Brustkorb. Milzrisse und ein erheblicher Lungenriss. Die Milz musste entfernt und alles andere wieder „auf den richtigen Platz" verlegt werden. An sich wurden in diesem Krankenhaus derartige Operationen nicht durchgeführt, da es nicht über die nötigen Voraussetzungen verfügte. Doch diesem Arzt war es gelungen, mich zunächst erfolgreich zu operieren. Nun mussten die nächsten Stunden entscheiden, ob meine körperliche Verfassung ausreichen würde, mich ins Leben zurück zu kämpfen. Dieser Arzt, ich nenne ihn hier Doktor Daune, dem ich mein Leben verdanke, hatte erst auf dem zweiten Bildungsweg mit Abitur und Studium Arzt werden können. Vorher war er ein ausgebildeter Handwerkschreiner! Aber noch waren die ersten Tage nach der OP für mich maßgebend. Es wurden für die ersten fünf Tage ständige Nachtwachen an meinem Bett eingeteilt. Sie mussten mich unter anderem mit einer „Handpumpe" kontrollieren, um den Lungendruck auszugleichen, denn ich bekam häufig keine Luft. Bis zu diesem Unfall hatte ich bis auf eine Entfernung der Mandeln im Kindesalter kein Krankenhaus als Patient erleben müssen. Nun traf es mich umso heftiger. Trotz meines Zustandes konnte ich die eingeteilten

Nachtwachen im Umgang mit mir deutlich wahrnehmen. Eine junge Krankenschwester wirkte sehr nervös, besonders wenn ich wieder einen Erstickungsanfall bekam. Dann jammerte sie: „Oh Gott, oh Gott, hoffentlich bleibt der nicht ausgerechnet bei mir weg!“ Ich nahm es ihr nicht übel.

Einer der Pfleger schnauzte mich sogar an, ich solle mich gefälligst zusammennehmen. Wenn es schlimmer mit mir kommen sollte, dann sollte ich mir sagen: „Sterben müssen wir alle mal.“ Dagegen strahlte ein großer und korpulenter Pfleger eine Ruhe aus, die mir guttat. Er redete ganz ruhig bei meinen Luftschwierigkeiten mit enormen Hustenanfällen mit mir. Er richtete mich auf und gab mir immer wieder neuen Mut, indem er sagte: „Trotz ihrer sehr schweren Verletzungen sind Sie auf einem guten Weg, wieder gesund zu werden, denn es zeigt sich, dass Sie ein Kämpfer sind!“ Da konnte ich nicht ahnen, dass noch zwei weitere schwere Verkehrsunfälle zukünftig auf mich warten würden - allerdings nicht so lebensgefährlich wie dieser. Mit diesem Unfall hatte ich schon ziemlich heftig an die Tür zum „Jenseits“ geklopft. Sehr viel dazu beigetragen, dass ich mich „zurückkämpfen“ konnte, hatte die Stationsschwester. Sie war auch eine Ordensschwester, aber in einem noch verhältnismäßig jungen Alter. Sie gab für alle anderen Schwestern und Pfleger die Parole aus: „DER JUNGE DARF NICHT STERBEN!“

Auch sie saß häufig an meinem Bett. Sie gab mir etwas zu trinken und die ersten „Happen“ zu essen. Als ich dann nach ärztlicher Diagnose außer Lebensgefahr erschien, unterhielten wir uns über vieles im Leben. Ich erfuhr etwas über die Tradition in ihrer westfälischen Familie, wobei eine Tochter immer Nonne werden musste. Sie hörte wiederum aufmerksam zu, wenn ich über meine noch nicht so langen Erfahrungen mit jungen Leuten berichtete. Sie unterrichtete mich auch, dass meine Frau wieder nach Hause entlassen sei, ihre Beckenbrüche waren soweit geheilt. Meine Tochter sei von meinem Bruder und seiner Familie zur Pflege abgeholt worden. Ja, mein Bruder im Ruhrgebiet! Er hatte sich mal wieder um alles gekümmert und als Polizeibeamter noch einmal für die Versicherung den Unfall ausgemessen. Ich hatte gar nicht mitbekommen, dass er mich auch in der Zeit, als ich noch gesundheitlich „kämpfen“ musste, häufig besucht hatte. Die Besuche von meiner Mutter mit Schwester und Schwager konnte ich aber immer wahrnehmen.

Aachen - ich komme!

Der Chefarzt im Marienhospital ordnete an, dass ich auf seine Privatstation zur weiteren Behandlung verlegt wurde. Die Genehmigung hatte er höchstpersönlich beim Sanitätsamt der Bundeswehr eingeholt. Wie man mir hinter vorgehaltener Hand mitteilte, wollte er meinen Fall als Beispiel einer höchst erfolgreichen Notoperation angesichts der Schwere von Verletzungen bei einem internationalen Ärztekongress in den USA, New York, vortragen. Somit wurde ich nicht in das Bundeswehr-Krankenhaus in Hamm verlegt, das ganz in der Nähe unserer Wohnung lag. So langsam erholte ich mich Stück für Stück, obwohl von einer intensiven, allgemeinen Betreuung auf dieser Station nicht die Rede sein konnte. Rücksichtslose Mitpatienten rauchten, weil es ihnen sogar erlaubt war, und das im Patientenzimmer, was mir große Schwierigkeiten bereitete. Als einmal „mein“ Arzt und Retter auch auf dieser Station Dienst hatte, stauchte er meinen damaligen Zimmergenossen, einen Oberstudienrat, der sich nur mal durchchecken lassen wollte, zusammen: „Ihr

Mitpatient ist auch an der Lunge operiert - und Sie nehmen keine Rücksicht. Was für ein Mensch sind Sie eigentlich?!" Der Oberstudienrat und Hauptmann der Reserve, wie er mir gleich stolz bekannt gegeben hatte, beschwerte sich daraufhin beim Chefarzt. Er wurde zwar angehört, aber mit dem Hinweis, sein gesundheitlicher Zustand sei ja soweit in Ordnung, er könne auch wieder das Krankenhaus verlassen, abgefertigt.

Der schwere Unfall war Anfang März, und im Juni wurde ich aus dem Krankenhaus als „krank zu Hause" entlassen. Meine Frau hatte mich nicht besucht, mit dem Hinweis, sie sei noch zu schwach. Aber nun hoffte ich nach baldiger Gesundschreibung nach Aachen zum Verteidigungsbezirkskommando, wie verabredet, versetzt werden zu können. Eines Tages suchte mich zu Hause der Personaloffizier im Verteidigungs-Bezirkskommando auf. Er war im Krieg ein sogenannter Tapferkeit-Offizier und noch 1945 vom Feldwebel zum Leutnant befördert worden. Gleich nach Aufstellung einer Bundeswehr wurde er auf Antrag zunächst als Oberleutnant übernommen. Über diesen Dienstgrad war er, obwohl jetzt kurz vor der Pension, nicht mehr herausgekommen. Er stammte aus Essen und bediente sich einer direkten Sprache, die er besonders nach dem Krieg als Bergmann „zu sprechen gelernt" hatte. Er eröffnete mir, dass ich nach solchen schweren Verletzungen wahrscheinlich für lange Zeit dienstunfähig bleiben würde. Wenn das Jahr dann zu Ende gehen werde und ich weiterhin nicht „auf die Beine" gekommen sei, würde ich ja sowieso nach den Bestimmungen aus der Bundeswehr entlassen werden. Er wollte es deswegen nicht zulassen, auch wenn der Dienst in Aachen keine körperlichen Anstrengungen beinhalten würde, dass ich ins Verteidigungs-Bezirkskommando versetzt werden sollte. Fast ohne Gruß verließ er dann eilig unsere Wohnung. Am selben Abend rief ich Oberst Kopf auf seiner privaten Telefonnummer an. Ich schilderte ihm ziemlich mitgenommen, was mir sein Personaloffizier mitgeteilt hatte. Der Oberst schwieg eine längere Zeit am Telefon. Bis ich ein „Hallo!“ in den Hörer rief. Er sagte dann nur kurz und knapp: „Wenn Sie sich einigermaßen in der Lage sehen, hier bei mir Ihren Dienst anzutreten, werde ich alles in die Wege leiten lassen. Ich habe schon mit zwei sehr guten Ärzten, der eine ein Kardiologe, der andere ein erfolgreicher Chirurg, gesprochen. Von denen könnten Sie dann gesundheitlich betreut werden. So, jetzt machen Sie sich weiterhin kein Sorgen, ich erwarte Sie in Bälde!“

Zwei Wochen später trat ich meinen Dienst in der Oppenhoffallee in Aachen an. Ich konnte auch ein Zimmer gleich in unmittelbarer Nähe des Kommandos – obwohl sehr karg ohne jeglichen Komfort - beziehen. Aber das war mir egal. Ich mochte die Stadt Aachen auf Anhieb. Außerdem war ich ja auch wieder näher nach Köln. Ich erholte mich zusehends und durfte auch schon ein wenig Sport betreiben, obwohl ich noch heute unter einigen gesundheitlichen Störungen leide.

Am Abend nach Dienstschluss ging ich des Öfteren in eine Eckkneipe, wo ich tolle Menschen kennenlernen konnte, die mir dabei halfen, auch ein wenig wieder „ins normale Leben“ zurückzukommen. Schließlich wurde mir eine schöne Wohnung, von Aachen aus in Richtung Voreifel gelegen, angeboten, denn meine Frau hatte es nun wieder eilig, obwohl sie anfangs sehr zögerlich war, nachzukommen. Wie ich später erfuhr, hatte sie gleich nach ihrer Entlassung aus dem Krankenhaus in Hamm angeblich ein Verhältnis angefangen, das wohl aber nicht lange gehalten hatte. Ich wusste zu diesem Zeitpunkt davon natürlich nichts, denn sonst hätte ich für mich eine andere Lebensplanung verfolgt. Zunächst durfte ich während des täglichen Dienstes die Gegend kennenlernen. Ich konnte mit einem Munga-Dienstfahrzeug alle zum Bezirk gehörenden Depots abfahren und somit auch zum Beispiel die Eifel besser kennen lernen. Das Personal im Verteidigungs-Bezirkskommando bestand fast zur Hälfte aus Zivilisten. Ich war der einzige Zeitsoldat. Alle anderen Dienstgrade waren meist schon ältere Berufssoldaten. Manche empfand ich schon als ziemlich seltsam. Als ich mich bei dem stellvertretenden Kommandeur, Oberstleutnant Ferdinand von Maron, vorstellen musste, griff der zu einem Wecker, der auf seinem Schreibtisch stand, zog ihn auf und sagte zu mir: „Sie haben genau zehn Minuten, dann beende ich dieses Gespräch - um nicht unnötig Zeit zu vergeuden.“ Er hatte, wie ich dann von der anderen Belegschaft erfahren konnte, fast nichts zu tun. Wahrscheinlich würde er auch zu Hause in seiner Familie alles nach einem Zeitplan einstellen, eben mit Hilfe von einem Wecker. Als ich mir das vorstellte, musste ich beim Verlassen seines Büros laut auflachen. Irritiert schaute mich der Pförtner des Hauses an, der gerade die Treppe rauf kam.

Die Welt fieberte durch die vielen Beichterstattungen auf die erste Mondlandung in den USA. Ein ehemaliger Ingenieur, der schon im Dritten Reich an der Entwicklung von Raketen wie V1 und V2 für das Nazi Regime maßgeblich beteiligt war, war Wernher von Braun. Er hatte die Entwickelung der Mondrakete Saturn V-Apollo 11 vorangetrieben. Schließlich betrat am 21. Juli Neil A. Armstrong als erster Mensch den Mond. Alles war live im Fernsehen auf der ganzen Welt zu sehen. Ein politischer Umbruch sollte auch in der Bundesrepublik bevorstehen. Ich war in Aachen in die SPD eingetreten, auch weil der nächste Bundeskanzler Willy

Brandt heißen sollte. „Willy wählen", so das Motto der Partei und ihrer Wahlwerbung. Mein durchweg konservativer Oberst Kopf konnte es nicht verstehen und war sehr skeptisch, dass nun ein „Sozi" mit seiner Mannschaft einer neuen Regierung vorstehen sollte. Trotzdem war er aber tolerant genug, das als eine mögliche demokratische Wende hinzunehmen. Schließlich wurde Willy Brandt am 21. Oktober zum Bundeskanzler gewählt - mit Hilfe der Freien Demokraten, die sich als Koalitionspartner angeboten hatten. Ein sehr umfangreiches Reformprogramm wurde verkündet: „Mehr Demokratie wagen." Diese Worte von dem neuen Bundekanzler sollten auch beinhalten, Gespräche mit dem anderen Teil Deutschlands aufzunehmen. Charles de Gaulle trat im Oktober als Präsident von Frankreich zurück. Er hatte mit Adenauer die Annäherung und Freundschaft beider Länder auch mit seinem unvergessenen Besuch in Bonn ausdrücklich besiegelt. Das konnte nun immer weitergeführt werden.

Auch der neue Präsident der USA Richard Nixon besuchte die Bundesrepublik und Berlin. Der Vietnamkrieg war immer noch nicht zu Ende. Die Öffentlichkeit erfuhr von einem schlimmen Massaker, das schon 1968 stattgefunden hatte. Schweren US-Angriffen auf das südvietnamesische Dorf My Lai fiel fast die ganze Dorfbevölkerung zum Opfer, darunter auch viele Kinder. Es gab weiterhin sehr linksgerichtete, radikale Studentenbewegungen. Aber es sollte trotzdem zu dieser Zeit „gefühlt" etwas „ruhiger" werden - obwohl es auch in Aachen immer wieder linke Studentenbewegungen der Technischen Hochschule gab, die grölend mit „Ho Ho Hoschemin!" durch die Stadt zogen. Allerdings achteten einige auch auf ein „abgestimmtes Outfit". Zum Beispiel hatten ein paar Studenten ihre Baskenmützen „keck" mit roten Sternen versehen, dazu trugen sie schwarze Tren Courts. Ich dachte mir: Was für ein Theater - und diese Leute sollen mal in die Spitze der Gesellschaft aufsteigen? Auch kamen mir immer wieder Zweifel, was ich selber noch tun sollte. Lohnt es sich, für diese Menschen einen Staat zu verteidigen, die ihn ja offensichtlich ablehnten? Aber mir wurde bewusst, dass das, für das sie hier popagierten, nichts mit der übrigen Bevölkerung zu tun hatte. Die anbahnenden 1970er Jahre ließen sich in der Bevölkerung anders anfühlen. Ein gefühlter gewisser Nebel, der hauptsächlich von der Konrad-Adenauer-Regierung die Bundesrepublik „überschüttet" hatte, schien sich behutsam aufzulösen, um damit andere Ausblicke frei werden zu lassen. Leider radikalisierte sich dann die sogenannte Rote-Armee-Fraktion (RAF), die sich erst 1998 auflöste und viele terroristische Anschläge mit schlimmen Morden begehen sollte. Obwohl ich in meiner politischen Auffassung die Errungenschaften von rein konservativen Regierungen nicht in Frage stellte, sondern vielmehr in Gesprächen abwog, was gut und was weniger gut für die Bevölkerung war und ist, wollte ich doch, dass endlich mal „Andere" die Geschicke unserer Nation bestimmen sollten. Auch in der Bundeswehr war schon ein gewisser Wandel zu spüren.

Der Witwenmörder von Kornelimünster

Obwohl das Verteidigungs-Bezirkskommando eine militärische Dienststelle war, wurde das Haus nicht besonders gesichert. Im Flur des Einganges „residierte" ein ziviler Pförtner. Sein Name war Konrad van Maasliejken - ein schon älterer Herr mit grauen Haaren. Einer der zivilen Kraftfahrer, Norbert Riffen, verdiente sich einmal in der Woche etwas hinzu, indem er mit einem Reisebus, gechartert vom Spielkasino in Spa (Belgien), „spielbewusste“ Leute aus Aachen kostenlos dort hin und auch wieder am späten Abend zurückbrachte. Am Elisenbrunnen in Aachen war die Sammelstelle. Ein eigenes Spielkasino gab es in Aachen noch eine ganze Zeit lang nicht. Norbert hatte mich, bevor ich eine eigene Wohnung mit der Familie in Aachen-Brand bekommen sollte, schon zweimal eingeladen, doch einfach mitzufahren. Während die „Spieler“ im Casino in Spa auf ihr Glück setzten, verbrachten wir in einer Kneipe gleich gegenüber dem Casino einen gemütlichen Abend. Das Lokal wurde von einem polnischen Ehepaar geführt, sie waren damals vor der noch kommunistischen Regierung über Deutschland geflüchtet. Sie waren sehr herzlich und sprachen auch gut deutsch. Wir spielten Karten und unterhielten uns, und so ging der Abend bis 23:30 Uhr auch schnell zu Ende. Was mir bei diesen Touren auffiel, war, dass unser Pförtner, Herr van Maasliejken, auch immer zum Spielkasino mitfuhr. „Der ist immer dabei, unser Konrad. Ich weiß aber nicht, wieviel er schon gewonnen und auch verloren hat“, meinte Norbert, ein echter „Öcher“, mit dem für Aachen typischen Akzent. Man las in der Tageszeitung von Aachen hin und wieder über unaufgeklärte Todesfälle im gesamten Bezirk Aachen. Es waren immer alleinstehende Frauen, die meisten Witwen in einem gehobenen Alter. Sie sollen ermordet worden sein. Eindeutiges Merkmal war, dass sie immer mit einer Strumpfhose oder mit Strümpfen erwürgt aufgefunden wurden. Sie hatten gemein, dass sie in ihren eigenen Häusern alleine lebten und keine weiteren Angehörigen hatten. Wir unterhielten uns darüber, auch im Beisein von unserem Pförtner. Viele in Aachen konnten nicht verstehen, dass der Täter bei diesen markanten Merkmalen bisher nicht zu fassen war.

Eines Tages erschienen bei mir im Büro drei Herren. Zu meinen Aufgaben gehörte es, dass wenn Besucher den Kommandeur sprechen wollten, sie erst einmal zu mir kommen mussten. Ich hielt dann schriftlich fest, in welcher Angelegenheit, mit Anschrift und Uhrzeit. Ich geleitete die Herren zu Oberst Kopf, der sie schon erwartete. Nach einer Viertelstunde rief mich der Oberst zu sich. Wann heute der Pförtner wieder seinen Dienst antreten würde? Ich antwortete, dass er sich heute Morgen zu einem Arztbesuch abgemeldet hätte und so um 14:00 Uhr wieder zurück sein wollte. Die Vertretung werde durch den Registrator im Haus wahrgenommen. Meistens meldete sich der Pförtner telefonisch bei mir wieder zurück. Man sagte mir, ich solle bei seiner Rückkehr zu ihm runter gehen und ihn in ein Gespräch verwickeln. Die Herren – jetzt sagte der Oberst: „Kriminalbeamte vom Landeskriminalamt“ - würden dann kommen und ihn wegen des dringenden Verdachts auf mehrfachen Mord festnehmen. Ich war sichtlich „baff“. Dieser freundliche Herr soll solche Verbrechen begangen haben? Man hatte mir nicht gesagt, um welche Mordfälle es sich handeln würde. Aber das konnte ich mir jetzt an zehn Fingern abzählen. Tatsächlich meldete sich der Pförtner um 14:10 Uhr telefonisch bei mir zurück.

Ich begab mich in das Erdgeschoss, wo er bereits in seiner Pförtnerloge saß. Er sah mich staunend an, als ich ihn fragte: „Na, alles klar beim Arzt gegangen?“ Da er ein ausgesucht höflicher Mensch war, antwortete er. „Vielen Dank der Nachfrage, ich muss noch mal zu einer Abgleichung, was mit meinem Herz zusammenhängt, eine Untersuchung über mich ergehen lassen. Aber was soll man machen, in meinem Alter?“, fügte er noch lachend hinzu. Ich wollte noch etwas sagen, doch er muss wohl schon etwas geahnt haben, denn es war an sich nicht so, dass wir alle Mitarbeiter nach ihren

Arztbesuchen befragten. Da kamen auch schon die drei Herren mit ernsten Gesichtern die Treppe herunter. Sofort geriet unser Konrad, der Pförtner, in Panik und wollte an mir vorbei zur Eingangstür laufen, um zu fliehen. Da er von kleinerer, magerer Statur war, machte es mir keine Mühe, ihn festzuhalten. „Herr van Maasliejken, Sie sind wegen des Verdachts des mehrfachen Mordes vorläufig festgenommen." Die Kriminalbeamten hatten ihn umringt und sprachen ruhig auf ihn ein, er solle keinen Widerstand leisten. Sie legten ihm dann die Handschellen an. Unser nun wohl ehemaliger Pförtner ergab sich in diesem Moment seinem Schicksal.

Nach ein paar Tagen erfuhr die Öffentlichkeit, aber auch unser Oberst, etwas mehr über dieses Verbrechen. Der Pförtner erkundete immer per Todesanzeigen oder auch Nachrufen, um wen es sich handelte und wer später als Opfer in Frage kommen könnte. In manchen Fällen besuchte er sogar Beerdigungen und konnte sich aus sicherer Entfernung ein Bild von den Hinterbliebenen und besonders der Witwe machen. Er ließ dann einige Zeit vergehen. Erst nach mehreren Wochen besuchte er erneut die Friedhöfe, immer mit einem Blumenstrauß. Dort wartete er, manchmal auch vergeblich, meistens bis um die Mittagszeit, bis er eine Witwe antreffen konnte, die das Grab ihres verstorbenen Ehemannes besuchte. Er tat dann so, als wenn er zufällig denselben Weg hätte und sprach ganz in seiner höflichen Art die trauernden Frauen an. Da er mit seinen grauen Haaren sowie guten Umgangsformen und einer vornehmen Haltung in solchen Situationen in den meisten Fällen gut ankam, konnte er seine nächsten Schritte planen. Er fragte ganz beiläufig, als man sich verabschiedete, wann man sich eventuell auf dem Friedhof wohl wieder treffen würde, wenn er das Grab seiner verstorbenen Frau besuche. Für diesen Fall hatte er sich ein

Grab ausgesucht, wo eine Frau alleine und im entsprechenden Alter beerdigt worden war. Aber in keinem der Fälle fragten die nun erst seit kurzer Zeit Verwitweten danach. Wahrscheinlich waren sie nur froh, in ihrer Situation ein wenig Aufmerksamkeit und Trost zu finden. Die nächsten Schritte von Konrad waren dann Einladungen zu einem Treff in einem Café. Schließlich ging es dann weiter, bis er zu den Witwen nach Hause eingeladen wurde. Hier konnte er dann feststellen, ob sie allein in einem Haus wohnten oder auch kaum Angehörige bzw. Kinder hatten, die sie oft besuchten. Wenn es nicht in sein Bild passte, brach er die Beziehung ab und suchte nach neuen potentiellen Opfern.

Er kam auch immer erst am späten Abend zu Besuch. Er erzählte den Frauen, dass er mal beim Geheimdienst gewesen sei, und er müsse sich immer noch sehr vorsehen. Es könnten sich einige, die er beschattet hätte und die dann „dingfest“ gemacht wurden, an ihm rächen wollen. Auch durfte er selber nicht besucht werden. Er behauptete, er wohne noch bei seinem Bruder in Kornelimünster, bevor er bald sein Erbe, ein Haus, auch in Kornelimünster, antreten könne. Dabei wohnte er auf einem Campingplatz mit Namen „Kroonwiejke“ in Belgien. Dort fuhr er immer mit seinem Moped hin. Seinen Namen wechselte er ständig. Wenn er alles „abgecheckt“ hatte, was an Wertgegenständen usw. vorhanden war, schritt er zu seinen mörderischen Plänen. An sich stammte er aus dem flämischen Teil in Belgien. Im Zweiten Weltkrieg hatte er sich freiwillig zur deutschen Wehrmacht gemeldet und war nach dem Krieg als Unteroffizier entlassen worden. Der Kriegsgefangenschaft konnte er als Belgier entgehen, er besaß aber auch die deutsche Staatsangehörigkeit. Da er schon sehr bald im wahrsten Sinne des Wortes spielsüchtig wurde, überlegte er schon lange, wie er an Geld kommen könnte. Er hatte bereits das Erbe seiner Eltern verspielt und sich auch so einiges geliehen, sodass er bei fast allen Verwandten und Bekannten Schulden hatte. Auf die Idee, sich an Witwen „heranzumachen“ kam er nach eigener Aussage durch eine französische Kriminallektüre.

Was ihm letzten Endes zum Verhängnis wurde? Die Kriminalbeamten, die lange Zeit ermittelt hatten, gaben der Öffentlichkeit nur bekannt, dass er wohl bei seinem beinahe vierten Opfer an eine „falsche Adresse“, geraten sei. Der erste Ehemann der Dame war auch bei der Polizei gewesen, und so kannte sie noch so einige Beamte. Sie hätte aber nie vermutet, dass es sich um einen Mörder handeln würde. Sie hatte nur um eine Auskunft über diesen Herrn gebeten und dabei erklärt, wo und wann er sie angesprochen hatte. Auch über seine Vorliebe, dass die Frauen ihre Strümpfe im Bett anbehalten sollten, berichtete sie. Da die Opfer alle mit einem Strumpf oder einer Strumpfhose erdrosselt worden waren, kam man nun Konrad van Maasliejken „auf die Schliche“. Die Presse hatte noch eine Woche ausgiebig über den „Witwenmörder von Kornelimünster“ berichtet, dann war auch das kein Thema rund um Aachen mehr. Einige im Verteidigungsbezirkskommando wollten schon immer gewusst haben, dass mit „diesem Herrn“ etwas nicht stimmen konnte. Dabei kannten sie ihn kaum. Sie hatten sich nur wenig mit ihm unterhalten und ihn - das kann man sagen - kaum beachtet.

Versetzung ins „freie Nederland"

Gerade hatte ich meinen Schreibtisch zu Dienstbeginn aufgeschlossen, da schellte das Telefon. Am Apparat war der Personal-Hauptverwalter des Luftwaffenausbildungsregiments in Budel in der niederländischen Gemeinde Cranendonk. Ich kannte ihn schon sehr lange. Er war bereits in meiner Grundausbildung in Putlos (Holstein) im Geschäftszimmer tätig, dann mein Nachbar in Wentorf und schließlich in seinem Job auch in Goslar. Wir hatten ihn und seine Familie auch schon einmal in Budel besucht. Dabei hatte ich geäußert, dass ich auch froh gewesen wäre, bei dem nächsten Austausch des Personals dorthin versetzt zu werden. Dort gab es wegen der Auslandsstationierung mehr Gehalt. Es wurden Dienstwohnungen bereitgehalten und noch einige weitere Vergünstigungen. Aber als viel wichtiger empfand ich die Atmosphäre in dem Land. Die Menschen kamen mir in ihrer Art viel lockerer vor, und sie waren sofort irgendwie verbindlicher. Nun aber bot er mir an – wenn Oberst Kopf damit einverstanden wäre - dorthin im Austausch mit einem Feldwebel zunächst in eine Ausbildungskompanie als Zugführer versetzt zu werden. Der Feldwebel war angeblich bei sexuellen Handlungen mit einem Unteroffizier „erwischt" worden. Nach den damaligen Bestimmungen war das ein Dienstvergehen, und es erfolgte eine Anklage beim Truppendienstgericht sowie zunächst eine zügige Versetzung in einen anderen Verband oder eine andere Dienststelle bis zum Urteil. Das wiederum konnte auch eine Entlassung aus der Bundeswehr bedeuten. Es war also fraglich, ob Oberst Kopf damit einverstanden sein sollte, im Austausch nun einen, wie er es dann selber ausdrückte, „Problem-Kameraden" in seiner Dienststelle zu haben.

Aber nach einiger Zeit des Überlegens meinte er, nachdem ich ihm von dem Angebot unterrichtet hatte: „Für Sie ist es eine willkommene Chance, sich etwas finanziell besser zu stellen. Das kann ich Ihnen nicht verwehren. Der Feldwebel soll aber erst einmal zu uns für eine Woche zur Übergabe kommandiert werden, dann gebe ich mein GO!" So kam es dann auch. Ich wurde nach Budel versetzt, und so nahm ich nach längerer Zeit wieder eine Tätigkeit als Ausbilder auf - aber mit der Aussicht, in absehbarer Zeit woanders eingesetzt zu werden. Das sogenannte Funktionspersonal in Budel war nun fast insgesamt mit dem Ausbildungsregiment aus Goslar ausgetauscht worden. Daher kannte ich auch noch einige meiner ehemaligen Kameraden. Bis mir und meiner Familie eine Wohnung zugewiesen wurde, wohnte ich direkt, wie es hieß, auf dem Legerplaats Budel, in einer Unterkunft, die für solche Übergangszwecke vorgesehen war. Ich musste feststellen, dass man in der Art auszubilden noch nicht viel weitergekommen war. Eine zeitgemäße Menschenführung? Davon war man noch weit entfernt. Allerdings ließ man in Unterrichten auch Diskussionen über Sinn und Zweck einer Wehrpflicht zu. Ein „Haar-Erlass" des damaligen Verteidigungsministers Helmut Schmidt sorgte zudem für Unsicherheit. Danach sollte jeder sein Haar tragen, wie er es für richtig erachtete. Da zu dieser Zeit lange Haare bei jungen Männern in Mode waren, trugen auch viele „lang", allerdings im täglichen Dienst mit einem Haarnetz versehen. Ein anderer Erlass vom sozialdemokratischen Verteidigungsminister wurde begrüßt. Danach war es ab sofort Disziplinarvorgesetzten untersagt, sich in persönliche und intime Angelegenheiten ihrer Untergebenen einzumischen, was bis dahin häufig geschehen war. Zum Beispiel, ob ein Soldat sogenannt „fremd" ging oder eine Ehe gefährdet war: So etwas hatte den Disziplinarvorgesetzten nicht mehr zu interessieren. Es sollte die Privatsphäre jedes einzelnen bleiben. Ausnahmen galten, wenn es sich um Ausnutzung von Schutzbefohlenen handelte oder ähnliche Dinge, die im Dienst als Dienstvergehen erachtet wurden, angelehnt an das Strafgesetzbuch.

So eine Chance im Ausland – und das noch nahe an Deutschland - seinen Dienst zeitweise erleben zu dürfen, war an sich eine gute Voraussetzung für ein Familienleben. Doch meine damalige Frau eröffnete mir, dass sie nicht gewillt sei, mit mir in die Niederlande umzuziehen. Ich hatte schon länger einen Verdacht. So zeigte sie ein gewisses Interesse an einem Friseurmeister mit zwei Geschäften in Aachen und Umgebung. Ihn hatten wir bei einem Ball in der Gallwitz-Kaserne Aachen kennengelernt. Ich hatte nichts dagegen unternommen. Schon lange war mir ihre unstete Art aufgefallen, die in keine harmonische Ehe passte. Meine Absicht, immer fair zu bleiben, behielt ich auch in dieser Situation. Also zog ich alleine mit einem geteilten Hausstand in ein Reihenhaus, denn ich galt als verheirateter Soldat mit Kind. Eine Trennung spielte für die militärische Führung zunächst keine Rolle. Meine Mutter aus Köln half mir beim Umzug. Nach einiger Zeit wollte ich klare Verhältnisse haben und reichte die Scheidung in Aachen ein. Zu dieser Zeit galt noch das Schuldprinzip. Da sie aber durch ihren Rechtsanwalt Behauptungen aufgestellt hatte, die nicht der Wahrheit entsprachen, ich aber ein Verhältnis mit diesem Friseurmeister nachweisen konnte, wollte ich das Ganze noch etwas „untermauern“.

Ich hatte seinerzeit in Goslar auch schon einen Verdacht, der nun auch in gewisser Weise für mich bei meinen Recherchen zumindest bestätigt wurde. Ich nahm mir frei und fuhr nach Goslar, zu meinem ehemaligen Standort. Dort traf ich einen mir bekannten Oberleutnant: „Na, du hier? Ist denn alles in Ordnung bei dir?“ - „Ja soweit - bis auf meine Trennung von meiner Frau und die zu erwartende Scheidung.“ Er hatte schon gehört, dass ich nun in Budel stationiert war. Der Oberleutnant: „Dass du damals in diese Heimatschutzeinheit nach Ahlen versetzt wurdest, ist nicht ganz mit rechten Dingen zugegangen. Da spielten welche mit dir - ziemlich falsch. Im Verbund mit deiner Frau, dem Kneipenwirt vom Schöneck und einigen, die du im Regimentsstab als deine Freunde angesehen hattest!“ Auf meine Nachfragen wollte er mir allerdings nichts Näheres mehr mitteilen. Doch ich konnte mir schon einiges vorstellen und „zusammenreimen“. Aber statt lange mit mir zu hadern, beschloss ich - auch damit nicht immer wieder solche unschönen Dinge in meinem Leben „hoch“ kommen sollten - alles auf sich beruhen zu lassen.

Ich hatte bei meiner Ankunft in Goslar gehört, dass ein ehemaliger Geschäftszimmer-Stabsunteroffizier, der aus meiner früheren Einheit ausgeschieden war, als sogenannter Wieder-Einsteller gerade in Goslar angekommen sein sollte. Eigentlich wollte er sich nach Beendigung seiner Dienstzeit, die er damals sehr herbeigesehnt hatte, als Verkehrserzieher ausbilden lassen. Aber in seiner Wahlheimat Diepholz, wo seine Frau herstammte und er nun auch mit der Familie lebte, war kein Bedarf vorhanden. Da konnte er froh sein, sich zunächst nochmals auf zwei Jahre wieder verpflichten zu können. Ich suchte ihn in seiner Unterkunft im Fliegerhorst Goslar auf. Offensichtlich war er schon zu Bett gegangen – es war gerade mal 19.00 Uhr. Auf mein Klopfen an seiner Stubentür rührte sich nichts. Die Tür war nicht verschlossen. Ich trat ein: „Also, so kenne ich dich gar nicht, so früh ins Bett gehen, während sich gerade die tollsten Frauen schön zurecht machen, um in Bad-Harzburg im Tanz-Partnertreff tanzen zu gehen und auf solche Männer wie dich warten. Also aufstehen, da müssen wir doch dabei sein!", rief ich laut. Xaver Komfort, so sein Name, war zunächst erschrocken, dann erstaunt. Er saß „senkrecht" im Bett und schaute mich nur ungläubig an. Dann aber kam von ihm ein „Freudenschrei". Wir hatten uns immer gut verstanden – und nun war er froh, aus diesem „tristen" Einerlei am Wochenende erlöst zu werden. Wir erlebten zwei schöne Tage in Bad-Harzburg.

Wieder in Budel (Niederlande, Provinz Limburg), genoss ich mehr und mehr meine neue Ungebundenheit - und war entsprechend nach Dienstschluss und am Wochenende mit meinem neuen Ford-Capri viel unterwegs. Doch wie es ja des Öfteren vorkommt im Leben: An einem Wochenende lernte ich in Eindhoven in einer Discothek, die auch als Vereinslokal des dortigen Fußballvereins PSV Phillips Sportvereinigung galt, eine kleinere, zierliche, dunkelhaarige Frau kennen, die so gar nicht dem allgemeinen Bild einer Niederländerin entsprach. Ich „wagte" es, sie zum Tanzen aufzufordern. Der Discjockey hatte gerade „Honey Come Back" von Glen Campbell aufgelegt. Ich weiß gar nicht, warum ich in der damaligen Situation an meinen Onkel, den einzigen Bruder meiner Mutter, denken musste. Er war im Krieg in Eindhoven auf dem dortigen Flugplatz Volkhoven stationiert gewesen. Auch mein anderer Onkel, der Bruder meines Vaters, war in den Niederlanden, zwar an einem anderen Ort, doch er hatte mal einen Diebstahl eines Fahrrades verhindert, welches ein Unteroffizier einem Mädchen wegnehmen wollte. Dieser wollte ihn deswegen bestrafen lassen, doch der Einheitsführer stauchte den Unteroffizier zusammen, mit der Androhung, ihn vor ein Kriegsgericht zu bringen. Das erzählte mein Onkel, der in Hannover wohnte, des Öftern. Es dauert wieder nicht lange: Nachdem ich ihre Eltern kennengelernt hatte und wir zu dieser Zeit unzertrennlich wirkten, wurde schließlich in Eindhoven geheiratet - und das ziemlich schnell, direkt nach dem fristgerechten Scheidungsurteil von meiner ersten Frau. Zu dieser Zeit war ich davon überzeugt, dass nun diese Ehe ewig halten würde. Doch auch hier sollte es anders kommen.

Ein besonderes Vorkommnis

Im Ausbildungsregiment wurde ich nach einiger Zeit beauftragt, einen Wachzug aufzustellen. Es sollten Soldaten sein, die ihre Grundausbildung beendet hatten und als Stammpersonal im Regiment verbleiben wollten. Sie sollten zunächst mit drei Gruppen die militärische Wache übernehmen. Ich löste diese Aufgabe, wie mir ein Kommandeur bescheinigte, mit „Bravour", wie er sich ausdrückte. Zunächst stellte ich fest, dass es für uns als Gäste der Niederlande nicht möglich sein konnte, unsere Bestimmungen und Gesetze in diesem Land so einfach anzuwenden, da es nicht deutsches Hoheitsgebiet war: Zum Beispiel das Gesetz des Unmittelbaren Zwanges in der Bundeswehr, das auch in bestimmten Fällen die Anwendung von Schusswaffen regelt. Ich stattete daher die Soldaten mit Trillerpfeifen und Schnüren in drei verschiedenen Farben aus, und so wurden die Wachgruppen nach Rot-weiß und Blau benannt – angelehnt an die niederländische Nationalflagge. Dazu beschaffte ich gelbe Halstücher und die leichten Helme von den US- Streitkräften. An sich war das in keiner Kleiderordnung der Bundeswehr vorgesehen. Doch man ließ mich „machen". Ich wollte damit den Soldaten das Gefühl geben, so etwas wie eine besondere Erscheinung zu sein, wenn sie ihren Wachdienst antraten.

Eines Nachts um 03:00 Uhr wurde ich unsanft durch lautes Schellen an der Haustür geweckt. Ein Wachsoldat und der Offizier vom Dienst standen vor der Tür: „Vor ungefähr zwei Stunden ist ein Anschlag auf den Legerplaats Budel in Höhe der Kraftfahrzeughallen verübt worden. Es wurden sofort die Feldjäger benachrichtigt, die die Koninklijke Marechaussee alarmiert haben (eine Art Bundespolizei, die aber auch für das niederländische Militär zuständig ist). Sie sollen bereits die Täter in Weert festgenommen haben!" So der Oberfeldwebel als Ovd (Offizier vom Dienst), den ich gut kannte: „Du sollst sofort kommen, hat der Bataillonskommandeur befohlen." Ich zog so schnell wie ich konnte meine Uniform an, obwohl ich nicht wusste, was ich bei diesem Sachverhalt noch hätte klären können. Die festgenommen drei Niederländer waren Molukker, auch Molukkers genannt. Viele Molukker waren ehemalige Mitarbeiter, aber auch Soldaten der vormals niederländischen Besatzung und Kolonialmacht in Indonesien. Nach dem Unabhängigkeitskrieg und dem Rückzug der Niederlande aus diesem Land galten die Molukker in Indonesien als Verräter und Kollaborateure und wurden vertrieben.

Es gab schon immer - besonders Anfang der 1970er Jahre - „Ärger" mit dieser Volksgruppe, von det alle den niederländischen Pass hatten, aber viele am liebsten wieder in ihr Herkunftsland zurückgekehrt wären, um einen eigenen Staat zu gründen. Die drei jungen Männer befanden sich noch im Gebäude der Feldjäger, bewacht von Soldaten mit Maschinengewehren der Koninklijken Marechaussee. Sie hatten bisher jede Aussage verweigert. Ich fragte den anwesenden deutschen Feldjäger-Hauptmann, ob ich mit den Dreien sprechen dürfte. Zunächst schauten diese mich nur verächtlich an, aber nachdem ich ein paar „Brocken“ auf Niederländisch gesprochen hatte, die ich schon von meiner Frau gelernt hatte, sagten sie, dass sie aussagen würden, aber nur wenn ein Rechtsvertreter, der auch Molukker sei, dabei anwesend wäre. Nach ein paar Telefonaten fand man einen Rechtsanwalt aus Eindhoven, der nach circa einer Stunde eintraf. Alle hatten geglaubt, dass es sich um einen Anschlag aus Motiven gegen den niederländischen Staat und auch Deutschland handeln würde. Aber überraschend war es ganz etwas Anderes. Zwei von den festgenommenen jungen Männern hatten eine Schwester, die in einem Fachgeschäft für Haushaltswaren in Budel beschäftigt war. In der örtlichen Discothek „Riva“ lernte sie den Gefreiten Levin Kahl kennen. Sie verliebte sich auf Anhieb in den ziemlich großen, mit blauen Augen versehenen jungen Zeitsoldaten. Auch er erklärte seine große Liebe zu Rani Nabila, wie sie hieß. Eine Liebe wie in einem Kitschroman. Sie war aber auch eine wunderschöne Frau. Mit ihren schwarzen langen Haaren, der zierlichen Figur und einem Augenaufschlag, den kein Mann übersehen konnte. Auch mir war sie schon bei einem Einkauf besonders aufgefallen. Levin wurde sogar ihrer Familie vorgestellt. Obwohl er ihr gegenüber keine „Anstalten“ machte, sie ebenfalls seinen Eltern in Köln vorzustellen. Er war ein echter „kölscher Jung“. Obwohl seine Eltern aus Norderstedt stammten, war er gerade nach der Umsiedlung nach Köln dort geboren und aufgewachsen.

Eines Tages erfuhr Rani durch Zufall von einem Kameraden von Levin, der sich „verplappert“ hatte, dass er in Köln eine Verlobte habe und auch schon Vater einer kleinen Tochter sei. Rani verfiel daraufhin in eine tiefe Traurigkeit und depressive Stimmungen, nachdem sie ihn dazu gefragt hatte und er es zugeben musste. Allerdings wollte er sich sowieso von dieser Frau trennen. Deswegen habe er auch einen Umzug in die Niederlande mit ihr abgelehnt, wie er ihr fast außer Atem erklären wollte. Doch Rani, die streng katholisch erzogen worden war, glaubte ihm nicht mehr – und sprach mit keinem Menschen darüber. Lange blieb sie auch ihrer Arbeitsstelle fern. Als sie sich schließlich aufraffte, um wieder zur Arbeit zu fahren, brach sie eines Morgens an der Bushaltestelle in Weert, wo sie noch bei ihren Eltern wohnte, mit einem Herzanfall, obwohl noch so jung, zusammen. Dank einer schnellen Reanimation durch einen Sanitäter vom Ausbildungsregiment in Budel, der zufällig anwesend war, konnte sie wiederbelebt werden und wurde in das örtliche Krankenhaus gebracht. Der Obergefreite von der Sanitätsstaffel wohnte mit seiner Freundin, die aus Deutschland zugezogen war, in Weert und fuhr ebenfalls jeden Tag mit dem Bus nach Budel.

Die Ärzte konnten bei Rani keine Vorerkrankungen oder sonst irgendwelche anderen gesundheitlichen Einflüsse feststellen. Nach Kenntnis, was ihr in jüngster Zeit widerfahren sei, sprachen die Ärzte gegenüber von Ranis Familie von einem „gebrochenen Herzen“, das bei ihr, da sie sich im wahrsten Sinne des Wortes alles so sehr zu Herzen genommen hatte, auch zum Tode hätte führen können. Sie musste noch einige Zeit im Krankenhaus verbleiben, bis sie wieder nach Hause durfte. Ihre zwei Brüder schworen daraufhin, sich an Levin zu rächen. Er war auch in dem letzten Quartal in „meinem“ Wachzug, aber seit einer Woche in der 7. Kompanie als Ausbilder eingeteilt. Offensichtlich hatte er irgendwann einmal in der Molukker-Familie davon erzählt, im Wachzug seinen Dienst zu verrichten. Die Brüder mit einem Freund warteten also in der Tatnacht geduldig am

Kasernenzaun gegenüber den Kraftfahrzeughallen. Zwei Soldaten gingen immer auf Patrouille. In der an dem Tag eingeteilten Wachgruppe war ein größerer Soldat dabei, wie auch Levin es war. Als sie schon von Weitem die beiden Soldaten mit dem „Größeren" ankommen sahen, meinten sie Levin dabei zu erkennen. Sie überwanden mit dunkler Kleidung und Vermummung die Hindernisse und den Kasernenzaun. Die beiden Wachsoldaten hatten diesen Vorgang aber zeitig bemerkt und riefen: „Halt! Wer da? Sofort stehen bleiben!" Die drei Molukker zogen daraufhin ihre Messer und kamen auf die Soldaten zu. Die Wachsoldaten reagierten „beherzt". Einer zog die Pistole, lud durch und gab einen Warnschuss in die Luft ab. Der andere, wie eingeübt, „pfiff" auf seiner Trillerpfeife, um die anderen Wachsoldaten, die sich auf Patrouille in der Nähe befanden, zu alarmieren. Die Molukker ergriffen daraufhin die Flucht. Beim Überqueren des Zaunes verloren zwei ihre Mützen mit Gesichtsmasken, sodass die Wachsoldaten noch deren Gesichter erkennen konnten.

Hinterlassene Spuren und auch welche in der Nähe eines abgestellten Fahrzeugs waren die nun nötigen Hinweise für die niederländische Militärpolizei. Die fand bald heraus, dass es sich um Molukker mit Wohnsitz in Weert (Provinz Limburg) handeln müsse. Durch weitere Hinweise kam man den Tätern schnell auf die Spur. Unter anderem war schon einmal in einem Fall einer Hundeentführung und angeblichem Verzehr des Tieres ermittelt worden, was aber nicht nachgewiesen werden konnte. Nachbarn hatten sich das wohl nur ausgedacht, um der Familie zu schaden. Letztlich konnten die Beschuldigten im aktuellen Fall nur wenig später in den Wohnungen der Eltern festgenommen werden. Die niederländische Staatanwaltschaft übernahm den Fall. Die drei jungen Molukker wurden aber nach Vernehmungen wieder auf freien Fuß gesetzt. Levin Kahl wurde umgehend zur eigenen Sicherheit zunächst nach Mönchengladbach in das dortige Verteidigungs-Kreiskommando gebracht. Anschließend wurde er weiter an einen unbekannten Ort in Deutschland versetzt. Es wurden von dienstlicher Seite keine weiteren Maßnahmen gegen ihn eingeleitet. Es gab für ihn nur eine Ermahnung, dass er in Zukunft etwas „umsichtiger" sein privates Leben regeln solle. Denn im Grunde war sein Verhalten, da im Ausland stationiert, für das Ansehen der deutschen Soldaten nicht gerade förderlich. Wäre er aber Unteroffizier oder Offizier gewesen, hätte er mindestens einen Verweis bekommen. Von der „schönen Rani" war später zu hören, dass sie einen Niederländer geheiratet und auch zwei Kinder bekommen hätte. Sie soll noch sehr lange in dem Haushaltswarengeschäft in Budel gearbeitet haben. Besuchten deutsche Kunden das Geschäft, verhielt sie sich immer sehr zurückhaltend.

Ein großes Sportereignis, auf das man stolz war – das aber BITTER endete

In München begann die Olympiade 1972. Mit meinen neuen niederländischen Verwandten schaute ich mir im Fernsehen die feierliche Eröffnung an. Der Bandleader des Westdeutschen Rundfunks, Kurt Edelhagen, hatte für den Einmarsch der Nationen für jedes Land einen besonderen Song komponiert, der passend zu Land und Leuten musikalisch und heiter die jeweiligen Sportler beschwingt aufmarschieren ließ. Ich war stolz auf mein Land. Deutschland konnte sich bei dieser Gelegenheit ganz in seinem Bekenntnis zur absoluten Zugehörigkeit zu den freien demokratischen Völkern bestätigt fühlen. Die Bundesrepublik Deutschland zeigte sich von ihrer besten Seite, wie ich meinte. Aber auch die Niederländer waren durchweg begeistert. Die abgesandten Sportler aller Länder schienen sich durch diese Fröhlichkeit und Leichtigkeit in München gut aufgehoben zu fühlen. So heiter wie es begann und auch so beendet werden sollte, kam es dann tragischerweise nicht. Die ganze Welt wurde Zeuge einer beispiellosen Geiselnahme von israelischen Sportlern. Was dann folgte, war für mich, der fieberhaft die ganze Entwickelung im Fernsehen und in den Tageszeitungen verfolgte, eine totale Fehleinschätzung und letzten Endes die Unfähigkeit der Bundesregierung und der bayerischen Polizei. Die palästinensische Terrororganisation „Schwarzer September" wollte damit Freipressungen ihrer Terroristen, die in Israel in den Gefängnissen saßen, aber auch anderer, unter anderem auch einiger von der Terrororganisation RAF, die in Deutschland inhaftiert waren, erzwingen. Das wurde von den Regierungen in Israel und Deutschland strikt abgelehnt.

Mit den heiteren Spielen war es nun schlagartig zu Ende. Der Versuch einer bewaffneten Befreiung auf dem Fliegerhorst in Fürstenfeldbruck, durch die bayerische Polizei, kann man als ein großes Desaster mit tödlichen Folgen bezeichnen. Elf Geiseln wurden dabei getötet, zwei waren schon vorher erschossen worden. Drei Geiselnehmer überlebten und konnten festgenommen werden. Sondereinsatzkommandos der Bundespolizei und auch von der Bundeswehr gab es noch nicht. Aber selbst, wenn die Bundeswehr über solche Kräfte verfügt hätte, hätte sie nach unserer Verfassung nicht eingesetzt werden dürfen. Höchstens die damals schon gut ausgebildeten Fallschirmjäger oder Kampftaucher der Marine hätten möglicherweise etwas erreichen können. Als ich damals im Fernsehen die Kommentare und Erklärungen zum

Beispiel von dem Innenminister aber auch dem Bundeskanzler verfolgte, hatte ich starke Zweifel an den Verantwortlichen. Es ging auch ein Gerücht um, dass sich andere Länder, die über Spezialkräfte verfügten, angeboten hätten, ihre Soldaten in München zum Einsatz zu bringen. Auch Israel, das ja am meisten betroffen war, soll angeboten haben, mit Spezialkräften, die bei einem ähnlichen Einsatz schon Erfolg gehabt hatten - sogar in deutschen Polizeiuniformen, das wären dann die des Bundesgrenzschutzes gewesen - den gefährlichen Einsatz durchzuführen. Es wäre ihnen wohl darum gegangen, so den Anschein zu wahren, dass es Deutsche gewesen wären, die eingesetzt würden.

Das alles diskutierte ich auch mit meinen neuen niederländischen Freunden. Sie konnten nicht begreifen, dass die Deutschen es nicht fertiggebracht hatten, dem ein gutes Ende zu setzen und die Geiseln zu befreien. Schließlich war doch der „Mythos von deutschen Soldaten“ ein ganz anderer, wie sie sagten. Ich bemühte mich zu erklären, dass sich die Bundesrepublik Deutschland nur ganz behutsam und keinesfalls vergleichbar mit der alten Wehrmacht in diesem Fall aufgestellt sah. Auch dürfe das Militär nur zur Landesverteidigung, anders als in ihrem Land, herangezogen werden. Bundeskanzler Willy Brandt soll derartige Hilfen, wie es „durchsickerte“, verworfen haben. Wie es dann ausging, bleibt bis heute ein gehöriger Makel in Erinnerung an die Olympischen Spiele in München, die dann aber fortgesetzt wurden. Aufgrund dieser Erfahrung wurde im Bundesgrenzschutz die GSG 9 aufgestellt. Aber auch die Polizei in allen Bundesländern stellte Spezialkräfte auf. Bei der Bundewehr dauerte es noch eine Weile, und in „brenzligen Situationen“ mussten dann oft Nato-Verbündete aushelfen - unter anderem auch Belgien und Frankreich mit ihren Spezialkräfte-Soldaten.

Die GSG 9 konnte ein paar Jahre später der Welt beweisen, dass auch Deutsche in der Lage sind, Geiseln zu befreien, wie in Mogadischu mit Erfolg geschehen.

Meine Bewunderung für den Staatsmann Willy Brandt bekam aber einen „Knacks“. Falls die Gerüchte der Wahrheit entsprechen sollten, empfand ich ein „Zaudern“ in dieser Angelegenheit als nicht gerechtfertigt. Besonders, da es ja um die Rettung von Menschleben ging, wäre meines Erachtens fast jedes Mittel recht gewesen. Nur drei Jahre später trat Willy Brandt wegen der Spionageaffäre des DDR-Spions Günter Guillaume, der als Referent immer in seiner Nähe war, als Bundeskanzler zurück. Der damalige Verteidigungsminister Helmut Schmidt wurde neuer Bundeskanzler. Einerseits meinte ich, dass Willy Brandt nicht hätte zurücktreten müssen. Wie stand es denn mit denen, die Verantwortung trugen, zum Beispiel der Innenminister oder auch der Bundesnachrichtendienst? Andererseits freute es mich, dass nun „der Macher“ aus Hamburg die Geschicke unseres Landes leiten würde. Er hatte auch damals schon viele Bewunderer in der Opposition.

„Zwiegespalten“ wegen eines Fußballspiels der Länder

Am 7. Juli 1974 wurde das Endspiel der Fußballweltmeisterschaft in München ausgetragen: Niederlande gegen Deutschland! Schon in der ganzen Zeit der Turniere sprach man auch in meiner holländischen Familie in Eindhoven voller Stolz über ihre Nationalmannschaft. Sie hatten die ganze Welt mit ihrem „zauberhaften“ Fußball begeistert und einen neuen, schnellen und mitreißenden Stil entwickelt, der als moderner Fußball galt. „Alleen duitsland nog over“ (Nur noch

Deutschland), so titelten alle Tageszeitungen in den Niederlanden. Auch meine neuen Verwandten und meine Frau waren davon überzeugt, dass ihr Land endlich Fußballweltmeister werden könne. Auch wenn viele, wie meine Frau, gar nichts von Fußball verstanden, durfte man nicht dagegenreden. Doch als wir alle gemeinsam schließlich im niederländischen Fernsehen das Spiel anschauten, wurde es immer stiller nach dem Anschlusstreffer von Deutschland. Ich jubelte daher nicht, als Gerd Müller das Siegestor zum 2:1 schoss. Deutschland wurde zum zweiten Mal Weltmeister. Es flossen Tränen. Meine damalige Schwiegermutter, die als Platzanweiserin im Zweiten Weltkrieg in der Schauburg Eindhoven immer die deutschen Spielfilme, die nicht synchronisiert waren, verfolgte und sich damit ein gutes Deutsch angelernt hatte, sprach mir einen Glückwunsch aus. Ich antwortete: „Es ist nur Sport - und ich hätte mich auch gefreut, wenn die Niederlande gewonnen hätten." Meine Schwägerin, obwohl mit einem Deutschen aus Bonn verlobt, verhielt sich aufgebracht und schrie mich an: „Ihr Deutschen - warum müsst ihr immer gewinnen? Ihr habt doch auch schon ‚de Tweede Orlog' (Zweiter Weltkrieg) angefangen und uns besetzt. Warum müsst ihr uns nun unseren Sieg wegnehmen?" Ich wollte schon beschwichtigend darauf etwas erwidern, doch auf so eine unsachliche Bemerkung antwortete ich dann lieber doch nicht. Meine damalige Frau war noch zwei Tage ziemlich niedergeschlagen, obwohl, wie sie auch mal bemerkt hatte, sie „Fußball gar nicht so mochte".

In einem Lokal in Budel, dicht an der deutschen Siedlung gelegen, hatte man auch zusammen mit deutschen und niederländischen Gästen das Spiel verfolgt. Ansonsten verkehrten in dem Lokal fast nur Deutsche, womit der Kneipenwirt immer einen guten Umsatz machte. Als das Spiel zu Ende war, verwies der Kneipenwirt alle deutschen Gäste aus seiner Lokalität, mit den Worten: „Ich will keine Klootzake Deutsers hier mehr sehen.“ Ein ziemlich derbes Schimpfwort, ähnlich wie „Arschlöcher“! Tatsächlich kam es so, wie er es sich gewünscht hatte. Als er sich längst wieder beruhigt hatte und seine Äußerungen, wie er sagte, bedauerte, blieben die meisten deutschen Stammgäste fern. Schließlich konnte er allein von niederländischen Gästen nicht leben – und musste das Lokal aufgeben. Aber auch der neue Besitzer konnte noch mindestens ein Jahr danach nicht mit vielen deutschen Gästen rechnen. Bis die Zeit auch dieses vergessen machte.

Ich wurde zunächst „Spieß“ im Bataillon und nach einem Lehrgang im schönen Iserlohn, der mir sehr viel Spaß bereitete und bei dem ich eine tolle Kameradschaft vorfand, sogenannter Kompaniefeldwebel, mit entsprechender Beförderung, in einer Ausbildungskompanie in Budel. Dort traf ich als meinen Chef Hauptmann Wolfram Graf von Thorn. Ich kannte ihn noch als Fahnenjunker in Wesendorf/Heide. Dieses Bataillon gehörte damals auch zum Ausbildungsregiment in Goslar. Wenn Gefechtsschießen in Ehra-Lessien (Heide) in der Nähe von Wolfsburg angesetzt wurde, gehörten wir immer zu den sogenannten Vorkommenden, die schon für Unterkunftszelte sorgen sowie den Aufbau der Manöverküchen überwachen mussten. Am Abend hatten wir uns dann immer zusammen ein paar „frisch Gezapfte“ in der Kantine genehmigt. Der Graf war Österreicher, wollte aber nicht in der österreichischen Armee dienen. Denn da hätte er seinen Adelstitel, obwohl er auch mit den Habsburgern und damit dem vergangenen österreichischen Kaiserhaus eng verwandt war, wie er sagte, nicht führen dürfen. Natürlich haben wir uns auch in unseren „Rollen“ gut verstanden. Ich machte klar, dass ich mich auch wegen meines Alters nicht als sogenannte „Mutter der Kompanie“ sehen würde, sondern zum Beispiel als erster Manager in dieser Einheit.

Die Disziplin unter den Stammsoldaten ließ zu wünschen übrig. Da ich von „Heinzi“, meinem ehemaligen Zugführer und Kompaniefeldwebel, die Amtsgeschäfte übernehmen durfte (er wurde nach vier Jahren wieder nach Deutschland versetzt), war mir schon klar, dass es mich so einige Zeit kosten würde, besonders die, die immer zu viel Alkohol tranken, wieder in die „Spur“ zu bringen. Auch da gab es so manche Brüche, damit auch verbunden unzählige Verkehrsunfälle unter den Stammsoldaten. Als ich als „Spieß“ noch im Bataillon eingesetzt war, musste ich einmal den Eltern eines Unteroffiziers, der beim Nachschub seinen Dienst verrichtete, die Nachricht überbringen, dass ihr Sohn auf der Heimfahrt mit hoher Geschwindigkeit mit seinem Auto gegen einen Baum gefahren war, der Wagen sofort in Flammen aufging und er getötet wurde. Rettungsversuche von einigen Verkehrsteilnehmern, die auch diese Strecke fuhren, blieben ohne Erfolg. So eine persönliche Benachrichtigung an die Eltern war an sich Aufgabe des Disziplinarvorgesetzten, eines noch jungen Oberleutnants. Doch dieser, der immer seine Hände in die Hosentaschen - fast bis zu Anschlag - steckte, schickte lieber mich. Das war eine schwere Aufgabe. Die Eltern in Düsseldorf hatten schon ein paarmal an diesem Unfalltag, einem Freitag, angerufen und waren, da es am Nachmittag nach Dienstschluss geschah, beim Offizier vom Dienst gelandet. Der wusste aber noch nichts von dem Unfall. Erst gegen Abend wurde dann von der Königlichen Reichspolizei der Niederlande, Bezirk Roermond, die schlimme Nachricht übermittelt. Die Eltern hatten noch eine Tochter, aber eben nur diesen einzigen Sohn. Er wollte später einmal weiter in der Logistik aufsteigen – und nach seinem

Ausscheiden aus der Bundeswehr entsprechend bei einer großen Spedition anfangen. Ich werde es nie vergessen, wie die Mutter und die Schwester - der Vater war einigermaßen gefasst – nur noch von Tränen aufgelöst vor mir saßen. Mit einem „Kloss" im Hals versuchte ich dann einige Formalitäten abzuklären, die aber auch ein wenig in dieser Situation abzulenken schienen.

Autos zu kaufen gestaltete sich erschwinglich mit einem sogenannten NATO-Rabatt. Auch die Kraftfahrzeugsteuer entfiel in den Niederlanden mit einem besonderen Kennzeichen. Das verführte viele, sich - auch wenn sie den Führerschein noch nicht so lange hatten - ein Auto mit höherer PS-Zahl zu kaufen und viel zu schnell zu fahren. Im damaligen deutschen ARD-Fernsehen gab es die Sendung „Der siebte Sinn". Dort wurden immer problematische Verkehrssituationen gezeigt. Ich besorgte mir so viele Anschauungsplakate mit den verkehrserzieherischen Worten von dieser Sendung wie möglich und ließ sie in den Unterkünften der Soldaten aufhängen. Obwohl ich auch in den Unterrichten immer wieder auf dieses Thema zu sprechen kam, denke ich, dass es wohl wenig genützt hatte. Ein Ausbildungsoffizier, auch mit einem Adelstitel, aber wahrscheinlich aus verarmtem Adel, hatte es aus für mich nicht bekannten Gründen auf mich abgesehen. Wahrscheinlich, weil ich ihm gleich nach seiner Versetzung in diese Kompanie klar gemacht hatte, dass ich der Vorgesetzte mit besonderem Aufgabenbereich sei und er aufhören solle, sich dauernd in meine dienstlichen Angelegenheiten einzumischen. Unterstützt wurde ich dabei vom Kompaniechef Hauptmann Graf von Thorn, der die klaren Grenzen, die ich zog, für gut befand.

Als gewählter Vorsitzender der Unteroffiziersvereinigung in Budel hatte ich zusätzlich einige Aufgaben zu erledigen, die dem immer unsicher erscheinenden Leutnant wohl nicht passten. Als ich schließlich eine Weiterbildungsfahrt zum Deutschen Bundestag für die Unteroffiziere organisiert hatte, wollte man mir ausgerechnet diesen Offizier als „Aufsicht" mitschicken. Ich wurde beim Regimentskommandeur mit den Worten vorstellig: „Herr Oberst, wir sind keine Sandkastenkinder, die eine Aufsicht bei einer solchen von mir inszenierten Weiterbildung brauchen. Ich habe schon einen befreundeten Bundestagsabgeordneten, der uns an diesem Tag betreut hätte, informiert, dass wohl diese Tour – wahrscheinlich - leider nicht stattfinden kann." Der Kommandeur, ein jovialer Mann, hatte schon viel in seinem Leben miterlebt. Zum Ende des Krieges geriet er noch als junger Soldat in sowjetische Kriegsgefangenschaft. Nach einem Flucht-versuch wurde er wieder gefasst und mit brutalen Mitteln verhört. Dabei verlor er auf einem Auge seine Sehkraft. Er versicherte mir, gar nichts davon gewusst zu haben. Er vermutete, dass sein Personaloffizier - ein Hauptmann, der es „auskostete", der Personalchef im Regiment zu sein - dieses veranlasst haben könnte. Er war auch mal ein Feldwebel-Dienstgrad gewesen und schien das wohl vollkommen vergessen zu haben. Dieser „Häuptling" trat stets überheblich auf und versuchte, vielleicht auch wegen seiner ziemlich kleinen Körpergröße, immer alle Vorschläge, die von uns Kompaniefeldwebeln zum Beispiel über verbesserte Verfahren bei Abschleusungen der Rekruten, „klein" zu reden oder nicht zur Kenntnis zu nehmen.

Er könne sich vorstellen, dass dieser Hauptmann sich eingemischt hätte, so der Regimentskommandeur. Er würde aber noch der Sache nachgehen. Dann entschuldigte er sich sogleich dafür, unter anderem auch, weil er bei der letzten Verabschiedung des evangelischen Militärgeistlichen die

Worte gebraucht hatte: „Im Namen der Offiziere und Beamten des Luftwaffenausbildungsregiments möchten wir uns mit Hochachtung und Dank von Ihnen verabschieden!“ Daraufhin hatten mein Nachbar-Kompaniefeldwebel Raul Möllner und ich, die bei den Feierlichkeiten mit unseren gelben „Spießschnüren“ dabei sein mussten, sich kurzerhand militärisch abgemeldet und waren gegangen. Wir waren ziemlich aufgebracht. Denn der Militärgeistliche war sicherlich nicht nur für die Offiziere und Beamte in seiner Funktion als Militärpfarrer in Budel zuständig. Wie wir es sahen, war er für alle deutschen Angehörige der Bundeswehr, auch in der Verwaltung und in erster Linie für die Mannschaften und Unteroffiziere, da. Mit dieser Geste hatten wir darauf aufmerksam machen wollen. Ich nahm die Entschuldigung an, aber eine gewisse „Spannung“ zwischen Offizieren und Unteroffizieren im Regiment in Budel bestand in dieser Zeit weiterhin. Die Weiterbildungsfahrt führten wir nun „ohne Aufsicht“ durch. Raul besaß einen Busführerschein - und so konnten wir mit dem Militärbus einen Tag in Bonn verbringen.

Unerwarteter tierischer Nachwuchs

Eines Tages, als ich früher nach Hause kam, sah ich, wie Kinder aus der deutschen Siedlung und auch ein paar niederländische Kinder versuchten, einen kleinen Hund zu sich zu locken. Das Tier, so konnte ich bemerken, sah ein wenig mitgenommen aus. Ich dachte, der brauche dringend eine Fellpflege, und man sollte auch mal zum Tierarzt mit ihm gehen. Ich sprach die Kinder an. Der eine niederländische Junge meinte, dass er den Hund wohl mit nach Hause nehmen würde, da er wohl von irgendwoher zugelaufen sei. Nach ungefähr einer Stunde schellte es an der Haustür. Meine Frau hatte noch bei einem großen Konzern in Eindhoven Spätschicht und war noch nicht Zuhause. Vor der Tür stand der niederländische Junge mit Namen Henk, wie er sich vorstellte. Er hatte meinen Nachnamen auf der Klingel gesehen: „Myn Herr Pook, ik mag de Hond niet hebben!“ (Ich darf den Hund nicht haben.) Aber was sollte ich mit einem Hund anfangen? Das Tier zitterte am ganzen Körper. Er schaute mich (oder besser sie, denn es war eine Hündin) unverwandt an. Schließlich nahm ich den Hund behutsam auf meine Arme. „Na gut“, sagte ich schließlich, „ich kann mich ja mal um das Tier kümmern.“ Zunächst ließ ich lauwarmes Wasser in der Badewanne ein und wusch ihn behutsam ab. Dabei stellte ich fest, dass seine Pfoten ziemlich mitgenommen aussahen. Er musste wohl schon kilometerweit gelaufen sein.

Dann wickelte ich die kleine Hündin in ein großes Badetuch und setzte sie in einen großen Sessel im Wohnzimmer. Viel war an diesem Tag nicht im Kühlschrank zu finden. Schließlich aß ich in der Woche im Unteroffiziersheim und meine Frau in ihrem Betrieb in Eindhoven. Ein paar Bissen Salami, die ich noch entdeckten konnte, kaute der Hund bedächtig, dabei fielen dem Tier die Augen zu. Es schlief tief und fest. Auch als meine Frau nach Hause kam, machte diese Hündin keinen Mucks. In der Nacht ging ich hinunter ins Wohnzimmer, um nachzusehen, wie es nun unserer „Asylsuchenden“ ging. Die Hündin schlief immer noch tief und fest, sodass ich mir schon ein paar Sorgen machte. Als ich am Morgen nach dem Duschen die Treppe herunterkam, stand sie schon mit wedelndem Schwanz an der Treppe und sprang an mir hoch. Ich versuchte, etwas über die Besitzer von dem Tier herausbekommen, aber ohne Erfolg. Wir beschlossen, Snooby (so „taufte“ ich sie) zu behalten. Obwohl sie noch nicht ganz stubenrein war, und auch an der Leine schien sie noch nicht gegangen zu sein. Aber die gelehrige Hündin lernte alles sehr schnell. Nach einem Besuch beim Tierarzt wurde festgestellt: Snooby war schwanger! Sie bekam vier niedliche kleine Hundewelpen, die unterschiedlicher nicht aussehen konnten: Einer mit einem schwarzen Fleck über dem Auge und schwarzen Pfötchen, die anderen grau-schwarz, bis auf einen, der ganz schwarz war. Irgendwie sahen sie alle aus wie „Steiff Knopf“-Tiere. Am liebsten hätten wir sie alle behalten. Doch das war unmöglich. Ich fand im Legerplaats auch gleich Interessenten, und nachdem Snooby sich von dem Nachwuchs so langsam entwöhnt hatte, gingen alle Welpen an Personen, die sich liebevoll um die Hunde kümmern würden. Unsere „zugelaufene“ Hündin ging später mit nach Deutschland, sie starb nach drei Jahren an einer Art von Hautkrebs. Es war ein liebevoller Schmusehund für uns geworden, und danach dauerte es bei mir sehr lange Jahre, bis wieder einen Hund ins Haus kam.

Viele Gespräche mit Einheimischen hatten mich zum Teil sehr beindruckt. Da war zum Beispiel Job Minderhout, der Schneider von Budel. Er erzählte mir, dass er als Kind für Kurierdienste zwischen den einzelnen Widerstandsgruppen in Belgien und in den Niederlanden unterwegs war. Einmal habe ihn eine deutsche Polizeieinheit, die im nahen Weert stationiert war, kurz hinter der Grenze in Belgien aufgegriffen. Nicht gerade sanft hatten sie ihn zum Verhör geschleift. Es kam hinzu, dass Job Halbjude war und sich somit in großer Gefahr befand. Seine Mutter war gebürtig aus Geldrop-Mierlo, und sein Vater hatte sich der Widerstandsarmee in England angeschlossen. Nach außen hin behauptete seine Mutter, der Vater habe die Familie einfach so verlassen.

Wahrscheinlich hatten die Deutschen herausbekommen, dass sich in den Wäldern in Belgien eine große Widerstandsbewegung versteckt hatte. Job hatte furchtbare Angst. Beim Verhör wurde er dauernd angeschrien, und sie schlugen ihn ins Gesicht. Er sollte aussagen, was er darüber wusste. Doch er blieb standhaft und beteuerte immer wieder, auch unter Tränen, keine Ahnung zu haben, von was die Vernehmer auch nur annähernd sprachen. Als man etwas von ihm abließ, griff er für sich zu einem „Strohhalm". Er hatte schon mal mitbekommen, wie im Radio Hilversum II in der Sendung für die deutschen Besatzer das Nazi-Lied „Die Fahne hoch, die Reihen fest geschlossen" gespielt wurde. Er summte diese Melodie, so als würde er sie vor sich hin summen, aber laut genug, damit die Vernehmer es auch hören konnten. Seine Peiniger waren sichtlich erstaunt. Einer meinte, dass dieser Junge wohl eher den deutschen Besatzern zugeneigt wäre als sich den Widerständlern anzuschließen. Sie brachten ihn schließlich zu einem Vorgesetzten, dem Polizeimajor Egon Dyk.

Er saß hinter seinem Schreibtisch und hatte sich eine Zigarre angesteckt. „Setz dich", befahl er überraschend im freundlichen Ton. Job erzählte und log dabei nach besten „Wissen und Gewissen", dass ihn das Deutsche mit allem was es so gibt schon immer gut gefallen habe und er versuchen würde, wenn er alt genug sei, sich bei der „SS Infanterie Division Nederland" zu bewerben. Vor einem Jahr hätte er in Eindhoven ein großes Plakat gesehen, auf dem für das Eintreten in diese deutsche Legion-Truppe geworben wurde. Der Polizeimajor grinste spöttisch und sagte nur: „Soso - ist ja interessant, was ich da höre. Na gut, blaue Augen hast du ja, wenngleich deine Haare fast ungermanisch rötlich sind. Eher wie ein Wikinger, was?!" Dabei lachte er schrill auf.

Dann machte er eine Pause und schaute ihn fast fünf Minuten nur an. Job kam es vor, als wäre es eine Stunde. Plötzlich sprang er auf und rief durch die Tür: „Lasst ihn laufen, das ist bestimmt kein Widerständler.“ Dabei lächelte er Job zu und machte eine Handbewegung, dass er sich entfernen solle. Mit schlotternden Knien ging er dann die fast zehn Kilometer zurück nach Budel zu seinem Zuhause. Dieses Erlebnis hatte er schon vielen immer wieder erzählt. Aber bald sollte er noch etwas hinzufügen können.

Im August 1959, Job hatte gerade sein Geschäft von seinem Vater übernommen und renoviert, hielt plötzlich ein Mercedes mit Chauffeur vor seinem Laden. Ein Mann stieg aus und zog sich umständlich seinen Kamelhaarmantel an. Dann holte er aus der Brusttasche ein Etui, zog eine Zigarre hervor und steckte sie sich mit einem Feuerzeug an, während er die Straße und Gegend musterte. Schließlich trat er in das Schneidergeschäft ein

„Guten Tag, Myn Herr Minderhout“, sagte er nun zu Job, der erstaunt das Ganze aus dem Geschäft durch das Schaufenster beobachtet hatte.

„Ja bitte?“, kam es von ihm geflissentlich.

„Na, Sie erkennen mich wohl nicht mehr? Ich habe Ihnen damals, so könnte man es nennen, das Leben gerettet.“

Job wusste immer noch nicht gleich, was gemeint war, hatte er doch diese Zeit so gut es ging aus seinen Erinnerungen „gestrichen“. Aber der ehemalige Polizeimajor Dyk redete schon weiter.

„Ich bin auf dem Weg nach Eindhoven – ich muss da etwas Geschäftliches erledigen - und habe mir gedacht, besuchste doch mal den damals noch jungen Job.“

Job bedankte sich, sagte aber weiter nichts, während er bemerkte, dass sein Herz schneller zu „klopfen“ anfing, als er nun Dyk erkannte. Doch dann kramte der ehemalige Polizeimajor ein Schreiben hervor. In dem stand mit Namen und Adresse in kurzer Form die ehemalige Festnahme von Job und dass er ihn als damaliger Kommandierender Polizeioffizier für den Bereich Weert-Limburg in den Niederlanden hatte laufen lassen.

„Ich hatte mir damals gedacht, dass der Krieg wohl bald beendet würde, und wir hatten ja auch schon unseren Befehl zum Rückzug nach Krefeld bekommen. Was sollte ich da noch einen jungen Mann ans Messer liefern? Ich hatte nicht ein Wort von Ihnen geglaubt. So dumm waren wir nun auch nicht! Es ist nur so, einige wollen den alten Quatsch wieder vorkramen, obwohl – na, wir sollten alle mal vergessen. Da ist es immer gut, wenn ich solch ein Schreiben mit Ihrer Unterschrift dabeihabe“, sagte er noch.

Job dachte lange nach, dann erwiderte er: „Was Sie sonst in dieser schrecklichen Zeit getan haben, weiß ich nicht. Aber ich muss Ihnen ja wohl diesen Sachverhalt so bestätigen. Ich tue es aber mit einem unguten Gefühl. Es sind einige, die ich kannte, von den Deutschen verhaftet und nie wiedergesehen worden!“

Dyk „meckerte“ etwas Unverständliches - und riss Job fast, nachdem er unterschrieben hatte, das Papier aus der Hand. „Im Übrigen“, sagte er noch fast im Rausgehen, „ich komme jetzt öfter in die Niederlande zu meinen Geschäftspartnern. Ich habe eine kleine Fabrik für Verpackungsmaterial in Duisburg aufgebaut. So etwas verkauft sich auch hier in Ihrem Land.“ Wie er das sagte, klang es fast drohend. „Auf Wiedersehen“ – doch Job sah diesen ehemaligen Polizeioffizier, der noch ein paar Jahre nach dem Krieg als Polizeiwachleiter in Krefeld bis zu seinem Ausscheiden tätig gewesen war, nie wieder. Worüber er auch nicht traurig war.

Als 1962 bekannt gemacht wurde, dass deutsche Bundeswehrsoldaten mit einem Luftwaffen-Ausbildungsregiment in Budel stationiert würden, hatte Job vor dem Legerplaats in einem Sträflingsanzug dagegen demonstriert. Als er aber durch Aufträge der Soldaten, wie Schulterstücke, Kragenspiegel oder, wie später auch bei mir, Abnähen in der Taille des Uniformrockes, die Soldaten mit ihren Familien näher kennenlernen konnte, wurde er zum Freund aller Deutschen, wie er dann immer betonte. Auch meinte er, dass die Generation nichts mehr mit denen, die mal ihr wunderbares Land besetzt hatten, zu tun hätten. Obwohl es ja immer noch viele Weltkriegsteilnehmer der alten Wehrmacht gab, die in der Bundewehr ihren Dienst verrichteten. So zu Beginn auch in Budel. Ich hatte als Vorsitzender der Unteroffizier-Vereinigung so manches tolle Fest organisiert, besonders eine Karnevalsparty, zu der auch Job mit seiner Frau von mir eingeladen wurde. Nach meiner Intention, mal näher mit der niederländischen Unteroffiziersschule in Weert Kontakt aufzunehmen, erstanden auch hier Freundschaften und gegenseitige Einladungen. Wie ich später leider erfahren musste, hatte man solche Kontakte von deutscher Seite aber nicht weiterhin gepflegt, und sie blieben schließlich ganz aus. Diese Begegnungen hatten, wie ich empfand, auch zu einem besseren Verständnis der Menschen in beiden Ländern beigetragen. Es war schon eine tolle, unvergessliche Zeit in Budel. Viele, die dort auch einmal stationiert waren, ob etwa länger oder nur bis zum Ende ihrer Wehrdienstzeit, schwärmen geradezu von ihrem damaligen Aufenthalt. Einige halten bis heute noch Verbindungen und unterrichten sich gegenseitig, wie es nun im ehemaligen „Legerplaats“ Budel aussieht.

Im Jahr 1988, da war ich schon im Pressezentrum der Luftwaffe, wurde dieser Kasernenkomplex in Nassau-Dietz-Kaserne umbenannt. Anwesend war auch Prinz Bernhardt der Niederlande, der die Umbenennung vornahm. Er war der Vater der Königin Beatrix, der Mutter vom heutigen König Willem Alexander. Der verstorbene Prinz Bernhard war ein ehemaliger deutscher Prinz mit dem Titel zu Lippe Biesterfeld. Auch er hatte eine interessante persönliche „Geschichte", die es sich lohnen würde, einmal nachzulesen. Was ich als ein besonderes verbindendes Element zwischen den Ländern empfand, war, dass der Bürgermeister seine Rede auf Deutsch hielt und der deutsche Regimentskommandeur seine auf Niederländisch. Zu dieser Zeit konnte noch keiner wissen, dass die deutschen Luftwaffensoldaten mit ihrem Ausbildungsregiment nur noch einige Jahre dort verbringen würden. Auch im Rahmen der Verkleinerung der deutschen Streitkräfte fiel dieses Ausbildungsregiment dem Rotstift zum Opfer. 2005 wurde nach Aufkündigung des Stationierungsertrages die Bundeswehr aus Budel ganz abgezogen. Die militärische Nutzung durch die Niederländer ging noch bis 2014. Heute sind die Unterkünfte für Asylsuchende vorgesehen. Damit endete eine Ära, auch für die niederländische Bevölkerung in dem Gebiet zwischen der Provinz Limburg, dicht an der Grenze zu Belgien und Richtung Westen zur Provinz Süd-Brabant, mit der naheliegenden größeren Stadt Eindhoven. Viele Ehen zwischen deutschen Soldaten und Niederländerinnen wurden geschlossen. Ich war damit nicht der einzige, der eine Niederländerin geheiratet hatte. Wie viele dieser Ehen „gehalten" haben, ist nicht bekannt. Meine Ehe aber sollte nach einigen Jahren wieder enden.

Nach Kölle zurück

Manchmal kamen bei mir immer wieder Zweifel und Bedauern auf, dass ich Berufssoldat geworden war. Aber der Grund, warum ich mich damals als Berufssoldat verpflichtet hatte, lag wohl auch daran, dass mir wenige Monate nach meiner Versetzung in Budel signalisiert wurde, wenn ich nun ein Gesuch zur Ernennung zum Berufssoldaten einreichen würde, besonders große Chancen hätte, auch ernannt zu werden. Die damalige Quote lag bei 100 Einreichungen gerade mal ungefähr bei fünf Prozent. Ich fühlte mich eben geschmeichelt und empfand es – besonders, da ich in den Niederlanden war - als eine sichere Zukunft. Auch wegen meiner durch den Verkehrsunfall erlittenen Verletzungen, die auch noch Spätfolgen haben könnten. Als nun die Zeit verging und ich mich mit einer Versetzung nach Deutschland auseinandersetzen musste, wurde ich immer „unruhiger". Meine damalige Frau fand es interessant, mit nach Deutschland zu kommen, obwohl sie immer mehr Heimweh zu ihrem „Nederland" hatte. Ich überlegte, ob ich nicht einfach kündigen und versuchen sollte, in den Niederlanden mir etwas aufzubauen. Im Grunde lag es nur an der Tatsache, dass ein Häuschen, das wir uns schon in Eindhoven ausgesucht hatten, nicht mehr zur Verfügung stand. Ich war damals soweit, dass ich auch die niederländische Staatsangehörigkeit beantragt hätte. Ich informierte mich dahingehend auch mal bei den niederländischen Streitkräften, ob ich dann „bei ihnen anfangen" könnte. Sie waren von meiner Anfrage überrascht. Solche „Fälle" hatten sie noch nicht erlebt, würden es aber, wie sie mir sehr freundlich mitteilten, überprüfen.

Mit meiner weiteren Verwendung in Deutschland tat man sich in der Personalstelle in Köln schwer. Es wurden mir unter anderem eine „Spießstelle“ bei einem Raketenverband im Westerwald angeboten. Daraufhin verzichtete ich auf eine weitere Verwendung in der Laufbahn der Kompaniefeldwebel – und siehe da, ich konnte wieder in unmittelbarer Nähe von Köln zu den Höheren Kommandobehörden der Luftwaffe in Porz-Wahn versetzt werden. Porz war damals noch eine selbstständige Stadt, die wenig später von Köln eingemeindet wurde. Obwohl ich den „Riesenbetrieb“ in Wahn nicht mochte, weil ich da in einem der vielen Büros der einzelnen Luftwaffenbehörden - wie es dann auch so kam - „verschwinden“ würde, war aber die Aussicht, wieder nach „Kölle“ zu kommen, doch aussichtsreich!

Zunächst freuten sich meine Mutter und Schwester, dass ich wieder in der Nähe war. So konnte der „Jüngste“ doch wieder deutlich häufiger seine Mutter besuchen. Im täglichen Dienst, den ich nun antreten musste, empfand ich mich sofort fehl am Platz. Meine Aufgabe sollte darin bestehen, nach einer eingehenden Sicherheitsüberprüfung durch den Militärischen Abschirmdienst, Akten zu verwalten, die sich mit dem Bau von Sheltern auf den einzelnen Fliegerhorsten beschäftigten. Die Shelter waren eine Art Bunker für den damals noch fliegenden Starfighter und sollten bei einem angenommenen feindlichen Angriff auf den Verband die Flugzeuge vor Zerstörung schützen. Ich hatte überhaupt keine Ahnung von solchen Dingen, ließ aber die Sicherheitsüberprüfung über mich ergehen. Der MAD-„Vernehmer“ fragte dann auch nach einem Aufenthalt in Ostberlin, den ich vor vergangenen Jahren mit einer Abordnung von SPD-Politikern bei einer Berlinreise unternommen hatte. So etwas war nicht verboten, zumal es sich nur um einige Stunden in der DDR handelte. Bei dem damaligen Grenzübertritt wurden wir ganz genau überprüft, obwohl uns im Ostberliner Hotel

Berlin eine abgestellte SED-Funktionärin erwartete. Mit meinem Reisepass, den ich vorzeigte, ließ man sich etwas mehr Zeit. Als ich ihn nach Überprüfung außerhalb des Busses wieder zurückbekam, sagte der Grenzsoldat zu mir, und das mit einem Lächeln: „Schönen Aufenthalt in unserer Hauptstadt der DDR, Herr Hauptfeldwebel!“ Da wurde mir doch ganz anders. Ich war wohl etwas blass geworden und befürchtete noch viele Schwierigkeiten, wenn wir unser Ziel erreicht hätten. Doch der Bezirkssekretär der SPD-Mittelrhein beruhigte mich: „Die wissen über jeden von uns mit Sicherheit sehr gut Bescheid. Das sind die Spielchen, die sie gerne betreiben. Aber, da wir ganz offiziell zu einem Besuch angemeldet sind, wird dir nichts passieren – auch wenn du aktiver Soldat in der Bundeswehr bist!“

Von einer eingeteilten SED-Funktionärin wurden wir überaus freundlich empfangen – und wir konnten unter ihrer Leitung eine Sightseeingtour durch Ostberlin machen. Sie erklärte dabei viel, auch dass vor einem HO-Geschäft Menschen Schlange standen. Sie hatte die Begründung parat, dass eben eine werktätige Bevölkerung, in der Mann und Frau gleichberechtigt im Berufsleben stehen, diese auch noch nach Feierabend etwas einkaufen müssten. Wir sahen uns nur mit einem Grinsen an. Im Ostberliner Hotel wieder angekommen, gab es noch etwas zu essen und einen Drink auf Kosten der „Machtoberen“ des SED-Staates. Ich wollte unbedingt das berühmte Pergamonmuseum in diesem Ostteil Berlins besuchen. Also „stahl“ ich mich aus dem Hotel und winkte ein Taxi herbei. Dem Fahrer gab ich eine Schachtel „Dunhill“-Zigaretten, die in einer besonderen, roten Verpackung mit Goldbuchstaben bedruckt war. „Oh, det is ja mal wat Dolles von einem Westler. Wo sollet denn nu hin?“, fragte er. Ich erklärte ihm mein Vorhaben. Als wir losfuhren, sagte er plötzlich: „Ah da sinse ja, die immer juten Probleme!“ Offensichtlich war uns ein Auto gefolgt. Der Taxifahrer wartete vor dem Museum, bis ich einiges darin gesehen hatte, unbedingt auch die Büste der Nofretete.

Bei der Rückfahrt ins Hotel fuhr wieder derselbe Wagen der Marke Wartburg hinter uns her. Ich bedanke mich bei dem Taxifahrer, bezahlte in Westgeld und gab ihm noch eine weitere Zigarettenpackung der gleichen Marke. Er bedankte sich überschwänglich. Als ich im Hotel wieder zu meiner Gruppe kam, bekam ich mit, wie die Funktionärin gerade versuchte, zu diskutieren - zum Beispiel über Chile, wo der Präsident Allende wohl auch mit Hilfe der USA gestürzt wurde. Doch darauf ließ sich keiner ein. Vielmehr brachte der Bezirkssekretär Mittelrhein, Konrad Kaschmeier, sein Bedauern zum Ausdruck, dass die Mauer immer mehr mit Schießanlagen ausgebaut werde. Auch die Mauertoten sprach er an. Da gab es ein „Streusel“ von Erklärungen. Schließlich sei doch der Westen schuld an dem nötigen „antifaschistischen Schutzwall“. „Ihr wolltet uns doch fast ausbluten und schließlich so infiltrieren, dass unsere Staatsführung der DDR stürzen sollte“, hieß es. Da schüttelte unser SPD-Funktionär Konrad nur noch den Kopf und sagte, zu dieser damaligen Zeit schon bemerkenswert: „Genossin, das darf ich ja noch sagen, ich entstamme einer Familie, die schon immer SPD gewählt hat. Die Familie wurde durch die Nazis verfolgt. Ich musste als Junge miterleben, wie man uns noch zum Schluss des Krieges einziehen wollte, um in diesem aussichtslosen Krieg umzukommen. Wir haben danach wiederaufgebaut. Ihr, auch das gebe ich zu, habt aber mit viel mehr Schwierigkeiten durch Euren Bruder Sowjetunion zu tun gehabt als wir im Westen.“ Und weiter: „Doch Ihr werdet mit Euren Maßnahmen nie die Bevölkerung für einen sozialistischen Staat hinter Euch haben. Eines Tages, wenn Ihr so weiter macht, wird vielleicht Euer Traum von einem rein sozialistischen Staat in Deutschland nicht mehr funktionieren, weil Ihr eben nicht auf eine breite Zustimmung durch die Bevölkerung zählen könnt.“ Natürlich hatte die SED-Funktionärin sofort etwas zu erwidern. Aber da hörte ihr schon keiner mehr zu. Trotzdem wurden wir von ihr freundlich verabschiedet. Schließlich erreichten wir nach diesem kurzen Aufenthalt in Ostberlin wieder unser Hotel in Westberlin und konnten aufatmen. Als wir nach dieser Reise wieder zu Hause waren, vermisste ich meinen Führerschein, den ich in mein Sakko in die rechte Brustasche gesteckt hatte. Ich erinnerte mich, dass wir in dem Hotel noch am Abend nach dem Besuch in Ostberlin an der Bar gestanden hatten und sich zwei Damen zu uns gesellten, wobei es noch ziemlich lebhaft wurde. Sollte da dieses Papier abhandengekommen sein? Da ich es nicht nachweisen konnte, beantragte ich einen Ersatzführerschein mit dem Vermerk, dass der „Alte“ verlorengegangen sei.

Diese Weiterbildungsreise und die Ereignisse hatte ich schon verdrängt, doch ich wunderte mich schon, dass der Militärische Abschirmdienst der Bundeswehr darüber genaue Kenntnisse hatte. Schließlich wurde ich doch noch Geheimnisträger, obwohl ich irgendwie froh gewesen wäre, wenn man dieses abgelehnt hätte. Denn meine neuen Aufgaben gefielen mir nun in keiner Weise. Ich überlegte, ob ich doch noch „Ratz Fatz“ kündigen sollte. Was ich ja als Berufssoldat jederzeit tun konnte, aber mit der Konsequenz, dass es keine Abfindung gab, sondern nur eine Renten-Nachversicherung erfolgen würde. Doch ich fühlte mich dermaßen unwohl bei dieser Tätigkeit, dass ich dieses in Kauf genommen hätte. Schließlich entschloss ich mich, doch noch eine

Kündigung einzureichen. Ich schrieb nur: „Hiermit möchte ich als Berufssoldat aus der Bundeswehr ausscheiden und KÜNDIGE nach dem Personalgesetz fristgerecht innerhalb von drei Monaten. Bitte teilen Sie mir mein Ausscheidungsdatum mit.“ Da der Dienstweg in solchen Vorgängen eingehalten werden musste, landete die Kündigung bei dem für die Abteilung zuständigen Oberst im Generalstab.

Er bestellte mich zu einem Gespräch. Ich erklärte ihm, dass so eine Tätigkeit, die mir zugewiesen wurde, doch jeder, der einigermaßen „bei Verstand“ sei, verrichten könne. Er lächelte und sagte nur: „Ja, das Problem ist aber, dass die meisten nicht so denken, sondern damit zufrieden sind, weiterhin keine große Verantwortung tragen zu müssen, da sind Sie wohl eine Ausnahme!“ Ich merkte, dass er sich bemühte, dass ich doch noch von meinem Antrag auf Entlassung aus der Luftwaffe absehen würde. Er fragte weiter, was ich denn so in meiner Freizeit unternehmen würde und was meinen Neigungen wären. Ich erklärte, dass ich, wenn es um Moderation ging, immer ausgesucht werde. Auch hatte ich mal für einen niederländischen Rundfunksender in der Urlaubszeit die Verkehrsnachrichten auf Deutsch und Niederländisch durchgesagt. Er horchte auf. Dann griff er zum Telefonhörer und rief den Leiter der Presse in der Kommandobehörde an. Er bat mich, einen Moment vor dem Büro zu warten. Als er mich wieder in sein Büro bat, hatte er ein fröhliches Gesicht: „Wenn Sie zusagen, können Sie ab sofort beim Leiter der Presse als sogenannter Informationsmeister anfangen. Diesen Dienstposten hatte bisher ein Zwölfender, also ein Zeitsoldat, inne. Seine Zeit ist beendet, und er fängt bei einer Produktionsgesellschaft an. Allerdings müssten Sie noch ausgebildet werden und auch noch einige Lehrgänge sowie ein Praktikum bei den Printmedien absolvieren!“ Ohne weiter zu überlegen, sagte ich sofort zu, nahm mein Schreiben wieder mit und begab mich zwei Block weiter zu dem Leiter der Presse.

„Aufbruch" zu vollkommen anderen Aufgaben

Obwohl von nun an für mich etwas völlig Neues begann, gab es – so kam es mir vor - auch irgendwie etwas Vertrautes. Mein neuer Chef, ein Oberstleutnant und Leiter der Presse in dieser Höheren Kommandobehörde, kam gebürtig aus Norddeutschland und wirkte auf mich vom ersten Eindruck her als ein „gehetzter" Mann. Er war auch der Bruder eines bekannten Regisseurs aus Hamburg. Im Krieg noch Fähnrich und Stuka-Fliegerpilot, war er nach einer journalistischen Ausbildung und Tätigkeit bei einer Zeitung im Ruhrgebiet erst später in die Bundeswehr eingetreten. Ob ich schon Erfahrungen oder auch Ausbildungen bei den Printmedien gehabt hätte? Ich musste es verneinen, wies aber darauf hin, dass ich schon kleinere Artikel für Wochenzeitungen geschrieben und auch Veranstaltungen moderiert hätte. Er überlegte eine Zeit, dann sagte er: „Im Moment scheint es schwer zu sein, geeignete und ausgebildete Leute für den Öffentlichkeitsbereich in der Luftwaffe zu bekommen. Aber – da sie ja empfohlen wurden, kann ich nicht nein sagen. Machen Sie sich auf arbeitsreiche Stunden gefasst!" Dann teilte er noch mit, dass ich gleich einen Lehrgang für Presseoffiziere und Informationsmeister besuchen werde, er habe auch schon einen Lehrgangsplatz in Fürstenfeldbruck beantragt. Doch diese Zeit begann nicht gerade leicht. Die entsprechenden Lehrgänge waren für mich eine Ausbildung im weitesten Sinne, auf die ich irgendwie schon immer gewartet hatte. Wir lernten das A und O für die „Schreibe“ eines Artikels. Unsere Dozenten waren Journalisten, die auch an der Journalistenschule lehrten. Die Praktika bei den verschiedenen Printmedien waren nicht nur interessant, sondern auch aufregend. Ich habe mich während der ganzen Zeit im Öffentlichkeitsbereich immer mal wieder weitergebildet. Auf meinen Antrag hin durfte ich auch ein Praktikum für ein Schulfernsehprojekt im Studio Hamburg mitmachen. Dort lernte ich viel über das Thema Aufnahmeleitung. Mein „gehetzter“ Chef, so viel er mich auch im Dienst forderte, war, wie ich erkennen musste, ein „Meister“ der Formulierung. Er „knallte“ seine Reiseschreibmaschine, die er immer bei sich trug, auf den Schreibtisch und tippte in „rasender Geschwindigkeit“ einen Artikel in die Tasten. Nicht nur, dass der auf Anhieb klar, lesbar und informativ war, sondern es wurden hinterher fast keine Korrekturen angebracht. Die Zeit eines sogenannten „Klebeumbruchs“ für den Satz der Printpublikationen sollte noch länger bestehen. Erst in den letzten Monaten, kurz vor meinen Ausscheiden aus der Bundeswehr, sollten wir besonders auch in der Redaktion des Pressezentrums Computer zugewiesen bekommen. Jede der drei höheren Kommandobehörden hatte, als ich im Öffentlichkeitsbereich anfing, ihren Presse-Stabsoffizier. Sie konkurrierten gegeneinander, auch mit vielen „Eifersüchteleien“, bis das Pressezentrum der Luftwaffe gegründet wurde und in den dann geschaffenen Dezernaten alle „friedlich“, ob sie wollten oder nicht, zusammenarbeiten mussten.

Einstieg ins Showbusiness

Mein Vorgänger hatte mir eine Liste von Künstlern, Schlagersängern, Musikern und Artisten übergeben, die er hin und wieder im Rahmen der Betreuung deutscher Soldaten zur Unterhaltung in die Luftwaffen-Ausbildungskommandos im Ausland mitgenommen hatte. Dieses gehörte an sich nicht zu den Tätigkeitsmerkmalen auf dieser Stelle. Doch Ralph Demel hatte von sich aus derartige Veranstaltungen nach Genehmigung des Bundesministeriums der Verteidigung durchgeführt. Ich erkannte sofort, dass man das erweitern und auch zu einem Thema machen könnte, das noch ausgefeilter sein müsste. Ich suchte im Ministerium den für dieses Gebiet zuständigen Sachbearbeiter auf. Der Oberregierungsrat war sichtlich angetan, als ich ihm einen Plan vorlegte, wie man das Ganze verbessern könnte. Es mussten Bestimmungen geschaffen werden, die auch alle zivilen Künstler absicherten. Gagen wurden nicht gezahlt, sondern ein „kleines" sogenanntes Taschengeld und natürlich freie Verpflegung, dazu freier Flug und Aufenthalt. Ich konnte namhafte Künstler davon überzeugen, dieses einmal mitzumachen. Damit alles besser von mir durchgeführt werden konnte, beantragte ich, dieses auch zu meinen Tätigkeitsmerkmalen hinzuzufügen. Es konnte hauptsächlich nur in meiner Freizeit oder nach Dienst daran gearbeitet werden. Der alltägliche Dienst mit redaktionellen Beiträgen nahm immer viel Zeit in Anspruch. Unter anderem entwickelte ich mit einem mir bekannten Hauptmann, der zum Führungsstab Luftwaffe im Ministerium gehörte und damit für den redaktionellen Beitrag der Luftwaffe zuständig war, neue und interessante Unterhaltungsseiten in der entsprechenden Truppenzeitschrift, für die ich später selber zuständig war. Ein paar Jahre später wechselte die Hauptverantwortung für alle redaktionellen Beiträge zum Chef des Pressezentrums der Luftwaffe, dessen Chef vom Dienst für die Truppenzeitschrift „Luftwaffe" ich dann wurde.

Ich baute mir viele Kontakte im Showbusiness auf. Da ich selber oft für Moderationen angefragt wurde, beantragte ich eine Nebentätigkeit im künstlerischen Bereich. Den „großen Wurf" bekam ich durch Zufall. Eines Tages besuchte mich ein ehemaliger Rekrut, der in Budel in der Kompanie, in der ich als „Spieß" fungierte hatte, auch stationiert war. Er war nun Mitinhaber einer Werbeagentur in Düsseldorf. Er erzählte, dass er und auch die anderen Rekruten sich schon immer gefreut hätten, wenn ich den Kompanie-Unterricht hielt. So ein Unterricht sei von mir so ganz anders und lebendig gestaltet worden, sodass sie immer einen Riesenspass gehabt hätten. Ob ich mir zutrauen würde, eine ganze Woche in Zusammenarbeit mit dem WDR aus Anlass eines 150sten Stadtjubiläums zu moderieren? Unter anderem einen Galaabend mit einem bekannten amerikanischen Sänger, einen Kinderwettbewerb-Nachmittag und vieles mehr. Ich sagte sofort zu. Das wurde der Anfang von noch vielen Möglichkeiten, die ich moderieren konnte. Die Kontakte konnte ich wiederum für unsere Teilstreitkraft nutzen – und war somit auch gefragt, wenn es um feierliche Veranstaltungen oder Bälle innerhalb der Luftwaffe ging. Meine Kontakte weiteten sich immer mehr aus. Ich wurde auch für Meetings bei Schallplattenfirmen eingeladen und konnte so auch „die ganz Großen" der Branche kennenlernen. Viele Erlebnisse und Anekdoten könnte ich erzählen - aber ich gehöre zu denen, die auch vieles für sich behalten werden. Nur so manches „Harmlose" ist mir bis heute in Erinnerung geblieben.

Einführung in Texas

Ein heute noch sehr bekannter Schlagersänger war mit mir und einer Freizeitband aus einem Luftwaffenausbildungsregiment, dazu noch einem Bauchredner und einer Sängerin, für die Betreuung deutscher Soldaten nach El Paso (Texas) mit einer Boeing 707 der Luftwaffe geflogen. Dort befand sich die Raketenschule der Luftwaffe. Schon bei der Ankunft gab es Unstimmigkeiten, aber nicht etwa mit der Künstlerformation oder denen, die diesen Unterhaltungsabend vorbereiten und ausrichten mussten, sondern mit dem damaligen Kommandeur dieser Schule. Als Leiter der Künstlergruppe reiste ich stets nach Absprache mit dem Bundesministerium der Verteidigung in Zivil. Der Grund lag unter anderem auch darin, nicht irgendwie in der ganzen Crew von Musikern und Künstlern als einziger in Uniform unnötig aufzufallen. Der Kommandeur der Raketenschule gab aber die Weisung aus: „Erst wenn dieser Hauptfeldwebel, der als Leiter von den ganzen Künstlern dabei ist, wie es sich gehört, eine Uniform anzieht, kann er die Künstlergruppe empfangen und willkommen heißen." Auch solle ich nicht vergessen, mich dann korrekt militärisch bei ihm zu melden. Ich hatte gar keine Uniform mitgenommen und war über so einen absurden, unfreundlichen Empfang ziemlich aufgebracht. Die abgestellten Betreuer von der Raketenschule beruhigten mich: „Mann, komm, wir gehen in die Kleiderkammer, und du bekommst eine Uniform verpasst, dann ist es doch gut. Die brauchst dann ja während deines Aufenthaltes bei uns nie wieder anziehen", so der Betreuungsfeldwebel Marcus Gold.

Um des lieben Friedens willen wurden wir dann - ich also in Uniform - von dem „Herrn Kommandeur" im Range eines Obersten empfangen. Seine Begrüßungsworte waren: „Ich habe Sie angefordert, damit Sie uns und unseren amerikanischen Gästen einen nachhaltigen Abend bereiten sollen. Dafür habe ich ein paar Musikstücke ausgesucht, die die Kapelle gefälligst üben und an dem Abend spielen soll!“ Damit verschwand er mit einem knappen: „Weitermachen.“ Unter den Musikstücken waren zum Beispiel die Titel „Yello Rose of Texas“ und die Texas-Hymne „Texas our Texas“. Die „armen“ Musiker - sie mussten sich nun dafür Noten besorgen, um alles einzuüben, daher konnten sie so manche Ausflüge in die Umgebung nicht mitmachen. Der zu dieser Zeit noch nicht so bekannte Schlagersänger schaute mich entgeistert an: „Watt? Der hat mich angefordert? Was soll das denn heißen?!“ Ich konnte nun auch ihn beruhigen und bemerkte nur, dass es mir auch seltsam vorkommt, ausgerechnet „so einen“ aus einer vermeintlich längst vergessenen Zeit, wie ich es fand, hier als Kommandeur „vorzufinden“. Aber was sollte es, unsere abgestellten Betreuer versuchten uns aufzuheitern, und wir konnten in der Gegend bis nach New Mexiko tolle Besichtigungstouren unternehmen.

Drei Tage vor der Veranstaltung wollten der später bekannte Schlagerstar und ich nochmal eine bekannte Discothek in El Paso dicht an der mexikanischen Grenze besuchen, in der der charismatische Schauspieler Steve Mc Queen vor seiner Operation in Mexiko eingekehrt war, so die Saga. Er sei dann am anderen Tag während seiner OP in Mexiko gestorben. Nachdem wir an allen Wartenden vorbei direkt eingelassen wurden, wahrscheinlich weil unser Outfit so „europäisch gutsitzend“ aussah, verweilten wir dort nicht lange, sondern ließen uns mit einem Taxi in die Grenzstadt Ciudad Juarez in Mexiko bringen. Dort wollten wir in das Lokal von der legendären „Mama Cita“ einkehren. Dieses Lokal war bei allem Stammpersonal und deutschen

Lehrgangsteilnehmern der Raketenschule in Fort Bliss, El-Paso, bekannt. Aber nicht nur bei denen. Hochoffizielle Besucher, unter anderem Willy Brandt, Helmut Schmidt sowie Franz-Josef Strauß hatten dort während ihres Besuchs bei der Raketenschule der Luftwaffe in El Paso dieses Lokal besucht. Ihre Visitenkarten und zum Teil auch Fotos hatte Mama Cita stolz an einen Balken geheftet. Wohl alle offiziellen Besucher mussten einmal dorthin.

Die jeweiligen Kommandeure schätzten sie etwa so ein, wie einen deutschen weiblichen Konsul. Es lag auch daran, dass Mama Cita immer sehr hilfreich war, wenn zum Beispiel junge deutsche Soldaten mit der mexikanischen Polizei in Konflikt gerieten. Ob nun verschuldet oder - wie meistens - gänzlich unverschuldet. Mama Cita nutze dann ihre offiziellen und inoffiziellen Kontakte in Juarez, und die Soldaten, wenn sie vorübergehend sogar festgenommen wurden, waren wieder frei. Auch wenn sie dann oft bemerken mussten, dass ihnen das Bargeld oder auch Uhren fehlten. Man hängte das nicht an die „große Glocke", damit diese unkonventionelle Möglichkeit erhalten blieb. Mama Cita war eben eine Institution: Als zu Beginn der deutschen Ära in El Paso im Jahr 1966 die gesamte Raketenschule der Luftwaffe komplett vom Standort Aachen ins texanische Fort Bliss verlegt wurde, soll auch ein Stabsunteroffizier aus Deutschland zum amerikanischen Standort versetzt worden sein. Mama Cita, damals noch jung und hübsch aussehend, soll sich bei einem Besuch in den Deutschen „Rainer" in Juarez verliebt haben. Die große Liebe konnte leider nicht lange bestehen, denn Rainer verunglückte tödlich bei einem Verkehrsunfall während einer Raketenübung in New Mexiko. Darüber war sie sehr traurig. Und so soll sie ihr Lokal so gut es nach den Verhältnissen in dieser Stadt ging, erweitert haben - und nannte es: „Deutscher Club-Palast Rainer“. Wohl auch zum ewigen Gedenken an ihren deutschen Geliebten!

Als wir aus dem Taxi in einer Straße dicht am Rio Grande stiegen - diesem „gewaltigen Grenzfluss“, der aber meistens nur spärlich mit Wasser gefüllt war -, hörten wir schon laute Musik. Zu unserem Erstaunen erkannten wir einen Refrain des Titels, gesungen von Heino: „Karamba Karacho ein Whisky…“ - so laut, dass es die gesamte Gegend beschallte. Dieser Musiklärm kam aus Mama Citas Lokal! Man hatte uns mitgegeben, bei diesem „Amüsement“ auf keinen Fall einen Drink aus den Gläsern zu uns zu nehmen. Es waren auch nur Plastikbecher auf dem ziemlich langen Tresen zu sehen, die wohl alle schon mal benutzt worden waren. Nach einer Begrüßung mit Handschlag von Mama Cita sollten wir unsere Hände vorzeigen. Wir verstanden nicht gleich, wurden aber von einem jungen deutschen Soldaten, der sich mit seinen „Kumpels“ dort amüsieren wollte, aufgeklärt: „Wer einen Ehering trägt, darf hier im Lokal kein Mädchen anmachen“, meinte er lachend. So eine Absicht hatten wir ohnehin nicht - und so schüttelten wir nur mit dem Kopf. Wir bestellten je eine Flasche Cola und eine Flasche Tequila, diese Getränke waren sehr erschwinglich. Von der Colaflasche tranken wir etwas aus, und fügten dann immer etwas Tequila hinzu. Wir bemerkten, dass Mama Cita bei den anderen Gästen, die etwas bestellt hatten, einfach irgendeinen Becher, der auf dem Tresen stand, nahm, um etwas hineinzugießen.

Da sah ich eine Flasche mit einem Wurm darin. Auf der Flasche stand MEZCAL. Ein junger Lehrgangsteilnehmer von der Raketenschule in Fort Bliss (El Paso) war dort schon häufiger zu Gast. Er hatte wohl gesehen, dass ich aufmerksam die Flasche mit dem Wurm gemustert hatte:

„Nur Mut, sie sagen hier, das wird nur von richtigen Männern getrunken."

„Auch gleich mit dem Wurm zusammen?", fragte ich.

„Wenn Du willst, haha, aber probiere mal!", entgegnete er.

Ich fragte nach einem kleinen Glas und ließ mir davon etwas eingießen. Es schmeckte, wie ich fand, rauchig, ähnlich wie Whisky. „Ich denke der Wurm darin ist aus Plastik", meinte ich.

„Nee, der Wurm wird getrocknet und dann gemahlen, um ihn dann in einem besonderen Verfahren zu diesem Algarvenschnaps dazugegeben", wusste der junge Soldat.

Daraufhin wollte mein Begleiter dieses besondere Getränk nicht mehr probieren. Es herrschte in dem Lokal weiter ein ziemlich großer Lärm mit lauter Musik. Man hörte „Gekreische" von den mexikanischen Mädels, und einige junge deutsche Soldaten sangen auch kräftig die Lieder von Heino mit. Mama Cita mit ihren wahrscheinlich gefärbten schwarzen Haaren, aber nun viel älter und „runder" geworden als noch auf einem Foto, das in ziemlich großer Ausführung an der Wand hing und auf dem sie mit ihrem Rainer zu sehen war, schaute nur fast gleichgültig dem Treiben zu. Hin und wieder „knöpfte" sie sich eines der Mädchen vor und redete mit einem spanischen „Schwall" auf sie ein. Ob sie die Mädels maßregeln wollte oder etwa auch „Anweisungen" gab, war nicht auszumachen. Die jungen Lehrgangsteilnehmer der Raketenschule der Luftwaffe „amüsierten" sich aber wohl „prächtig" mit ein paar Mexikanerinnen. „Die sind hier aber keinesfalls attraktiv, geschweige denn hübsch, eher gräulich", meinte ich zu dem Schlagersänger. Er sagte nichts dazu und beobachtete das Treiben bei deutscher Musik von Heino sehr interessiert.

Mama Cita wurde sehr viele Jahre später in ihrem Haus nahe Juarez tot aufgefunden. Sie soll dort schon etwas länger gelegen haben, in einer - wie es offiziell mitgeteilt wurde - vermüllten Umgebung. Wie wir von einigen Stammsoldaten und Lehrern der Schule damals noch erfuhren, hatten tatsächlich einige wenige junge Soldaten von jährlich bis zu vierhundert Lehrgangsteilnehmern während ihres längeren Aufenthalts mexikanische Mädels „näher“ kennengelernt und einige in Mexiko geheiratet. Sie hatten dann das Recht, als Ehefrauen von deutschen Soldaten mit nach Deutschland geflogen zu werden, um hier mit ihren deutschen Ehemännern zu leben. Die einzelnen „Spieße“ bemühten sich deutlich bei Ankunft der neuen Lehrgangsteilnehmer, sofort darauf hinzuweisen und dieses bitte zu unterlassen, da es dann in Deutschland schon mit den „frisch“ angetrauten mexikanischen Ehefrauen viel Ärger gegeben hatte.

Beinahe Entführung

Wir hatten genug gesehen und erlebt und bestellten ein Taxi, das Mama Cita für uns herbeitelefonierte. Es sollte uns wieder auf die andere Seite über die Grenze nach Fort Bliss in El Paso bringen. Dort wollten wir dann im Deutschen Haus noch gemütlich ein Bier trinken. Es gab in Juarez einige mexikanische Taxifahrer, die eine Lizenz für die Grenzübergänge in die USA hatten sowie auch umgekehrt für die Fahrt von den USA aus. Nach aktuellen Auskünften ist es zur heutigen Zeit sehr gefährlich, Juarez einen Besuch abzustatten. Drogenkriege und Ermordungen auf offener Straße und am helllichten Tag haben derartig zugenommen, dass zum Beispiel auch viele Souvenirläden nicht mehr existieren können.

Der Taxifahrer hatte trotz Temperaturen von 26 Grad Wärme im März eine Pudelmütze bis über die Ohren gezogen. Wir sagten auf Englisch, dass wir nach El-Paso, Fort Bliss, wollten. „Si, si“, kam es von ihm, während der Fahrt über den Grenzfluss Rio Grande sang er immer vor sich hin. Am Grenzübergang auf der amerikanischen Seite dauerte es etwas länger, bis sie alles überprüft hatten. Ein US-Grenzbeamter kam mit unseren Pässen zurück und meinte: „Bye bye, dann in Germany.“ Er erzählte uns, dass er bei der Army in Deutschland bei Würzburg stationiert gewesen sei. Er wolle unbedingt dort noch einmal hin, es sei während seines Aufenthaltes so gemütlich gewesen, das wolle er nochmal erleben. Vielleicht würde er auch in Deutschland bleiben wollen. Wir erzählten kurz, warum wir in El-Paso waren, und das mexikanische Taxi durfte mit uns an Bord weiterfahren. Nach einer halben Stunde kam mir die Gegend „komisch“ vor - auch konnte ich mich nicht daran erinnern, je dort durchgefahren zu sein. „Irgendetwas stimmt hier nicht“, sagte ich zu - ich nenne ihn mal: Ramon, obwohl das nicht sein richtiger Künstlername war. „Nach Fort Bliss, please!“, sagte ich jetzt noch einmal zu dem Taxifahrer. Der entgegnete aber nur wieder „Si, si“ und lachte dabei. Wir merkten, dass er weder Englisch noch Deutsch verstand, obwohl Ramon es auch einmal in unserer Sprache versuchte. Es vergingen noch einmal fast zwanzig Minuten. Der Taxifahrer fuhr uns unbeirrt immer weiter. „Vielleicht soll der uns irgendwo hinbringen, dann bekommen wir eins über den Schädel und werden ausgeraubt?!“ Obwohl ich das im Scherz gesagt hatte, fand Ramon das nicht so amüsant. „Jetzt reicht es! Der soll irgendwo anhalten, dann versuchen wir uns selber nach Fort Bliss durchzuschlagen“, meinte nun Ramon. „Stopp, anhalten!“, rief ich. Der Taxifahrer sagte nur wieder „Si, si“, lachte wieder - und fuhr weiter. Einen Moment überlegte ich, ob wir nicht einfach aus dem fahrenden Taxi rausspringen sollten, denn es fuhr auf keinen Fall schnell. Endlich - nach fast zweieinhalb Stunden, sahen wir in der Ferne ein Hinweisschild, auf dem „Fort Bliss“ stand. Dort am Anfang der Straße angekommen, sagten wir nochmals energisch laut: „Stopp, stopp!“ Er hielt endlich an.

Damals ging es zu den militärischen Unterkünften noch mit dem Auto ohne Kontrollen. Das wollten wir nicht mehr riskieren. Lieber gingen wir nun ins Deutsche Haus zu Fuß. Er verlangte für die Fahrt von uns gerade mal acht Dollar fünfzig. Ich gab ihm zwanzig Dollar – und wir waren froh, diesen „Ausflug“ hinter uns gebracht zu haben. „Los, Ihr wollt doch zur Probe!“ Unser Betreuungsfeldwebel stand in meinem Zimmer, um uns in den Country-Club in Fort Bliss zu fahren. Schnell „Katzenwäsche“, der Schlagersänger wartete schon, und wir fuhren los. Der vorherige Abend im Deutschen Haus hatte mit vielen „Coors Bier“ doch etwas länger gedauert. Wir mussten ja das in Mexiko Erlebte und die Fahrt zurück erst einmal „verdauen“. Innerhalb von Fort Bliss durfte nicht schneller als zehn Meilen, das heißt circa sechzehn Kilometer, gefahren werden. An einer Kreuzung fuhr, trotz sehr übersichtlichem Straßenverkehr, eine Lady bei Rot mit erhöhter Geschwindigkeit über eine Ampel und uns seitlich in den VW Käfer. Klaus, unser Betreuungsfeldwebel, hatte sich in Mexiko das Auto nur für den Gebrauch innerhalb der militärischen Anlage gekauft. Ramon wurde aus dem Auto geschleudert und ich wurde - da auf der Rückbank sitzend, dort, wo am Heck der Chevrolet hineingefahren war - im Rücken zusammen „gestaucht“. Mit fürchterlichen Schmerzen konnte ich aber noch aussteigen. Klaus, der Betreuungsfeldwebel und Fahrer, hatte so gut wie nichts abbekommen.

Ramon war nur durch sein Herausfallen aus dem Auto etwas im Gesicht verletzt. Wir wurden in das US-Militärkrankenhaus William-Baumont-Hospital gebracht, gründlich untersucht und geröntgt. Ich musste bleiben und wurde auf ein Krankenzimmer verlegt - von Anfang an im Rollstuhl.

Nach einer Weile kamen zwei junge Ärzte. Der eine war schon mal in Heidelberg bei der US-Army stationiert gewesen und sprach sogar ein wenig Deutsch: „Hello, Sie haben da wohl einen alten Bruch im Lendenwirbel. Aber zunächst wegen der enormen Prellungen, die Sie sich bei dem Unfall zugezogen haben, bitte kein Fußball mehr spielen oder bei einem Blitzkrieg mitmachen." Darüber konnte ich nun gar nicht lachen. Meine Rückenschmerzen hatten zugenommen, und von einem Bruch im Lendenwirbel, obwohl ich immer genauestens untersucht worden war, wusste ich nichts. Aber zunächst versuchte man, mir mit Medikamenten und der Wärme eines Heizkissens die Schmerzen etwas zu nehmen. Auch wurde mir eine deutschstämmige Krankenschwester geschickt, mit der ich mich unterhalten und die mir noch etwas näher die nötigen Behandlungen erklären sollte. Sie war schon Anfang der 1960er Jahre in die USA ausgewandert und später zur Army gegangen. Sie bekleidete den Dienstgrad eines Majors. Major Mary, wie sie sich vorstellte, sagte auch nichts anderes als die zwei Ärzte – und so wurde mir ein Fernseher gestellt. Zu dieser Zeit hatten die meisten Krankenhäuser in Deutschland auf den Krankenzimmern noch keinen Fernseher, und so schaute ich im fernen Texas dauernd irgendwelche Comicserien. Der Veranstaltungsabend lief nun ohne mich ab. Ramon war mit ein paar Pflastern im Gesicht aufgetreten und sang auch einige Titel von Neil Diamond, zum Beispiel „Sweet Caroline". Eine Sängerin, die ich auch mit dabei war, von der ich später nie wieder etwas gehört habe, und auch die Band taten ihr Mögliches. Der Kommandeur hatte mich natürlich in keiner Weise bei seiner Begrüßung der Gäste und der Vorstellung des Programms erwähnt.

Er stand am Abflugtag abseits des Terminals für Militärflugzeuge am Flughafen in El-Paso und schaute nur missbilligend in meine Richtung. Am frühen Morgen des Rückflugtages erschien der Sanitätsfeldwebel und teilte mir mit, dass ich den Rückflug antreten könne. Die Ärzte hatten nur mitgegeben, dass ich zunächst nichts Schweres tragen und mich auch nicht plötzlich heftig bewegen solle. Erst nachdem wir nach der Zwischenlandung in Washington DC wieder Richtung Köln-Wahn abgehoben waren, kam plötzlich der Flugzeugführer, ein Oberstleutnant, persönlich aus dem Cockpit der Boeing 707, zu meinem Platz. Wie ich mich fühlen würde? Ich war erstaunt, dass er über meine „Blessuren" Bescheid wusste, aber er klärte mich auf. Er hatte einen Funkspruch empfangen, nachdem meine Verletzungen im Rücken doch neueren Ursprungs sein könnten, daher sollte ich mich im Flugzeug wenig bewegen und wenn es gehen sollte auch liegen.

Ramon hatte mich schon mit Getränken (zünftiges bayerisches Bier) versorgt, das er immer vorne bei den Flugbegleitern abholte. Außer den Schmerzen ging es mir daher einigermaßen gut, und ich konnte weiter mit nach Hause fliegen. Angekommen auf dem militärischen Teil des Flughafens Köln-Wahn, erwartete mich dann allerdings direkt nach der Landung am Flugzeug ein Sanitätskraftwagen. Er brachte mich umgehend nach Koblenz ins Bundeswehrkrankenhaus. Hier wurde dann ein „frischer" Vorderkantenabbruch des linken Lendenwirbels infolge des Unfalls festgestellt, der bei einer „falschen" Bewegung in den Querschnitt hätte eindringen können. Also war ich die ganze Zeit - wie ich es erkennen sollte – ziemlich gefährdet. Mit anderen Worten: Nahe an einem Querschnitt und damit der Gefahr dauernder Bewegungsunfähigkeit der Beine! Ein neuerlicher Fehler, wahrscheinlich durch nicht geführte Absprachen, war, dass ich nach der Untersuchung im Bundeswehrkrankenhaus wieder nach Köln-Wahn gebracht wurde, auch während der Fahrt hätte sich etwas „lösen“ können. Jetzt half nur noch, mich so wenig wie möglich zu bewegen und längere Tage und Wochen liegen, damit die Bruchstelle wieder zusammenwachsen konnte. Nach den anschließenden Untersuchungen war das auch geschehen, aber Komplikationen im Rückenbereich habe ich bis zum heutigen Tag.

Zwei Jahre danach habe ich noch einmal in El Paso eine Veranstaltung mit Liveband und Interpreten durchgeführt. Am Veranstaltungsabend behauptete dann eine Sängerin, gebürtig aus Dänemark, in ihrem Lied, dass „ein Playboy aus Düsseldorf dort auch bleiben solle, denn er würde nie ein Cowboy werden“. So etwas fanden besonders die amerikanischen Gäste toll und riefen: „Oh yeah, it was avesome!“ Noch weitere Male konnte ich für die Angehörigen der Luftwaffe in El Paso ein tolles Programm zusammenstellen. Es war mittlerweile ganz anderes Führungspersonal bei der Raketenschule der Luftwaffe zuständig, welches uns aufgeschlossen und freundlich begegnete. Somit waren meine Erinnerungen an El Paso Texas wieder etwas positiver geworden.

Schon wieder ein Unfall

Bei einer Veranstaltung innerhalb der Betreuungsmaßnahme in Beja (Portugal) ging es mit den Künstlern nach Albufeira, um hier noch einmal aufzutreten. In einer steilen Kurve kam es erneut zu einem denkwürdigen Crash. Ich hatte mit dem Veranstalter und einem Betreuer aus Bayern in dem Auto gesessen. In der Kurve kam ein dänischer Reiseleiter von seiner Richtung ab und fuhr frontal in uns hinein. Ich hatte das noch kommentiert mit den Worten: „Nein, nicht schon wieder!“. Dann bin wohl mit einer heftigen Nickbewegung in die Fronscheibe geschleudert worden, sodass sie brach!

Zu dieser Zeit befanden sich noch sehr viele Touristen in diesem Urlaubsgebiet. Die Revolution der weißen Rose war noch nicht allzu lange beendet, und das Land begann sich erst wieder zu erholen und neu zu formieren. Ich wurde zu einem portugiesischen Notarzt gefahren, der mir in die frische Wunden irgendetwas hineinspritze, und ich konnte dann wieder gehen. Ich legte mich in einem Hotelzimmer auf das Bett. Ein Sänger, alle anderen waren am Strand, rief dann im taktischen Kommando der Luftwaffe in Beja an. Schließlich hatte er nach mehrfachen Versuchen den Truppenarzt am Apparat. Da es ein Sonntag war und alle frei hatten, schnappte sich dieser Arzt den Sanitätskraftwagen und fuhr persönlich nach Albufeira, circa hundert Kilometer über Landstraßen, um mich abzuholen. Die Künstlergruppe hatte es zum Teil gar nicht mitbekommen. Manche, so schien es mir, waren auch nicht besonders daran interessiert, wie es mir gehen würde. In Beja angekommen, versorgte mich der Truppenarzt so gut er konnte und meinte, dass er auf dem Röntgenbild von dem Notarzt nicht viel erkennen könne. Dann bat er einen Stabsunteroffizier, der zufällig im

Sanitätsrevier vorbeikam, um Medikamente abzuholen, die Nacht in dem Zimmer mit vier Betten bei mir zu verbringen – so wie eine Art Nachtwache. Er wollte dann am anderen Tag, einem Montag, mit der zuständigen Sanitätsstelle in Deutschland telefonieren, um zu klären, wie mit mir weiter verfahren werden sollte. Als gerade der Stabsunteroffizier, der Getränke besorgt hatte und sich auch immer wieder danach erkundigte, wie es mir ging, mal nach Hause in die deutsche Siedlung nach Beja-Bairro dos Alemäes fuhr, um für sich frische Kleidung und Duschzeug zu holen, bekam ich einen Hustenanfall. Dabei „schoss“ mir ziemlich viel Blut aus dem Mund. Ich ging zur Toilette und spülte meinen Mund etwas aus, aber es kam immer wieder Blut - jetzt auch aus der Nase. In Panik zog ich nur meine Jeans und ein T-Shirt an, steckte mir meine Papiere mit Scheckbuch ein und verließ den Sanitätsbereich. Ich hatte die Absicht, mich mit einem Taxi zum Flughafen nach Lissabon bringen zu lassen und von dort mit einer Linienmaschine nach Frankfurt zu fliegen.

Ich konnte wahrscheinlich in dieser Situation nicht richtig überlegen – aber meine Angst war sehr groß, und ich glaubte, dass ich in dem militärischen Bereich in Beja womöglich sterben müsse. Es war gegen Morgen, und die Sonne war schon aufgegangen. Mir wurde plötzlich schwarz vor Augen. Als ich in einem Graben an der Ausfallstraße wieder aufwachte, liefen über meinem Kopf einige Geckos, und die Sonne stand sehr hoch. Es dauerte danach aber nicht lange, als ich von dem Arzt hörte: „Meine Güte, was machen Sie nur!“ Man hatte mich nach längerem Suchen gefunden. Dann fiel ich ins Koma. Sie brachten mich zurück in den Sanitätsbereich. Es gelang dem jungen Stabsarzt, die Blutungen mit Spritzen zunächst unter Kontrolle zu bringen – und einen neuen Verband anzulegen. Da meine Kleidung voller Blut und auch beschmutzt war, hatten mich Angehöre des Stammpersonals aus Beja mit anderer Kleidung versorgt. Der Arzt meinte zu mir, als ich einigermaßen wieder alles wahrnehmen konnte: „Sie müssen so schnell wie möglich in ein Krankenhaus.“ - „Aber keinesfalls hier in Portugal“, entgegnete ich. Das sah er aus gemachten Erfahrungen mit einheimischen Ärzten wohl ein. Er wolle versuchen, dass ich mit einem vor kurzem gelandeten Jet der Flugbereitschaft, „Challenger 601“, zurückfliegen konnte. An Bord war ein Oberst aus dem Bundesministerium der Verteidigung mit zehn Journalisten, die für eine Besichtigung des Taktischen Übungsplatz-Kommandos der Luftwaffe eingeladen worden waren und am späten Nachmittag zurückfliegen sollten.

Angeblich wurde das von dem besagten Obersten abgelehnt, da er nicht die Verantwortung für einen verletzten Soldaten bei diesem Rückflug übernehmen wollte. Ich solle doch in Portugal versorgt werden! Auf jeden Fall hob dieses Flugzeug ohne mich ab. Am anderen Tag flog nun eine Transall vom Fliegerhorst in Wunstorf bei Hannover nach Portugal und wieder zurück nach Köln-Wahn. Das war ohnehin so vorgesehen, unter anderem war auch die gesamte Künstlergruppe mit dabei. Der Stabsarzt und auch der Flugzeugführer hatten Bedenken, dass es während des Rückfluges wegen des nicht zu kontrollierenden Druckausgleiches wieder zu Blutungen bei mir kommen könne. Diese hatten aber mittlerweile ganz aufgehört. Ich bat den Lademeister, den ich schon seit Jahren kannte und dem ich immer mal wieder bei solchen Maßnahmen begegnet war, sich dafür einzusetzen, mich auf jeden Fall mitzunehmen, da ich kein Vertrauen in die portugiesischen Krankenhausbehandlungen hätte. Ich musste eine Erklärung unterschreiben, dass ich auf eigene Verantwortung mitfliegen würde. Der Flugzeugführer kam kurz vor dem Abflug zu mir: „Wir werden so bedächtig wie möglich beim Start die Flughöhe erreichen, das heißt, erst wenn wir über dem Golf von Biskaya sind, werden wir auf normale Flughöhe gehen, damit Ihnen nichts passiert.“ Der Lademeister saß ohnehin in meiner Nähe, da ich auf einer Trage liegen konnte, die vorne vor dem Cockpit angebracht war.

Verzögern einer notwendigen Behandlung

Der Flug mit der Transall war nach circa vier Stunden überstanden, und ich wurde erst zu einem Hals-Nasen-Ohrenarzt und dann direkt in das Krankenhaus Porz zum Röntgen gebracht. Hier stellte man fest, dass sich bei mir ein ziemlich großer Glassplitter kurz vor der Stirnwand befand! Dieser Glassplitter muss wohl bei dem Unfall in Albufeira nur wenig am rechten Auge vorbei eingedrungen sein. Im Porzer Krankenhaus konnte eine derartige, unbedingt nötige Operation nicht durchgeführt werden. Sie entließen mich wieder in die „Obhut“ der Sanitätsstaffel in Köln-Wahn. Hier wollte man erst einmal mit dem Bundeswehrkrankenhaus in Koblenz Rücksprache halten, den Fall schildern und wieder fragen, wie mit mir weiter verfahren werden könnte. Dann wurde ich zunächst nach Hause geschickt. Es tat sich weiter nichts. Ich war aber - obwohl ich teilweise fast unbeteiligt alles hatte mit mir geschehen lassen - doch unruhig geworden und plötzlich wieder in der Lage von zu Hause aus anzurufen: „Bitte bestellen Sie Ihrem Oberstarzt, dass ich mich am nächsten Morgen in die Universitätsklinik nach Bonn in die HNO-Abteilung begeben werde, als dringenden Notfall für eine Operation“, sagte ich und legte den Hörer auf. Das hatte wohl gewirkt. Am anderen Morgen um sieben Uhr stand ein Wagen bereit, der mich mit den nötigen Einweisungspapieren in die Universitätsklinik Bonn brachte.

Die Chirurgen befanden nach einer nochmaligen gründlichen Untersuchung vor der Operation, dass ich bisher Glück gehabt habe, dass keine weiteren Komplikationen wie zum Beispiel Blutungen im Gehirn eingetreten waren. Ich hätte sofort nach der Landung in Köln-Wahn operiert werden müssen! Bei der gelungen OP hatte man mir direkt in der rechten Augenbraue die Stirn geöffnet und, wie die Ärzte sagten, den „Granatsplitter“ mit einigen anderen kleineren Splittern durch diese Öffnung entfernt. Die Augenbraue wurde so zugenäht, dass man später - außer einer Narbe über der Nasenwurzel - bei mir nichts mehr erkennen konnte. Also bekam ich einen „Riesenverband“ und konnte das Krankenhaus nach einer Woche wieder verlassen. Einige Zeit danach musste ich noch zur Untersuchung und weiteren Behandlung in die Universitätsklink. Bis zum heutigen Tag habe ich auch hier gesundheitliche Störungen wie überraschendes Nasenbluten.

Es war schon manchmal komisch, zum Beispiel mit Begegnungen in der Sanitätsstaffel. Einmal traf ich einen gut bekannten Kameraden. Ich konnte bemerken, dass er mich nicht erkannte - sei es nun wegen des Verbandes oder weil mein Gesicht an dieser Stelle ziemlich geschwollen war. Nach ein paar Wochen moderierte ich dann doch wieder bei einem großen Sommerfest im Westfalenpark Dortmund für eine Tageszeitung. Dabei trug ich eine große Sonnenbrille, obwohl gerade an diesem Tag die Sonne nicht schien. Nun hatte ich erstmal genug von Veranstaltungen für die Luftwaffe im Ausland. Besonders nach Beja (Portugal) wollte ich auf keinen Fall wieder hin. Doch nach zwei Jahren rief mich von dort der Informationsmeister an. Sie wollten ein Frühlingsfest mit Liveband und möglichst auch besonderen Einlagen organisieren, würden aber nicht weiterkommen. Ob ich nicht doch – vielleicht, unter Umständen - dieses wieder übernehmen könne?

Ich flog mit einer sehr guten Band aus Neuss, einer Sängerin und einem Sänger nach Beja. Als wir kurz vor der Landung mit der Transall die Flughöhe immer mehr verließen, bemerkte ich, dass der rechte Propeller ausgefallen war. Ich sagte nur ganz ruhig zu meiner Gruppe, die ja auch schon angeschnallt war: „Nur jetzt etwas festhalten, die Landung könnte turbulent werden!“ Alle lachten. Die Transall setzte mit mehreren „Hopsern“ nach einem zunehmend unruhigen Sinkflug mit einer kleineren Seitenlage trotzdem sicher auf. Es war eben fliegerisches Können und beste Konzentration dieser Crew. Als wir zum Aussteigen aufgefordert wurden, sahen wir, dass zwei Feuerwehrautos mit Löscheinrichtungen und Sanitätskraftwagen (der mich damals schon aus Albufeira geholt hatte) bereitstanden. Jetzt erst wurde es vielen klar, dass diese Landung nicht unbedingt so normal hätte verlaufen müssen! Der Truppenarzt war noch derselbe, er rief: „Ach, der berühmte Künstlermanager in Uniform war an Bord, kein Wunder, dass so etwas passiert!“ Er begrüßte mich herzlich. „Von den Narben, die ich Dir vorausgesagt hatte, ist aber nicht mehr viel zu sehen“, sagte er noch. Die Ehefrau von einem Stabsunteroffizier kam auch zu mir und umarmte mich: „Du bist tatsächlich wieder da. Als Du vor zwei Jahren so verletzt in die Maschine gestiegen bist, hattest Du gesagt: ‚Ich lasse mir eine neue Fresse verpassen, dann komme ich wieder!‘ Wir alle, die das gehört hatten, mussten über so einen Sarkasmus – besonders, wenn man selber betroffen ist - sehr lachen." Daran konnte ich mich nun gar nicht mehr erinnern.

Bis zur Schließung dieses Taktischen Luftwaffen-Übungsplatzkommandos in Beja (Portugal) habe ich noch des Öfteren im dortigen Deutschen Haus in der Stadt einige tolle Veranstaltungen durchführen können. Die zweite Hälfte der 1970er Jahre war von nachhaltigen Ereignissen gekennzeichnet. Elvis war an einem Herzversagen gestorben. Dann gab es die Ermordung des Arbeitgeberpräsidenten Hanns Martin Schleyer und die Entführung der Lufthansamaschine Landshut - schließlich die Befreiung dieser Boeing 737-200 durch die GSG 9. Die Bundesrepublik Deutschland zeigte Stärke. Große Beachtung fand das auch im Ausland. Eine englische Zeitung jubelte in ihrer Aufmachung: „German Soldier the best Soldier in the world!" Das war schon erstaunlich. Ließen doch sonst die englischen Printmedien nicht viel Sympathie für Deutschland im Allgemeinen erkennen. Aber Spezialtruppen der britischen Armee hatten in Großbritannien mit besonderen Ausbildungen auch geholfen, dass so eine Truppe des damaligen Bundesgrenzschutzes unter dem Kommando von dem damaligen Oberstleutnant Wegener verhältnismäßig schnell so schlagkräftig geworden war. Im Radio lief jetzt laufend „Saturday Night Fever" von den Bee Gees, aus dem gleichnamigen Film mit John Travolta. Die Disco-Music erreichte in dieser Zeit ihren Höhepunkt. Deswegen nannte ich eine meiner Unterhaltungsseiten in der Truppenzeitschrift „Luftwaffe" auch „Disco-Info" - mit einer Comic-Zeichnung von dem damaligen Stabsunteroffizier „Harm Hubbel" als Aufmacher. Er hätte auch eine Karriere als Comic Zeichner machen können. Später wurde es dann unter dem Titel „Music-Corner" auch eine feste Rubrik für die Zeitschriften „Heer“ und „Blaue Jungs“ (Marine).

Hilfe für erkrankte Kinder auf Sardinien

Auf dem sogenannten Übungsschießplatz der Luftwaffe auf Sardinien betreute ich zu dieser Zeit auch einige Veranstaltungen. Bei einer war eine der besten Bands aus München dabei und eine bekannte Sängerin, die in ihrem Song behauptete, dass sie besser Skat „dreschen“ könne als ihre männlichen Mitspieler. Dort lernte ich zum ersten Mal den dortigen Informationsmeister Hauptfeldwebel Pierre Radau kennen. Er hatte an sich schon seine vier Jahre rum, die man als Auslandsverwendung zeitlich begrenzt erleben durfte, wurde aber auf Antrag der politischen Führung von Sardinien und Italien nicht nach Deutschland zurückversetzt, da er im humanitären Bereich auf der Insel sehr viel Gutes für die Bevölkerung organisierte und auch weiterhin darin tätig war. Er erzählte mir von einer Krankheit, von der auf der Insel meistens die ärmere Bevölkerungsschicht betroffen war: Thalassämie, auch Mittelmeer-Anämie genannt. Es ist eine genetische Bluterkrankung, die vererbbar sein kann. Der Körper der erkrankten Kinder produziert zu wenig Blutfarbstoff oder dieser wird zu schnell abgebaut. Die Krankheit, so die Forschung, soll durch die Bekämpfung der Malaria in den Mittelmeergebieten entstanden sein. Es helfen da nur Bluttransfusionen, – und das alle zwei bis vier Wochen - die mittels eines Infusionssets mit Desferalpumpe zugeführt werden müssen, damit es nicht zu einer Überlagerung der Eisenanteile im Blut kommt. Ansonsten ist die Lebenserwartung der Kranken sehr gering. Allein die Anschaffung einer solchen

Pumpe war in den betroffenen, meist ärmeren Familien oft unerschwinglich.

Der „Maresciallo Tedesco“, wie die Bevölkerung in Decimomannu den deutschen Hauptfeldwebel liebevoll und in der nahen Stadt Cagliari nannte, tat sehr viel in Verbindung mit der UNICEF-Beauftragten auf Sardinien, um das Leid der Betroffenen zu mildern. Er veranstaltete Blutspendeaktionen mit den übenden Verbänden aus Deutschland, stellte Verbindungen, zum Beispiel mit den Rotary-Clubs aus Dachau her, die mithelfen wollten. Denn es fehlten ja auch Sach- und Geldspenden, damit Desferalpumpen angeschafft werden konnten. Vom italienischen Staat bekamen die Betroffenen nur wenig Unterstützung. Ich versprach nach meiner Rückkehr, mich mit den zuständigen Gremien, zum Beispiel einer Blutbank des Bundeswehr-Krankenhauses in Koblenz, in Verbindung zu setzen, um herauszufinden, wie man noch helfen könnte. Die Hilfsbereitschaft war groß, und man kann sagen „unbürokratisch“. Es wurden von den nicht benötigten Blutkonserven sofort einige zur Verfügung gestellt, die die Transall-Routineflüge zu dem Stützpunkt mitnehmen konnten. Doch es fehlte an geeigneten Kühlbehältern, damit das Blutplasma den Flug und die Temperatur überstehen konnte. Da erinnerte ich mich an einen Herrn aus Dortmund, seine Tochter war mal bei einer Veranstaltung, die ich moderierte, aufgetreten. Er erzählte mir, dass sie bei seiner Firma - einem großen Autokonzern - auch über viele Kühlbehälter verfügten. Es dauerte keinen ganzen Tag, da war die Genehmigung von der Firma, diese Behälter für unsere Maßnahmen zur Verfügung zu stellen, bei mir auf dem Tisch. Diese Dortmunder, die auch kirchlich organisiert waren, gründeten zugleich einen Verein mit dem Namen „Euro Kinder Hilfe“, der zunächst für diesen Zweck auch

Geldspenden für die Betroffenen auf Sardinien sammelte. Wir benachrichtigten die Öffentlichkeit, Printmedien und Fernsehen. Das Zweite Deutsche Fernsehen berichtete danach über diese Krankheit und über die Hilfe der Luftwaffe mit zunächst einem ersten Flug des benötigten Blutes. Der Beitrag wurde in der Nachrichtensendung „heute" ausgestrahlt.

Danach schlossen sich noch sehr viele Hilfsaktionen an. Viele Vereine, Einzelpersonen aus dem militärischen Bereich oder auch gänzlich zivile Organisationen wollten helfen. Die Luftwaffe flog nun fast alle vierzehn Tage, bei ihren Routineflügen auch von spontan organisierten Blutspendeaktionen, dieses wertwolle Blutplasma nach Sardinien. Zwei Aktionen mit Hilfe eines Wehrpflichtigen und heutigen Rechtsanwalts sowie eines wehrübenden Journalisten organisierte ich selbst: Eine mit dem Kölner Fußballverein 1. FC und eine mit ehemaligen deutschen Spitzensportlern, wovon manche noch als Trainer aktiv waren. In Sardinien wurden dann eine Blutspendeaktion vor Ort durchgeführt und weitere Spenden sowie Hilfen zur Bekämpfung der Thalassämie auf der Insel an die zuständigen Stellen übergeben. Viele einzelne Personen, Vereine und Organisationen, die sich der Hilfe für Sardinien, auch noch einige Jahre nach den ersten Maßnahmen, angenommen hatten, wurden dafür geehrt, einige auch mit dem Bundesverdienstkreuz. Ich selber hatte immer geäußert, dass ich zwar keine Person bin, die Auszeichnungen oder Orden ablehnen würde – aber nicht für Hilfestellungen, für derartige humanitäre Maßnahmen, damit Krankheiten wie die auf Sardinien besser bekämpft werden konnten.

Der „deutsche Maresciallo" blieb also insgesamt zehn Jahre in Deicimomannu bei Gagliari stationiert. Nach seiner

Rückversetzung kümmerte er sich auch weiterhin um die Bekämpfung dieser Krankheit. Eines Tages unterrichtete mich der leitende Oberstabsapotheker in der Kommandobehörde, dass man den Transport von Bluthilfen nach Sardinien zunächst eingestellt habe. Italienische Zollbehörden hatten verfügt, dass die Behälter mit dem Blutplasma erst nach Rom zur italienischen Blutbank – angeblich zur Überprüfung - geschickt werden mussten. Erst dann könnten sie weiter transportiert werden nach Deci, wie Decimomannu auf Sardinien im Sprachgebrauch der Luftwaffe hieß. Das sei zu „undurchsichtig", hieß es, denn keiner konnte danach garantieren, dass die gleiche Menge und auch dasselbe Blutplasma für die Bedürftigen ankommen würde. Als Pierre nach seiner Versetzung nach all den Jahren in Deutschland einmal anfragte, mit Hilfsgütern nach Sardinien zu fliegen wollen, wurde das - man musste immer vorher alle Namen und Adressen angeben, auch wenn sie mit einer deutschen Transall auf dem Flugplatz landeten – als zurzeit in Bezug auf seine Person nicht erwünscht bezeichnet! Das hatte mich doch sehr verwundert. Allerdings wurde das nach sechs Monaten wieder aufgehoben, doch da war Hauptfeldwebel a.D. Radau überraschend nach einem früheren Ausscheiden, das die Bundewehr Berufssoldaten als Angebot zum Zwecke einer Personalverkleinerung angeboten hatte, nach Thailand ausgewandert.

Ich erinnerte mich, dass ich einmal bei einer dieser Hilfsaktionen auf Sardinien von ihm in sein Haus eingeladen worden war. Er wohnte ansonsten in Cagliari in einer gehobenen Wohngegend, fuhr einen Corvette-Spotwagen, dazu besaß er noch einen Jeep. Sein Haus lag in Orgosolo in der sardischen Provinz Nuoro. Dass er dort ein Haus gekauft hatte, wussten nur wenige - auch ich war verwundert. Zu dieser Zeit galt dieser Ort, der in den Bergen gelegen ist, als etwas berüchtigt. Die „Kronzucker-Entführer“ sollen aus diesem Ort gestammt haben. Am Abend besuchten wir eine Piola-Kneipe. Nach einigen Grappas meinte er ganz ruhig: „Wir müssen uns jetzt mal ducken, hier ist gerade eine Vendetta im Gange!“ Schon hörte ich so etwas wie ein Pfeifen und danach ein Krachen von Einschlägen durch Schusswaffen. Das dauert circa lange fünf Minuten. Als es beendet war, wurde im Lokal mit nur Männern heftig, laut und wild diskutiert: Unser Maresciallo immer mitten drin. Dann meinte er: „Ehe hier nochmal so etwas hochkommt, gehen wir lieber nach Hause!“

Begleitende Intrigen und Mobbing

Ob ich viele Freunde in so einem Riesenbetrieb der sogenannten Höheren Kommandobehörden der Luftwaffe hatte, konnte ich nicht beurteilen. Wohl kannten mich viele - vom Büroboten angefangen, mit dem ich, wenn ich ihn traf, auch mal ein Schwätzchen hielt, bis zu verschiedenen Stabsoffizieren. Auch die Damen von der Zentralvermittlung stellten schon mal einen Anrufer durch, wenn sie nicht wussten, wen oder über was dieser Teilnehmer nun überhaupt sprechen wollte. „Dieser Mann mit der angenehmen Stimme wird es schon richten“, hatten sie mir mal verraten, als ich nachfragte, warum gerade ich oft so viele Anrufe bekam, die eigentlich nicht für meine Dienststelle und auch nicht für mich bestimmt waren. Doch auf meiner Dienststelle im Pressezentrum hatte ich anfangs viele Neider und Personen, die mir mein Selbstverständnis und wie ich fungierte missgönnten. Besonders ein Hauptmann-Fachoffizier „sägte“ ständig an meinem Image. Dieser Mann, der seine Formulierungen erst mit Bleistift für seinen Schriftverkehr vorschrieb, dann für die nötigen Korrekturen einen „Radiergummi“ benutzte, wollte mir meine Fähigkeiten absprechen. Vor den sogenannten weiteren Kameraden musste ich mich auch vorsehen. Einige, obwohl im Feldwebeldienstgrad unter mir, verbreiteten, wie ich herausfand, so manche Gerüchte über mich. Zu den wehrpflichtigen Mannschaftsdienstgraden, die für redaktionelle Aufgaben eingesetzt waren, hatte ich dagegen stets ein gutes Verhältnis. Dem damaligen jeweiligen Leiter des Pressezentrums fiel es nicht auf, oder er begegnete dem Ganzen mit Gleichgültigkeit.

Obwohl die Auslandsverbände, in denen ich innerhalb der Betreuung deutscher Soldaten im Ausland Veranstaltungen durchführte, immer über die Erfolge meiner Aufführungen mit großem Lob durch die jeweiligen Kommandeure berichteten, nahm dieses innerhalb des Pressezentrums weitgehend keiner zur Kenntnis. Im Gegenteil: Mit viel Häme wurden zum Beispiel Anrufe für mich von Mitgliedern bekannter Musikgruppen kommentiert, wenn ihre Namen mit „-ki“ endeten. Oder man montierte „aus Spaß“ mein Nummernschild an meinem privaten Pkw ab und brachte eines nur mit meinem Namen darauf an. Ich hatte es nicht bemerkt und war in der Mittagspause rausgefahren und prompt von einem Polizeibeamten angehalten worden. Doch womit die „Täter“ nicht gerechnet hatten: Ich kannte diesen Polizeibeamten. Er und einige seiner Kollegen in Porz, die einer Polizeifußballmannschaft angehörten, durften durch meine Initiative einmal in Decimomannu, Sardinien, beim Luftwaffen Übungsplatz-Kommando gegen die dortige Fußballmannschaft spielen - mit einer Woche Aufenthalt und Sammelaktion zu Gunsten der Hilfe für erkrankte Kinder auf Sardinien. Er bat mich nur, mich direkt darum zu kümmern, dass mein richtiges Nummernschild wieder angebracht werde. Über so einen Streich, der mich treffen sollte, hätte ich ja noch lachen können, wenn ich nicht die „enorme Böswilligkeit“ dahinter erkannt hätte.

Burnout

Schließlich bemerkte ich immer mehr eine tiefe Belastung, obwohl ich schon meine jetzige Frau kennengelernt hatte, denn die Ehe mit der Niederländerin befand sich in der Auflösung. Sonst wäre es mir wahrscheinlich noch schlimmer ergangen. Im Radio hörten wir, als ich sie kennenlernte, oft ihren Lieblingssong von der Gruppe Icehouse „Hey Little Girl“. Sie versuchte mich aufzurichten: „Du bist Moderator, stehst auf vielen Bühnen. Du hast schon in einem Spielfilm eine Sprechrolle gehabt. Auf Deiner Dienststelle leistest du, wie ich ja auch schon mitbekommen habe, wertvolle Arbeit für die Luftwaffe. Du kannst doch mit solchen ‚Kleingeistern‘ spielend fertig werden!“ Es ging mir trotzdem nicht gut. Lange Zeit versuchte ich, meinen Zustand zu verbergen, bis ich einmal mit einem Dezernatsleiter darüber sprach, den ich für „menschlich“ hielt. Er war erst seit kurzem mit einer Oberstärztin verheiratet. Er stellte sie mir vor. Sie fragte: „Wie wäre es, wenn Sie sich mal bei einem speziellen Aufenthalt in einer Klinik für solche Burnout-Symptome stationär behandeln lassen würden, damit sie wieder ‚eingestellt‘ werden können? Es wird ihnen danach sicherlich besser gehen!“ Es hörte sich in meiner damaligen Lage nicht schlecht an, und ich willigte ein.

Die Klinik in Bad Bevensen, bei Lüneburg gelegen, hatte in der entsprechenden Abteilung Psychiater und Psychologen, die versuchten, die Patienten wiederaufzubauen. Man konnte sich außerhalb der Behandlungen frei bewegen und nach Ansage auch am Wochenende wegbleiben. Es waren ganz unterschiedliche Patienten dort zur Behandlung. Von einer Ehefrau, die über Jahre von ihrem Ehemann bewusst in die Enge getrieben und misshandelt wurde, bis zum Topmanager, dem man immer mehr auferlegte. Es gab dort auch eine junge Frau, die zwar aus einem gehobenen Haushalt kam, aber nach dem Tod ihres jüngeren Bruders, der vor ihren Augen überfahren wurde, und aufgrund der Lieblosigkeit ihre Eltern zusammengebrochen war. Die Mitpatienten kamen aus allen Bundesländern. Auch die Bundeswehr sendete, so wie mich, einige Soldaten dorthin. Mit mir war aber nur ein länger dienender Soldat vom Heer dabei. Weiterhin war ein Hauptkommissar vom Morddezernat Hamburg in Behandlung, der an seine psychischen Grenzen kommen musste, da gerade er und seine Kollegen in einer speziellen Abteilung die schwersten Fälle bearbeiten mussten. Ich hatte den Mitpatienten nicht erzählt, dass ich Berufssoldat bin, sondern dass ich mehr im Showbusiness zu tun hätte, was aber ja auch der Wahrheit entsprach. Mit dem Kommissar freundete ich mich an, und wir joggten oft zusammen.

Im Großen und Ganzen kam ich nach den drei Wochen und der Beendigung des Aufenthaltes zu der Überzeugung, dass ich eine solche Behandlung in Zukunft nicht mehr benötigen würde, da ich dort auch gelernt hatte, mit plötzlichen, zusätzlichen Belastungen fertig zu werden. Wenn ich vorher gewusst hätte, was mich nun aber nach meiner Rückkehr erwartete, wäre ich nicht in diese Klinik für eine Behandlung, die mir ja gutgetan hatte, gegangen. Man beorderte mich von der Sanitätsstaffel aus nach Koblenz in die psychiatrische Abteilung zur abschließenden Beurteilung – einer „eventuellen Dienstunfähigkeit“!

Fassungslos versuchte ich mit dem leitenden Sanitätsoffizier in Köln-Wahn darüber zu sprechen. Dieser lehnte ein persönliches Gespräch ab. Nach einem Anruf im Bundeswehrkrankenhaus Koblenz meinte man nur lakonisch, ich solle ruhig dort erscheinen, die Untersuchung - das würde heißen Gespräche - würde nicht lange dauern. Die Abteilung war wie alles andere auch ziemlich karg eingerichtet. Mit mir waren noch drei Patienten angekommen: Ein Hauptfeldwebel, ein Hauptmann und ein Oberstleutnant, alle von der Teilstreitkraft Heer. Der Chefarzt im Range eines Oberstarztes ließ uns nur wissen, dass wir das Krankenhausgelände nicht zu verlassen hätten. Weiterhin müssten wir uns bei jedem Gang, auch in die Kantine, immer abmelden - das war es zunächst. Ich meldete mich und stellte gezielt die Frage, aus welchem Grund ich dorthin befohlen war, denn ich würde mich zurzeit gut fühlen. Er schaute mich mit zusammengekniffenen Augen an: „Überlassen das ruhig mal Ihren Vorgesetzten und der sanitätsdienstlichen Aufsicht. Mehr sage ich Ihnen nicht!“ Dann stand er auf und ging.

An anderen Tag hatte ich dann ein Behandlungsgespräch mit einem jungen Stabsarzt in dieser Abteilung, der mit noch einer Ärztin und drei medizinischen Fachkräften dort eingesetzt war: „Ich möchte Ihnen nur sagen, bitte, das ist für Sie nur ein Hinweis, den ich Ihnen unter dem Vorbehalt der Verschwiegenheit gebe: Einige in Ihrem Standort möchten wohl erreichen, dass Sie aus dem Dienstverhältnis wegen Dienstunfähigkeit entlassen werden sollen, so muss ich das sehen.“ Dann sagte er noch, dass ich von dem Gespräch keinen Gebrauch machen dürfe – denn er würde es dann verleugnen müssen. Aber ich solle mich vorsehen: „Einige dort in Köln-Wahn meinen es nicht gut mit Ihnen!“ Ich ging ziemlich „geknickt“ in den Aufenthaltsraum. Dort saßen auch diejenigen, die mit mir neu angekommen waren. Der Oberstleutnant fing mit mir ein banales Gespräch an und meinte plötzlich, nachdem er ängstlich zur Tür geschaut hatte: „Aber darüber möchte ich jetzt nicht weiter reden...“ Dabei legte er den Zeigefinger auf seinen Mund, wir sollten wohl uns nun nicht mehr unterhalten. Der Hauptfeldwebel zuckte dauernd mit seinem Mundwinkel und schaute dabei teilnahmslos zum Fenster. Der Hauptmann „grinste“ nur fortwährend und sagte sonst kein Wort. Ich musste unbedingt dort raus.

Ich ließ mich zu einem Gespräch beim Oberstarzt anmelden:„Ich habe Ihnen doch gesagt, Sie sollen sich erst einmal still verhalten und sich fügen. Denn wenn Sie sich hier als einen Aufrührerischen geben sollten, wird das Ihr Nachteil sein.“

Ich antwortete, dass ich nicht wisse, warum ich als „aufrührerisch“ gelten würde, denn ich hätte doch wohl dazu bisher keinen Anlass gegeben. Weiterhin führte ich nochmals aus, dass ich sofort hier wegwolle, da ich am Wochenende auch eine Moderation in Dortmund habe.

Er rief nun laut: „Was Sie da in Ihrer Freizeit machen oder machen wollen, interessiert mich einen feuchten Kehricht!“ Dann noch lauter: „Sie sind hier bei der Bundeswehr - vergessen?“ Und weiter: „Es spielt keine Rolle, was sie möchten, Sie sind aus einem guten Grund hier!“

Ich sagte nur: „Den Grund möchte ich eben genau wissen.“ Er solle meine Papiere fertig machen lassen, damit ich auf meine Dienstelle zurückkehren könne. Natürlich geschah weiterhin nichts.

In meiner Verzweiflung rief ich über einen Münzfernsprecher im Bundeswehrkrankenhaus bei einer der größten Tageszeitungen in Deutschland an. Für diesen Verlag hatte ich schon einige Veranstaltungen geleitet und moderiert. Ein mir bekannter Redakteur, der an sich gar nicht wusste, dass ich bei der Luftwaffe ebenfalls im Öffentlichkeitsbereich tätig war, versprach sich der Sache anzunehmen, nachdem ich ihm in knappen Worten meine Lage geschildert hatte. Er erzählte mir später von seinem Gespräch mit dem Oberstarzt. Nachdem sich der Redakteur bei dem Oberstarzt vorgestellt hatte, kam er gleich auf dem Punkt: „Ich habe gehört, dass Sie wie in so einer Art ‚Archipel Gulag' einen mir bekannten Berufssoldaten festhalten, der absolut nicht in eine Psychiatrie gehört. Wie ich weiterhin mitgeteilt bekommen habe, wird er dort gegen seinen Willen festgehalten, eben ähnlich wie in einem Straflager. Ist das jetzt der Standard in der Bundeswehr, mit unliebsamen Leuten umzugehen?"

Der Oberstarzt muss wohl nach Luft geschnappt haben, denn es sei erst einmal still am Telefon gewesen: „Ich darf Ihnen wegen der ärztlichen Schweigepflicht darüber keine Auskunft geben – seien Sie aber versichert, dass ich den Fall prüfen und ihm nachgehen werde. Im Übrigen dürfen bei uns in den Streitkräften keine Soldaten gegen ihren Willen in den Bundeswehrkrankenhäusern festgehalten werden. Natürlich unterliegt aber jeder Soldat dem Gesetz der Verpflichtung zur Gesunderhaltung."

Der Redakteur antwortete: „Gut, ich würde gerne eine Reportage über diese Abteilung für psychisch kranke Angehörige der Bundeswehr in Ihrem Krankenhaus schreiben, wann passt es Ihnen denn?"

Er musste sich wohl erst wieder einmal fassen und antwortete wie erwartet: „Sie können hier nicht einfach so auftauchen. Zunächst müssen Sie ein Gesuch an den Informations- und Pressestab im Bundesministerium der Verteidigung richten. Aber ich muss mich jetzt um meine Patienten kümmern, die bei uns vorbildlich behandelt werden, das möchte ich Ihnen noch sagen. Ende."

Damit hatte er den Hörer aufgelegt. Der Redakteur hatte das Gespräch mitgeschnitten. Ausgerechnet dieser verantwortliche Oberstarzt gab so eine Auskunft, obwohl er es, wie in meinem Fall, doch besser wissen dürfte. Am anderen Tag, da war es schon ein Freitag, erschien eine Krankenschwester, noch als zivile Kraft angestellt: „Ich soll Ihnen mitteilen, dass sie erst einmal am Wochenende nach Hause fahren dürfen. Bitte kommen Sie dann am Montag wieder zu uns, damit wir Ihnen die nötigen Entlassungspapiere mit dem gesundheitlichen Gutachten aushändigen können." Das gesundheitliche Gutachten aus dem Koblenzer Krankenhaus von dieser Abteilung fiel genauso aus wie das aus der Klinik in Bad Bevensen.

Mittlerweile hatte wohl auch der derzeitige Leiter des Pressezentrums von „meinem Fall" erfahren und, wie er mir, nachdem ich mich zurückgemeldet hatte, erklärte, ebenfalls bei diesem Oberstarzt angerufen. Er habe um meine Entlassung (ich unterbrach ihn: „Sie meinen sicherlich ‚Freilassung!'") gebeten. Er musste lachen:

„Wenigstens hast Du den Humor nicht verloren." Er duzte mich immer, während ich korrekt beim Sie blieb.

„Na ja", sagte ich gedehnt, dann erzählte ich ihm von meiner Vermutung über gewisse Absprachen zwischen dem Fachoffizier, dem Leiter der Sanitätsstaffel und dem Versorgungs-Regimentskommandeur - alle drei kannten sich gut, denn sie waren zusammen in einer Sportgemeinschaft. Davon wollte er aber nichts wissen und meinte, dass dieses als absurd zu betrachten sei. Er wurde dann nach einiger Zeit ins Bundesministerium versetzt – und blieb mir immer verbunden. Ich konnte mit meinen künstlerischen Verbindungen auch für den Ball der Luftwaffe in der damaligen Beethovenhalle in Bonn einiges inszenieren, wenn er in seiner Abteilung die Verantwortung für den Ball übernahm.

Ich hatte nach meiner „Entlassung" aus dem Bundeswehrkrankenhaus trotzdem überlegt, über das Ganze doch noch eine schriftliche Beschwerde an den Wehrbeauftragten und gleichzeitig an das Verteidigungsministerium zu richten. Vorher sprach ich mit einem mir gut bekannten Offizier im Führungsstab der Luftwaffe und mit Fritz, der mittlerweile Personaloffizier im Ministerium war. Ihn kannte ich schon aus meiner Zeit als Rekrut in Putlos (Holstein), da war er ja noch Gefreiter im Geschäftszimmer der Batterie. Beide meinten fast übereinstimmend, dass die Angelegenheit wohl untersucht werden würde, indem man Stellungnahmen der betreffenden Personen verlangen würde. Letztlich würden aber klare Beweise fehlen, die meine Vermutungen untermauern könnten. Es sei doch klar, dass alles abgestritten und daher der ganze Prozess sehr lange dauern würde. Fritz meinte noch: „Wie ich gehört habe, bist Du im Allgemeinen gut gelitten, das weiß man in den oberen Führungsetagen. Deine Gegner, wenn wir diese mal so beschreiben möchten, sind doch jetzt erst einmal friedlich, denn sie wollen ja von einer eventuellen Mitschuld ablenken. Du wirst sehen, sie werden Dir gegenüber ganz anders auftreten!" So kam es auch. Ich hatte auf eine offizielle Beschwerde verzichtet und stürzte mich in meine Arbeit. Meine „Widersacher" begegneten mir tatsächlich sehr vorsichtig, sodass ich mich schon manches Mal darüber amüsieren musste.

Als ich zum dritten Mal in meinem Leben zu Hause am Abend eine starke Nierenkolik bekam, rief meine Frau den Notarzt an. Es erschien nach nur wenigen Minuten unser Leiter der Sanitätsstaffel, er stellte sich ebenfalls in Porz für die ärztlichen Notdienste zur Verfügung. Das musste ich dann auch positiv zur Kenntnis nehmen. Er gab mir eine starke schmerzstillende Spritze, meinte aber, dass ich doch stationär im Sanitätsrevier besser aufgehoben wäre. Wenn Komplikationen oder doch noch ein Krankenhausaufenthalt vonnöten sein sollten, könnte dafür umgehend gesorgt werden. Ich sagte zu und wurde mit einem Sanitätswagen dahingefahren. Bei solchen Nierenkoliken kann man – das wusste ich ja schon aus Erfahrung - nicht viel machen, außer viel trinken in der Hoffnung, dass der Nierenstein natürlich abgehen würde. Nach drei Tagen ging ich zur Toilette – und tatsächlich: auch diesmal fiel der kleine schwarze Stein mit etwas Blut wieder ins Toilettenbecken! Fast umgehend ließen dann die starken Schmerzen nach. Nun wurde mir von einem jungen Stabsarzt der Vorschlag gemacht, mich doch nach dem Ganzen in eine Reha zu begeben, um mich mal richtig zu erholen. In Bad Zwischenahn im dortigen Bundeswehrkrankenhaus gebe es eine Abteilung, in der sich die länger Dienenden zum Beispiel mit Sport und anderen Möglichketen wieder fit machen konnten. Erst wollte ich ablehnen – doch dann, neugierig geworden und aus „journalistischen“ Gründen, sollte ich das einmal ausprobieren.

Wieder eingesperrt

Ich hatte es mir schon fast gedacht. Zwar wurden die Neuankömmlinge alle locker begrüßt, und uns wurde ein Dienstplan ausgehändigt, der täglich bis um sechzehn Uhr dreißig ging. Mit langen Pausen und hin und wieder etwas sportlichem Training. Aber in der Freizeit am Abend die Einrichtung zu verlassen, sei uns aus „Sicherheitsgründen" nicht gestattet. Am anderen Tag ging es mit Laufen um das Zwischenahner Meer los. Das dauerte fast drei Stunden, nur mit kurzen Pausen. Aber der Weg um dieses Gewässer war elf Kilometer. Ich und auch die anderen Teilnehmer waren nicht trainiert und baten gegenüber der Sportlehrerin des Öfteren, größere Pausen einzulegen oder ganz abzubrechen. Doch diese ließ sich nicht „erweichen". In ihrem typischen norddeutschen Slang „giftete" uns diese dürre Person nur an:

„Ich denke, Sie sind Soldaten, das sollten Sie schon aushalten, da müssen Sie nun mal durch."

„Nein", entgegnete ich: „Ich weiß auch, wie man sportliches Laufen durchführen muss - bei Ihnen ist es aber gegen jegliche Regeln. Sie können hier - und das noch in einer sanitätsdienstlichen Einrichtung der Bundeswehr - nicht gleich solche Strapazen durchführen lassen. Zumal ja alle hier wohl gesundheitliche Probleme haben dürften!"

Das sagte ich in einem ziemlich scharfen Ton. Die große magere Frau mit herben Gesichtszügen sagte daraufhin nichts, drehte sich nur um und befahl: „Los, weiter!"

Mit einem Ausgang am Abend wäre an dem Tag sowieso nichts mehr gegangen. Nach dem Duschen und Mittagessen waren wir alle erst mal „erledigt". Ich aber begab mich in das Vorzimmer für diese Station.

„So“, sagte ich unumwunden: „Bitte meine Papiere fertig machen, ich möchte hier wieder weg.“ Erstaunte Gesichter.

Dann kam ein Oberstabsarzt aus dem Nebenzimmer, der das wohl mitgehört hatte: „Natürlich können Sie sich hier jederzeit wieder abmelden. Aber wir müssen - und das ist so vorgeschrieben - noch eine Blutuntersuchung und einen allgemeinen Gesundheitscheck bei Ihnen durchführen. Ich denke, übermorgen können Sie dann wieder abreisen. Aber überlegen Sie es sich noch, Sie sind ja gerade mal erst angekommen, da können Sie sich unmöglich schon erholt haben.“

Erst wollte ich noch etwas darauf antworten, doch ich ließ es dabei. Ich konnte einfach nicht mehr gegen so einen verdrehten „Schwachsinn“, wie ich es empfand, angehen. Was mich gewundert hatte war, dass er überhaupt nicht nach dem Grund fragte. Möglich, dass sich schon des Öftern „Entsandte“ schnell wieder abgemeldet hatten, denn das war sicherlich nicht mit einer Reha zu vergleichen. Am anderen Tag wurde ich dann noch einmal gründlich untersucht. An dem Abend besuchte ich, ohne auf das „Entfernungsverbot“ zu achten, mit zwei Sanitätsgefreiten, die als Pflegekräfte eingesetzt waren, das Spielcasino in Bad Zwischenahn. Am anderen Morgen konnte ich dann wieder zu meiner Dienststelle abreisen.

Beschwingt und bester Stimmung, fuhr ich auf der Autobahn wieder Richtung Köln. Das Radio war laut aufgedreht, und ich hörte gerade „Venus“ von der Gruppe Banarama. Diesen Song gab es schon im Jahr 1969 von der niederländischen Band „Shocking Blue“. Bis spät in die 1970er Jahren war er auch immer wieder im Radio zu hören. In zwei Wochen ging es wieder zum Taktischen Luftwaffen-Ausbildungskommando nach Beja (Portugal) – um dort im Deutschen Haus mit einer Superband aus Hessen, einem

Sängerduo, meinem Freund als Elvis sowie einem Zauberkünstler eine Veranstaltung zu präsentieren. Darauf freute ich mich schon. Auf der Höhe Abfahrt Dortmund überlegte ich, mal schnell in die Innenstadt zu fahren. Im Westernhellweg befand sich ein Kaufhof. Von dort wollte ich noch ein Geschenk für meine Frau mitbringen. Während ich noch überlegte, hatte ich aber schon irgendwie meinen Wagen in Richtung Innenstadt gesteuert. Es war auch bekannt, dass im Ruhrgebiet die Preise im Allgemeinen etwas günstiger sein sollten als zum Beispiel bei uns in Köln. Als ich mich so in aller Ruhe im Warenhaus umschaute, hörte ich hinter mir ganz deutlich: „Hör ma, dat isser."

„Nee dat kann nich - der ist doch gar nich von hier wech."

Ich drehte mich um, da kam auch schon ein Mann, so Mitte sechzig Jahre, auf mich zu: „Entschuldigung, sind Sie nich der, der immer jährlich im Westfalenpark für die Zeitung dat Sommerfest mit die vielen Künstler ansagt und so weiter?"

„Ja", sagte ich, „das stimmt, ich bin nur jetzt zufällig hier, um etwas für meine Frau mitzubringen. Ich komme gerade aus Richtung Norddeutschland und will zurück nach Köln."

Er drehte sich zu seiner Frau um: „Siehste Olle – ich hab dich dat doch gesacht, dat der dat is!" Und weiter zu mir: „Weiste noch, wie meine Schwägerin aussem Osten zu Besuch war, da haste gesacht, wir sollten ruhig mal hinter die Bühne kommen, dann könnten wir so einige Stars kennenlernen. Und wat zu essen haste und auch noch gegeben."

Ich konnte mich zwar nicht sofort daran erinnern, aber ich war von so einer natürlichen Herzlichkeit dieses Ehepaares aus Dortmund, besonders nach den ganzen vorherigen Erlebnissen, überwältigt. Ich drückte die beiden fest an mich und bedankte mich für die netten Worte. „Is doch klar, Du bist doch auch en Netten!", meinte darauf seine Frau.

Eine entscheidende neue Zeit beginnt

In der zweiten Hälfte der 1980er Jahre stellten sich die Ereignisse auf allgemeine Entspannung bei den Großmächten und damit auch in Europa ein. Berlin feierte seinen 750. Geburtstag, war aber immer noch geteilt. Zu dieser Zeit konnte aber keiner ahnen, dass das nicht mehr viele Jahre so bleiben werde. Ein Sportflieger, Matthias Rust, landete mit seinem Spotflugzeug auf den Roten Platz in Moskau, was riesige Schlagzeilen auf der ganzen Welt machte, aber für die damalige Sowjetunion ziemlich peinlich war. Der Bundeskanzler hieß Helmut Kohl, und ein neuer Hoffnungsträger für den Frieden in der Welt hatte die Macht in der Sowjetunion übernommen: Michail Gorbatschow. Nachdem ich aus Beja in Portugal zurückkam, ging es meiner Mutter immer schlechter – schließlich verstarb sie nach langem Leiden. Ihre geliebte Heimat war stets Mecklenburg geblieben, obwohl sie mit in die Heimat meines Vaters, den Vorharz, flüchten musste. Wir vier Kinder und auch ich als Nachkömmling waren in Bad Kleinen und Schwerin geboren. Pragmatisch wie meine Mutter in ihrem Leben war, hatte sie sich in Köln mit den Menschen gut arrangieren können.

Ein Personalwechsel in der Führung des Pressezentrums stand an. Die Verantwortung und damit auch Chefredaktion wurden nun ganz dem Leiter und damit dem Pressezentrum in Köln-Wahn vom Führungsstab Luftwaffe im Bundesverteidigungsministerium übertragen. Nun hatte man für mich die Bezeichnung „Chef vom Dienst - Truppenzeitschrift Luftwaffe“. Mit dem neuen Leiter wurde auch als Dezernatsleiter Presse und Öffentlichkeitsarbeit sein Freund und alter Bekannter zu uns versetzt. Beide waren gebürtige Rheinländer mit dem nötigen Humor, Gelassenheit und, durch langjährige Erfahrungen in der Öffentlichkeitsarbeit, auch besonderem Wissen. Es begann für mich eine umfangreiche, interessante, und man könnte auch sagen „glorreiche", schöne Dienstzeit. Die neue Führung vertraute mir von Anfang an. Ich revanchierte mich mit neuen Ideen für unsere Monatszeitschrift. Ganz besonders für die junge Leserschaft in der Luftwaffe wollten wir das Blatt immer wieder interessanter gestalten. Mit den Chefredakteuren „Heer" und „Blaue Jungs" wurden in den monatlichen Terminen die Beiträge für den gemeinsamen Mantelteil besprochen. Also auch Unterhaltungsseiten und Beiträge, die für die gesamte Leserschaft interessant erschienen.

Mir hatte ein Leser und Berufssoldat einen Beitrag unter einem Pseudonym zugesandt: „Schwul beim Bund". Ich war der Meinung, dass es von Nutzen wäre, diesen Artikel zu bringen, da die damalige Problematik der „Betroffenen" sehr gut beschrieben wurde und die Bundeswehr immer noch mit den vergangenen Bestimmungen „operierte". Da gab es schon unterschiedliche Meinungen. Die Verantwortlichen von der Marine waren sofort dafür, diesen Artikel zu veröffentlichen. Vom Heer aber wollte sich der zuständige Redakteur erst die Zustimmung im Bundesministerium zusichern. Da sei die Aussage gefallen: „Warum müssen wir denn nun so etwas Unappetitliches in den Truppenzeitschriften bringen, habt Ihr keine anderen Themen mehr?" Schließlich aber konnte sich durchgesetzt werden, der Artikel fand schon zu dieser Zeit eine große Beachtung. Wir bekamen überraschend viele Leserzuschriften. Die meisten waren aber anonym, weil immer noch befürchtet werden musste, dass eine gewisse Ahndung erfolgen könnte.

Damit genug geeignete wehrpflichtige Redakteure zu uns versetzt werden sollten, hatte ich mit dem

Kreiswehrersatzamt einen Deal vereinbart. Sie meldeten mir die Namen der einzuziehenden Männer schon vor dem Datum ihrer Einberufung. So konnte ich mich mit ihnen in Verbindung setzen und anbieten, nach ihrer Grundausbildung bei uns ihren Wehrdienst in der Redaktion zu verrichten. Die meisten waren darüber sehr erfreut. Sie konnten nun, was sie als Schülerzeitungsredakteure, als Redakteure bei Printmedien oder auch als Mitarbeiter in der Öffentlichkeitsarbeit schon gemacht hatten, für sich selber und natürlich auch für uns eine sinnvolle und wertvolle Arbeit verrichten. Ich glaube, dass ich mit Umsicht und lockeren Methoden die zu uns gekommenen jungen Leute geführt habe. So manches Mal konnte es auch deswegen nicht mit militärischen Gepflogenheiten ganz übereinstimmen. Doch ich hatte immer gesagt, dass man die Kreativität von Mitarbeitern niemals befehlen kann, sondern nur das Heranführen an Aufgaben für die Berichterstattung mit einem Selbstbewusstsein und freien Entscheidungen für den jeweiligen Artikel. Das konnte der Luftwaffe nur dienlich sein. Auch sorgte ich dafür, dass alle, die in der Redaktion tätig waren, auch im Impressum der Monatszeitschrift Luftwaffe mit ihrem vollen Namen genannt wurden. Interessant war es in unserer Teilstreitkraft auf jeden Fall. Ich versuchte, fast allen die Gelegenheit zu ermöglichen, auch einmal über die Übungsplätze der Luftwaffe im Ausland zu recherchieren und zu schreiben. Drei Zeitsoldatenstellen gehörten auch zur Redaktion.

Es herrschte noch der „gute, alte“ Klebe-Umbruch vor. Computer, obwohl schon vorhanden, wurden uns noch nicht ausgeliefert. Also wurde der Text weiterhin auf Zeilenpapier, dann von einer Schreibkraft des Verlages in Bonn auf Seiten- und Manuskriptbögen geschrieben. Die Fotos wurden abgelichtet, in die richtige Größe „geschnippelt“ und das gesamte

Werk per Boten zum Verlag gebracht. Hier wurden dann die Druckfahnen gefertigt und wieder zur letzten Korrektur vorgelegt. Erst dann wurde die Zeitschrift gedruckt. Der Umbruch machte uns aber allen Spaß. Der Verlag beschäftigte einen Layouter. In angemieteten Räumen in Bonn wurden dann in Zusammenarbeit die Zeitschriften Luftwaffe, Heer und Blaue Jungs gestaltet. Für die Luftwaffe ließ ich mir immer einen Termin an einem Samstag geben. Da konnten wir in aller Ruhe mit zwei freiwilligen wehrpflichtigen Redakteuren alles fertigstellen. Mit einigen der Ehemaligen stehe ich bis heute noch freundschaftlich in Verbindung. Viele haben beachtenswerte Karrieren gemacht. Sie sind entweder bereits in Führungspositionen in der Politik oder auch als namhafte Personen im Journalismus tätig. Auch einem Stabsunteroffizier gefiel es bei uns sehr gut, und er wollte sich nach Ablauf seiner vier Jahre länger verpflichten. Da für ihn aber keine weitere Planstelle als Feldwebel in der Redaktion vorhanden war, musste er nach vier Jahren ausscheiden. Er machte dafür eine Karriere als führende Kraft im Öffentlichkeitsbereich bei einem großen bekannten Flughafen in Deutschland.

Ausgelassen im Fliegerhorst Weiberfastnacht „fieere“

Wahrscheinlich findet dieser Tag bis heute noch als eine gewisse Tradition statt. Immer zu Weiberfastnacht wurde auf den Dienststellen in den Büros auch ein wenig gefeiert. Gegen Mittag war dann dienstfrei, und viele der Angehörigen im Fliegerhorst Köln-Wahn begaben sich in das Unteroffizierheim. Hier war immer richtig viel los. Es spielten abwechselnd Livebands im Saal. Die Bevölkerung konnte ohne eine genauere Kontrolle an der Wache, was zur heutigen Zeit so wohl nicht mehr möglich ist, dorthin „pilgern“ und sich bis in die späten Abendstunden toll amüsieren. Auch viele Frauen nutzten diese Gelegenheit, einige kamen extra auch von Köln per Bahn nach Wahn bzw. Wahnheide, wie der Ort genau hieß. Die Preise für Getränke und auch das Essen waren an diesem Tag nicht angehoben worden. Auch das machte für ein unbeschwertes Feiern viel aus. Man musste sich an diesem Tag auch dabei sein und sich „sehen lassen“. Zum einem sah man viele Bekannte wieder, die man schon lange nicht gesehen hatte, zum anderen war es besonders für die, die etwas „suchten“, immer eine nette Gelegenheit, auch etwas zu „finden“.

Ich ging nicht in jedem Jahr, aber doch auch immer wieder mal dorthin, so auch an diesem Tag. Ich stand gerade am Tresen mit ein paar Bekannten im Schankraum, als mir eine Frau auffiel, die ein enganliegendes gelbes Kleid, dazu einen großen Hut mit vielen kleinen künstlichen Blumen darauf, anhatte. Sie schien ohne Begleitung zu sein. Sie hatte wohl meinen Blick bemerkt und kam auf mich zu:

„Kennen wir uns irgendwo her?“, fragte sie.

„Nicht, dass ich wüsste“, antwortete ich freundlich und fragte, ob ich ihr etwas zu trinken ausgeben dürfe.

„Ja, wenn Ihr hier so etwas habt - einen Prosecco!“

„Natürlich, hier ist alles zu bekommen“, sagte ich und bestellte bei dem wehrpflichtigen Soldaten hinter dem Tresen, der als Ordonanz eingeteilt war, das Gewünschte. Nachdem wir uns zugeprostet hatten, sagte sie, ich solle sie doch noch mal genauer ansehen, ob mir dann nicht etwas einfalle. Nun sah ich sie mir etwas genauer an: Schöne Gesichtszüge, dezent auch für diesen Tag geschminkt, ein paar Falten um die

Augen und auch am Hals, was sie wohl mit einem Tuch etwas verbergen wollte.

„Na, dämmert es jetzt, mein lieber Uwe?"

Erschrocken, dass sie meinen Vornamen kannte, antworte ich: „Nein, tut mir leid…"

„Ich bin Mathilde, die damalige Wirtstochter aus Geesthacht. Du hast Dich damals nie wieder bei mir gemeldet, obwohl ich darauf gehofft hatte, Du Schuft!", erklärte sie noch lachend: „Ich jedenfalls habe Dich sofort wiedererkannt, obwohl Du damals noch keinen Schnäuzer hattest und nun auch älter bist."

Jetzt erst „dämmerte" es mir – natürlich, ich hatte doch damals den Flyer mit ihrer Adresse und Telefonnummer, und ihn erst nach längerer Zeit weggeworfen. Was machte sie nun nach den ganzen Jahren wohl in unserer rheinischen Gegend? Sie erzählte, dass sie einen Monat nach unserer Begegnung einen angehenden Leutnant und Berufssoldaten geheiratet habe. Sie habe auch zwei Söhne. Der eine führe den Betrieb in Geesthacht, der andere zwei Hotels auf Rügen und in Wilhelmshaven. Ihr Noch-Ehemann, das sagte sie etwas lauter, sei im Bundesministerium der Verteidigung auf der Hardthöhe in Bonn, mit dem Dienstgrad eines Oberstleutnants im Generalstab. Vor vier Jahren sei sie mit ihm von Hamburg nach Bonn gezogen: „Der hat nur von meinem Geld gut gelebt, ist mir aber nie zur Hand gegangen oder hat tatkräftig mitgeholfen. Nur immer den feinen Herrn raushängen lassen, während ich und später dann meine Söhne uns richtig abrackern mussten, denn nicht immer gab es nur rosige Zeiten im Gastgewerbe." Sie und ihr Ehemann wären seit einem Jahr getrennt – und sie lebe in einer Penthouse-Wohnung bei Königswinter. „Alleine", fügte sie noch hinzu.

Ich wiederum erzählte, wie es mir bisher ergangen war, und

dass ich seit einiger Zeit zum dritten Mal neu geheiratet hätte. „Ach du meine Güte“, entfuhr es ihr. Dann „kramte“ sie plötzlich in ihrer Handtasche und zeigte mir ein Foto von ihren zwei Söhnen, das erst kürzlich gemacht worden war.

„Links ist der Ältere und rechts der zwei Jahre Jüngere. Den Ältesten, der die Hotels führt, schau ihn doch bitte mal genau an.“ – „Ja, man erkennt bei ihm so grün-graue Augen, während der andere wohl braune Augen hat“, meinte ich und wusste nicht, was die Fragen sollten.

„Schau mal ganz genau hin, er hat eine starke Ähnlichkeit mit Dir!“

„Ja“, sagte ich und lachte dabei: „Aber das ist wohl unmöglich, und ich sehe auch nicht so eine starke Ähnlichkeit!“

„Du weißt offensichtlich nichts mehr, wie ich bemerke.“

„Aber was soll ich denn wissen?“ Das antwortete ich, nun etwas nervöser geworden. Und weiter: „Wie ich mich erinnern kann, waren wir in einer gewissen Hinsicht nie zusammen - unsere Begegnung war ja auch recht kurz. Ich erinnere mich nur noch, dass Du mir in Geesthacht den Flyer mit Telefonnummer gegeben hattest, danach habe ich Dich nicht mehr gesehen!“

„Dann muss ich Dich wohl aufklären. Ich bin nach circa zwei Stunden noch einmal zurückgekehrt, weil ich ein paar Unterlagen vergessen hatte. Da sah ich Dich am Tresen sitzen. Du hattest schon wohl einiges intus. Ich bin nochmal zu Dir gekommen. Du warst in Dich versunken und hast dauernd gejammert: ‚Oh, was hab ich mir denn jetzt schon in meinen jungen Jahren angetan?!‘“

„Aber daran kann ich mich nicht erinnern.“

„Naja, Du warst, wie man so sagt, ganz schön weit weg. Als Du sagtest, Dir wäre etwas schwindelig, sind wir hinauf in mein Büro gegangen, dort stand mein Schlafsofa auf dem ich, wenn es mal länger wurde, auch mal übernachtete. Ich habe Dich dann getröstet – man kann sagen im wahrsten Sinne des Wortes!“

„Aber ich bin doch mit den ganzen Kameraden im Bus nach Hause gefahren.“

„Ja, das wolltest Du auch, aber der Bus war schon weg. Ich habe Dich schließlich mit meinem Mercedes-Cabriolet nach Hause gebracht! Kurz und gut, ich glaube zu mindestens neunzig Prozent ist dieser tolle Sohn von Dir. Er wurde ja auch einen Monat früher geboren.“ Das saß!

Ich war wohl etwas blass geworden, da bemerkte sie, dass ich mir aber weiterhin keine Gedanken machen müsse: „Es bleibt, wie es ist!“ In meinen Gedanken versuchte ich mich „krampfhaft“ an diese Episode in meinem Leben zu erinnern, aber ich konnte keinerlei Anhaltspunkte zu den nun für mich überraschenden Aussagen erkennen. Ich wollte das Gespräch nach diesem Schreck erst einmal auf ein anderes Thema lenken, um später darüber nachzudenken, und so erzählten wir uns noch ganz locker von den damaligen Zeiten in Hamburg und Umgebung. Dabei meinte sie, dass ich doch auch noch hätte höher aufsteigen können: „Denn das Zeug hast Du dafür.“ Das sagte sie mit einem Augenzwinkern. Ich hatte mich noch mit meiner Ehefrau verabredet. Wir wollten mit ein paar Bekannten nach Köln in die Innenstadt fahren – und so musste ich mich hier verabschieden. Sie bedauerte und gab mir ihre Karte mit Adresse und Telefonnummer in Königswinter. „Wenn Dir mal danach ist, rufe vorher an und besuche mich mal.“ Ich steckte die Visitenkarte ein und wusste, dass ich davon erneut keinen Gebrauch machen würde. Meiner Frau habe ich dann noch am gleichen Abend davon erzählt. Es war ja auch eine Ewigkeit vor ihrer Zeit. Sie hörte sich das an und sagte erst einmal nichts. Doch dann meinte sie ganz ruhig in ihrer reellen Art, als ein „Hessisch Mädchen“, das aber lieber als Rheinländerin angesehen werden möchte: „Das kann auch alles eine Spinnerei von dieser Dame sein. Gut, dass Du damals die Finger von der gelassen hast.“ Damit war für sie die Sache erledigt. Und ich war auch wieder ein wenig beruhigter.

Im Übrigen hatte ich meine neue Partnerin und Ehefrau bei einer Außenveranstaltung eines Belgischen Rundfunksenders in deutscher Sprache kennengelernt. Ich machte für diesen Sender immer sonntags eine Livemusik-Sendung mit eingeladenen Gästen aus der Musikbranche. Beide waren wir da noch verheiratet, aber bei mir, wie auch bei ihr, gingen diese Ehen dem Ende entgegen. Nach einem gründlichen Kennenlernen und auch mit einem ähnlichen Musikgeschmack - wir hörten unter anderem beide auch gerne von der Düsseldorfer Gruppe Two Of Us „Blue Night Shadow“ - zogen wir erst nach ein paar Monaten in eine gemeinsame Wohnung, dann aber wurde geheiratet.

Nie geglaubt – doch es wurde wahr!

Es kam die Zeit der allgemeinen Entspannungspolitik. Das bekamen wir auch jeden Tag durch betreffende Meldungen und Beiträge in allen Printmedien und im Fernsehen mit, die sorgfältig für die Führung der Kommandobehörden in der Redaktion ausgewertet wurden. In der DDR begehrten die Menschen immer mehr auf. So vorzugehen wie am berüchtigten 17. Juni 1953, dem Arbeiteraufstand in der DDR, nämlich auch mit sowjetischen Panzern alles niederzuschlagen, hatte sich verboten, da die neue Sowjetführung so etwas wohl nicht mehr zulassen würde. Doch bei Kundgebungen oder spontanen Friedensversammlungen wurde durch die DDR-Staatsorgane vielerorts immer noch hart durchgegriffen. Geschichtlich mehrfach betrachtet, verfiel dieser Staat immer mehr. Da half es auch nicht, dass die politische Führung der DDR abgesetzt wurde. Schließlich und eigentlich durch ein Versehen, immer wieder gezeigt, wurde die Grenze geöffnet und die Mauer fiel! Wenig später, am 3. Oktober 1990, führte es durch die friedliche Revolution in der DDR letzten Endes zum Beitritt des Landes zur Bundesrepublik Deutschland - nach längeren Verhandlungen, auch mit Zustimmung der ehemaligen Siegermächte des Zweiten Weltkriegs. Was damals mit Willy Brandt durch seine Annäherung durch Verhandlungen „gesät" würde, konnte nun doch noch „geerntet" werden.

Diese Ereignisse aus der Perspektive im Pressezentrum der Luftwaffe täglich mitzuverfolgen, war schon ein besonderes historisches Erlebnis. Ich begab mich wenig später nach dem Mauerfall nach Berlin, um einen Bericht über die Luftwaffe in der DDR zu schreiben. Ein ehemaliger Oberstleutnant der DDR-Luftwaffe begleitete mich. Interessant war auch die Geschichte um den westlichen Flugplatz Tempelhof. Auch die sowjetischen Streitkräfte hatten ein Überwachungsrecht im Westen, mit Anlagen auf dem Dach des Flughafens. Zudem verfasste ich über einen dann neuen Standort der Bundesluftwaffe in Holzdorf und die Übernahme von Personal der nun „ehemaligen DDR" durch die Bundeswehr einen Artikel mit entsprechenden Fotos. Dabei konnte ich mit unserem Fotografen ab Berlin in einem Hubschrauber MIG 8 mitfliegen, der von der DDR-Luftwaffe übernommen worden war. Als „zusätzlicher Passagier" flog der Inspekteur der Luftwaffe mit, der diesen neuen Verband inspizierte. Zurück ging es dann direkt nach Köln-Wahn, über die schönen Landschaften von nun Gesamtdeutschland.

Große Überraschung in Köln-Wahn, bei den Höheren Kommandobehörden der Luftwaffe: Ein Zivilangestellter in der Zentraldruckerei wurde wegen Spionage für die DDR festgenommen. Er hatte lange Jahre für das MfS der DDR gearbeitet. Bei seiner Festnahme sollen die Ermittler in seinem Kleiderschrank im Reihenhaus in Köln-Porz-Eil eine NVA-Uniform im Range eines Hauptmannes vorgefunden haben. Diese hatte er wohl in den Abendstunden immer zu seiner „eigenen Erbauung“ angezogen. Man konnte sich nur vorstellen, was dieses für all die Jahre bedeutet hatte. Sämtliche gedruckten, streng geheimen Unterlagen aus dem Luftwaffenbereich landeten fast umgehend bei der Stasi. Er hatte sich wahrscheinlich noch nicht einmal die Mühe gemacht, die geheimen Unterlagen auf einen Mikro-Film zu kopieren. Er konnte ja gleich jeweils eine Kopie bei seinen heimlichen Treffen in Westberlin übergeben. Mir fiel ein, dass dieser nicht sehr freundliche Angestellte, bei dem ich auch ab und zu Ankündigungen meiner Betreuungsmaßnahmen in Auftrag gab, mich eines Tages angerufen hatte. Am Telefon war er wie umgewandelt freundlich und hatte mir erklärt, dass er gerne als sein Hobby Militärflugzeuge der NATO fotografieren würde. Er dürfe das aber immer nur, wenn ein Tag der offenen Tür bei den fliegenden Verbänden anstand. Da ich ja auch die Anträge für Fotografier-Erlaubnisse bearbeite, könne ich doch dafür sorgen, dass er ganz „exklusiv“ einmal bei drei Verbänden, die er mir noch nennen würde, an einem Tag die Flugzeuge, auch während der Wartung, fotografieren könne. Aus welchem Grund ich nie dieser Bitte nachkam, kann ich gar nicht mehr nachvollziehen, denn normalerweise wurden von mir derartige Bitten schnell bearbeitet und weitergeleitet. Man hörte dann noch von so einigen im Bundeswehr-Bereich, die der Spionage verdächtigt wurden. Durch die Sichtung von Stasiunterlagen und Aussagen einiger ehemaliger Mitarbeiter des MfS konnten sie entlarvt werden. So auch überraschend die ehemalige Sekretärin des Parlamentarischen Staatssekretärs Manfred Laabs. Mit ihr hatte ich auch einmal am Telefon ein längeres Gespräch. Es drehte sich um einen Einsatz der Big Band der Bundeswehr. Es gibt über diese Art von Spionen eine Studie, warum sich gerade in den Ministerien diese Damen in ihren Positionen zu solchen Taten überreden ließen.

Betreuung deutscher Soldaten im Ausland: neue, interessante Perspektiven

Beim Taktischen Ausbildungskommando der Luftwaffe im kanadischen Goose Bay Happy Valley Neufundland Labrador übten die immer von Deutschland verlegten fliegenden Verbände einen speziellen Tiefstflug. Das konnte in Deutschland wegen der Dichte der Städte und Ortschaften nicht so durchgeführt werden. Ab 1980, mit der Stationierung des Kommandos und zusammen mit den Luftwaffen von Groß-Britannien und den Niederlanden, manches Mal auch der italienischen und französischen Luftwaffe, erlangte dieser Flugplatz der kanadischen Luftwaffe wieder mehr an Bedeutung. Aber zunächst organisierte ich auf Wunsch des Bundesministeriums der Verteidigung eine Betreuungsmaßnahme im Ausland, auch für einen Panzerübungsplatz der Bundeswehr (Heer) in Shilo nahe Winnipeg, Provinz Manitoba, der Canadian Forces Base. Dort sollte ein typisches deutsches Oktoberfest stattfinden. Nach der Ankunft in

Washington DC wurde das Equipment zum Flughafen Washington National Airport gebracht, dort in eine amerikanische Maschine von American Airlines geladen, um dann nach Minneapolis und weiter nach Winnipeg zu fliegen. Dort sollten wir mit einem Bus des Heeresverbandes abgeholt werden.

In Mininapolis erklärte mir der Verlade-Angestellte der Fluggesellschaft, ein Mister Singulair, dass der Frachtschein für unsere mitgeführten Instrumente und Technik zu wenig Gewicht ausweisen würde. Es sei nach Überprüfung eine Tonne zu viel Fracht dabei! Ich wunderte mich schon, dass er zu uns auf deutsch sprach. Aber wo sollte das denn nun korrigiert werden? Schlimmstenfalls hätten wir alles abbrechen oder ich hätte in Vorkasse treten müssen. Als wir ihm auf seine Frage, was wir denn mit unseren Musikern in Kanada machen würden, erzählten, was wir vorhätten, hellte sich sein Gesicht augenblicklich auf. Oktoberfest, das würde er kennen! Er war während seiner Stationierung in Deutschland sogar auch mal in München bei einem Oktoberfest dabei – und würde gerne noch einmal so ein Fest erleben dürfen. „Kommen Sie doch einfach mit uns", antwortete ich ihm mit einem Schmunzeln, „dann erleben Sie ein Oktoberfest im Kleinen!" Nach einer Pause der Überlegung hörten wir von ihm, dass er sich jetzt umdrehen würde - und wir sollten dann die gesamten Instrumente einfach auf die vorgesehenen Paletten selber laden. Gesagt, getan. Zurück brauchten wir uns keine Gedanken machen, da am Tag des Rückflugs ein Airbus der Luftwaffe in Winnipeg landen und dann direkt zurück nach Washington DC fliegen würde. Von dort sollte unser Weiterflug zum ersten Mal nach Happy Valley-Goose Bay Labrador gehen. Als wir auf der Base in Shilo ankamen, waren schon alle Offiziellen versammelt. Der

Heereskommandeur blickte nicht gerade freundlich auf uns. Ich dachte: „Nicht schon wieder so ein..."

Es waren zwei Bands mit dabei, eine Oktobermusik-Formation aus der Nähe von Mannheim, zünftig mit Lederhosen, dazu eine „Jodlerin" und Sängerin vom Oberrhein. Weiterhin eine bekannte Popband aus Neu Anspach, die dann auch mit ein wenig anderer Musik für die Stimmung bei den jungen Leuten sorgen würde, so hatte ich es mir vorgestellt - zumal der Bandleader einen Musiktitel mit der Aussage: „Komm fahr mit mir nach Kanada" geschrieben hatte, der auch schon in Deutschland in den Charts vertreten war. Die Musiker der Popband, zum Teil mit zweierlei gefärbten Haaren, fiel wohl dem Heereskommandeur gleich auf. Nach einem kurzen Willkommen sagte er laut: „ALSO - ICH, will hier DEUTSCHE Musik - DEUTSCHE und nicht AMERIKANISCHE – die haben wir hier von alleine!" Er drehte sich um - und ging. Alle waren, besonders nach den Strapazen der langen Anreise und des Fluges, nun durch diese nicht gerade netten Worte sehr enttäuscht. Die Unteroffizierdienstgrade vor Ort hatten schon eine Panzer-Instandsetzungshalle ausgeschmückt und eine Bühne gebaut und wollten, dass das Oktoberfest mit ihren Familien und kanadischen Gästen auch stattfinden sollte. Ich aber wollte nicht stillschweigend eine derartige unfreundliche Begrüßung wieder einmal widerspruchlos hinnehmen. Zu dem Adjutanten, einem Major der Panzeraufklärer mit einem „Menjou-Bärtchen" und überheblichem Auftreten, sagte ich: „Herr Major, ich kann auch im Ministerium, Abteilung Streitkräfte, anrufen, wenn Sie hier nicht mit unseren Darbietungen einverstanden sind. Wir würden dann mit dem nächsten Routineflug wieder nach Washington zurückfliegen, dann sind wir in Happy Valley

Goose Bay eben ein paar Tage früher am nächsten Einsatzort."

Der Major erwiderte gar nichts, drehte sich ebenfalls um und ging. Jetzt kam ein Stabsfeldwebel und der zuständige „Spieß" – er beruhigte erst einmal die Situation, dann lud er uns alle zu einem Bier ein. Schließlich ging trotzdem der auch von mir mit Spannung erwartete Abend für das Oktoberfest in Shilo, Provinz Manitoba, los. Unser Outfit stimmte: Die Oktoberfestformation zünftig in Trachten, die andere Band alle ordentlich mit Bühnenkleidung. Die Jodlerin wurde während ihrer Darbietung mit frenetischem Applaus bedacht. Auch ich hatte entsprechend einen „Janker" und Lederhosen angezogen. Während die Musik Volkstümliches spielte, wurde dem Tuba-Bläser plötzlich etwas übel, da übernahm ich mit einem anderen Mundstück sein Instrument und „blies" wenigstens im Rhythmus mit, wie ich es mir mal selbst beigebracht hatte. Es waren so ungefähr fünfzig Minuten vergangen, da sah ich den Kommandeur mit „schnellen Schritten" auf mich zukommen, als ich mal einen „Schluck" Bier trinken wollte und an der Bühne stand: „ Herr... das ist das BESTE, was in der vergangenen Zeit nach hier gesendet worden ist. Ich wiederhole: das BESTE!" Und weiter: „Vielen Dank dafür. Morgen wird Euch jeder Wunsch von den Augen abgelesen werden." Dann rief er einen Feldwebel mit Vornamen Berndt zu sich: „Dieser Mann wird immer an Eurer Seite sein und bis zum Abflug dafür sorgen, dass es Euch immer gut gehen soll."

Am anderen Morgen, da hatten wir gerade mal drei Stunden geschlafen, wurden wir geweckt - und einige Mannschaftsdienstgrade in Begleitung von Berndt brachten uns frischen Kaffee und lecker beschmierte Schnittchen, toll in der Truppenküche zurecht gemacht, direkt an unsere Betten. Gut gemeint, aber etwas länger hätten sie uns schon schlafen lassen können! Jawohl, dieser Kommandeur vom Heer hatte sein Versprechen eingehalten.

Ihr seid die wahre Volksarmee

In Happy Valley Goose Bay, nun wieder über Washington DC bei der Luftwaffe gelandet, ging alles viel lockerer und manchmal auch ein wenig - wie ich meinte - zu lässig von sich. Der betreffende Unterhaltungsabend musste noch in einem kanadischen Club durchgeführt werden. Das Deutsche Haus wurde erst später gebaut. Mit dem damaligen ersten Kommandeur hatte ich dann später in einem Gespräch die Idee, in einem zusätzlichen Hangar, der für die Luftwaffe zur Verfügung stand, mal „etwas Größeres“ zu veranstalten. Die Gelegenheit ergab sich dann bei der Réunion 90, einem Jubiläum des im Krieg gebauten Flugplatzes Goose Bay. German Hangar Fest in Goose Bay – Happy Valley, Neufundland Labrador, Kanada. Das hört sich erst einmal nach etwas GROSSEM an. Aber das war es auch. Die nun dort stationierten Nationen der NATO veranstalteten ein entsprechendes Unterhaltungsprogramm. Zum Beispiel die Kanadier mit einer Rockband. Das britische Kommando machte nicht viel. Sie überließen es den Deutschen, etwas auf die Beine zu stellen. In dem zusätzlichen Hangar wurde in Absprache mit mir eine große Bühne von den Angehörigen des Kommandos in eigener Regie gebaut. In die Ausschmückung und Gestaltung mit den nötigen Arbeiten legten alle großen Eifer. Auch vom Kommando der niederländischen Luftwaffe („Koninklijke Luchtmacht“) kamen ein paar Angehörige, um mitzuhelfen. Ich hatte den Ehrgeiz, besonders den Kanadiern und dem britischen Kommando zu zeigen, dass Germany nicht nur ein „Oktoberfest“ mit Blaskapellen präsentieren kann, sondern tolle Popmusik mit einer durchdachten Show, die zeigen sollte, was in Deutschland in dieser Richtung möglich ist: Eine fantastische Band aus Neuss, ein poppiges Ballett aus Mainz, aus den Niederlanden eine Travestieshow, ein Gesangsduo aus München und eine Abordnung der Ehrengarde der Stadt Köln, der ich zugehörig zählte. Mit der entsprechenden Technik, von meinem Freund Achim aus Köln-Poll, der besonders präzise und genaustens jede Art von Beschallung beherrschte: Bunt gemischt und ereignisreich, sie alle standen schon bereit.

Da erreichte mich ein Anruf aus dem Bundesministerium der Verteidigung: „Wir haben da ein paar Musiker von der Nationalen Volksarmee aus dem aufgelösten Künstler-Bataillon übernommen. Es gab da die Volksmusikgruppe Elbtaler Volksmusikanten mit 15 Musikern. Das würde doch für Ihr Vorhaben in Goose Bay passen?“ An sich wollte ich gar keine Volksmusikband präsentieren. Ich dachte mir aber, dass das noch das „I-Tüpfelchen“ für die gesamte Show, die circa dreieinhalb Stunden dauern sollte, wäre. Als ich mich mit dem musikalischen Leiter, einem nun vorläufigen Bundeswehr-Major, der vorher Oberstleutnant in der Volksarmee gewesen war, in Verbindung setzte, merkte ich schon am Telefon, dass dieser Mann etwas ungläubig auf meine Intention reagierte. Seine gesamte Truppe wurde aus sozialen Gründen nur für zwei Jahre mit immer einem Dienstgrad unter dem, den sie vorher hatten, weiter beschäftigt. Tatsächlich versicherte sich dieser besondere Bandleader nach unserem Telefongespräch bei unserem Leiter des Pressezentrums, ob ich „in meinem Dienstgrad“ denn so einfach so etwas organisieren dürfe. Das wurde mit der Auskunft beantwortet, dass er sich auf mich und meine Weisungen, wie Abflug, Mitführen der Instrumente, Zollformalitäten und Weiteres verlassen könne. Außerdem hätte ich dann in Goose Bay selbstverständlich auch die künstlerische Leitung und die Moderation für diese Betreuungsmaßnahme.

Ich dachte mir nur: Wahrscheinlich wäre ich in der Nationalen Volksarmee für derartige Aufgaben „mindestens Oberst“ gewesen. Denn die Mitglieder dieser Musikformation hatten fast alle Offiziersdienstgrade, so war zum Beispiel der Drummer ein Hauptmann der NVA, nun aber nur für eine kurze Zeit Oberleutnant in der Bundeswehr. Sie alle, auch das hatten sie so noch nicht erlebt, brauchten oder sollten keine Uniform tragen. Als wir in Happy Valley Goose Bay angekommen waren, saßen wir nach der offiziellen Begrüßung im Deutschen Haus zusammen, um den anderen Tag mit den von mir angesetzten Proben zu besprechen. Ich bemerkte, wie fast unsicher und ungläubig diese „Militär-Volksmusiker“ aus dem Osten alles verfolgten. Der Drummer der Gruppe meinte dann, nachdem er sich zum zweiten Mal einen „guten kanadischen Whisky“ bestellt hatte: „Also - ick muss Dir sagen, Ihr hier seid hier die wahre Volksarmee! Uns haben die Genossen immer erzählt, dass wir doch auch mit unserer Uniform nur die Belange des Volkes vertreten würden. Aber wie Ihr hier unkompliziert miteinander umgeht - man kann gar nicht bemerken, wer hier nun Vorgesetzter ist, trotzdem geht alles reibungslos vonstatten. Es duzen sich fast alle, det wäre bei uns nich denkbar gewesen!“ Als wir dann noch weiter über die Unterschiede in der Nationalen Volksarmee und der Bundeswehr sprachen, war er auch erstaunt, dass nicht mindestens achtzig Prozent der Bundeswehr immer am Wochenende in ständiger Alarmbereitschaft standen, sondern an den Wochenenden die

Kasernen leer waren. „Mensch, auch da wurde uns eingetrichtert, dass der Westen hochgerüstet uns gerade am Wochenende überfallen könnte, um unsere Unabhängigkeit vom Kapitalismus zu bekämpfen! Aber nun ist et ja och vorbei, mit dem vorgeschriebenen Sozialismus!"

Nachdem alle sich ein wenig „eingewöhnt" hatten und wahrscheinlich auch durch den ausgeschenkten Alkohol gelöster fühlten, nahm er mich noch einmal bei Seite: „Ick globe unser Bassist war bei der Stasi, er ist erst seit gut zwei Jahren bei uns. Jedenfalls ‚munkelt' man davon." Ich erwiderte, dass er jetzt ja hier sei – und da die DDR nicht mehr existiere, könne er auch weiterhin nichts anrichten. Hauptsache, er sei ein guter Musiker. Das konnte der Drummer und Oberleutnant auf Zeit, Erwin Kasulke, dann auch bestätigen. Später hörte ich, dass nur ganz wenige von diesen ehemaligen Musikern aus dem Künstler-Bataillon der Nationalen Volksarmee in das Musikkorps der Bundeswehr übernommen wurden, auch keiner mit einem Offizier-Dienstgrad. Der angebliche Stasimitarbeiter wurde gleich nach seiner Rückkehr in Berlin fristlos aus dem Dienst der Bundewehr entlassen.

Aber zunächst bereitete die mitgebrachte Technik dieser Gruppe uns doch noch einige Kopfschmerzen, denn die Anschlüsse der Verstärker und Keyboards waren mit unserer Beschallung nicht kompatibel. Durch die Mithilfe der gut ausgebildeten Flugzeugmechaniker vor Ort bekamen wir die Verbindung der Anschlüsse sowjetischer Bauart mit den westlichen schließlich doch noch hin. Gleich der erste Soundcheck während der Proben ließ den damaligen Kommandeur in Goose Bay aufhorchen, der mal vorbeigekommen war. Allerdings konnte er sich weiterhin keinen „Reim" darauf machen, wie nun die Show verlaufen würde. Er blieb zunächst skeptisch. Im Hangar waren an dem Abend über dreitausend Besucher anwesend, um mit den deutschen Gastgebern dieses Fest zu feiern. Wenn man bedenkt, dass damals die Ortschaft Happy Valley mit Goose Bay nur knapp dreitausend Einwohner hatte, war das schon eine gewaltige Anzahl von Menschen für dieses Fest. Viele Kanadier kamen, wenn dieses Hangar Fest auch in den Jahren danach wieder stattfand, mit ihren Wasserflugzeugen von anderen entfernten Ortschaften nach Happy Valley Goose Bay geflogen. Sie landeten im Hafen der nahen Hudson Bay. Das einzige Hotel am Ort war in dieser Zeit immer ausgebucht. Somit waren Nationen wie Kanadier und davon auch die Bevölkerungsgruppe der Inuit sowie auch Indianer vom Stamme der Inus, Briten, Niederländer, Einheimische und die Stammsoldaten vom Kommando mit den meist drei übenden deutschen fliegenden Verbänden, auch von der Marine, im Hangar. Mehr durften nach der kanadischen Brandschutzverordnung nicht eingelassen werden. Es gab reichlich „German Bier“ und Wein, dazu auch German Food, wie zum Beispiel Thüringer Bratwürste.

Das Opening der Show wollte ich so gestalten, dass wir, also die Abordnung der Ehrengarde der Stadt Köln, mit mir fünf Personen, in die Halle auf Pferden geritten kommen sollten. Aber das musste ich aufgeben, da in der ganzen Gegend keinerlei Pferde vorhanden waren. Die Wintermonate sind öfters mit bis zu minus 40 Grad in der Nacht für derartige Tiere in den Ställen einfach zu kalt, sodass dort keine Pferde gehalten werden können. Ich war inzwischen vom Korpskommandanten zum Rittmeister der Reserve der Ehrengarde der Stadt Köln befördert worden. Deswegen hatte ich auch die dazu gehörige gutsitzende Traditionsuniform für die Bühnenshow angezogen. Als die Ehrengarde-Abordnung dann aber auf die Bühne kam, und das mit der Opening-Melodie „Flying High“ (diesen musikalischen Auftakt hatte extra für mich Christoph, ein befreundeter Komponist aus Köln, geschrieben), war der Beifall schon groß. Besonders auch vom kanadischen Publikum. Nachdem anschließend mit der Regimentstochter (Tanzmariechen) und dem Tanzoffizier der „Regimentstanz“ der Ehrengarde Köln aufgeführt wurde, ging die Show mit dem nötigen Schwung so richtig los. Zusätzlich wurde die Stimmung durch eine Lightshow immer grösser. Ich führte von Höhepunkt zu Höhepunkt, dieses alles live ohne Unterbrechung. Die Besucher im Hangar „tobten“.

Die ersten britischen Soldaten versuchten, „angestachelt“ durch die gute Stimmung und zu viel Alkohol, hinter die Bühne zu kommen, um „aus Spaß“ mal eben auf der Bühnenwand hochzuklettern. Da stand aber schon die kanadische und die britische Militärpolizei bereit – und „diese Herren“ konnten dann die Nacht in einer Zelle verbringen. Eine tolle, abwechslungsreiche Mischung aus Pop und volkstümlicher Musik, auch fantastisch dargeboten von den Elbtaler Volksmusikanten, dazu die Einlagen von einem Gesangsduo mit Mutter und Tochter aus München, weiteren Sängern und Ballett, Travestieshow - alles ging, wie ich es geplant hatte, fast auf die Minute genau „über die Bühne“. Die anfängliche Skepsis bei dem Kommandeur war total gewichen. Er kam zu mir, lobte überschwänglich diese Show und meinte gleich, ich solle bitte in jedem Jahr wiederkommen, damit so ein Fest wiederholt werden könnte. Außerdem hätten „ihm“ der englische und auch der niederländische Kommandeur schon zu dieser großartigen Veranstaltung gratuliert. Dann lud er das gesamte Künstlerteam nach der Veranstaltung zu sich nach Hause in seine große Hausbar ein. Das war der

Auftakt zu den German Hangar Festen in Happy Valley Goose Bay Canada.

Die Nacht des „langen Küchenmessers“

Nicht immer ging bei diesen Hangar-Festen in Goose Bay alles „glatt“. Ein deutscher Showmanager mit Wohnsitz in den Niederlanden überredete mich, doch auch einmal einen Rocksänger, der aus der Karibik stammte, zusätzlich zwei attraktive Chorsängerinnen aus Roermond (Niederlande), für das German Hangar Fest mitzunehmen. Der Rocker „Archie“ konnte sich auch fantastisch mit der Gitarre begleiten. Der fast 1,90 Meter große Sänger würde in der Gesamtshow eine Bereicherung sein, so hatte ich es eingeplant. Schon als wir uns in dem Ort Happy Valley nur für eine kleine Shoppingtour aufhielten, denn es waren im Ort nur überschaubare Geschäfte vorzufinden, wurde Archie besonders von den einheimischen Frauen unverhohlen angeschaut, zum Teil auch direkt angesprochen. Als der Abend mit dem Fest begann, wurden alle Künstler, die dabei waren, von mir „vergattert“, während der Veranstaltung den Backstagebereich nicht zu verlassen. Es war ja alles vorhanden, etwa gekühlte Getränke, und ständig brachten einige Stammsoldaten vom Kommando auch etwas zu essen hinter die Bühne. Als dann Archie auftrat, kam es gleich von Beginn an zu Tumulten! Einige männliche Kanadier mochten diesen Rocker offensichtlich nicht, wahrscheinlich weil ihre Frauen schon so begeistert von ihm waren. Etliche der Besucher wollten vermeintlich, auch ganz deutlich, rassistische Schimpfworte in Richtung Bühne gehört haben, wie mir erst später berichtet wurde. Das übrige Publikum fand seinen Auftritt zwar etwas

„wild“, aber er trug zur allgemeinen guten Stimmung bei. Ich war trotzdem erleichtert, als sein Auftritt ohne größere weitere Störungen zu Ende ging. Die gute Unterhaltungsband aus Dortmund, ein nostalgisches Rock’n’Roll-Duo, und mein Freund, der als Elvis auftrat, würden den Abend in gewohnte Bahnen lenken.

Plötzlich kam aufgeregt Alfred, der Betreuungsoffizier, zu mir: „Da vor den Munitionsbunkern hat es einen Zwischenfall mit Archie gegeben!“ Er war dabei erwischt worden, wie er sich dort mit zwei einheimischen Frauen - und auch noch in einem verbotenen Sicherheitsbereich - „vergnügte“. Er hatte also meine Anweisung ignoriert und provozierte nun mit seinem Benehmen, sodass ihm einige kanadische Männer „ans Leder“ wollten. Ordnungskräfte vom Kommando hatten das aber beobachtet - und es konnte zunächst Schlimmeres verhindert werden. Doch als sich gerade alles beruhigt zu haben schien, versuchte einer der wahrscheinlich zu den Frauen gehörigen Männer, Archie mit einem Knüppel zu schlagen. Eine Frau ging dazwischen, während unser Rocker ausholte - und dabei die betreffende Frau traf. Sie fiel hinterrücks gegen einen Munitionsbunker, stürzte - und verlor das Bewusstsein. Jetzt musste schnellstens gehandelt werden. Wir brachten ihn in die Unterkunft, mit der Weisung, hinter sich abzuschließen und sich ruhig zu verhalten. Die kanadische Dame war schon umgehend, nachdem sie gestürzt war und die Besinnung verloren hatte, in das kanadische Militärhospital zur Untersuchung gebracht worden. Sie hatte aber mittlerweile das Bewusstsein wiedererlangt. Ich kehrte zurück zum Hangar, die Show war nach meiner Weisung schon weiter gegangen. Die meisten Besucher hatten von dem Vorfall auch nichts mitbekommen. Alfred hatte sicherheitshalber ein paar Ordner vom Kommando nochmals zur Unterkunft geschickt. Da sahen sie, wie Archie mit einem langen Küchenmesser, wie sie in der kleinen Küche der Unterkunft vorhanden sind, drohend vor ein paar kanadischen Männern stand. Nur durch energisches „Zureden" konnte diese brenzlige Situation beendet werden. Die kanadischen Männer stießen noch Flüche gegen den Rocker aus, gingen dann aber doch wieder zum Hangar. Archie hatte hinterher behauptet, die kanadischen Männer hätten gerufen: „Nigger, we kill you!" Deswegen sei er zu seinem Schutz mit dem Messer rausgerannt. Das wollte und konnte ich damals nicht glauben, denn auf meine Frage, warum er nach einer solchen Drohung aus dem verhältnismäßig sicheren Zimmer herausgelaufen war, konnte er mir keine Antwort geben.

Das Fest war vorbei, es blieb alles ruhig und endete wie gewohnt mit einem tollen Finale, zwar ohne Archie, nur seine beiden Tanzmädels kamen mit auf die Bühne, auch mit kräftigem Applaus. Als ich mich gegen 04:30 Uhr hinlegen wollte, klopfte es. Alfred, der Betreuungsoffizier, stand mit der kanadischen Militärpolizei und der örtlichen Polizei, der Royal Canadian Mounted Police, vor meiner Tür, insgesamt acht Personen: „Archie muss festgenommen und in das örtliche Gefängnis gebracht werden", sagte Alfred. Er habe eine Straftat nach kanadischem Recht begangen, nämlich das Schlagen einer Frau. Dieses würde in Kanada umgehend abgeurteilt werden, daher die nötige Festnahme. Ich solle aber beruhigend auf ihn einwirken, denn mit Gebrauch von Schusswaffen seien die Polizisten nicht gerade „zimperlich". Tatsächlich hatten einige schon ihre Pistolen in den Händen. Die Tür von Archies Unterkunft wurde nach mehrmaligem Klopfen von einer „seiner Ballett Damen" geöffnet, sie war nur spärlich bekleidet. Sie hatten wohl alle in zwei zusammengeschobenen Betten geschlafen. Archie hatte die andere

Dame in seinen Armen und schlief fest. Als wir ihn weckten, sprang er umgehend aus dem Bett, sodass seine andere „Schlafgenossin" zu Boden fiel. Ich rief: „ARCHIE - je moet beloven om rustig te blijven - en niet boos te werde." („Du musst versprechen, ruhig zu bleiben und nicht böse zu werden.") Die Polizisten hatten schon ihre Waffen auf den „Rockhünen" gerichtet, und ich stand dazwischen - also im Schussfeld. Ich sagte nochmals eindringlich und immer wieder: „Rustig blijve!" („Ruhig bleiben" oder auch „Friedlich bleiben".) Wahrscheinlich war Archie auch vom Alkohol und noch zu wenig Schlaf nicht ganz wach. Und ehe es noch zu mehr „Unannehmlichkeiten" für alle Beteiligten kommen sollte, hatten die kanadischen Polizisten ihn - obwohl nun doch noch mit Gerangel und Widerstand - Handschellen angelegt. Ein anderer holte noch eine Fußfessel aus dem Streifenwagen, und unser Archie war nun abgeführt und inhaftiert.

Obwohl eine Frau, die bei diesem Vorfall mit Archie an den Munitionskästen stand, beim Schnellrichter aussagte, dass sie freiwillig dort gewesen sei und Archie nicht die Absicht gehabt habe, eine von ihnen zu schlagen, sondern im Gegenteil, er nur versucht habe, sich entsprechend gegen ihre Männer zu wehren, wurde er zu zwei Wochen Haft oder einer Geldstrafe von 1000 kanadischen Dollar verurteilt. In der Begründung hieß es sinngemäß, wenn eine Frau, wie auch immer, bei solchen „Auseinandersetzungen" zu Schaden kommt, werden die daran beteiligten Männer verurteilt. Da der Grund dafür bei Archie lag, wurden die kanadischen Männer nicht belangt. Bei ihnen seien die Wut und das Entsetzen in dieser besonderen Situation verständlich. Außerdem hätten ja die einheimischen Männer nicht die Absicht gehabt, ihre Frauen anzugreifen. Wir hatten noch versucht, über das niederländische Kommando - denn Archie war ja Niederländer - Einfluss auf die Strafe zu nehmen. Doch die „winkten“ nur ab. Damit hätten sie sicherlich nun „gar nichts“ zu tun („We hebben daar niets meet te make.“) Wir wollten ihn, da in zwei Tagen der Rückflug zum militärischen Teil des Flughafens in Köln-Wahn anstand, nicht in Happy Valley im Gefängnis lassen. Es hätte nur noch mehr Belastung für das deutsche Kommando bedeutet. Wir sammelten Geld ein, und der Spieß vom Kommando hatte auch noch einen großen Teil dazu getan. So konnte unser Künstlermitglied Archie am Tag des Abfluges das Gefängnis verlassen. Bis zum Take-Off, der am Abend stattfand, ließen wir ihn aber nicht aus den Augen.

Die tolle Band hatte danach in Deutschland mit Archie in Dortmund ein Konzert veranstaltet. Der Erlös ging an das Taktische Ausbildungskommando der Luftwaffe in Goose Bay, auch als Entschädigung für derartige, unübliche „Scherereien“ durch ein Mitglied der Künstlergruppe. Ich habe danach „leider“ Archie nicht mehr für solche Maßnehmen mitnehmen können. Obwohl er mich noch öfters kontaktierte. Trotz allem habe es ihm dort in Kanada sehr gut gefallen! Besonders wie sich die „deutsche Botschaft“ für ihn eingesetzt hätte… Er meinte damit das deutsche Kommando und damit auch den damaligen hervorragenden Kommandeur mit seinem „Spieß“, die mir eine wirklich große Stütze waren. Denn es hatte mich damals doch mehr mitgenommen als ich mir eingestehen wollte. Ich veranstaltete noch einige Jahre danach, immer mit anderen Inszenierungen, auch noch die letzte Show zum Hangar Fest, bevor die Bundewehr diesen Übungsplatz der Luftwaffe für strategischen Tiefflug aufkündigte. Da war ich schon ein paar Jahre außer Dienst, fühlte mich aber damit noch sehr verbunden. Die

Erfahrungsberichte von den jeweiligen Kommandeuren mit viel Lob über diese Shows im Ausland erreichten in den ganzen Jahren auch immer die Generalität der Luftwaffe. Noch heute berichten viele ehemalige Zeit- und Berufssoldaten, die einmal in Goose Bay stationiert waren, über dieses Hangar Fest. In Gesprächen darüber habe ich immer wieder gesagt, dass es ohne Zutun und Bereitschaft der dortigen Belegschaft nicht möglich gewesen wäre, derartig große Veranstaltungen in diesem Rahmen immer mit Erfolg durchzuführen.

Neue „Zeitrechnung" und spürbare Veränderungen

In den 1990er Jahren zeichneten sich in der Welt viele Veränderungen ab, die für Deutschland nachhaltig sein würden. Im Jahr 1991 war das Ende der Sowjetunion gekommen. Ein Jahr darauf wurde der ehemalige DDR-Staatsratsvorsitzende Erich Honecker in Haft genommen. Sein weiteres Schicksal ist weitläufig bekannt. Bereits 1994 wurde durch viele zähe Verhandlungen der Abzug der, wie sie nun hießen, Soldaten der russischen Westgruppe besiegelt. Es sollten aber bis zum endgültigen Abzug noch einige Jahre vergehen. Diese Jahre vergingen sehr schnell, und meine Zeit der Versetzung in den Ruhestand im Jahr 1996 wurde nun endgültig, obwohl ich noch gerne einige Jahre mehr in dieser Tätigkeit „fungiert" hätte. Aber die besondere Altersgrenze in meiner Dienstgradgruppe war erreicht.

Ich machte gleich nach meiner Außerdienststellung ein paar Wehrübungen: Unter anderem auch wegen des Bosnienkrieges beim Einsatzgeschwader 1 im dortigen Pressecenter in San Ambiano in der Nähe von Piacenza (Italien). Als

Redakteur eines Bildbandes „Einsatz der Luftwaffe über dem ehemaligen Jugoslawien“ im Auftrag der UNO und NATO habe ich dann für die Zukunft etwas „festhalten“ können. Mit verständlichen Texten, zum Teil auch von wehrpflichtigen Soldaten übernommen, wollten wir die „Dramatik“ von der Entstehung bis zum Ende dieses unsinnigen Krieges, auch mit Folgen von Kriegsverbrechen der ehemaligen kriegführenden Länder Jugoslawiens, aufzeigen. Durch den souveränen Einsatz der Luftwaffenangehörigen des Einsatzgeschwaders 1 - dieser Verband wurde nur für diesen Einsatz aufgestellt - konnte dieser Krieg schneller und friedlich beendet werden. Auch über die größte Luftverteidigungsübung der Welt mit deutschen Soldaten in der Wüste von Texas und New Mexiko mit dem Titel „Roving Sands“ gestaltete ich mit eindrucksvollen Fotos und entsprechenden Texten, die zum Teil wieder von wehrübenden Journalisten stammten, einen weiteren Bildband. Ein großes Manöver in den USA, Texas und New Mexiko, von der Verschiffung von Material, Geräten und Waffen bis zur Übung und deren Ende einmal zu beschreiben - auch in Bezug auf „Land und Leute“ - war unsere Absicht für diesen Bildband. Wie ich erfahren habe, befinden sich diese Bücher zum Beispiel auch in militärhistorischen Archiven verschiedener Länder.

Das alles geschah immer in kollegialer Zusammenarbeit mit dem damaligen verantwortlichen Herausgeber auch der Bildbände und Leiter im Pressezentrum der Luftwaffe. Mit ihm stehe ich bis heute in Verbindung. Nach seiner Pensionierung begann er ein Studium und promovierte. Ein paar Jahre später, mit Beginn eines allgemeinen regulären Renteneintrittsalters und damit so genannt „nicht mehr wehrfähig“, bekam ich eine Dankesurkunde für meinen Einsatz nach meiner regulären Dienstzeit als Reservesoldat. Mein

Dienstgrad, den ich mir in den ganzen aktiven Jahren „erworben“ hatte, stand nun mit dem Zusatz „der Reserve“ auf der Urkunde! Das war es dann, von Seiten des Dienstherrn Bundeswehr, wie es so schön heißt, „GEWESEN“.

Schlussakkord

Das alles ist nun schon wieder lange her. Auf Niederländisch: „Is een lange tijd geleden.“ In dieser Sprache könnte man auch so etwas wie „gelitten“ raushören. Sehr viel ist in der Welt seitdem passiert! Der Terroranschlag am 11. September 2001 in den USA, besonders auf das World Trade Center mit Einsturz der Zwillingstürme und zu beklagenden 2.753 Toten, ließ die Welt gefrieren. Anschließend begann der Irak-Krieg. Auch wenn die Bundeswehr nicht aktiv daran beteiligt war, waren und sind die Auswirkungen in ganz Europa zu spüren. Alleine 53 Bundewehrsoldaten mussten bei ihren Einsätzen ab 2010 in Afghanistan ihr Leben lassen. Letzten Endes konnten sich dann nach dem Abzug 2021 alle die Frage stellen: Waren diese Einsätze - und man muss es auch so nennen: dieser Krieg - nicht völlig umsonst? Der übereilte Abzug, der durch die USA eingeleitet wurde, wird für immer als Eindruck von Hilfslosigkeit bestehen bleiben: Besonders gegenüber Regimen, die uns verachten und Menschenrechte nicht nur ablehnen, sondern Staaten schaffen wollen, die nur Gewalt und Unterdrückung, besonders gegen Frauen, kennen.

In Deutschland scheint zurzeit die „Verrohung“ durch einige gänzlich aus dem „Ruder“ gelaufene Mitbürger immer grösser zu werden. Was noch vor zehn Jahren undenkbar erschien, wurde leider wahr. Bei Demonstrationen gibt es heftige Angriffe auf Polizisten. Synagogen werden Ziele von Neonazis mit der Gefahr tödlicher Folgen. Immer mehr antisemitische Anfeindungen und ein größerer „Rechts-Gedanke“ bei einigen Zeitgenossen lassen nichts Gutes erahnen. Aber auch die Bedrohung durch linke Terroristen und Islamisten bleibt weiterhin bestehen. Und wer hätte je daran gedacht, dass in Deutschland eine erneute Flutkatastrophe nicht vom Meer oder einem größeren Strom, sondern von kleineren Flüssen und Bächen, mitten in den mit zu den schönsten Orten Deutschland zählenden Gegenden, entstehen könnte? So schlimm und gewaltig mit 184 Toten und Verlusten von Häusern und damit allem, was die Geschädigten besessen hatten! Dass dieses mit unseren Umweltsünden und dem Klimawandel zusammenhängt, wird immer noch von einigen geleugnet.

Der Kalte Krieg, der schon einmal fast vergessen werden konnte, war an sich schon seit längerem wieder gegenwärtig, ohne dass es durch verantwortliche Politiker groß zur Kenntnis genommen wurde. Nun ist wieder ein Krieg in Europa ausgebrochen. Der Staatspräsident von Russland, Waldimir Putin, hat einen militärischen, umfassenden Angriff auf das freie Land Ukraine befohlen, der sich immer fürchterlicher gestaltet. Einige Gebiete sind nun von Russland zum eigenen Staatsgebiet erklärt worden. Schlimmer kann es in keinem ausgedachten Spielfilm als Szenario gezeigt werden, doch das ist alles die Wirklichkeit. Seit Beendigung des Zweiten Weltkrieges wurde noch nie ein sogenannter Bruderstaat von Russland, wie die Ukraine, so fürchterlich zerbombt. Viele Tote auch unter der Zivilbevölkerung. Flucht, Folter und Vertreibung. Eine jahrelange falsche Politik gegenüber Russland. Aller Warnungen zum Trotz. Diejenigen, die immer wieder gewarnt und es vorausgesehen hatten, wurden verunglimpft. Eine Bundeswehr, die - so sehe ich es - nie in ihrer Gesamtstärke, Bewaffnung und Material in der Lage gewesen ist, unser Land wirkungsvoll zu verteidigen. Nun muss mühsam aufgerüstet werden, um wenigstens unseren NATO-Verpflichtungen zu entsprechen und auch vor allen Dingen fähig zu sein, das eigene Land zu beschützen. Ich denke, dass auch so manche, besonders die als verantwortlich zählenden Eliten und weitere Mitbürger in unserer Gesellschaft, zum Beispiel, Lehrer, Politiker aber auch einige Verantwortliche in den Medien, mit ihrer Einstellung dazu beigetragen haben, dass es so weit kommen konnte.

„Ich gehe nach Hause!"

Bei einer Moderation, die ich für eine Veranstaltung vor kurzem mal wieder durchführen durfte, hörte ich, wie hinter mir eine Person bemerkte:

„Da geht der alte Moderator vom Lande."

Ich drehte mich um und sah in ein paar breit grinsende Gesichter. „Vielen Dank, vom Lande zu kommen, ist etwas Besonderes!", sagte ich. Ich denke da auch an ein Land mit Feldern, Wiesen, Wäldern, Tieren und Vögeln. Auch mit schönen Dörfern, Städten und Kleinstädten. Dazu gerne auch Menschen, die friedlich miteinander umgehen und gelernt haben, sich gegenseitig zu respektieren und beizustehen. Von dort zu kommen wird mir weiterhin eine Ehre sein!

Die Vier - drei männliche und eine weibliche Person - hörten auf zu grinsen: Einer meinte: „Wat will der denn?"

„Nichts will ich - und wollte es nie, meine Damen und Herren", dachte ich nur - und ich ging weiter meines Weges. Ist es nicht schön, ein wenig am Leben teilzuhaben? Liebe geben zu können. Aber auch geliebt zu werden. Mitzufühlen. Aber auch zu helfen und auch Hilfe anzunehmen. Menschen, egal woher sie kommen oder wer sie sind, zu respektieren. Aber auch, wenn möglich, etwas zu gestalten. Das waren meine Erwartungen, schon immer, besonders seitdem ich 1955, als Junge mit elf Jahren, nach Köln kam.

Nun schaue ich wieder mal aus meinem Wohnzimmerfenster in unseren Garten in einem Vorort vor den Toren Kölns. Die Corona-Pandemie ist immer noch nicht vorbei. Es gibt immer mal mehr oder weniger Ansteckungen, aber auch noch mit tödlichem Ausgang. Immerhin wohl nicht mehr so viele mit ernsthaften Behandlungen in den Krankenhäusern. Die Vögel in den wilden Sträuchern scheinen sich vermehrt zu haben. Die Futterstellen müssen nun öfter wieder aufgefüllt werden. Es kommt ein wenig Wind auf. Ein efeuberankter Busch im Garten wiegt sich sanft. Mit herbeiziehenden Regenwolken kommt auch vermeintlich, ganz leise, eine Melodie immer näher. Ist es der Titel „Smile“ von Charlie Chaplin aus dem Jahr 1936. Dieser Song wurde seither über viele Jahre immer wieder neu interpretiert. Zum Beispiel von Nat King Cole oder auch in einer Version von Michael Jackson. Er wurde auch durch eine Fernsehserie in den USA, fantastisch einfühlsam, mit einem großen Orchester dargeboten. Nun aber höre ich es ganz deutlich: SMILE!

In diesem Buch erwähnte Songs aus der „realen Welt“

3. Sinfonie Es- Dur OP 97 (Rheinische Sinfonie) Robert Schumann.

„Teddy Baer“ und „Muss i denn zum Städele hinaus“ (Elvis Presley)

„Melodie Fair“ (Robert Farnon and Hiss Orchestra; Erkennungsmelodie von Music aus Studio B mit Chris Howland)

„Wenn bei Capri die rote Sonne im Meer versinkt“ (Rudi Schuricke)

„1 zu 0 für Dich“ und „Moonlight, die Nacht ist schön“ (Ted Herold)

„Ganz Paris träumt von der Liebe“ (Catarina Valente)

„I´m Sorry“ (Brenda Lee)

„Wheels“ (Orchester Billy Vaughn)

„Petite Fleur“ (Mister Acker Bilk)

„Ice Cream“ und „Wild Cat Blues“ (Chris Barber)

„Weiße Rosen aus Athen“ (Nana Mouskouri“

„Schöner fremder Mann“ (Conny Francis)

„Love me do“ und „Sie liebt Dich“ (Beatles)

„My Bony“ (Tony Sheridan and the Beatles“

„San Antonia Rose“ und „Can just Imagine“ (Floyd Cramer)

„You´re Sixteen“ (Ringo Starr)

„Pretty Woman“ (Roy Orbison)

„Honey come Back“ (Glen Campbell)

„Hey little Girl“ (Icehouse)

„Blue Night Shadow“ (Two of Us)

„Venus“ (Banarama)

„SMILE From modern Times“ (Charlie Chaplin / gesungen von Nat King Cole)

Der Autor

Uwe Pook

wurde am 01 01. 1943.in Schwerin Mecklenburg geboren. Nach Kriegsende, musste die Familie in die Heimat seines Vaters: Vienenburg am Harz übersiedeln. Heute ein Stadtteil von Goslar. Ab dem 11. Lebensjahr kam er nach Köln.

Schon früh, fühlte er sich zu allem, was mit Literatur, aber auch Schauspiel, Show und Unterhaltung zu tun hatte, hingezogen. Doch machte er zunächst eine Ausbildung zum Postbeamten. 1961 ging er für zunächst, beabsichtigte zwei Jahre, zur Teilstreitkraft Luftwaffe. Nach seiner Grundausbildung in Putlos/ Oldenburg Holstein, kam er in die Standorte, Wentorf bei Hamburg, und 1964 nach Goslar. 1969 wurde er bei einem privaten Verkehrsunfall in Hamm / Westf. sehr schwer verletzt. Er war mittlerweile bei einem Ausbildungszentrum der Territorial Verteidigung in Ahlen eingesetzt. Sein ehemaliger Regiments- Kommandeur aus Goslar, der davon erfahren hatte, holte ihn nach seiner Genesung zu sich nach Aachen, zum Verteidigung- Bezirkskommando. Von dort aus wurde er zum Luftwaffenausbildungsregiment nach Budel (Niederlande) berufen, wo sich bereits seine Gabe zeigte, Unterhaltungs-Veranstaltungen zu organisieren und zu moderieren

Ab 1975 wirkte er in Köln-Wahn, nach einer entsprechenden Ausbildung, bei den Höheren Kommandobehörden, Pressezentrum der Luftwaffe. In den letzten Jahren seiner Dienstzeit war er als Chef vom Dienst für die Truppenzeitschrift Luftwaffe, tätig. Zugleich widmete er sich der Betreuung deutscher Soldaten im Ausland, etwa beim legendären, jährlichen „German Hangar Fest" in Goose Bay Kanada. Als nebenberuflicher Moderator, spielte er auch in verschiedenen TV- Serien und Spielfilmen mit und moderierte bei einem deutschsprachigen Radiosender im Ausland. Als Redakteur zweier Bildbände: „Roving Sands. Die größte

Luftverteidigungsübung der Welt. Deutsche Soldaten in der Wüste von Texas und New Mexiko". Weiterhin: „Der Einsatz der Luftwaffe über dem ehemaligen Jugoslawien", im Auftrag der UNO und NATO, hatte er auch für den Militärhistorischen Bereich, einen Beitrag geleistet. Heute ist Uwe Pook gelegentlich immer noch im „Unruhestand" und aktiv unterwegs- als Moderator und Gestalter von werbeträchtigen Veranstaltungen. Er lebt mit seiner Frau in der Nähe von Köln. Nach seinem ersten Buch: „Heimat an der Zonengrenze", sagt Uwe Pook über sein neues Buch:

Rheinische Sinfonie

„D` Pimocken wäde all wat":

„Ich hoffe sehr mit meinen Geschichten und darin vorkommenden Protagonisten, viele Leser anzusprechen. Oft nachdenklich, aber auch heiter. Vor dem Hintergrund verschiedener Jahrzehnte, auch für jüngere interessant und spannend etwas mehr darüber zu erfahren".

Viel Spaß beim Lesen und:" Et jeit immer wigger"!

Foto: Frank Winkler